《财狼》人

国际财团

骷髅会——由全美精英分子组成的美国最神秘和最成功的组织，有170多年历史的神秘组织几乎掌握了美国全部的权力与地位。

代表：

女狼卡罗琳公主：骷髅会成员，前线执行者，资本圈的神秘高手，曾一手制造国储铜事件；海森伯格：骷髅会E小组领军人物。以制造其他国家社会动荡、民族分裂，煽动国民反动情绪为职责。

圆桌骑士团——欧洲存在而隐形的秘密组织，欧洲皇室的总护法，欧洲皇室的大管家，是欧洲文明的最后卫道者。

代表：

圣马丁基金：欧洲最古老的私募基金，它的历史超过美国的历史，而圣马丁家族是圆桌骑士团的世袭成员。

TEMA控股——狮城最大投机组织，曾成为亚洲各企业的“长期投资者”，在今后十年的目标是在海外拥有三分之二的资产。

黑龙会——代表日本国家利益的幕后组织。

代表：

佐佐木：黑龙会成员，日本RH银行CEO，著名的“佐佐木观点”成为黑龙会的行动纲领之一。

物关系表

国内财团

国务委员——疑点众多的国储铜事件以及云天铝业巨额国资流失案令其展开部署，寻找操纵一切的国际幕后黑手……

金星国际——国内商业帝国，为了捍卫祖国利益而存在，在5·12地震时，为抵御国际财狼的围猎而防卫部署。其五位董事分别为：高兴君、刘伟昌、赵玉文、万伟峰、范德生。

代表：

高兴君：金星国际董事局主席

刘伟昌：金星国际常务董事兼执行总裁

赵玉文：金星国际常务董事，上市公司丽花实业董事长

万伟峰：金星国际常务董事，上市公司金辉生物药业董事长

范德生：金星国际常务董事，上市公司万国地产董事长

WEALTH WOLF

天斌 著

中国财政经济出版社

图书在版编目（CIP）数据

财狼/天斌著. —北京：中国财政经济出版社，2008.11

ISBN 978-7-5095-1055-1

Ⅰ.财… Ⅱ.天… Ⅲ.长篇小说-中国-当代 Ⅳ.

I247.5

中国版本图书馆CIP数据核字(2008)第171586号

责任编辑：张从发　　　　责任校对：肖灿

封面设计：柏拉图　　　　内文设计：黄薇

中国财政经济出版社出版

URL：http://www.cfeph.cn

E-mail:cfeph@cfeph.cn

社址：北京市海淀区阜成路甲28号　邮政编码：100142

营销中心电话：010-88190406　销售电话：027-88071749　88324307

武汉市楚风印刷有限公司印刷　湖北南财文化发展有限公司经销

787×1092毫米　16开　18.5印张　390千字

2009年2月第1版　2009年2月第1次印刷　定价：29.80元

ISBN 978-7-5095-1055-1/F·0883

（图书出现印装问题，本社负责调换）

本社质量投诉电话：010-88190744

自序

以追逐商业利益最大化而不择手段的财团，就是财狼。

作为财狼，自然是见财起意，只有疯狂地撕咬弱小的生物才能进一步强大。

在这个残酷的商业世界里，没有永远的朋友，只有值得永远追逐的商业利益。

为了利益最大化，财狼可以相互撕咬，也可以共同发起围猎。

小说就是叙述财狼的故事。

如果你看完这本小说，你会怀疑这是小说吗？

因为它真实而又不可确认。

没错，你看的是小说，所有的情节都是虚构的，所有的读者都没有必要去对号入座。

如有雷同，纯属巧合。

如果你以为这只是一部小说，那么你错了。

美国次贷风波及全球金融危机不用说了，就在本书即将付印之前，苏州市原副市长姜人杰获刑，原财政部副部长朱志刚也被“双规”，这些消息都将小说情节与我们的现实牵连了起来。

所有的情节都是虚构的，所有的事实都是存在的，这就是《财狼》。

在我们目前所处的社会环境里，虽然没有枪炮声，但是一场没有硝烟的经济战争早已拉开了序幕。

小说中某位敌对势力的代表的希望，是财狼的希望：

“真相永远不会让中国百姓知道：逼迫人民币升值的全部秘密，就在于通过抑制出口来遏制中国财富积累的能力，削弱中国国力，以维护美元霸权，也就是美国霸权的继续。”

“真相永远不会让中国百姓知道：中国银行业对美完全开放的决议，就是决定将你的血管里始终插有一根抽血管，在每天输入生理盐水的同时抽取你的血液直至你死亡！”

“真相永远不会让中国百姓知道：稳定的中国政治不符合自由世界的利益，自由世界的利益才是规则！中国百姓将享受被抽取血液的自由！”

财狼们的愿望实现，将是我们民族的灾难。

由于工作与职业的关系，我可以近距离地观察大众眼中看不到的各财团间的明争暗斗,多少次我试图将我的所见所闻告诉大众,可是由于种种原因,最后我退却了。

我选择了与世无争的自我放逐。

直到那一天,2008 年 5 月 12 日四川大地震。一切都已改变。

那是我们民族面对的一场天灾,是我们共和国成立以来面对的前所未有的挑战。

在那以后的一段日子里,我一直被共和国的人性关怀所感动,我也开始反省。

在那场巨大的灾难面前,从共和国的最高领导到社会的各个层面,我们都交出了“大爱无疆”的感人答案。

但我深知,我们面临的不光是大自然的灾难,我们还将面临各种财狼的算计。

共和国就是财狼他们要猎杀的目标。

我无法再沉默下去。

作为一个略通金融或经济的普通知识分子,我做出了自己的选择。

“尽管我没有能力像既得利益集团那样影响决策,尽管支持我们的都是被掠夺的弱势人群,尽管经常面临着各种威胁与辱骂,但我们仍要呐喊,并一起见证正义。”

“在经济上,有大量资金进入房地产业,其他行业的资金就将可能给抽干;在政治上,农民工兄弟们积聚的仇富情绪及普通市民的生存压力,都是社会不稳定的因素。很多人不理解我,为何老要唱衰房地产业,我难道和钱有仇吗？错了,我也很爱钱,但是君子爱财,取之有道。如果我们还不能理解我们目前的处境,我们拥有的美好也会失去。”

“在历史上,罗马帝国有着伟岸的身躯,但是也是人类历史最黑暗的。我希望有更多的人,为了我们的子孙,舍弃个人的得失,用良知说话。我相信,我的声音虽然微弱,但是就像《皇帝的新衣》里的小孩的声音,将会让所有的人知道真相。”

以上三段话是小说中的一位经济学家的发言,其实也是我的心声。

让所有的人知道真相,这是我希望自己可以做到的。

如果你觉得喜欢《财狼》,请将它推荐给你的朋友,因为《财狼》告诉你一个冷峻的现实。

让我们一起努力,改变这个现实。

机遇是人创造出来的,我们的世界在我们自己手中,不要再怨天尤人。

无论好坏,日子总会过去的。

但是我们不能无所作为,办法总比困难多。

在此,送给我的朋友们和周边的熟人,千万不要对号入座,让我们为了我们的子孙,舍弃个人的得失,舍弃有过的各种恩怨,认真做事。

感谢我的同仁,以及所有为出版此书作出贡献的朋友们,正是你们的大我,才有机会让此书面世。

各位读者朋友,欢迎多提宝贵意见。

作者:天斌

2008 年 12 月 1 日午夜

财狼

WEALTH WOLF

▼洞悉经济时局之作

目录 Contents

第一章 疑云重重

经济案居然有蹊跷

2008年5月12日上午，北京某地。

来自国家安全部和公安部经济保卫局的领导来到了国务委员的办公室。

他们是有重要情况赶来汇报的。

就在不久前，轰动一时的国储铜巨亏案两责任人获刑，国储铜巨亏案告一段落。

但是围绕国储铜巨亏案，国家安全部和公安部经济保卫局组成的另一专案组的工作没有结束，只是转入了幕后。

2005年10月，国家物资储备局处长沈明高，因在伦敦铜期货市场上擅自违规交易，给国家物资储备调节中心造成了6.06亿美元的巨额经济损失。事后经国家多方采取措施，依然还是巨额亏空。

天都市人民法院判处沈明高有期徒刑7年，他的上司——国储局原副主任章范云获刑6年。

国务委员此刻的心情十分沉重，在他的案头有一份沈明高的卷宗。

一起原本以为平常的经济案居然有着这样一些蹊跷：

沈明高，河南省人，国家物资储备局处长，伦敦金属交易所“明星交易员”，被业界称为“金融国家队”的主力操盘手。

1998年，国储局为了更好地保障国家宏观经济的安全，加强对重要有色金属材料的管理，经国务院批准，通过伦敦金属交易所，进行以套期保值为目的的自营期货业务，具体工作由沈明高负责实施。

作为“金融国家队”的主力操盘手，沈明高出手不凡，一战成名。

入道之时，他及时地捕捉到了国际铜价的一波牛市行情。当时恰逢国际铜价从低至高的上扬时期，价格从1000多美元涨到3000美元，沈明高一度盈利颇丰。

据无法公开的信息表明，沈明高的当时账面盈利最高近 15 亿美元，沈明高成为了中国铜期货界的顶尖人物，在伦敦金属交易所亦是“明星交易员”，因其大量的交易数量，被业界称为“5%先生”（他的铜交易量占到整个交易所的 5%左右）。

沈明高的操作虽然成功，但是低调淡泊的他从来没有出现在公众的视野中，他被称为“期货 007”。

作为王牌交易员，多年来他给国储局创造了源源不断的套期保值利润，但是热爱交易的他，尽管职务有了升迁，但始终在交易的第一线。

顺风顺水的日子直到 2005 年，铜价创出 3000 美元新高后，沈明高转而认定铜市见顶，开始反手做空，但国际铜价依然一路上涨，2005 年十一长假后，国际铜价突破 4000 美元/吨，而沈明高的账面亏损已达 6.06 亿美元。

沈明高此后留下一份遗书失踪。

没有人知道他为何突然这样，但是巨亏还是如晴天霹雳般发生了。

该事件被称为“国储铜期货巨亏事件”。

10 个月后，有关部门在云南某地将沈明高抓获。

近日，法院一审判决，因沈明高违反国家对国有单位进行期货交易的相关规定，擅自将该局的资金用于境外非套期保值的期货交易，导致国家损失人民币 7 亿元，获刑 7 年。

沈明高的顶头上司——原副主任章范云，明知国有单位的相关规定，仍同意沈明高进行上述期货交易，并且在离任时，故意隐瞒相关事实，导致继任人员未能及时发现沈明高的犯罪行为，酿出了这起惊天大案，被判处 6 年有期徒刑。

沈明高失踪后，国储局成立了应对小组，通过实物交割、平仓、展期等多种方式止损，将原有的 6 亿多美元损失降低到了 1.23 亿美元，扣除沈明高此前在国内期货账户 1.89 亿元人民币的盈利，累计亏损数额为 7 亿元人民币。

可是在国务委员的卷宗里还有不少没有公开的内容：

专案组的进一步调查，发现了不少难以解释的疑点。

疑点一：沈明高，为人低调，生性淡泊，并没有发现在这场巨亏的交易中有个人或家庭的经济异常。一句话，他没得到任何好处。

疑点二：沈明高平时操作十分理性，他很清楚套期保值是得到国家授权的，超过套期保值不论盈亏都是非法的，是种犯罪行为，而他的操作数量远远超量，达到了豪赌的程度。他为何铤而走险？

疑点三：沈明高使用的国储资金数量巨大，在汇出境外时，外汇管理部门为何没有完整的审核程序就放行，事后又没有跟踪资金的后续流向？

疑点四：事后经过国家海外情报某个绝密信息渠道查实，海外某间谍组织在 1995 年就开始建立沈明高的个人档案了，并不间断地补充相关资料，这家间谍组织如何未卜先知，提前知道沈明高将成为重要的国家交易员的？再有实力的间谍组织也不会为一个商业人员在走上从业之路时就建立档案的。

就像比尔·盖茨，目前众多国家情报机构为了各自国家的经济安全，都已收集了大量关于他的情报。可是当微软成立的前 5 年，没有一家情报机构知道或理会“盖子”的存在。

疑点五：为防止风险，交易员是双岗制。为何在他大肆冒险时，他的搭档被调走了？

……

共有 23 个疑点之多。

谁是黑手，他是如何控制沈明高的？

国务委员的眉头皱紧了，当时只是感觉后面有黑手，但是没想到黑手居然搞了这么多事！现在查清沈明高背后的黑手，需要缜密再缜密，摸清这只黑手的操纵途径显得更为重要。

这条操纵途径现在可能还只是搭在共和国经济电网上偷电的窃贼，但是他很可能更是将要摧毁共和国经济电网的破坏者。

现在看来，黑手也许还不止一只，好像有多种海外势力已联合在一起，共和国就是他们要猎杀的目标。

国务委员凭借他多年的政治嗅觉，立刻感悟到，没有情报机构会为数亿美元的简单商业利益策划运作十年之久，这很可能只是一次更大攻击前的小摩擦或是火力侦察。

我们必须要有应对措施。

对付财狼要有好猎枪。

……

"你们下一步的打算呢？"听完汇报的国务委员沉思片刻后发问。

前来汇报的两位安全部门负责人相互对视了一眼，其中的一位汇报道：

"现在其实是敌暗我明，我们如果大张旗鼓地追查，很可能对方会舍卒保车，掐断线索。我们一致的想法是，示敌于弱，表现得麻木无知一点，将沈明高案件公开结案后不再追查。同时以纪委和国资委的名义，成立云天铝业巨额国资流失案调查组，从外围追查沈明高案已发现的线索。我们认为云天铝业巨额国资流失案很可能与沈明高案有重要关联，从云天铝业案找到沈明高案背后的黑手。"

在两位安全部门负责人的简单汇报下，国务委员开始了解了这起旧案。

云天铝业巨额国资流失案是发生在沈明高案件之前，是一件没有引起各方过多关注的金融案。如果不是因为云天铝业因期货巨亏造成的大量职工失业，云天铝业的期货亏损只是期货市场每天都会上演的悲喜剧。

数年前，西南某省国有资产管理集团的云天铝业公司，为了避免因铝价剧烈波动而造成对自己生产的铝锭销售波动的不利影响，在直属云天期货公司开设了套期保值账户，开展套期保值，锁定远期价格风险和利润。

这一操作是符合国家规定，得到省国资委核准的，也是符合国家开设金属期货市场的初衷的，云天铝业的以往操作是很成功的。

由于远期套期保值数量严格控制在生产数量内，到期实物交割是云天铝业的习惯。

这一做法实际等于将生产的铝锭直接按某个对铝厂有利可图的价格，卖给大批发商，大批发商先付定金，到期付完款提货。铝厂基本不再零星卖铝给中小客户。

这一做法节约了企业的营销成本，也避免了最头痛的三角债。

这一操作延续了多年，一直顺风顺水。

云天铝业的操作也很小心，为了避免自己的操作细节让外人知晓，他们是在直属的期货公司开设的套期保值账户，由一位集团公司的副总经理直接负责操作；操作的品种也是选择市场很少有人参与的远期品种，平时因市场波动小，一般也很少有人关注和交易；由于远期套期保值数量严格控制在生产数量内，云天铝业的持仓也没有达到市场公开披露的要求。

云天铝业是一个躲在期货市场暗处小心翼翼的套期保值生产厂家。

直到当年 9 月初一个周二的下午，在接近收盘前，云天铝业的套期保值品种突然有大资金进入，在短短两分半钟内，将该品种牢牢封在涨停板上。

奇怪的是其他相邻品种没有大的变化。

事有凑巧，而就在那一天前，云天铝业因生产周转需要，将云天铝业账户的套期保值资金调回一半，用于公司本部采购原材料的资金周转，时间为期一周。

之后连续三天，云天铝业套期保值的品种牢牢封在涨停板上。在周五的涨停板，因云天期货的保证金账号不足，云天铝业套期保值的仓位，给交易所根据交易规则强制平仓。因此云天铝业损失 8000 万，云天期货停业整顿。

周二事发当天，负责操作的云天铝业副总经理在飞往青岛参加商务活动的飞机上，无法联系，等他知道时已是快吃晚饭了。

云天铝业总经理在当天晚上的饭局上，从远在青岛的副总经理的电话里得知情况，酒醒了一半，连夜驱车前往省国资委求援。

午夜时分，省国资委主任被电话从梦中惊醒，在最初的恼怒过后，他还是立即拨通了省政府值班室的电话。

午夜到早上 7 点，通宵紧急会议后，省里在各种方案的争议和讨论中定调：

云天铝业出事的原因要查，但是云天铝业首先要救，由省里紧急调拨应急资金，在周三下午筹集完毕，立即汇给云天铝业。

周三开盘前，云天期货的很多客户收到好心人的短信通知，云天期货将破产。此后，很多客户前往公司要求销户，云天期货资金链陷入空前紧张。

周四省国资委的应急资金到达云天铝业本部，收盘前后到达了云天期货的银行账号。

此时上海期货交易所已连续数次发出准备金追加指令，必须在次日开盘前补足保证金，不然将强行平仓。

十万火急！一路绿灯！

云天期货连夜派人带着银行本票飞往上海，准备次日一早将资金注入交易所的结算账号。只要次日 10 点半前汇入交易所的结算账号，云天铝业就能暂时渡过难关。

周五，一夜未眠的云天期货工作人员在云天铝业上海办事处人员的陪同下，乘专车出发。可是意外发生了。

时值交通早高峰期间，在上海的高架道路上，发生了一起五车连续追尾严重交通事故，云天的车刚巧是第二辆，交通严重拥堵。

等救护车在上海警车开道的护卫下，临时转向到达交易所结算银行时，已是 10 点 28 分。

绑着绷带满脸血污并右肩骨折的云天期货结算部经理，在警察和医生的搀扶下，进了银行大厅,整个银行大厅的人都注视着他们,主动为他们让出了通道。

银行经理已接到警方通知,焦急地等着他们。

一切都以战时状态运转着。

可是等云天期货结算部经理办完资金入账手续时,时间已是10点33分。

结算部经理惨叫了一声:“云天完了!”两行热泪涌出眼眶,身体绝望地瘫软下来,晕死过去。

原来就在10点31分,上海期货交易所的工作人员带着复杂的心情,对云天铝业实施了强行平仓,20秒不到的时间云天铝业的仓单全部平完了,损失还是不可避免地发生了。

8000万损失!

10点45分,云天铝业的套期保值的涨停板给打开了,然后一路下行。

在中午,市场已传出某公司砍仓出局的消息,到下午13点30分期货开盘时,巨大的卖单封住了跌停板,由于当天交易所按照交易规则,是扩大的涨跌幅比例,涨跌幅比平时增加了50%,涨跌幅限制从3%扩大到4.5%,当天在涨停板附近跟风买进的多单,如没有及时出局的话,已投入的资金浮动亏损达到了90%。

如果云天铝业的后续资金及时到场,也许就能反败为胜。

可是没有如果,现实就是这样残酷。

(由于期货实行10%的保证金制度,也就是说如果你当时的100万建的仓位,在收盘时已有近90万的亏损)

此后用了近两周时间,云天铝业的当时套期保值的那种期货合约价格,重新回到波澜不惊的正常区间,好像这片蓝天从未有过暴风雨。

事后,西南某省公安厅介入调查,除了发现十多家省外企业获利颇丰外,并没有确切的犯罪证据,在期货市场某家企业获利或亏损近千万并不是很特别的。

此外云天铝业的操作也十分合规,并未发现内外勾结的证据。

云天铝业、省国资委、云天期货等采取的补救措施是及时的,各银行也是在极力配合的。

上海方面警方的措施十分得力,应急措施非常不错。

事件相关的人们都在想,都安慰自己,如果没有一系列的意外,云天铝业还是可能化险为夷的。

但是这一事件的损失还是太大了,引发了省国资系统的大调整,撤换了大量管理人员。同时规定该省国资系统一律不得进入期货领域,就连正常的套期保值也停止了。

云天铝业也因此被迫裁员,造成当地新的社会问题。这一金融事件很快淡出大众的视线。

直到这次国储铜事件,一个偶然的发现,让云天铝业案又再次出现在专案组的视线内:沈明高在西南某省的别墅落网,而别墅的主人是原云天铝业某位高管的情妇。

……

“好,你们就从这里开始查,一定找出那只黑手!不管背后是谁,我们都要斩断这只黑手!”国务委员一锤定音。

第二章　骷髅密会

他们一直无处存在，但是一直隐形在媒体的焦点之外。这就是——骷髅会。

骷髅会，这是一个由全美精英分子组成的美国最神秘和最成功的组织，这个有 170 多年历史的神秘组织在美国到底掌握了多少权力与地位？

尽管此前有无数人都对这个美国最神秘最有影响的组织进行过全面的调查，但一直没能弄清它的真实面孔。

骷髅会的故事得从一个名叫伊莱休·耶鲁的人说起。

伊莱休·耶鲁出生在美国波士顿，在英国伦敦接受教育，毕业后任职英帝国东印度公司。1687 年伊莱休·耶鲁当上了印度马德拉斯的总督，在印度发财后他于 1699 年返回英国。

有钱的耶鲁从此乐善好施。

回到英国后不久，耶鲁接到了康涅狄克州格里吉特学院请求他捐款的信件，耶鲁毫不犹豫地捐了一大笔钱，并且还给学校的图书馆送了一大批新书。

从此，格里吉特学院接连不断地伸手向耶鲁要钱，而耶鲁总是有求必应，以至于到了 1718 年，格里吉特的校董科顿·马瑟颇为感动地建议，就把格里吉特学院改名耶鲁大学吧！

耶鲁大学历史上涌现过许多美国政治人物。

美国的国父乔治·华盛顿与耶鲁大学颇有渊源。当时的耶鲁大学，已经有建立精英小团体的风气，在美国历史上，因为当间谍刺探英国殖民军情报而被绞死的美国民族英雄内森·黑尔，便是耶鲁大学“卡帕尔三人精英团”的成员，而“卡帕尔三人精英团”的创造人便是乔治·华盛顿。

骷髅会是耶鲁大学最为神秘的精英小团体。

而骷髅会创始人卢塞尔家族的财富源于向中国走私鸦片的赃钱。

1823 年，塞谬尔·卢塞尔组建了卢塞尔公司。这家公司从组建之初就没干过正经生意，而是专门从土耳其廉价收购鸦片然后走私到中国。

1830年，卢塞尔公司与总部设在波士顿的珀金斯集团联手。

珀金斯集团做的也是鸦片生意，两个贩毒团伙“强强联合”便成了美国最大的鸦片走私集团，联手后的这个集团主要股东之一便是某位美国总统的祖父华伦·德拉诺，公司的伙伴还包括普林斯顿大学的赞助商、哥伦比亚大学的资助商等。

生意做大财源滚滚的卢塞尔集团，自知贩毒的名声肯定好不长，也长不了，他们得培养“干净”的后代。

因此，卢塞尔的侄子汉丁顿·卢塞尔到当时欧洲教育最发达的德国学习。汉丁顿颇受德国大学内神秘组织气氛的影响，1832年他回到耶鲁大学的时候，便开始秘密组建耶鲁大学最神秘的精英组织，而且这个精英组织是德国大学精英组织的一个分支。

卢塞尔和14个志同道合的大学生组成了“骷髅会戒令”组织，一个美国历史上最神秘最有权势的组织就此诞生。

有媒体说，这个神秘的组织从诞生的第一天起，就网罗了全美国最精英的家族——洛德家族、洛克菲勒家族、固特异家族、斯蒂逊家族、菲利普家族、珀金斯家族、洛维特家族、科洛克家族、布什家族，当然还包括卢塞尔家族了。

但是所有的家族都对此表示沉默。

这个有钱有影响的神秘组织第一代成员就顺利地控制了美国的权力部门。

创始人卢塞尔成了一名将军并且是康涅狄克州的议员，同伴塔夫托当上了美国的战争部长（据称这个职位长期以来一直为骷髅会成员所把持，包括后来的国防部长），当时美国驻奥地利和美国驻俄罗斯的大使也都是骷髅会的成员，塔夫托的儿子霍华德·塔夫托后来成为美国总统。

保密是骷髅会的铁血政策，组织秘密连老婆都不能说，打死也不能说。

骷髅会成员保密性如此之强，甚至连总统夫人也无法从她老公嘴里套出这个组织的秘密。这位夫人在回忆录中写道：“他常常回到那里，他甚至不惜错过重要的外交会谈也要及时赶回那里聚会。他这个人可以在餐厅桌上和我谈国家机密，可却绝口不提组织的秘密。”

骷髅会的神秘远超过美国五角大楼和中情局总部！

没有人知道这个神秘的组织究竟是靠一种什么样的力量，让那么多的成员绝口不提组织的秘密。

骷髅会在任何时候活的成员只有600人。

从创建的那天起，骷髅会每年只吸纳14名新成员，并且在任何时候确保其活着的成员不超过600人，其中更是只有150名成员（相当于四分之一）在美国社会发挥积极的作用。

最新的估计是，全美国有20至30个家族把持着骷髅会的核心。

每个新加入的成员都会得到一笔15000美元的奖金和一只老祖父辈的闹钟。

他们每个人都会获得一个只有组织内部使用的名字。

所有的成员每年悄悄地聚会一次。

现在就是骷髅会长老会开会的时间。

长老会开会的地点是一个充满诡异色彩的房间，房间全部用黑天鹅绒装修起来，就连四周的墙壁也装着同样的黑天鹅绒，在房间的正中央则有一块红得扎眼的天鹅绒，上面赫然是一个白色的骷髅头；在门外大厅昏暗的墙壁上挂满了成员的画像，全都是这个神秘组织创始人的阴森头像；在隔壁房间放着一具赫然打开的棺材，里面有一把石刀，边上有四个人的头骨、一本打开的书、几具说不出名称的计算工具、一顶皇冠、一只乞讨用的破碗，还有许多刻有说不出内容异常诡异的文字雕刻。

今天讨论的是中国问题对合众国的影响。

一份来自女狼卡罗琳团队的报告被引起了高度重视。

“在中国国内，对中国经济可能出现下滑的担忧愈发强烈，有机构预测，北京奥运会后这一问题将更加严重。出口依存度高的中国极易受到世界经济的影响。中国政府为抑制通货膨胀实施的价格管理也开始产生不良影响，奥运会后中国经济将进入警戒水位！”

“哈哈，从去年下半年开始，尽管中国政府采取了包含紧缩货币政策在内的抑制经济过热的政策，这一政策也已经开始有部分效果。但居民消费价格指数(CPI)在去年8月的时候就已经超过6%，今年更上升到7%到8%的水平，远远高于3%这一国际公认的警戒线。

我们要有所作为。

各位注意到了吗？食品价格的飙涨是带动中国物价上涨的主要原因，其中猪肉和食用油的价格涨幅最大。虽然由于前年猪肉价格大跌和猪蓝耳病疫情的影响，中国猪肉产量骤减，但近来正在恢复供需的平衡。食用油价格也因为原料主要依赖进口大豆而受到了世界粮食价格飙涨的影响。”

“卡罗琳团队前些年的努力，看来在食用油的价格涨幅中受益匪浅。”

“对了，我们为何不在猪肉上再做点文章？”

“哈哈，老大说得对！我们还要想办法加大中国通货膨胀的速度，让他们在膨胀中爆炸。”

“是啊，中国政府避免发生大规模的通货膨胀已成为最重要的政策。但是世界范围内由我们推动的资源和粮价的飙升现在已不可避免地也开始向中国渗透了，在我们骷髅会面前没有攻不破的堡垒。”

“嗯，但我们估计中国对粮食等生活必需品的价格上涨要实施国家审批制度。奥运会之后才可能放开价格管制。中国还是有很多计划手段的。”

“这是无效的挣扎吧。我们的人，要通过经济学家，诱使中国高层采取自相矛盾的做法，削弱他们的权威。必要时，我们必须不惜经济代价制造一个与政府高层预想相反的经济环境。”

一个权威的声音说道。

大家都安静了，只有一个声音在响起。

“是的，中国政府通过提高最低工资等方式缩小贫富差距，这是他们和谐社会的需要。但是这样的做法正在削弱他们出口企业的竞争力。我们还要用其他办法再削弱他们出口企业的竞争力！”

“过去每三到四年，就会有一批来自内陆农村的劳动力前往中国沿海地区打工，但据说这些劳动力资源正在濒临枯竭。而大学毕业的专门人才又因为供应不足导致工资持续上涨。这里有我们可以利用的地方，海神计划要考虑一下如何运作。”

“我们要知道，出口依存度高是中国经济面临的最大风险。中国制造业存在设备投资过剩的问题，库存积压的中国产品转而通过出口平衡账面，使得出口总额占到了 GDP 的 37%。在发达国家中，只有德国和加拿大等国超过了 30%，日本则只有 15%。这对中国是很不利的。对他们的不利就是对我们有利。”

“老大，我建议我们要让全世界都知道中国在倾销他们的产品，而中国产品的质量都是成问题的。”

“嗯，我们需要制造话题，制造我们需要的形象，搞臭他们，海神计划 E 小组是擅长这些的。”

“对了，处理前南斯拉夫的那家公关公司我很满意，他们在中国有业务吗？这次要他们干得再漂亮一些。”

“我们现在的做法是不是也会让我们自己很吃亏？如果作为中国产品主要出口目的地的欧美出现经济衰退，中国经济的恶化就将无法避免。如果中国经济的恶化，我们难道就可以单方面得益吗？”这是一个不同的意见。

“次贷问题成为次贷危机，我们还需要来自中国的援手吧。是不是……”会场里有一个迟疑的声音。

“各位！我们现在是在战争！经济战争！次贷危机，是我们为这场战争付出的代价，但是为了合众国今后 50～100 年的再次繁荣，这是很值得的代价。任何仁慈都是对我们自己的犯罪。”

这个权威的声音再次响起，打断了别人的迟疑与质疑。

“伙计们，次贷危机给我们在座的各位，带来的可都是财富啊，不会最后让我们买单的，我赞成进一步打压中国，为了换取或肢解这样的国家，是很值得的。”

赞同的声音又开始响起。

“对啊，当年的科索沃战争，让我们在欧洲开始不稳的地位又稳固了，肢解一个国家，好处太多了，可惜西藏这次没有成功，不然我们又有和平红利了。我们都是和平主义者，不是吗？”

这个说法引起了一阵笑声。

大家都想起了美好的过去。

“卡罗琳团队预计等到今年秋天，次贷问题将开始波及中国实体经济。也就是奥运会结束后中国经济将进人警戒水位。我们现在就要行动，要给卡罗琳团队更明确的行动目标。卡罗琳团队最好把 TEMA 控股也绑在我们的战车上，让他们当我们的炮灰。”

“哈哈，还需要吗？我看不出中国高层能拿出有效做法。中国的当务之急是扩大内需，当年罗斯福总统的新政就是从扩大内需开始的。

“但是中国很不容易做到。

“中国除了占城市居民 10%的富裕阶层外，其他的人对消费都相当慎重，他们没有强大的消费欲望。要想通过内需维持经济增长，办法还是要通过充实社会保障制度，减轻教育、医疗和住房负担，刺激民间的消费意愿。由于老龄化进程的加快，预计到 2015 年中国的生育年龄人口将开始减少。社会保障制度不全、老龄化进程加快、人口减少等，都会表现为经济问题。”

“对，我们还看不出，在可以预料的将来，中国的社会保障制度有根本改善。尚未健全的中国社会保障制度，将造成大的社会问题。不用卡罗琳团队，我们都可以利用中国普通百姓的不满来点燃它。这方面我们的心理战具有特殊的优势，我们可以好好发挥优势。”

“大家对今年的北京奥运会如何看，会带来哪些影响？”

“从目前看，中国政府的凝聚力因此提高，中国国民似乎暂时成了一块铁板。”

“我们不能容忍这样，我们必须让中国国民与政府对立，海森伯格的 E 小组必须马上加大工作力度，我们太需要震撼性的画面了。

“第二次世界大战中一幅硫磺岛的海军陆战队树旗的照片，振奋了全美国。我们现在需要另一幅照片，将中国高层描绘成正在发展的纳粹。”

“啊，你真是天才！我们先安排国际媒体将 2008 北京奥运会与纳粹当年举办的奥运会相联系，这是我们要暗示全世界的，我们先要搞臭她。哈哈，言论自由，没有外交问题。”

“我们永远不要低估中国，在过去的时间里，虽然她犯了很多错，但是她的成长速度还是惊人的。”发出一个理智的声音。

这是一个颇具影响力的中国通的看法。

“您认为 5 到 10 年后中国会发生什么样的变化？”权威的声音变得谦卑了。

“中国必须要克服内需不足、环境污染、能源浪费、水资源不足、社会保障制度不健全等诸多难题。

“如果这一切问题都得到了解决，到 2020 年、2030 年的时候，中国的国力将超过我们美国，中国人有着根深蒂固的所谓‘中国是世界中心’的‘中华思想’，他们好面子，注重人脉，常常为了实现自身利益的最大化不惜一切。

“我们要学会像他们一样思考，尊重他们的自尊心，保全他们的面子，充分理解什么会让他们高兴，什么又会让他们悲伤，在交往中‘保持谦虚的态度’，我们要设法放大中国官员为了地方自身利益的最大化不惜一切的想法，利用地方官员来与中国高层博弈。

“内耗也是他们的特色，加大他们的内耗，我们需要‘乘人病，要人命’！

“卡罗琳团队（海神计划 B 小组）这次任务很重，我命令 E 小组全力配合。M 组和 K 组协同，必要时也要加入。对了，这次黑龙会和圆桌骑士团的部分成员也会加入我们的围猎。”

……

在会议的休息时间，一个骷髅会的新成员问老成员：

“您刚才提到了科索沃战争和西藏，难道我们做了些动作？”

“哈哈哈，这在组织内部不是秘密，以后你会慢慢了解的。你更应该知道的是我们的海神计划，不过这是更大的一块，一时半会儿说不清。如果你知道了我们的能量，你会觉得成为我们的一员是多么荣耀。”

“我们的 E 小组在蒙古的工作就要完成了。下一步就是中国。有机会你该认识一下海森伯格。他是我们的特殊战士。”另一位老成员向这位新成员打招呼。

阴谋在继续。而在室外，阳光明媚。

第三章　前车之鉴

严防金融控制大权旁落

“同一个世界，同一个梦想”。

用奥运展示中国崛起成为世界潜在的主导力量，这一直是北京奥运计划的一部分。

从这方面来讲，中国有望主导的奖牌榜是国际资源和影响力竞争的隐喻。

北京奥运开始变得像一次全球播放的、隆重编排的、庆祝中国强大进步的庆典。

经历了数个世纪的西方羞辱，中国在阳光下扬眉吐气也是应该的。

但在西方世界看来，复兴的中国代表着“全球稳定的最大威胁”。

“制止北京的新民族主义可能变形为粗暴的新世纪帝国主义，是整个西方世界的一个大问题。中国会放弃多边主义，自私地追求自己眼中的国家利益。”

这是西方主流政治观点。

最近的民调显示，这种观点也正在灌输给民众，成为西方民众的观点。

国务委员为此深感忧虑。

奥运就要来了，我们面临的挑战也要来了，很多海外势力都在蠢蠢欲动。

共和国所面临的挑战也是前所未有的艰难。

种种迹象表明，一场针对中国的金融战争已经悄然无声地开始了。

损失的金额是惨重的，以至于一向沉稳冷静的他也忍不住拍案而起。

他此刻深深地忧虑，拉美、东欧、亚洲等国家地区的前车之鉴会在共和国重演吗？

阿根廷的金融悲剧历历在目。

阿根廷是较早推行金融全面开放的，允许外资控股本国银行，甚至主动出让银行国有股本。1997 年外资控制阿根廷银行的 52％。而在阿根廷发生金融危机后的短短一年内，阿根廷银行国有股本降至 33％，外资控制了 67％。

但这样的金融开放带来的却是灾难：

2001 年金融危机带来的经济危机和社会危机，使阿根廷 GDP 下降到 1997 年的 31％；经济崩溃带来政治局势动荡，阿根廷曾经一个月换了五位总统；阿根廷中产阶级把钱存在外资银行以图保险，结果外资银行首先出逃和外移资金300多亿美元。

大量中产阶级破产滑入贫困阶层，数百万人失业，贫困人口到2003年上升到总人口的60%。

贫困人口到2003年上升到总人口的60%！

这个数字的背后有多少血泪，国务委员难以想象。

国务委员的目光转向了韩国，在那里小小的牛肉正演化成政治问题。

国务委员此刻发现，有时经济与政治或许只有一线之隔，或许已融为一体。

这是一个有着强烈民族精神的韩国，当金融风暴来临时，无数韩国国民捐出自己的黄金饰品，为了拯救国家的经济。

可是当年亚洲金融危机后，韩国金融业也大部分落入外资之手，9家商业银行中的6家被外资控制。

金融控制权丧失后，韩国的各产业也受到威胁。

2002年，外国资本以“清仓价”控制了韩国半导体的44%，通信业的21%，并成为韩国最大企业现代汽车、现代电子、LG、三星电子的重要股东。

在金融控制权旁落后，韩国两大汽车集团一个在债务危机中消失，一个被外资所控股。“汉江奇迹”荡然无存。

此外，巴西、印尼、泰国、墨西哥等国也都是在失去金融控制权后陷入经济灾难和社会动荡。

这引起了国务委员的深思。

大多数新兴市场国家都是在金融开放后出现了金融风暴，这说明了哪些问题呢？

最近，发达国家特别是美国的官员一直在对中国施加压力，要求中国快速开放资本市场，与国际市场完全融合，这些压力是不是可能隐含别的企图呢？

国务委员想起了一年多前与美联储前理事弗雷德里克的一次闲谈。

极力鼓吹金融自由化的弗雷德里克当时提醒他：

“尽管金融自由化值得追求，但在开放的过程中必须伴随一定的限制措施。可以肯定地说，金融自由化和全球化的步伐如果迈得太快，将带来灾难性后果。但是，中国政府很明智地至少在2006年以前没有屈服于这些压力。”

当时他并未意识到其中的深意，此刻他明白了。

凡是新兴市场国家大都被迫选择了金融自由化，凡是选择了金融自由化的新兴市场国家都无一例外地被陷入金融危机和社会动荡，这两个“凡是”被称为新兴市场国家的“宿命”。

这才是问题的实质。

国务委员明白现代经济命脉已不是矿山和其他基础行业，而是金融。

一旦失去国家金融控制权，政府在控制资本外逃和保障居民存款安全方面将丧失能力，同时也有可能因国家缺乏抵押的国有资产而孤立无援。

我们正面临一场金融保卫战。

国务委员意识到，一个国家失去金融控制权意味着将陷入一种新的半殖民地状态，不仅仅是政治依附、主权缺失，也包括经济活动大多由外国人说了算，从而大大削弱国家政治经济生活的影响力。

他又想到一旦经济崩溃，中国国内民族资本很可能会不仅严重损失流动资本，而且所有存款都将失去效用。

如果当整个国家经济陷入极度困境时，恰好又为西方资本彻底控制这些国家的经济提供了机会。

阿根廷、巴西、印尼、泰国、墨西哥、韩国等国，都无一例外地陷入金融危机和社会动荡，无一例外。

全球化？这是怎样的全球化？国务委员思考着这个问题。

新自由主义全球化的重要步骤就是金融领域和资本市场的自由化。

伴随着发展中国家在开放中逐步丧失民族经济实力和谈判能力，国际资本会提出越来越苛刻的要求，逼迫发展中国家开放战略性行业，其中最核心的就是金融领域自由化，向外资开放银行业和证券市场。

金融领域自由化目的何在呢？

国务委员知道答案，金融领域自由化意味着国际金融资本就能够不受约束地迅速流入、流出，以其拥有的庞大资金量和高超的拉高、打低技巧，随意操纵金融、证券和外汇市场，炒作各种金融泡沫并牟取投机暴利，直接威胁发展中国家的金融稳定。

都说金融自由化好，实际上呢？

据世界银行统计，全球105个发展中国家采用美国推荐的华盛顿共识等金融自由化的方法后，从1980年到2000年，GDP平均年增长只有0.8%，经济基本陷于停滞。

国务委员冷笑起来，原来如此。

西方国家鼓吹的金融自由化等貌似规范的经济改革，实际上一招一式都是为配合西方利益而来。

国务委员深感不安，我国的金融实力和金融风险抵御能力目前都还处于薄弱而亟待加强的境况，此时对金融开放更应慎之又慎。

面对国际金融局面的复杂和不可预料，我国须高度重视保护自我金融主权和利益。

他自言自语："这么多国家的例子已经让我们有了前车之鉴，我们不能再朝这条路上走！金融业开放要严防金融控制大权旁落！"

国务委员突然理解了狮城为何愿在中国的金融业花如此血本。

难道狮城敢……

他已联想到狮城神州50指数期货的政治意图，也预感到TEMA控股在神州50指数期货的可能做空的意图。

国务委员闻到了浓浓的火药味和血腥味。

国务委员想到了人民币汇率问题。

2008年1月初，美元兑换人民币汇率已经升至1:7.16。

2007年人民币升值幅度早已超过政府规定的7%的界限，比起人民币升值以前的1:8.3的汇率，人民币总共升值了11%。

摩根士丹利公司甚至判断，人民币实际汇率已经升值17%，远远超出了当时很多主张人民币升值的专家、学者的预期。

可是还是有一些学者开始渲染：

强势人民币的时代已经来临。还曾有人撰文要求人民币应该升值50%。也就是说，1美元兑换4.1元人民币。

国务委员知道，1美元兑换4.1元人民币是可能的，但是这是漫长的路途。

任何一次性升值到位的做法都是自杀。

从道理上说，“毕其功于一役”是解决人民币汇率的最快的办法。

一次性升值到位，不给海外热钱赚钱机会。

人民币一次升值到位，这势必要把中国出口企业抛到火山口上，大量出口企业会因为人民币升值而导致出口受阻，海外市场也会因中国商品价格缺乏竞争力，被其他国家瓜分侵占。

这样的傻事，我们不能干。

可是这样的一次性升值到位理论，总有一些经济学家在鼓吹。

国务委员不明白，难道这些经济学家不知道可能引起的连锁反应吗？

一旦如此，便会造成出口企业倒闭，而合资或外资企业也会纷纷撤出中国，将企业转移到像越南、墨西哥、巴西、印度、甚至非洲这样劳动力资源更便宜、有利可图的国家和地区去。

中国经济增长的百分之七十是依赖外贸出口取得的，人民币一旦一次升值到位，中国经济就会出现日本上世纪十年经济停滞的局面。

中国经济不要说停滞十年，就是停滞三年五载，其结果都不堪设想。

没有经济增长，每年将无法解决1000万人的就业，假设百分之二十的外资企业移出中国，每年至少会增加6000万的失业人员。

真要有数千万的无业人口成为城市游民，政府又能拿出多少钱来救济？

而且，中国政府长期以来积聚的巨额外汇储备也将缩水得一塌糊涂。

目前1.4万亿美元的外汇储备，升值50%后，也就剩下7000亿。

这可好，“学习雷锋好榜样”，对美国政府和美国人民倒像“春天般的温暖”，中国人民十年的经济增长和贸易的血汗钱，反而捐献给美国政府和美国人民了。

国务委员无法容忍这样的事发生。

国务委员想到更深的层面，中国的出口创汇，更多的是靠我们的低工资、低成本的劳动力换来的。

大量的农民工还缺少保障。

大量的农民工没有养老保险、医疗保险、失业保险、工伤保险，以及住房公积金，没有好的工作环境，好的劳动保护，甚至还要牺牲自己的健康。

一句话，用透支的社会保障换来了出口的增长。

国务委员对适当降低发展经济速度，改善社会保障的做法是十分赞同的。

盲目追求GDP的增加、表面上的经济发展，并不意味着社会财富增加，也不意味着人民生活水平的整体提高。

要让老百姓真正改善社会保障，才是正途。

要让老百姓真正改善社会保障，才会得到老百姓的拥护。

国务委员的思路又回到了人民币汇率问题。

人民币到底如何升值，既是考验中国政府大智慧的难题，也是社会上不同利益集团博弈的焦点。

人民币一次性升值不可行，那就只有慢慢升。

可慢慢地升值也非万全之策。

地球人都知道，中国政府承诺人民币慢慢升值，有钱谁不愿意赚呢？

金融投机的热钱肯定会滚滚而来，热钱进入中国，外汇储备增多，人民币也会水涨船高。就算中国经济增长得快，可再快，恐怕也赶不上热钱流进来得快。

GDP 每年增长百分之十，热钱没准儿一个月就能增加百分之十。

如果这样一来，我们的央行发行再多的银行票据对冲，也无法减缓人民币在市场上流通量的增加。

实物商品的增加赶不上货币商品的增加，再傻的主也明白，通货膨胀了！

如果美国成功转嫁危机，中国的危险系数很大。

也许是长期的经济建设成就，淡化了国民的危机意识，就连不少干部也没有意识到可能到来的危机。

因为目前，中国基本上很少有人意识到这个问题，所以，就谈不上防范。

如果现在防范，还不算太晚。

千头万绪，从哪里开始？

国务委员想，现在面临的问题是综合性的问题，也许问题不是某一领域的专家可以解决的，西医有西医的科学，中医有中医的妙处，中西医结合可能更好些。

国务委员想，我可不是理论家，我只看疗效不看广告。

谁也别和我提他是哪位国际大师的高徒。

有些国际大师的高徒搞出的很多措施出台后，有种拳头打在棉花上的郁闷感觉。

我们不要头痛医头、脚痛看脚的临时措施。

老子不相马，老子赛马，谁的办法灵，用谁的！

看准了先做起来：成立一个监管汇率的部门，加大对汇率的控制和监管。

我们还需要做很多踏实的工作。

头痛医头，脚痛看脚是不解决问题的，要从深层次多角度地来分析问题，解决问题。

他想起毛主席说过的“从群众中来，到群众中去”。

对，了解基层最关心的、最需要的，发挥全社会的智慧，大家来集思广益。

是的，这几天可以先让秘书刘彪去基层跑跑，认真做些调研。

从刚才安全部门反映的情况看，反腐败也不能放松，云天铝业案估计不是渎职失误那样简单。

第四章 以投资立名

用事实说话，以投资立名。

2008年5月12日上午，狮城。

TEMA控股曾经是一个不被人熟知名字，它的财务资料很长时间都是一个秘密，但是一次次重量级的股权交易，还是让它慢慢浮出水面。

两年前，TEMA控股董事局主席巴南丹那宣布，他已从马来西亚邱氏家族手中收购了他们所持有的全部11.55%的渣打银行股权。

TEMA控股买进了该银行1.524亿股股票，渣打银行获悉上述股权变动的情况后，只能强作欢颜称欢迎TEMA控股成为该行的"长期投资者"。

TEMA控股收购这1.524亿股股票的总价约40亿美元。

邱氏家族此前一直是渣打银行的最大单一股东。

家族领袖邱德拔一度拥有渣打银行13.5%的股份。

他于2004年2月去世后，市场就曾猜测邱氏家族是否会退出渣打银行，并引起外界对渣打银行的全面收购战。

由于渣打银行在新兴市场中拥有大量业务，因此渣打银行成为一项很有吸引力的资产。在过去的几年中，新兴市场已成为极受欢迎的投资标的，渣打银行约有2/3的收益来自亚洲。巴克莱集团、花旗集团和汇丰银行此前都曾表示有意收购邱氏家族持有的渣打银行的股权。在过去数年间，因渣打银行业绩优良而可能成为收购目标的传言日益升温。

此前TEMA控股已经通过直接和间接持股的方式拥有了渣打银行0.7%的股份。

TEMA控股成了大赢家。一个籍籍无闻的庞然大物，资金雄厚的TEMA控股也慢慢浮出水面。

其实水面下的更为惊人。

TEMA控股自2002年开始积极在亚洲投资，截至2006年3月底，这段期间的新投资项目的市值就已增加到340亿美元，占集团投资组合公开披露部分的26%。

TEMA控股在亚洲的投资占了新项目的一大部分。TEMA控股着重于亚洲的投资策略已有了成效，集团2002年至2006年的新投资项目每年为股东带来高达41%的回报。

TEMA控股董事局主席巴南丹那也正在向董事会阐述他的投资思路：

“我们正在进一步增加在亚洲三大快速增长区域投资——包括中国及东亚、印度及南亚，以及其他亚洲经济体。

“TEMA控股将成为具有潜质的亚洲公司的长期伙伴，为亚洲经济增长作出贡献。

“TEMA控股正把原本集中在本国的投资组合转为均衡的全球组合……在亚洲，TEMA控股将着重于反映各个新兴经济增长和机会投资。TEMA控股在今后十年的目标是在海外拥有三分之二的资产，而目前海外资产仅占大约一半，TEMA控股公司未来将以更大步伐扩张海外市场。

“由于地缘上的关系和多年的经验积累，我们TEMA控股对亚洲市场并不十分陌生，甚至可以说TEMA控股非常熟悉亚洲各国的经济脉络。正是如此，TEMA控股的亚洲投资方向显得格外清晰和明朗。”

按照TEMA控股董事局主席巴南丹那的说法，TEMA控股将重点投资马来西亚、印度尼西亚、印度以及中国等四个中产阶级可以迅速崛起的国家及其公司中去。

TEMA控股目前大约一半的资产是在狮城以外地区。事实上，TEMA控股在海外投资最集中的还是其最熟悉的电信和传媒、金融、交通与物流、能源及物产、基础设施及工程五大领域。

其中主要的投资包括马来西亚电信、印度的ICICI银行和澳大利亚第二大电信公司Optus。例如TEMA控股在澳大利亚的投资将通过TEMA控股电信、TEMA控股能源以及TEMA控股置地集团（CapLand）来实现。

TEMA控股主要的投资方向包括全球网络、亚洲服务业、地区能源、科研机构以及各行业中的优胜者。

TEMA控股董事局主席巴南丹那的声音很洪亮。

“在过去数年里，TEMA控股还投资了至少53亿美元于35家公司，包括一些地区性的杰出代表，比如印度的塔塔集团，巴基斯坦NDLC-IFIC银行、中国远洋、印尼国际银行和Donamon银行、印度的ICICI银行、马来西亚电信、马来西亚安联银行、韩国的HANA银行。

“有的TEMA控股占绝对控股地位，有的TEMA控股只保有少量股票以便为保持长期关系创造机会。

“TEMA控股所持有的公司股票比例从2%～53%不等，这些公司都有强有力的管理、良好的市场扩张地位以及优良的货品。其中最重要的是增长的潜力。

“TEMA控股的投资非常之多，我们TEMA控股的投资思路到底如何呢？

“无论是购入中国电力国际发展有限公司3%股份的案例，还是收购印尼的第五大银行Danamon53%股份的动作，TEMA控股都只用一个指标衡量，即投资回报率，在公司内部也被称为股东回馈计划（TSR），这也是董事会衡量我们下属各个部门业绩最重要的指标。”

“你可以说说，我们在实际运作中为何对中国投资比重明显提高吗？”有位独立董事提出了问题。

"对,在亚洲国家当中,我们 TEMA 控股对中国、台湾地区和韩国的投资比重明显提高了,从 TEMA 控股总资产的 8% 增加到 29%。

"我们 TEMA 控股还是中国银行业最大的海外投资者之一。

"我们 TEMA 控股正以其雄厚的财务实力,在亚洲各地建立起一个银行业股权网络,目前,已经在印度尼西亚、印度、韩国、马来西亚和巴基斯坦等国家的银行都拥有股权。

"我们 TEMA 控股还计划增加在华投资以分享中国经济增长所带来的收益,从而降低对本土市场的依赖。

"公司在中国的投资已经超过 70 亿美元。

"我们 TEMA 控股还可能投资中国的房地产开发公司,以及其他可能受惠当地经济发展的公司。"

"你还是没有回答,为何对中国投资比重明显提高。"独立董事很不满地打断了巴南丹那的讲话。

巴南丹那看了一眼独立董事,带着歉意的表情,还是兴奋地说道:

"在过去的 30 年,中国的成长十分惊人,我们在中国的投资都已有了很不错的回报,在可以预计的将来,中国还将保持较快的成长。中国的都市化进程才刚进入高潮。

"我们对中国的都市化进程充满兴趣,同时对中国政府和负责国有银行改革的领导层充满信心,他们具有实施改革的决心和能力,我们决定将增加在中国的投资。"

"你可以具体说说我们在中国的投资吗?"

"好的,董事先生,中国市场是 TEMA 控股努力提高投资回报的前沿阵地。TEMA 控股至今已投资了至少 12 家中国公司,其中逾 62 亿美元用于购买中资银行的股份,约占其在中国投资额的九成。如今,TEMA 控股在中国银行业的投资收益随着 2006 年底中资银行股价的上涨而大幅上升……"

TEMA 控股董事局主席巴南丹那的兴奋溢于言表,他眉飞色舞地说:"银行业是一国经济很好的代言。中产阶层壮大意味着他们的财富增加,所以在未来 15 年,我们在中国的投资将值很大一笔钱。"

他还表示,TEMA 控股目前着力于保证中国银行和建行的良好运营。如果能在中国市场建立起好名声,该公司将得到更多的投资机会。他还预计,10 年后的中国银行业将今非昔比。

"除银行业外,我们 TEMA 控股还投资 5000 万美元购买了中国最大手表零售商——新宇亨得利控股有限公司 9.9% 的股份。TEMA 控股还在东风汽车集团有限公司、长城航空公司、中华航油股份有限公司和中国电力国际有限公司持有股份。"

……

"我很高兴有位经济学家这样评论我们:'它在中国的投资是为了未来的发展。如果在中国的投资获得成功,它将获得的利益将不难想象。它将不需要娱乐场来推进其经济发展。'

"其实除了我们 TEMA 控股,其他国际集团也都在中国花了大本钱。花旗集团、美国银行和汇丰控股等外资银行也在过去数年间投资逾160亿美元入股中资银行。他们像我们TEMA控股一样，全球金融投资者都在蜂拥入股中资银行，主要原因是中国经济强劲增长和政府调控的高贷款利率。关键是我们的价格很便宜。”

“董事局主席，股市风云多变，你刚才说，在中国银行业的投资收益随着2006年底中资银行股价的上涨而大幅上升，可是从去年10月起，中国银行业的股价都在往下落，我们的市值损失呢？你为何忽略这一点？”独立董事的问题很尖锐。

“董事先生，我们已考虑到了这种风险，所以我们在狮城交易所开设了神州50指数期货交易，如果你认真观察成分股，你会发现，我们投资的公司很多都在成分股内，神州50指数期货交易是我们在中国投资的保险带，所以，在去年的中国指数高位，我们已用做空神州50指数期货，建立看空仓位以套期保值的方式锁定了风险。”

“哈哈，难怪中国方面多次反对，我们还是开设了神州50指数交易。原来如此。”

会场的气氛开始变得轻松了许多。

……

可是会场上的所有人都没有想到一场正在逼近的战争，一场看不见硝烟的战争将把TEMA控股卷入纷乱战局。

开完董事会的巴南丹那，很满意今天的董事会，他感到一种展翅欲飞的豪气在胸中涌动。

但是罗兰基金驻狮城首席代表希望商务会谈的要求，让他的兴奋消失了。

“不好意思，我下午要飞上海，我们晚上与中国金星国际有个商业活动，要不……啊，有关于女狼卡罗琳公主的口信？嗯，嗯，好，我马上安排时间。”

第五章 女狼公主卡罗琳

这是一次暗战

罗兰基金驻狮城首席代表卡罗琳是个冷艳的金发美女，因数年前牵头组织多个国际基金，在伦敦金属交易所金属铜品种上，成功狙击中国国储局王牌交易员沈明高而在圈内一战成名。

这次在金属铜的狙击战，是国际游资对中国国储局的一次完胜，但国际游资和中国国储局都没有大肆宣扬，这是一次暗战，谁也没有让大众知道真实的结果。

显而易见的是，从此战之后，中国国储局很少在伦敦金属交易所出现，10 亿美金以上的亏损（国储局及其他跟随国储局资金的外围资金），几乎将当年国内各大铜矿的利润都填了进去，这个伤口是需要时间来治疗的。

沈明高是国储十年来精心培养出的首位中国国储局的核心交易员。

沈明高在 1995 年获得了在伦敦金属交易所为期半年的实习机会，沈明高还协助建立了连接伦敦金属交易所和国储局的电脑网络。

1999 年到 2000 年期间，沈明高曾经被国储局派往伦敦进行培训，当年培训他的一位教员对他印象很不错："那时候感觉他很谦虚，很有亲和力，是个既聪明能力又很强的人。"

谁也没有想到，他竟然掀起了这轮国际铜市的一场大风波。

其实在培训那一刻，女狼卡罗琳就盯上了他，这个朴实而没有什么特色的东方男人，喜欢中国国画和日本相扑。

沈明高为人沉默寡言、深居简出，显得十分低调沉稳，但是在卡罗琳看来，干大事就要这个样子，要稍微低调一些。

位于上海东方新区世纪大道 1500 号的东方大厦 9 层，曾经是沈明高的办公地点。

女狼卡罗琳从没来过这里，但是十分清楚这里的摆设，来过沈明高办公室的人都知道，除了墙上挂着两幅显眼的水墨花鸟国画外，没有其他更多的摆设。

他们不知道的是，在沈明高操作期间，暗藏在这个楼面的最先进的间谍设备将沈明高的操作暴露得一丝不挂。

女狼卡罗琳像在放大镜下观察或是说窥视了她的猎物整整一年多。

这次在金属铜的狙击战还有意外的战果，外围的狼群成功地建立了中国有色金属股的底仓，这也是很不错的利润。

更让他们高兴的是早在 2007 年 10 月，财狼们的中国有色金属股出乎意料顺利地全部倒仓给了中国的开放式基金。

看着中国开放式基金的目前表现，卡罗琳真想仰天长笑，那种征服和胜利的快感是比性爱还要让她愉悦的感觉。

这次在金属铜的狙击战让卡罗琳赢得了一个圈内的荣誉——女狼卡罗琳公主。

那次伦敦金属铜狙击战后，卡罗琳很快就淡出了金融界的视线，以至于媒体连一张她的照片都没拍到。

谁也不知她从何而来，又消失在何方……

此刻，作为罗兰基金驻狮城首席代表，她再次出现在 TEMA 控股董事局主席巴南丹那的办公室。

“我是女狼卡罗琳公主！”表明真实身份的卡罗琳让原本以为一场普通商务会谈的巴南丹那大吃一惊。

女狼卡罗琳公主！那种神秘的压力足以让卡罗琳得到她所需要的。

正是那次血腥而漂亮的伦敦金属铜狙击战，让狮城政府和 TEMA 控股胆寒，他们相信，就算狮城政府和 TEMA 控股是雄狮，女狼公主卡罗琳带领的狼群也会将他们撕得粉碎。他们需要自保。

在狮城政府授意下，狮城交易所不顾中国证券管理机构的多次反对，还是以最快的速度上市了神州 50 指数期货。

“没有永远的朋友，只有永远的利益！”这是国际关系的冷酷法则，即使这个华人占绝大多数的国家，它也还是作出了最符合自己国家利益的举措。

回程的车上，卡罗琳微笑着回想刚才和 TEMA 控股董事局主席巴南丹那的会面，她根本不指望 TEMA 控股会为看得见的利益而损害狮城政府在华的巨大国家利益。

狮城政府和 TEMA 控股连女狼公主卡罗琳带领的狼群都感到胆寒，狮城政府又如何敢主动绑在狼群的战车上，直接去对抗一个正日益强大的中国呢？

但是卡罗琳还是得到了她所需要的，她知道 TEMA 控股还是会为了自己国家利益，将在神州上 50 指数期货上秘密建立大量做空合约。

这样大量的做空合约是不会有太长时间的秘密的，只要秘密成为业内公开的秘密，估计巴南丹那才会向中国坦陈他的苦衷，而那时除了女狼卡罗琳公主的狼群，几乎所有游资都会学习 TEMA 控股的举动采取自保，或加入女狼卡罗琳公主的狼群，开始他们的围猎中国计划。

谁都害怕对这个日益强大的国家咬第一口。

在女狼卡罗琳公主的暗示下，TEMA 控股实际上将咬第一口。

从此 TEMA 控股将被迫绑在狼群的战车上。

借刀杀人，才是真的过瘾。

女狼卡罗琳公主不害怕将要到来的金融血战,因为这是她的使命。

她是 EHW(eonomichitwoman),一个 A 国国家安全局内也找不到编制的影子核心机构的一员,为了这次围猎,她和她的影子团队已准备了多年,伦敦金属铜狙击战,只是一次实兵演习,在这次实兵演习中,中国相关机构的惊慌、混乱和错误给国际金融界留下了深刻的印象——中国金融几乎不设防。

这几年来,看来其他的 EHM(eonomichitman),也正在取得良好的进展,这一切都是在融入国际化的浪潮中稳步推进的。

也许女狼卡罗琳公主在未来的某一天也会给某些财经官员们颁发财狼和平使者奖,就像诺贝尔基金会曾经为戈尔巴乔夫颁发和平奖,表彰他为结束前苏联作出的"杰出贡献"。

不能用炮弹、导弹得到的,我们将用肉弹、银弹去得到更多!

女狼卡罗琳森冷的目光充满了撕咬猎物的期待……

她很喜欢女狼卡罗琳公主的称号,因为她不是女人,她是美丽的战争机器。

在隐伏了几年之后,女狼卡罗琳又要大开杀戒了。

罗兰基金将参股中国金星国际,并在 3 至 5 年内逐步成为中国金星国际控股股东。

卡罗琳知道,今天下午金星国际将召开董事会对罗兰基金的参股及逐步控股方案进行表决。

金星国际董事会通过决议会有悬念吗?

这才是卡罗琳现在最关心的问题。

她需要将金星国际安排成她围猎的前锋部队。

如果不能招安金星国际,它就将是她的敌人。

好在卡罗琳有备选方案。

第六章 美丽的战争机器

战争看不到硝烟

女狼卡罗琳公主，是个艳丽的金发女郎，她的容颜，她的身材都是那样出色，以至于不少星探都希望她成为影视圈的一员。

女狼卡罗琳公主，也是个资本圈的神秘高手，她的出手总是那样凶狠而准确，让对手一剑封喉。圈内很多人对她只是闻名，从未谋面，但是女狼公主的艳名与赚钱机器的威名同样让人充满了想象。

可是女狼卡罗琳公主，从来不认为她自己是赚钱机器，她是这场不对称经济战争的战争机器。在富丽堂皇的摩天大楼里，从事着肢解其他国家经济的战争。

她知道这场战争看不到硝烟，但是远比看到硝烟的战争残酷。

这是一场她的国家必须要赢的战争，留给她的国家的时间并不多。

不是她愿意发生战争，而是这场看不到硝烟的战争将为她的国家赢得 50～100 年的繁荣，为了她的国家，她愿意付出所有的一切。

战争的根本目的就是为了控制，控制自己需要的东西，更要控制别人需要的东西。

如果不需要战争就可以控制自己需要的东西，还能控制别人需要的东西，那就是兵不血刃的完胜。

从经济上控制这个国家，可以避免美国大兵饮血沙场，在与这个国家的军事较量中，合众国没有真的赢过，现在她和她的团队要为国家赢这场经济战争。

女狼卡罗琳公主一直记得这样一句话：

“如果你控制了石油，你就控制住了所有国家；如果你控制了粮食，你就控制住了所有的人；如果你控制了货币，你就控制了整个世界。”

美国著名的政治家基辛格博士的观点，已成为了某些国家的战略方针，并正在他们手中一步一步取得辉煌的战果。

如果你可以在资金上暂时取得绝对优势，也许就将一直处于优势。教科书的理论也是会改写的。

理论上，供需力量的对比决定了价格的走势。

理论总是苍白的。供过于求价格应该下跌，可是国际农产品就是不跌反而上涨。四大农产品目前国际仓储量是 1.46 亿吨，消费量是 1.32 亿吨，储存量明显大于消费量，也是供大于求，但农产品价格还是在上涨，在美国芝加哥商品交易所，2009 年 3 月交割的小麦和糙米期货价格均跃升至历史最高水平，大豆期货价格创下 34 年新高，玉米价格也升至 11 年高点。

谁是背后的推手？国际游资，这是最安全的说法，永远不会出错。

然而，如果回到在 2000 年前后的几年，你会发现中国大豆产业及植物油市场，大豆价格一直在 2000 元 / 吨左右波动，这一价格信号，让种植大豆的东北农民都处于严重亏损状态，海量进口的美国转基因大豆把价格死死地压在 2000 元 / 吨以下。

同时以各种外商名目出现的植物油压榨商在东部沿海大量建造新厂。

传统的中国大豆产业链纷纷断裂：农民不愿种豆，粮贩不愿收豆，国内的小植物油压榨商买不到国产大豆原料，国内的大型植物油压榨商，因为生产线都是更为适应的美国转基因大豆特点，他们也不愿用国产大豆原料。

美国转基因大豆品种，是美国孟山都公司 1995 年商业化的转基因抗除草剂大豆 40-3-2。

转基因食品是否会对人体健康造成“潜在的伤害”，直到今天还存在巨大争议和悬念，在欧洲，很多国家市民对转基因食品都抱有深深的不安而敬而远之。

在欧洲从事生物安全的专家，对被破坏又重建的基因链刚刚提出质疑，从事生物技术的科学家就会用另外一整套数据予以反驳。

英国的一位研究人员最先公布的实验结果说：用含有转基因的马铃薯饲养大鼠，引起了大鼠器官生长异常、体重减轻、免疫系统遭到破坏。

实验结果立即引起轰动，英国公众对转基因食品的安全性纷纷表示怀疑。

2002 年，英国《自然》和美国《科学》杂志又陆续报道：纽卡斯尔的研究人员发现，转基因食品中的 DNA 片段可以进入人体肠道中的细菌体内，这似乎证明肠道的菌群会对抗生素产生抗性。

英国食品标准协会为此做了关于转基因食品安全的第一个人体实验——哈里·吉尔伯特等学者给 12 名健康志愿者和 7 名手术切除部分结肠的志愿者，吃了含转基因大豆的汉堡包和牛奶冰激凌食品。

结果发现：健康者的粪便中没有发现转基因大豆的转基因。但是，在那些切除过结肠的受试者的粪便中，确实发现了 3.7% 的大豆转基因。这一结果提示：有极小量的细菌摄入了大豆转基因。

但这一数据没有受到研究人员的重视，他们肯定地说，没有任何证据证明这种转基因的漂移对人有副作用。

英国皇家协会的研究指出基因食品可能带来过敏等不良症状，而且对儿童和婴儿的危险尤其大。国际上许多国家和环保团体都呼吁对基因食品贴上标签，进而停止转基因生物的商业性释放。

中国科学院《科学新闻》曾发表过一篇文章，将转基因食物“可能”对人类健康的危害总结为三点：

一、转基因作物中的毒素可引起人类急、慢性中毒或产生致癌、致畸、致突变作用；

二、作物中的免疫或致敏物质可使人类机体产生变态或过敏反应；

三、转基因产品中的主要营养成分、微量营养成分及抗营养因子的变化，会降低食品的营养价值，使其营养结构失衡。

到目前阶段，对转基因安全性的一个比较客观的评价是：这是一个无法证实也无法证伪的命题。在国际市场，转基因产品至今还受到广泛的质疑。

但是在转基因食品还存在广泛争议时，进口转基因大豆就席卷了中国。

转基因大豆的进口，2001 年我国进口大豆 1394 万吨，相当于我国 2001 年的大豆生产总量，豆粕进口 5.3 万吨，豆油进口 6.3 万吨，其中 69％来自阿根廷，18％来自美国，这两个国家均是转基因大豆生产大国。

在 2002 年以后每年的进口量基本维持在 2000 万吨左右，转基因大豆占据进口转基因食品原料的 90％以上。

回到现在，在北京市场找不到"非转基因"大豆油产品。

在主流的销售渠道、大型超市、便利店等地均找不到"非转基因"大豆油，市场上销售的转基因大豆油都贴上了"转基因"的标识，消费者确实获得了"知情权"，但想买"非转基因"大豆油的选择权却没有了。

"没有办法，市场上没有'非转基因大豆油'，如果选择花生油和玉米油等，一桶 5 升的油价格都比大豆油贵 20 元以上，一瓶橄榄油则要贵数倍以上，对于一个工薪阶层的市民，由于经济因素恐怕只能被迫食用转基因油了。"

"鲁花"的生产厂家坦言，选择转基因大豆作为生产原料，主要原因是国内大豆供给远远低于市场需求，而不得不向国外购买大豆。金龙鱼、汇福等粮油制造商也不约而同地认为国内大豆紧缺是使用国外转基因大豆的根本原因。

嘉里粮油的吴先生更指出："国内耗油量大，一些大城市的年人均用油量达到 13 公斤，国内的大豆产量根本供不应求，而且，东北大豆出油量小，不适合作为制油原料。"然而一个被有意忽略的是，东北大豆正源源不断地出口韩国、日本等拒绝转基因食品的国家。

其实由于我国并不限制使用转基因原料，生产厂家选择转基因原料生产，主要还是出于成本考虑。现在进口大豆 100％是转基因大豆，其出油率在 20％～21％，而国产的大豆出油率只有 17％，价格却比进口的贵，因此多数厂家都会使用进口大豆做原料。

据估算，平均每桶 5 升非转基因大豆油要比转基因大豆油的成本贵 2～3 元钱。

由于我国多数消费者对价格还较敏感，对转基因产品的安全争议了解不多，多数大厂商都不愿提高成本，生产非转基因产品。

北京市某局转基因办公室的官员很无奈，北京市场没有安全争议的非转基因大豆油的数量非常少，确实很难买到。

但目前政府部门针对转基因大豆油问题，主要的职责是按照国家规定，对转基因产品的标注工作进行监管。对于不按照要求标注的企业，农业主管部门可以对其进行处罚，限期改正，可以没收其违法销售的产品，处以罚款。

然而，他们的呼声被大量转基因大豆油品牌的广告所淹没，没有人注意到。就是某些媒体注意到，也被某公共关系公司的巧妙游说，而放弃了追究的努力："转基因办公室是个衙门，他们不懂转基因大豆，他们就是为收钱找个理由而已……"

卡罗琳知道，中国国产大豆相比进口大豆，出油率确实较低，用于生产大豆油，成本肯定要比进口转基因大豆高。

但关键是生产大豆油的进口生产线是专为使用进口转基因大豆设计的，所以，国产大豆用这些生产线自然会增加很多成本。

没有人注意到韩国、日本厂家为何不觉得中国产大豆不适合生产豆油。

一切都被某公共关系公司的巧妙运作下被漠视了。

悄然间，存在安全争议的转基因大豆油成为豆油的主流。

想到这一点，卡罗琳还是很佩服 E 小组的能力的：他们居然让实验室产品成为主流，几乎大部分中国人都成了实验室的小白鼠。

卡罗琳也知道，尽管中国的东北地区有部分厂家生产非转基因大豆油。但由于其规模较小，多数产品都在当地销售，全国市场很难见到，因为主流的销售渠道已不再接受非转基因大豆油。

曾有哈尔滨粮油生产厂家来北京与某著名粮油生产商洽谈，愿意为其贴牌生产非转基因产品。

但因为一家外资控股的大卖场拒绝非转基因大豆油进入供货商的行列，北京的厂家放弃了合作。

这是卡罗琳团队的骄傲。

在经过多年的苦心努力后，美欧企业几乎垄断大豆进口权，并掌控了中国大部分植物油压榨企业，目前已然可以随意影响植物油价格体系而获得暴利。

而关于转基因食品的争议，被有意地忽略了。

美国著名的政治家基辛格博士的观点，已形成一种新的政治理念：

粮价比油价对政治稳定更重要，粮食正成为美国的赚钱机器和政治武器。

而来自美国中央情报局的一份报告则写道：第三世界国家缺粮使美国得到了前所未有的一种力量，华盛顿对广大的缺粮者实际上拥有生杀予夺的权力。

美国是世界上最大的粮食囤积居奇者，自然也是这轮粮价上涨中的最大受益国。

目前他们掌握的粮食正成为继金融、石油后地缘政治中新的王牌，粮食问题终将使石油输出国组织中那些意图"叫板"的国家屈从，因为粮食恰恰是这些石油大国的软肋。

近年来，美国打着环保的旗号，大力发展生物能源，效果十分有效。

效果不是油价跌了，而是粮价涨了，合众国政府可以不用给美国农民农业补贴了。

女狼卡罗琳心知肚明：发展生物能源本来就是"意在沛公"。

事实是，发展生物能源对美国能源贡献微小，但对粮价拉动却收效巨大。

美国玉米由于发展生物能源而需求大增，价格大涨，从而造成小麦和大豆等其他农作物种植面积大幅减少，再次推动小麦和大豆、大米等价格轮番上涨，美国通过玉米提炼出的乙醇量能为其节省的汽油不到当年存储量的 1%，却让全球粮价上涨了近四成。

卡罗琳团队提供给骷髅会的提案蓝本真是一字千金。

并且，在世界粮食趋紧的状况下，美国仍坚持大力发展生物能源。

在2000年前后的大豆倾销战中，美国农业部为美国农民支付了大量的农业补贴，而今，粮食危机的最后买单者还是第三世界，不过当时美国农业部是暂时垫付，现在要连本带利赚回来。

女狼卡罗琳公主明白，在中国大豆市场的胜利，就是利用当时中国监管当局的漏洞，用国际巨资与弱小的国内资金对决。

航空母舰与小渔船群的对决，是没有悬念的。那根本不是一场对决，而是财狼对羔羊的猎杀。

没有悬念，但是战果丰硕。

围剿沈明高的铜事件，也不是女狼卡罗琳公主的游戏之作。

让唯一可以与他们抗衡的中国国家队铩羽而归，将让女狼卡罗琳公主今后的风险更小，收益更大。

财狼不是狗熊，财狼也有智慧。

可惜的是，中国中央政府没有在他们的忽悠下，也人力用粮食发展生物能源，相反，还及时制止了各地盲目兴建的玉米提炼乙醇的多条生产线。

财狼也失算了。

突然而来的中国汶川大地震，让女狼卡罗琳公主热血沸腾：

千载难逢的历史机遇来了。

我们等待的总攻正是天公作美。

看来不需要E小组的策应，我们就可以进攻了！

女狼卡罗琳公主期待中国股市出现美国“9·11”事件发生时那样预料中的大崩盘。

大崩盘在中国股市没有出现？女狼卡罗琳公主有些不解，难道地震没有发生过？

“为了四川，我们不抛股。”这一信息在无数MSN上传递，这是原因吗？

“我要拿出我们制作一个标本，让你们参照。”女狼卡罗琳在心里说道。

越南，就是你。

女狼卡罗琳不担心，她拿出了关于越南的很多资料，通过她的信息网络，将她和E小组精心设计的“真实新闻”提供给中国的新闻媒体。

她知道，很快不明所以的很多媒体会渲染越南经济的问题，也会有不少经济学家告诉大众：越南经济的灾难将在中国重现。

女狼卡罗琳公主得意地狂笑：这样的免费广告真好！

E小组的策略真是不错：摧毁中国人的信心。

第七章 越南，就是你

28

“美元最大”的物欲社会

在国际经济领域有着重要影响的英国《经济学家》杂志，曾专门对越南经济做了专题报道，该杂志认为“越南是亚洲(除中国外的)另一个奇迹”。

越南自上世纪90年代开始中国式的“革新开发”，过去十多年，其经济总体呈现持续繁荣景象。

进入21世纪后，越南经济继续保持快速增长。

自2000年以来，越南经济年均增速高达7.5%，2007年更是达到8.48%的历史最高水平。

但在经济快速增长的同时，越南经济中的一些问题也开始显现出来。

自2007年以来，由于国际市场油价和粮价急剧飙升，越南国内物价水平持续攀升，通货膨胀率屡创新高。

自2007年12月份以来，越南通胀率已连续7个月保持在两位数以上，2008年5月份更是达到25.2%。2008年前5个月，越南通胀率高达19.1%。

与此同时，越南金融市场出现动荡。

越南股市主要股指在2007年3月份曾达到1179点，此后持续下跌，过去一年多，跌幅已超过60%，甚至被外界称为“全球表现最差的股市”。

此外，在当地“黑市”上，越南盾对美元比价也大幅下跌。

由于原材料价格上涨，企业生产成本大幅上升，一些越南企业不得不减产甚至停产，裁员现象也比较普遍。

女狼卡罗琳公主以经济记者的伪装身份踏上这片国土，她要这个国家成为一个样板。

这个国家的当下，与十五年前的中国几乎一模一样。女狼卡罗琳公主抵达越南，就像通过时空隧道，重新回到中国的过去。

十五年前，在朱总理执政的时候，中国也曾经历过月度百分之二十几的高通胀。

中国也曾一口气砍掉无数个公共投资项目，并收紧信贷，造成随后整整三年的经济硬着陆与无数扯不清的企业三角债。

中国的上海股市，也曾经从1000点急跌至300余点。

卡罗琳坐着聆听越南普通民众的生活、投资、幸福、困惑、快乐与悲伤时，也像是又一次经历中国民众在90年代所经历的时代剧变——小股民投诉越南的股市根本就是政策市：

上市公司的信息不透明，胡乱投资，却没有人管。

股市狂跌，政府却漠不关心，没有救市政策。

市民们投诉政府官员的腐败与无能，还有高干子弟们不可想象的权势和财富。

这就是越南：年轻夫妇们想要有一个美好的生活，却买不起房，因为楼市太原始了，根本没有可以买得起的房屋可供挑选。只能跟爸妈挤在一起生活。

外资公司里的越南青年们，毕业于河内大学，在四大会计师事务所积累经验以后，也进入到最时尚的投资银行业和兼并收购行业。他们以拿着NOKIA最时尚的手机为荣，并梦想着如何去美国拿个MBA学位。更有不少年轻海外越侨，出生在美国，说一口流利的英语，并已经在美国读了商学院，有了几年的工作经验，回到越南这个祖辈生活的地方，实现他们自己的创业梦想。

卡罗琳还在越南的办公楼里看到了分众传媒。

她笑了，太像了，很多人都会联想的。

这一切，都跟十几年前的中国何其相似。

卡罗琳记得有位美国参议员在一篇文章里感叹说：

“越南的股市是如此年轻，以至于他们还只经历了牛市，没有经历过熊市。胡志明市交易所门前的牛熊雕塑是如此不协调，以致那头原本应该是凶残无比的大熊，现在怎么看都像是可爱的泰迪熊。”

女狼卡罗琳公主作为特殊的金融战士，以经济记者的眼光审视着越南还是足够胜任的。

过去的几年，大量外国投资者涌入越南。工业园区的迅速“遍地开花”便是一面镜子。

“就像十多年前的中国，越南现在还处于大量从海外购买设备的投入期，要发挥效益应该在三五年后。”

越南工业园区最早指的是1999年投资约8900万美元、占地约300公顷的胡志明市新顺出口工业区。之后转变为现在的包括出口加工区、高新技术开发区等统称的“工业园区”，越南内、外资都有进驻。

此外，越南政府给予了工业园区一系列政策上的支持。

根据相关政策，进入工业园区投资的企业，从应纳税日起，免征4年营业所得税，其后9年减半征收，最高优惠可从投产日起享受15年10%的营业所得税。

除了中央，各地方政府还给予优惠办法。

目前越南已建立185个工业区，吸引了6200多个投资项目，合同金额达305亿美元和20万亿越盾（约合12.5亿美元计），与此同时，对工业区基础设施项目投资金额为17.5亿美元和59万亿越盾(约合36.87亿美元)。

中国企业主告诉卡罗琳,2007年底到2008年初，大约已有4000多家来自中国的企业来越考察投资情况。而越南官方公布的消息也显示了投资越南的热度。

包括英国渣打银行、瑞士雀巢集团、荷兰飞利浦公司,以及美国雷神集团等的代表团纷纷对越南进行访问,关注越南经济发展情况和未来投资机会。

香港贸发局投资促进机构代表率香港纺织品和皮革企业考察团更是与越南南部的各工业区和一些企业代表座谈，酝酿将在中国内地投资的企业转移到东南亚特别是越南,以降低成本。

越南政府不断出台鼓励外资的政策,这亦是新兴市场基本的外向型经济模式。越南财政部税务政策司副司长曾在3月份表示,越南现行的企业所得税在吸引外资上缺乏竞争力,将由28%下调到25%。

另一方面,2007年越南政府将工人最低工资调升至约合400元人民币/月，而现在即使部分企业视通胀形势给予了补贴后,目前普通劳动力的市场价格仍大约在500~600元/月人民币。这仍低于中国不少。

了解这些,一点不让卡罗琳兴奋:她不是来歌颂的,她是来描述一个悲惨世界的。后面的内容她才有兴趣:

随着越南通货膨胀的上升,要求增加工资和奖金的工人罢工开始越来越频繁。

有媒体报道,2008年头4个月胡志明市就发生117起罢工事件，大部分集中在纺织品成衣和制鞋企业。

女狼卡罗琳公主突然感到,“罢工”是个不错的话题,她多希望中国企业也多多出现这样的场面,这样,原本股票筹码不多的他们,可以借势狠狠打压。

卡罗琳公主想去看看越南农民的真实生活,卡罗琳公主跟着武南云坐了趟大巴回农村“探亲”。

来回6小时的车程,让武南云收获颇丰——他从乡下运来10袋香米,当时,这在河内的集市每袋被哄抬到2.5万盾(约合人民币10.3元)。

而卡罗琳见到了越南农民生活的真实一面。

66岁的吴庭会一年前才从镇里的氮肥厂退休,过起了“纯农”生活。

卡罗琳来到他家时,吴庭会的妻子正在小院子里脱谷,老式脱谷机发出震耳欲聋的声响。女主人的脸上布满风霜,手脚被晒成黑褐色,划痕道道。

主人家的院子,在靠近厅堂的柚子树上搭着木鸽棚,院子正前方用篱笆圈起一小片地,种着豆角和各色蔬菜。进门右手是个水泥砌起的猪圈,再向前竖着几株果树。眼前这片丰富物产可以让老两口自给自足,在物价飞涨的今天,几乎是个迷你农场,这似乎给人以特别的安全感。

不过吴庭会告诉卡罗琳:“院子里大部分的产物都是拿去镇上卖钱的,平时只给自己留些蔬菜和稻谷。圈养的几头猪是我家最主要的收入来源,一年卖两次,喂猪的净收入有700万盾(约合人民币2912元)。

相比之下,我家720平方米的稻田,每年产谷500公斤,只能卖300万盾(约合人民币

1248 元)。这还是今年大米涨价(每斤谷 6000 盾,约合人民币 2.5 元)后的收入,去年每斤谷的价格仅 4000 盾(约合人民币 1.66 元)。”

“化肥和饲料今年都成倍涨价,为什么只有谷子涨价有限制范围?”吴庭会叹口气。今年越南农业厅规定普通谷子价格不得高于 6000 盾 / 斤,这 30% ~ 40% 的涨幅和其他开支相比,确实显得有很大差距。

卡罗琳内心笑而不语,粮食武器真的厉害。

她也知道越南农业厅的想法。

去年底到现在谷子涨价 30% 已经是极限。“如果再往上抬价,城里的人都得吃不起大米了。”农业厅官员说,“农民可以根据自己的判断提高谷价,只要不超过政府给出的范围就行。如果太高,粮食公司也不会接受。”

越南 5 年前取消了农业税,水利税也于 2008 年取消,越南政府希望借此减轻严冬受灾农民的负担。

负担减轻了,生活质量却不见好转。

令吴庭会等农民想不通的是,既然电视里说“外国人花很多钱抢着买米”,为什么谷价的涨幅还不如化肥、汽油和生活日用品?

“食物或者家里的日用品是属于工业方面的,粮食是农业的。农业涨价肯定比不过工业,生活会受一定影响。”

越南农业厅官员也很无奈。

为国家出口作出巨大贡献的农民,却尝不到改革的甜头。

卡罗琳内心冷笑,财狼会给你们甜头吗?

光靠卖谷并不能养活自己,这是许多村民的共识。

卡罗琳也注意到,从吴庭会一家来说,他的一子一女都已成家,儿子当兵,女儿在镇上的工厂做工,老夫妻每月的开支仅需 40 万盾。

尽管如此,农产品每年带来的 1000 万盾(约合人民币 4160 元)收入仍然让夫妻俩捉襟见肘,特别是遇到红白喜事和其他额外的大笔开支。

幸亏吴庭会原先工作的氮肥厂每月给 100 万盾(约合人民币 416 元)退休金,二老还稍感宽裕。

卡罗琳发现,在他们村的 400 户农民中,吴庭会一家居然算“中等生活水平”。

吴庭会家的客厅里放着一张挂帘的四方木床,两头分别是旧沙发和木柜。

家里没有电话,仅有的两件电器是 SONY 电视和 LG 冰箱,虽说看上去像是五六年前的型号,品牌却一如城里人般讲究。

吴庭会用手拨着断柄的小茶杯,眼底略带满足,他笑着通过翻译和卡罗琳交谈。

吴家的两层平房没有刷涂料,木制门窗也极为粗糙,四方的结构更像中国农村的房舍,而河内典型的民居却是窄门深屋的三层,有钱人家则有全套法式装饰。

为了省钱,吴庭会和老伴已经把食品开销降低到零,只吃些自家院子里种的蔬菜瓜果,“平时不太吃肉,每年过春节才会杀头猪。”家里的储蓄除了给儿子结婚,还要留一部分养老,对农民来说,医疗费“实在太贵了”。

“小病不去医院,大病尽量不住院。”吴庭会的老伴说。除了军人家属外,这里的农民一般不享受公共医保，而村里最近开始推广的医保每年要交20万盾（约合人民币83元），大家都嫌贵。于是“只有祈祷自己不生病，否则哪来钱给儿子结婚”。

卡罗琳听吴庭会说，近两年来，农民因征地赔偿不足向地方政府抗议的事件屡见不鲜。就在数天前，义安省（Nghe An）就曾爆发一次抗议活动，上千名愤怒的农民设置路障，阻止当地修建一个工业区，并称开发商给予的补偿费用过低。

卡罗琳眼睛一亮，要设法鼓动中国的市民和农民也上街闹事。

当时她一回胡志明市就要求海森伯格和E小组设法制造事端。

当卡罗琳回到胡志明市，坐在街头喝着浓烈的冰咖啡时，望着一辆辆摩托车不顾红灯，在十字路口前飞速掠过。

她有些感触。这不是她选择的战争，但是她喜欢的战争方式，没有血腥味，很清洁很绅士。

为了合众国的利益，我们必须不惜代价，卡罗琳放开心怀。

28岁的黎德明是个地地道道的“西贡人”，但是他有一半中国血统，会说中文，嗜烟，健谈，他端着一杯浓烈的冰咖啡，坐在金发美女卡罗琳对面，试图淘金。

就在不久前，他刚陪同卡罗琳去了农村，此刻他还希望找到更多的机会。

他是一家证券公司的秘书，平时自己也拉些外贸单子。

黎德明的英语带些口音却非常流利，他向卡罗琳滔滔不绝地介绍起各种“行规”和“潜规则”。

“我对政治不感兴趣，但这并不说明我不理解社会。”黎德明啜着冰咖啡说，“年轻人只要懂得这个社会体系的运作方式就行了。”事实上，他两年前刚刚入党。

“如果在马路上被交警拦下，只要给他点小费就可以免开罚单。”他像西方人那样耸耸肩道，“这些对外国人来说并不容易理解，所以越南本土人才有竞争优势。”

“在越南，最受崇敬的有两种人：日本人和美国人。”卡罗琳记得旅行指南“Lonely Planet”上也是这样说的。越南人的消费倾向无疑体现了这一点。

她看到路过这里的时尚女孩身上大多留有日韩文化的印迹。最常听到的也是日韩音乐。

“英语是成功的基石，因为越南的大学通常没有好的专业课程，要学什么都得通过社会实践。”

咖啡馆和舞厅代替了饥饿与艰辛，好莱坞和韩流代替了战争与炮火。

在“美元最大”的物欲社会，父母教导他们：一口流利的英语是人生最重要的财富。

从普通翻译变身为企业老总的故事在越南比比皆是。这让耳濡目染的黎德明相信，眼前的金发美女可以让他改变命运。

他试图取得她的信任，他愿意为她做任何事。

卡罗琳看着英俊的越南帅哥，有了一个新的想法。

“跟我去中国吧，今晚先让我看看你的表现。”

卡罗琳今晚就要做女王。

黎德明的脸阴晴不定，但是他无法拒绝。

金钱加美女的诱惑力，让他迷失。

第八章　震区惊魂

为了捍卫五个金星

2008 年 5 月 12 日下午，中国四川某地。

金星国际集团的常务董事赵玉文坐在车里看着两旁的秀丽山景，心情和山景一样明丽，此刻她的心情仿佛回到了 20 年前，面对的所有一切都充满了期待，真是世外桃源啊。

真能回到 20 年前重新开始吗？

车子停了，估计是前面发生了交通事故。

在这样的山路上，车辆侧面相擦实在不是大事，就是看样子要让当地的朋友多等些时间了，这也是没有办法的事。

在这样的秀丽山景中隐居也很不错啊，赵玉文想起当年和高兴君的约定，暗叹了一口气，物是人非，当年的龙凤组合，今天……

突然，前面有人群骚动起来，好像发生了异乎寻常的事情。

司机下车去探路了，她还是沉浸在她的世界里。

今天是金星国际一次重要的董事会。

这次的议题将可能使金星国际发生重大的变化。

罗兰基金不久前向金星国际拿出了一个十分诱人的方案，它将参股中国金星国际，并在 3～5 年内逐步成为中国金星国际控股股东。

罗兰基金给金星国际的估值是远远高于市场公允水平的。

这一报价让很多人心动。

赵玉文不喜欢这种变化，但是她也不愿与高兴君发生正面的冲突。

高兴君是她生命中最重要的人，然而就是生命中最重要的人，有时也是无法站在同一立场上的。

一直以来，高兴君在金星国际有着绝对权威，可是这次她赵玉文要挑战绝对权威。

当年金星国际从无到有，从小到大，成功的道路都是他们五个人相互扶助走出来的。

为何现在需要更换旗号，成为外资的雇佣兵团呢？

国际化的大道理，她懂。

可是她一直无法说服自己。

站在生命中最重要的人的对立面，是很不好受的。

她是有意避开这次董事会的，也没有安排其他人代表。

她知道这次的议题，如果她出席，她将毫不犹豫地投反对票，在这20年里，虽然她从一个天真烂漫的少女慢慢变成了心硬如钢的财狼，她舍弃了很多原本她很在乎的，可是始终有一个底线她无法突破，那就是她的祖国。

作为财狼，自然是见财起意，疯狂地撕咬弱小的生物才是进一步强大的基础，在这个残酷的商业世界里，没有永远的朋友，只有值得永远追逐的商业利益，为了利益最大化，财狼可以相互撕咬，也可以共同发起围猎。

但是只有一个例外，她永远拒绝与其他财狼联手撕咬自己的祖国。

这个信念，在20年前，当他们五个站在狮城国际大学生辩论赛的领奖台上，听着雄壮的国歌时，就是他们共同的信念。

作为当年代表神州几十万大学生的“梦之队”——东兴大学辩论队，他们就有一个宏伟的梦想。

他们的友谊就是在那时建立的。

金星国际就是为了捍卫那国旗上的五个金星的利益而生存。

昔日的“梦之队”建立了庞大的商业梦幻王朝：金星国际。

他们五个就是今天金星国际的五位董事：

金星国际董事局主席高兴君；

金星国际常务董事兼执行总裁刘伟昌；

金星国际常务董事，上市公司丽花实业董事长赵玉文；

金星国际常务董事，上市公司金辉生物药业董事长万伟峰；

金星国际常务董事，上市公司万国地产董事长范德生。

就金星国际公开披露的控股上市公司就有国内7家、海外2家，涉及商业连锁、银行、证券、钢铁、生物制药、矿产、能源、房地产、体育、互联网，财经媒体等诸多方面。

大众所知道的，永远都是冰山一角，谁也无法知道他们到底控制了多少财富。

但是无论是哪个机构的商业财富排行榜都有他们五个的名字，他们被媒体称为“神州五虎将”，而作为带头大哥的高兴君，很多年以来都被理所当然地看作商界的武林盟主。

而曾作为他们商业对手的公司也给他们起了个雅号“东兴五财狼”。

……

路还是不通，快两点半了，赵玉文有点急了，她让助理去想办法，快些离开这里，当地的朋友要等不急了。

很快来了几位公安，为他们疏通了一条特别通道，金星国际的影响力起了作用。

在经过交通事故所在地附近时，人群里好像还是有冲突。

突然，几个路人在一位公安的陪同下拦住了赵玉文的19座豪华客车，原来是交通事故中的一辆车上有一个7人的旅行团希望搭车离开，赵玉文同意了。

旅行团的人愤愤不平地告诉赵玉文，因为一条长约20厘米的印痕，对方要求旅行社赔偿5000元，双方言语不合，扭打了起来，顷刻间对方召来约20名左右当地社会小青年，黄毛刺青，将旅行团的人群殴。

尽管很快来了三名公安，可是因为警力不够，他们也不怕，公安只好先让他们安全转移出去……

赵玉文淡笑，安慰他们：地痞哪里都有，遇到说啥道理？还是听公安的，公安安排得不错，先让游客安全离开再说，好汉不吃眼前亏啊。

猛地，车子剧烈晃动，一个急刹车后，车子前后左右飞沙走石，外面全是黄沙蒙面而来，车子像在巨浪中漂摆的小船。

黄沙中没有看见外面的任何景物。

车内一阵惊恐的尖叫……

数分钟后，等大家回过神来，黄沙少了许多，道路断了，车子好像悬在800米高、极为陡峭的"悬崖"上，数分钟前离开的那段山垮塌，山体下沉凹陷，房屋被掩埋于谷底，地面从谷中心地带裂成两半。

事后他们知道这里是欢乐谷。

欢乐谷和龙宝坪，曾是到此旅游的游客心目中的"天堂"。

如今，欢乐谷所有房屋垮塌，山体下沉凹陷，地面从谷中心地带裂成两半，20公里的山路成了800米高、极为陡峭的"悬崖"；

龙宝坪的峡谷成了疯狂倾泻而下的"泥石流"中心……

此时14点30分，赵玉文他们刚从死里逃生的侥幸中回过神来，才发现通信中断，他们在绝地随时面临着死亡的到来。

2008年5月12日下午，四川某地。

驻地在四川某地的某旅某营营长张浩和副营长留守。

中午人员午休。

14点28分，大地震改变了一切。

正在午休的张浩被一阵剧烈的晃动惊醒。

他迅速穿好衣服，大声呼喊楼里的官兵撤离。

张浩有一种可怕的直觉，很快这种直觉被证实。

仅仅半小时，大群涌过营门口的老百姓嚷着叫着，发生大面积倒塌了。

张浩决定向旅里请示救灾命令。

16点20分他们奉命出发了，路堵得厉害，到处都是人。

张浩被眼前的景象惊呆了，他以为只有在电视电影里才会看到这种景象。

很多群众围上他们，叫嚷着哪些地方有人，哪些地方有声音，很多人踊跃带路。

余震还在不断，张浩观察了一下环境，周围全是危房，废墟随时可能再次垮塌。

他再次作出一个决定，除了在现场安排专人观察感受余震外，战士爬进洞时，腿上必须拴着背包带，一旦有情况，马上拖出来。

他还要为他的战士的生命安全负责。

地震来临时，南天集团总裁王天宇正在当地的别墅，等待金星国际常务董事赵玉文的来访。

南天集团和金星国际准备在四川合作一个能源农业项目。

尽管南天集团早已将总部搬迁至上海浦东新区，但是四川是南天集团起飞的故乡，这里的一草一木还是牵挂着游子的心。

南天集团已陆续在四川各地开发了多个农业项目，带动了当地经济的发展，更重要的是让农民增加了收入。

这次邀请金星国际常务董事赵玉文，其实就是希望说服金星国际也能投资四川。

突然而来的地震，幸好没有给别墅带来破坏性的损伤，但是当地与外界的通信已全部中断，还好别墅有自备发电机，很快从卫星电视中得到了最新的震情报告。

有自备发电机的别墅成了南天集团当地企业的震区自救指挥中心，很快当地政府也将临时成立的抗震指挥部搬到了这里。

外界还不知道当地的严重灾情，王天宇将自己的几个部下派了出去，作为当地政府的信使，带着紧急救援信息向成都报告。

南天集团在当地企业自身受灾严重，王天宇将副总派了出去，带着现金回企业生产自救，安慰受灾的职工；

他还将目前仓库和当天生产线上的所有奶粉、牛奶、火腿肠全部捐献给抗震指挥部统一安排；

……

人命关天的时候，不算经济账。

还是没有金星国际常务董事赵玉文的消息，等王天宇处理完手上的紧急事务，焦急和忧虑涌上王天宇心头。

赵玉文最后的消息是距离这里不足30分钟车程的地方，王天宇说，我们要千方百计找到她们。

一辆丰田V8越野车带着药品、水和奶粉、食品等上路了。

213国道沿线望去，就像美国灾难片的场景，但这是真实而又不可思议的现实，浓浓的悲痛让王天宇鼻子发酸。

越是往前越是险峻，不时还有零星的石块从一侧的山体上滑落下来，行至彩虹桥附近路段时，前方山体坍塌了两百多米，已无法行车。

车上几人随即下了车，王天宇走到塌方处详细询问了道路清理情况，得悉两三天内道路是不可能清通了。

王天宇皱了皱眉头说："没有帐篷和睡袋，夜宿恐怕会很麻烦。"

但是金星国际常务董事赵玉文他们估计更困难，王天宇还是决定试一下。

"我先进去看看路吧，越早和赵董他们联系上越好，还有重灾区灾情怎么样？急缺什么？需要什么？指挥部不一定很清楚，等我探明情况后，我再出来和你们会合，这样我们就能把该准备的物资准备好。"

王天宇把自己的决定告诉一起来的助理，并交代他将车先开走，等着他的消息。

王天宇从丰田车上拿些饼干和水装进挎包，和另外两位搭车的志愿者开始了艰难跋涉的徒步。

翻过彩虹桥附近的高山，走过漫长的国道公路，穿过漆黑杂乱的友谊隧道，王天宇步行很快，虽然大家负重差不多，但他还是将两位志愿者甩得老远。

王天宇告诉志愿者，他上中学时喜欢登山运动，因此对走山路比较在行。

一路上，他尽量减少饮水，想多留点水给可能遇到的赵玉文他们。

这时候水可能比黄金还要珍贵。

一行走到曾家沟大桥桥头时，一辆轿车被巨石砸中，车主当场惨死。

王天宇停下脚步，走近车辆观看。

他发现了一个公文包，也许公文包里有死者的个人资料。

“要把这些记下，等出去了后，打一些电话，通知死讯，至少让他(死者)的亲人朋友心里有个数。”他一边抄着电话号码一边伤感地说。

在一个三岔路口，他们遇到了同行的解放军战士。

年轻的解放军战士正扛着千斤重的发电机以及其他机械设备奔赴“前线”，走得很累很慢。

看着这些战士被汗水浸透军衣的背影，王天宇的眼眶有点湿润。

能帮帮他们吗?

几个月前自己来过，王天宇凭记忆想起，这里有个村子。

“这段公路还能开段车，应该想办法找辆车帮他们运运，发电机对灾区太重要了。”

王天宇向村子方向寻找，他身上没有太多的现金，他将自己腕上的金表当作租金押给村民，并写下字据，终于从当地一名村民处借来了一辆微型货车。

随后他立即驾车往回找，将扛运发电机的解放军战士一路送到了道路坍塌处。

之后，他又驾车来往折回三趟，帮助其他负重的解放军缩短前进时间。

在第三次折回途中，这名当地村民将金表坚决还给了他。

“我不知道你是给解放军帮忙，我不能要你的钱。”

他没有要回金表，而是握着村民的手将表塞了回去。

“你也不容易，老乡，你以后一家就指望这车呢，能借给我也真不容易啊。”

“你们村，我看房子都不能住了，以后用钱的地方多着呢，这表可以多少换点钱，留着吧，就算是给乡亲们应急用，等路修通了，我再来看你们，老乡，保重!”

这名当地村民接手担当“运输手”后，他又继续上路。

总该要做些事情吧

2008 年 5 月 12 日傍晚，中国上海。

天色刚刚暗下来，夜上海的天空是灰亮的，在街旁霓虹灯的映照下不断闪烁着五彩斑斓的色彩。

大街上也充满着浪漫的气息，南京路、淮海路等商业街依然灯红酒绿，似乎像平常一样繁华喧闹，好像下午因四川地震造成的暂时混乱已经过去了。

最耀眼的自然是那直指夜空的东方明珠电视塔，被灯光镶成的轮廓在几乎上海每个地方都能看到，是上海人最骄傲的标志性建筑。灯火辉煌的电视塔在夜空中直指云霄，背后映衬着浦东美丽的夜景，组成一幅艳丽的上海夜色。

他，金星国际集团的掌门人——高兴君，站在办公室的观景落地窗前，淡漠地平视着不远处的东方明珠电视塔，仿佛陷入了沉思，沉思好像早成了他的招牌动作。

其实此刻他并没有心思思考，他在等待一个重要的消息，金星国际集团的大股东赵玉文失去了联系，拥有金星国际集团的25%股份的赵玉文，不仅是他事业的伙伴，也是他人生历程中最重要的人。

14点28分，大地震改变了一切。

上周末赵玉文受邀前往四川考察，现在突然音讯皆无。

这个消息将给他和他的集团带来重大的变化，他自己也说不清楚当时听到这个消息自己是什么感受。

他原本以为他的成熟，他的人生境界能让他潇洒面对任何事情。可是这一刻他慌乱了。

在下午的董事会被地震余波意外干扰时，他也几乎没有感到太大的意外，人生总是由无数个意外组成，对他而言，没有意外，只有机会，因为他是财狼。

地震，没啥大不了的，有巨变才有商机，他仿佛是闻到了金钱血腥味的饿狼，期待着扑向那里。

四川汶川8级大地震，震区全部通信中断；全国多个城市感觉强烈震感；总理在飞往震区的途中；解放军多路前往震区；中央电视台中断正常节目，开始地震特别报道：

赵玉文董事及其随员在四川景区失去联系，生死不明……

啊？他突然给击倒了，这一刻他慌乱了，疼痛正凝结在这片大地上，也弥漫在空气中，呼吸在肺里，也刻在我们的骨头上。他突然觉得是那样的无助。

他不知道董事会是如何结束的，他也没注意人们是如何散去的，不远处闪烁着五彩斑斓的东方明珠电视塔，他突然觉得像是个艳丽而不真实的梦境。

因为焦急所以漫长，因为寻找所以漫长，因为等待所以漫长，因为疼痛所以漫长。

焦急、寻找、等待、疼痛让秒针走在所有人的骨头里。

总该要做些事情吧，他的潜意识在提醒他。

“对，捐钱，我们要捐钱！”他清醒了过来，他的直觉告诉他，他需要这样做，不然他会因为此刻的无动于衷而后悔。

1000万元！

总裁刘伟昌听到高兴君的决定，有些诧异，这可是金星国际从未有过的大额捐款，作为金星国际的第三大股东，他有些心痛，他推开高兴君办公室的门，看着站在窗外观赏夜景的那个熟悉的落寂背影，突然改变了原来的主意，正想退出门外。

“是不是为1000万的事？”

“对，1000万钱物是不是更好一些？”刘伟昌简单地表达了他的新想法。

“震区可能更需要我们的药品，药品会更直接些，时间不等人啊！”

“好，你具体办就是！”高兴君没有半点犹疑，与刘伟昌20年的来默契合作，他已知道刘会办好要做的事。多少年来他们彼此就是这样信任。

此刻，全上海的，全中国的每一台电视机都在播报汶川8级大地震的情况……

上海特警和消防官兵在刘斐少将带领下飞往震区……

上海长军医院的58名3支野战医护救援队飞往震区……

不仅上海，全中国、全世界的目光都注视着震区，共和国的人力、物力、财力在第一时间被紧急动员起来。

共和国总理在赶往震区的飞机上。

目标只有一个——四川汶川。

所有的计划都在5月12日14点28分被改变。

“取消今晚参加豪华酒会的计划。”

“安排明天见报的金星国际常务董事，上市公司丽花实业董事长赵玉文在震区失去联系的上市公司公告。”

“总部人员今晚全体待命，按突发性应急方案处理。”

“万峰药业紧急筹集1000万元药品捐献震区。”

“安排应急资金……”

……

一条条指令从刘伟昌口中发出，并迅速在执行中。

“金星国际向地震灾区捐献1000万元款物！”

金星国际的公关部变得十分忙碌。

公关部经理吴莹亲自负责“金星国际向地震灾区捐献1000万元款物”的相关新闻稿，并准备安排次日的新闻发布会。

各大新闻媒体已得知金星国际将向地震灾区捐献1000万元款物，并纷纷希望能尽早采访集团高层。

公关部经理吴莹加紧准备高兴君的次日接受媒体采访的稿件，她的心中正给正义善良充实着，她为自己服务的集团感到自豪，同时幻想着明天可能出现的火爆采访场面……

在她的心目中，金星国际是完美的。

刘伟昌更是完美而不可替代的。

金辉药业的销售副总监冯钢，正在药品仓库组织人员装运1000万元震区所需的药品……

听到四川大地震的消息，日本RH银行的CEO佐佐木(黑龙会成员)满意地笑了。

听到四川大地震的消息，海森伯格(海神计划E小组负责人)也兴奋了。

听到四川大地震的消息，卡罗琳拨通了TEMA控股董事局主席巴南丹那的电话。

听到四川大地震的消息，圣马丁基金会要求与刘伟昌紧急磋商。

财狼们都开始兴奋起来，围猎中国的时候到了。

这是一场期待已久的资本盛宴吗?

第九章 财富圈的焦点

财富圈的焦点

2008 年 5 月 12 日晚 20 点，中国上海。

地震改变了很多，地震也没有改变很多。

在地震当晚，上海浦东东方明珠电视塔旁的国际会议中心，有一场商界名流会聚的酒品拍卖会——帕纳谷酒品拍卖会正如期隆重举行。

这也是今年全球最大的慈善葡萄酒拍卖会。

拍卖会期间会场不对媒体开放。

商界名流会聚的活动，还是吸引了不少媒体的眼球，记者们不请自来都在场外等候。

加州的帕纳谷可说是美国葡萄酿酒的圣地，而就在这次帕纳谷酒品拍卖会上，来自中国上海的年轻巨富王威廉先生成为了全场的焦点。

因为帕纳谷酒品拍卖投标最高的，正是这位来自中国上海的年轻巨富。

王威廉先生先以 50 万美元拍得六瓶 1.5 升装的“鸣鹰”（ScreamingEagle）葡萄酒。

拍品由 1992 年首批采摘的赤霞珠（CabernetSauvignon）葡萄原料制成——全世界当年此种鸣鹰葡萄酒也仅有 225 箱。

酒类评论家 RobertParker 给予“鸣鹰”葡萄酒的评分为 99 分，满分为 100 分。

王威廉先生说：“我喜欢鸣鹰。它是全世界最好的葡萄酒。”当即就将“鸣鹰”打开与所有到会的嘉宾共享。

这位穿着明绿色 POLO 衫，执着 38 号号牌的竞购者又选择了一个系列的签名版帕纳 1.5 升装酒，及一套多瓶的乔阿罗庄园大瓶装酒。这些美酒将充实他已经储藏了 12 万瓶葡萄酒的酒窖。事后路透社报道：37 岁的王威廉先生是此次慈善拍卖会出价最高的购买者，而传统的葡萄酒买家——来自硅谷的酒类收藏者——则被抛在身后。

王威廉先生当时十分高兴地向无缘进入会场的路透社记者表示，在这次的现场拍卖会上“花了一点儿”，不过没有就此具体阐述。相对于他的财产来说，他的消费，确实只能算“花了一点儿”。在 2007 年将自创的互联网公司大部分股份变现后，他的口袋多了 35 亿美元。

显然，这位资金充足的年轻巨富拥有足够时间去花钱。

“我已经退休了……而且准备过上两年退休生活。”

“你有工作给我介绍么？”他还不忘调侃一下。

在中国做生意的加州葡萄酒分销商 ZelockChow 振奋不已，王威廉先生只是许多新涌现的中国葡萄酒收藏家中的一位。“他也是中国波尔多葡萄酒的大收藏家之一。”Chow 说，“不过他也喜欢美国加州葡萄酒。”

终于等到了这一天。

作为业界的传奇人物王威廉，突然放弃了在纳斯达克上市的努力，卖掉了如日中天的自己创立 10 年的公司，在 37 岁的大好年华，华丽地离开了精彩的商业世界，退休了。

从此，商业世界少了一个企业家，葡萄美酒夜光杯，成为了王威廉的新生活。

可是年少多金的他，在他的身旁并没有固定的女伴，他还是钻石王老五。

他依然是众多青春美少女和名门闺秀心目中的最佳结婚对象。

他出现的社交场合，往往成了美女集中营，今天也不例外。

可是在美女如云的包围中，王威廉的眼中有一丝落寞：他的爱人在哪里？

当去年年底，王威廉自创的互联网公司，被世界跨国集团美雅集团，以 10 亿美元现金加 1.5 亿股美雅集团普通股被美雅集团整体并购后，王威廉一夜暴富，成为继丁磊、张朝阳、陈天桥之后的又一名网络新贵。

10 年时间，从原始的 30 万元创业，到被美雅集团整体并购完成，拥有自创的互联网公司股份最多股份的他，成为了大赢家，在世界知名的财富排行榜上，对他的估值是 42 亿美元，就是在因美国次贷危机影响，美雅集团股价缩水的今天，他的财富依然保留在 35 亿美元左右。

王威廉自创的互联网公司曾有三轮对公司发展较重要的风险投资：1999 年 MDG 创业投资基金是第一轮种子基金，当时考虑到股权方面的问题，王威廉只要了 20 万美元。

一年后，王威廉的公司快速成长，MDG 创业投资基金增资到 500 万美元，但王威廉依然是最大的股东。

到 2002 年，MDG 创业投资基金吸引到日本著名风险投资商 JFCO，JFCO 一投就是 6000 万美元。又一大股东进入，仍然没有撼动王威廉对自创公司的控制权。

作为风险投资的 MDG 创业投资基金董事长帕克·约翰逊，也为他当时的明智投资决定而感到高兴，MDG 技术创业投资基金是作为第一轮种子基金进入的。

“我们这个项目的投资回报是 10 倍，是我们在中国投资回报率比较高的一个。”帕克·约翰逊在接受记者采访透露了这个信息。

另一个大股东 JFCO 也是一个赢家。

JFCO 在 2002 年 4 月份向王威廉投资 6000 万美元，成为当时互联网低潮的一个爆炸新闻。仅仅两年半以后，JFCO 这部分股权投资经国际知名会计师事务所评估就升值了三倍。

收购方美雅集团也喜笑颜开。在收购消息公布当天，在纽约证券交易所上市的美雅集团股价上涨 15.3%，这在美雅集团的历史上是为数不多的单日涨幅。此后美雅集团股价一直坚挺，即使受美国次贷危机影响，美雅集团市值依然比收购时市值高出近 30%。

当然最大的赢家还是王威廉。

据了解内幕的人士透露：MDG 创业投资基金持股 20% 左右，JFCO 持股比 IDG 略高一点，其他还有几个很小的股东，而王威廉本人则是自创公司的单一最大股东，而 1998

年10月份创业时，他是东拼西凑才拿到30万元。

王威廉这次意外地全身而退，在业界备受争议。

但谁也没把他要退休的说法当成真事。

财狼是不会永远休息的，财狼只是休整。

一个拥有35亿美金的财狼，他的下一个目标会是谁？

在王威廉口中找不到答案，在他的心中倒是早就有了目标。

30万元到35亿美元的财富巨变，让他一夜成名，成为最受媒体关注的焦点人物。

今天的酒会上他英气逼人的俊朗外表和幽默风趣的谈吐，也让他更受社会名媛的垂青。

而他这位钻石王老五依旧独身的事实，更像一块磁铁，吸引着尚未婚嫁的大家闺秀聚集在他的周围。

故事还没有结束，王威廉当然也不会就此抽身。

王威廉在期待金星国际大佬们的到来。在这样类似的场合，金星国际一般是不会缺席的，这是财狼们炫富的时刻，就像孔雀开屏的美丽时刻。可是金星国际董事局的五位常务董事一个也没有出席，十分让人意外。

王威廉的高调少了一批观众，在他的口中，他的美酒这时已不再那样醇美。

王威廉希望见的人不是高兴君，他希望见到的是刘伟昌和赵玉文。

一个是他的仇人，一个是他的初恋情人。君子报仇，十年不晚。刘伟昌数年前差点让他坠入万劫不复的境地。在过去的数年中，他设计了上百种复仇的方法。

今天的酒会就是一个开始，复仇的开始。

爱到深处无怨尤，对赵玉文，他至今还念念不忘。

今天的酒会就是一个寻找失落爱情的开始。

终于等到了这一天。可惜，他未来的对手和昔日的爱人都未出现，王威廉的心中多了几分遗憾。功未成，身不会退！

王威廉又品了一口美酒。在炫彩的灯光下，杯中的“鸣鹰”葡萄酒，像鲜血一样殷红。

惠誉（Fitch）亚洲区总裁大卫走过来拍拍王威廉的肩：

“威廉，好朋友，真高兴又见到你了！”

王威廉也回应他：“是啊，我退休了，最近很少出来了。”

“哈哈，鬼信你，你不如最近做做股指期货，机会很大啊！”

王威廉没有回答，他吃不准大卫的企图。在王威廉这次的购并交易中，大卫帮了不少忙，王威廉想，也许大卫希望他还这份情。

世上没有免费的午餐，这次他该付出的是？

在热闹的酒会中，原本也是这类活动主角之一的马丁·费南德只是露了一个面儿，就心事重重地离开了酒会现场。

而原本没有预料会出席的章为红女士出现了，她的到来也成为大家关注的焦点。

章为红，一直是财富圈的焦点，而她今天是作为新的海圣系掌门人的身份，首次出现在社交场合。

她的复出，意味着海圣系迎来后钟伟东时代。

海圣系，这艘资本航母又将起航。

她的到来，受到了商界名流的欢迎，一时她成了关注的焦点。

近期海圣系掌门人钟伟东的离世，市场中传闻颇多。海圣系被流言和臆测的迷雾笼罩。

传言钟伟东的离世与正在进行的两项资本运作（其中一项与龙源地产）有关，以及他“自杀”的大量新闻报道及臆测更使其死因蒙上迷雾，当然海圣系旗下上市公司均对相关传闻予以否认。

不过，海圣系旗下上市公司的股价表现最近一直不佳。

钟伟东的离世，给妻子章为红带来的哀痛是常人难以想象的。

她的情感告诉她，宁愿舍弃他们拥有的所有的财产也愿意换回丈夫的生命；

她的理智告诉她，如果舍弃他们拥有的所有财产，他们和他们的子孙将永远无法复制目前的传奇。

钟伟东的离世，给他自己解脱，也给了海圣系重整旗鼓的希望。

她理解她的丈夫，海圣系也是他们共同的“孩子”，为了保全家族的利益，为了子孙绵延后代，她必须担负起责任，照顾他们的孩子长大。

经过短暂的内部整合，她成为新的海圣系掌门人，接替了丈夫生前所有的职位，承担了丈夫生前所有的责任。

海圣系与龙源地产的合作，又重新提到议事日程。

海圣系与龙源地产在最近的风波里，已经历了太多的磨难，实力已大大减弱，如不再振奋起来，恐怕后面将有更大的风波。

海圣系与龙源地产的重新合作，是一个里程碑。

虽然目前看不到双方企业经营状况的根本好转，与龙源地产的重新合作也是缩小规模的合作，这种合作也不会对今后双方企业的经营状况有实质性的改观，但是他们的联手将给投资人一个正面的形象，对于他们各自的公司股价表现还是有帮助的。

为此，海圣系与龙源地产的重新合作，将高调表现在公众面前，明天在章为红和陈振元见面后将有新闻发布会。

今晚的酒会，章为红还有一个想见的人。

她环顾四周，章为红没有见到原本会在这里见面的人——金星国际董事局主席高兴君。

章为红在与龙源地产的重新合作前，需要和金星国际的高兴君认真沟通一下，金星国际已是龙源地产的第二大股东了，她需要和高兴君先接触一下，探探这个水的深浅。

如果金星国际乐见其成，将是皆大欢喜；反之，海圣系就要重新慎重考虑了。海圣系此刻不能再经历大风大浪了。

在她准备联系高兴君时，意外接到了金星国际总裁刘伟昌的电话。

刘伟昌的电话很简短：

“赵玉文在四川和我们失去联系了，高兴君主席没有心情来参加今天的酒会了。请您谅解。明天我将全权代替他与您会谈，时间地点是……此外，明天基金公司的人事安排，我想确定一下我们的想法……”

当她得知赵玉文在四川失去联系的消息后，她理解了高兴君的缺席。

不过她更关心的是刘伟昌电话的其他内容。

对于高兴君与赵玉文的恩爱情仇，她早就知道。

他们曾是投资界的一对金童玉女，神仙眷侣。

波澜不惊的湖面下却总是暗流涌动。

2008 年 5 月 12 日夜 23 点 45 分，中国上海。

龙源地产董事长陈振元最近总是心神不宁。

他没有出席豪华酒会，他没有心情。

就在几分钟前，他接到了章为红的电话。

昔日同窗好友，海圣系掌门人钟伟东的意外自杀，在资本圈内引发人心不稳，钟伟东交游甚广，在建立庞大财富的同时，朋友和敌人也积累了不少。

传闻海圣系掌门人钟伟东是在协助有关部门调查后突然自杀，他的死亡也蒙上了神秘的色彩。

钟伟东很够义气，他的死亡，并没有将陈振元牵连到有关部门的调查中，但是带来的是更大的麻烦。

陈振元和钟伟东是大学的同窗好友，原来一直有密切的来往，他们是上海第一批红马甲（上海证券交易所的早期场内交易员，工作时穿带有席位号的红马甲），又几乎同时成为各自证券公司负责自营的首席操盘手……

他和钟伟东有过几次漂亮的联手，让各自的证券公司在证券市场上颇有斩获。他们的业绩在圈内传开，也得到了不少证券大户的青睐，他们又勇敢地辞去公职，代客操盘，成为第一批私募基金操盘手。

很快，两人在 30 岁前后就从证券市场淘到了第一桶金，成为资本市场的第一批新贵。

自从陈振元决定转战地产后，两人才各自独立门户。

陈振元靠证券市场上的 2000 万资金，经过多年的经营，建立了龙源地产，并成功在香港上市。

龙源地产在江南三省都有房地产开发项目，尤其是商业地产的运作，在业内颇有声望。龙源地产的商业地产运作能力十分出色，它以往开发的多个商业地产往往成为当地的商业地标。商业地产的开发比住宅地产的开发复杂，对于资金的大量需求限制了龙源地产的发展速度。

2007 年初，由于龙源地产在商业地产开发的知名度，一家欧洲跨国公司主动希望合作开发。龙源地产根据欧洲跨国公司的要求，在华东地区选择指定城市建造 20 家大型超市，欧洲跨国公司全部承租（10 年至 15 年）或收购。

和欧洲跨国公司的合约让龙源地产成为当时香港股市的大黑马，曾连续多日涨幅强于大盘。欧洲跨国公司支付给龙源地产的合约保证金，成为龙源地产的最好广告。

不少银行上门表示愿意提供贷款。

如果一直顺风顺水地经营商业地产，陈振元的日子还是过得很滋润的。

天有不测风云，国家的银根紧缩，银行贷款额度没了。

而钟伟东从来没有离开过资本市场，多年的努力也让他成为证券市场教父级的大佬，创立的海圣系经公开信息披露的有三家国内上市公司，传闻控制的资产逾百亿。

时过境迁，陈振元眼红资本市场的暴利，钟伟东羡慕房地产市场的钱途，以前良好的合作，让他们两人又准备开始携手同闯江湖。

很快，合作就开始了。

本来，陈振元牵头私募基金帮钟伟东海圣系的重仓股锁仓，等操作完毕时可以顺利轻松出场；钟伟东的海圣系认购龙源地产的 10 亿元可转换债券，既解决了龙源地产的开发资金缺口，又成功地低成本进入了房地产市场。

就在海圣系认购龙源地产的10亿元可转换债券的关键时刻，钟伟东突然自杀。

他的死，也带来了海圣系的重仓股快速下跌，陈振元牵头的私募基金市值缩水严重，如果不是当时它们的交易量太小无法清盘，这支私募基金早就清盘认输了。

自然海圣系认购龙源地产的10亿元可转换债券，也成为梦想了。

就在陈振元最困难的时候，金星国际伸出了援手。

尽管金星国际开出很多条件，是以前龙源地产无法接受的，但是形势比人强，绝大部分中小股东都同意了，陈振元一时半会儿也没法再找到更合适的合作伙伴。

龙源地产接受了条件。

天下没有免费的午餐。金星国际的条件，虽然让陈振元觉得有点不舒服，倒也打消了他大半的防范之心。

这段日子在金星国际的帮助下，私募基金公司化了，重仓股股价也开始回升；交易费用也降到了最低标准，这样还可以做些盘中的差价，可以慢慢摊平成本；新的信贷额度将满足龙源地产后期资金的开发需要；在金星国际的影响力下，龙源地产项目所在地的政府也表示龙源地产公司可以缓交部分土地款，按照开发量分步缴纳土地出让金……

这些措施，很快缓解了龙源地产的危机，原本打算清盘的私募基金，又有新的追加资金投入，龙源地产在慢慢医治自身的伤口……

龙源地产董事长陈振元，十分庆幸自己找到了一个强有力的合作伙伴。

一切都在好转，他的戒心也开始一点点地消失得无影无踪。

近日，钟伟东的夫人章为红已接替钟伟东的各项职务，成为海圣系的新掌门。作为以前的战略伙伴，章为红明天将与陈振元面洽。

陈振元期待明天的会谈将带来新的商机。

可是陈振元最担心的还是他的资金链出现了问题。

八个同时开工的大型超市项目让他的资金异常紧张，虽然他的这些大型超市项目一旦建成，承租合同每年都可以让龙源地产有稳定的现金流。

可是远水不解近渴，在他的账上，还只有4000万资金。

这笔钱是金星国际支付给他的山明工业园区的土建款。

龙源地产是山明工业园区金星国际新工厂的总承包商。

山明工业园区工地上的建筑工人们从春节到现在的工资都还拖欠着。

这几天，山明工业园区项目的负责人徐俊，一天三个电话哭丧着脸向他催要工程款和工人的工资。他每次都狠狠地痛骂了徐俊。

“他妈的，养狗都会护院，你老是乱叫干吗？不想干了？你连那些农民工都搞不定，养你干吗？”

“他们再闹，报警把几个带头的关几天，当地政府不是说要保护投资吗？”

“材料商也来要钱？告诉他们没有，我们要先发工人工资。对了，你他妈脑子进水了，你不会让材料商和工人们对立起来啊，就说我们目前只能先包一头，让他们商量解决。”

陈振元突然觉得自己很天才，这样可以抵挡一阵子了。

章为红的电话是个好消息。

陈振元想起多年前在证券市场的辉煌战绩，突然决定用4000万做个漂亮的短差。

第十章 金星的选择

有些是不能交易的，对不起！

圣马丁基金驻华首席代表马丁·费南德出现在刘伟昌办公室。

日本 RH 银行的 CEO 佐佐木的办公室此刻也是灯火通明，来自美国、英国、法国、德国，西班牙等数十家银行和金融投资机构非常巧合地来到这里。

财狼们好像都闻到了血腥味。

谁将是下一个猎物？

刘伟昌平静地看着马丁·费南德，这个 20 年前就认识的生意伙伴还是那样带着冷漠的表情。

坐定以后，他没有先说话，因为马丁·费南德会告诉他早已知道的和尚未知道的答案。

这个生意伙伴总是不太受欢迎，一个具有强大攻击性和破坏性的财狼，谁会喜欢呢？

马丁·费南德冷冷地说："中国，将是下一个猎物！刘先生，我们希望你的集团可以正式参加我们的围猎。"

虽然早就做好了思想准备，刘伟昌的心还是突然有些痛，在目前四川大地震的特别时刻，居然……

刘伟昌忍住愤怒，沉默了一会，他调整好情绪后一字一顿地表态：

"不管我们之间以前有多么良好的合作，也不论这次合作我们将会损失多少利益，金星国际在目前四川大地震的特别时刻，董事会决不会考虑圣马丁基金的建议或邀请……"

"Why？"马丁·费南德意外了，他不明白。

在他看来四川大地震来得太好了，简直就是上天的礼物。

"中国有句古话，机不可失，时不再来啊！"

"中国也有句古话，有所为有所不为！"

"刘先生，你是聪明人，君子不立危墙啊！"

“其实墙你们推了好久了，不是吗？”刘伟昌若有所指。

“你们下午的董事会不是已投票决定让罗兰基金参股并逐步控股吗？”

“我们暂时不会再讨论这个问题了。”

“可是目前是个很好的机会啊！生意就是生意！不要感情用事啊。”

“对我们而言，有些是不能交易的，对不起！”

……

马丁·费南德走了，他带着金星国际将保持中立立场的信息离开了。

罗兰基金驻狮城首席代表卡罗琳也出现在TEMA控股董事局主席巴南丹那的办公室。

在这个暗夜，有不少神秘的海外基金代表频繁接触国内各民营财团。

日本RH银行的CEO办公室汇垄着海外基金代表传回的信息：中国的财狼们这次一反常态地几乎都没有参加围猎的企图。

圣马丁基金的马丁·费南德对金星国际的回答也不意外。

在长达20年的交往中，马丁·费南德是看着金星国际从诞生到成长成巨人的，圣马丁基金的友谊给他们成长带来了不少帮助，他们的私交也很不错。

但是圣马丁基金每一次试图控制金星国际的努力都被婉言谢绝了，只在为数不多的几个领域有数个合作项目。

圣马丁基金对金星国际的情感很复杂，也许亦师亦友亦敌兼而有之。

金星国际的飞速成长总给圣马丁基金一种压迫感。

但是如果圣马丁基金要看金星国际的眼色，那才奇怪。

圣马丁基金又称圣马丁皇室基金，全称很长，包含着众多高贵的姓氏，它是欧洲最古老的私募基金，它的历史超过美国的历史，而圣马丁家族是圆桌骑士团的世袭成员。

罗马教廷存在多久，圆桌骑士团就已存在多久。

圆桌骑士团的责任就是欧洲文明的最后卫道者。

和强大而神秘的骷髅会实际控制美国一样，圆桌骑士团也神秘莫测。

有人说，它是欧洲皇室的总护法，有人说，它是欧洲皇室的大管家。

谁也不知道它存在于何处，但是经过两次大战后一个开始统一的欧洲，仿佛看到是它的手在运作。

英国和法国有过百年战争，法国和德国也是世仇，在不到40年的历史上，两次世界大战席卷了欧洲。

当时谁会想到它们在今天会有统一的议会（欧洲议会），统一的货币（欧元），统一的军事组织（北大西洋公约组织，北约），还将有统一的宪法（欧洲宪法）。

这背后都有圆桌骑士团的努力。

在圆桌骑士团看来，欧洲才是世界的中心，圆桌骑士团的责任就是恢复欧洲作为世界中心的地位。

任何有助于恢复欧洲作为世界中心地位的都是需要推进的。

任何成为世界中心地位的大国，都将是潜在的敌人。

那个最强大的国家正在慢慢地像欧洲一样老去，而东方的国度又在不可避免地壮大崛起，等她羽翼丰满，贵族的欧洲还有复苏的机会吗？

那个年轻的共和国在一岁，就敢和来自17个国家的现代化军队真刀真枪地斗个你死我活，还居然打了平手，而如果等到她羽翼丰满又会是怎样的结果呢？

如果在战场上无法赢她，我们就换个战场。

让她以我们设好的游戏规则来和我们游戏——金融游戏。

我们先告诉她，要透明化，这样我们可以看到她的底牌；

我们再告诉她，要公开化，这样我们可以知道她的招数和套路；

我们再告诉她，要市场一体化，这样我们可以先摸点她的钱用，还能知道她有多少钱藏在哪里，以后方便我们来取。

她还真乖，都照做了，省了特工007不少工夫。

"等她要我们同样照做时，哈，对不起：

"无法透明化，企业的商业秘密和专利，需要花钱买，买也不一定给你；

"公开化，我们的国家利益和宪法规定这些不能公开；

"要市场一体化，行，你先慢慢通过我的这些标准，我们增加标准的速度还是很快的……"

马丁·费南德的圣马丁基金一直有着良好的公众形象。

在上世纪50年代圣马丁基金就以对华友好的形象包装，在中国设立了办事处，多年来在中国商界、政界有着深厚的人脉关系。

作为圆桌骑士团的秘密武器，它是一只美丽的和平鸽，从来没有人怀疑它的敌意。

古老的圣马丁基金，也知道和学习了中华文明的一些做法：卧薪尝胆。

当年中国银行王牌交易员文金宝在伦敦外汇市场为中银赚取逾10亿美元时，圣马丁基金没有出手。

中国国储局的王牌交易员沈明高在伦敦交易所日进斗金时，圣马丁基金也没有出手。

不是圣马丁基金没有能力去完成，而是圣马丁基金有着更重大的使命。

没有圣马丁基金有意透过情报渠道，女狼卡罗琳哪可能轻易从茫茫人海中锁定沈明高？

没有圣马丁基金有意利用影响力，调开了另一位交易员，沈明高的冒险操作能被忽略这样长的时间？

没有圣马丁基金有意利用人脉资源掩护，沈明高能长期调用巨额资金？

圣马丁基金也是有所为，有所不为。

圣马丁基金也第一时间拿到了沈明高的交易记录，但是圣马丁基金将功劳让给了卡罗琳，只在卡罗琳出手后才跟在财狼群里分点食。

圣马丁基金有王牌：圣马丁基金的"特罗伊木马"。

圆桌骑士团和圣马丁基金是不为一城一池的得失所动。

圆桌骑士团从来没有把骷髅会当作真正的朋友，他们所代表的利益只有一致时，他们才会联手合作。

而更多的时候，双方是暗战不断，在圆桌骑士团的记载上，“科索沃战争”是骷髅会必须要清算的新债。

圆桌骑士团不害怕战争，可是这场地区性的低烈度战争，让圆桌骑士团的欧洲统一进程一下倒退了数年。

刘伟昌有些后悔，不吃猎物的财狼，很多时候是会给狼群吃掉的，金星国际会给吃掉吗？他突然意识到明天对金星国际将是血腥的一天。

他拿起电话，打了几个关键的电话，他需要有所准备。

刘伟昌送走了马丁之后，当晚就开始了积极的防御动作。

金星国际暂不参加国际财狼的围猎，但是自保还是很有必要的。

刘伟昌的指令很快发出：

1. 在港股市场临时加大恒指和 A50 中国基金的空头仓位，临时加仓部分收市前离场；

2.放空金星国际和万国地产现有仓位 5％的股票，保持控股地位不可动摇；

3.放空的股票，在恒指和 A50 中国基金的空头仓位平仓后，严格回补同数量股票；

4.各直属公司，控股公司保有最大限量的资金头寸，无常务董事一级高管核准，不得随意动用；

5.在香港市场向各相关金融机构紧急融资 7 天的短期贷款 10 亿，以备不时之需；

……

刘伟昌不敢大意。

金星国际走到今天，绝非侥幸。

在 2007 年 9 月，将除控股必须的股票仓位，金星国际就已全部离场落袋为安。

大量的资金已通过正常的贸易和海外投资方式置换到了香港，并已在相对高位，按照金星国际在港上市的当时市值同比例地建立了恒指的空头仓位和 A50 中国基金(02823，HK)的空头仓位。

这样，在港上市的金星国际和万国地产暴跌到了只有峰值的 40％，然而在恒指和 A50 中国基金(02823，HK)的空头仓位在恒指和 A50 指数暴跌后，巨大的浮盈足以弥补金星国际和万国地产下跌的市值。

(注：很多人知道恒指期货，但是不知道 A50 中国基金。

这里要介绍一下 A50 中国基金〔02823，HK〕。该 ETF 是由巴克莱国际投资管理发行的 i 股系列产品之一，追踪新华富时 A50 中国指数，并通过“CAAPs”投资 A 股市场，而“CAAPs”由 QFII 关联人士发行。

目前该 ETF 主要通过花旗和巴克莱的 QFII 额度投资 A 股市场。由于直接挂钩 A 股指数，A50 中国基金已经成为海外资金间接炒作 A 股的主要工具。

目前在香港市场 A50 中国基金不但可以 T+0 双向交易，还有多家投资机构发行的条件不一，时间不一的各类认购权证和认沽权证。)

金星国际虽然有证券公司，还参股基金公司和银行，但是德隆系的前车之鉴，让金星国际还是保持了足够的定力。

在2007年的董事会上，大家一致同意将证券市场上的资金头寸大幅降低，只要保持在维护金星国际对现有公司的控股地位保持不变，股指头寸及A50中国基金做空仓位也只要求保值，不主动参与投机。

这种审慎严格的做法，曾让不少投资机构耻笑，但是随后的市场发展，基本让金星国际整体上没有受到太大的冲击。

这些日子，刘伟昌正在将注意力放在另外一家在港上市的内地地产股上。

在市场上博取差价的套利，是不能满足金星国际的胃口的。

刘伟昌也不习惯博取差价套利的做法，他不是炒家。

这家名为龙源地产的上市公司，因为牵头组织私募基金，在短短4个月里，私募基金的市值已缩水了50%，公司的地产主营业务资金链已断裂。

在两个月前，龙源地产已被迫与金星国际达成交易，定向发行了10亿元的可转换公司债，如金星国际实现股份转换，将占龙源地产25%的股权比例，成为第二大股东。

在龙源地产向金星国际发行10亿元的可转换公司债后，金星国际进入了龙源地产董事会，在7人组成的董事会中占据2个席位。

可是10亿元还是一下给8个同时动工兴建的在建工程吸完了，龙源地产的资金链再次告警。

两个月前，龙源地产董事会在金星国际方面董事的提议下，为控制风险，已决定将私募基金从龙源地产公司投资部中分离出来，成立独立的龙源投资公司独立运作。

原私募基金的风险由原龙源地产股东承担。

金星国际旗下的海王证券公司还抽出了五名骨干协助龙源投资公司运作。

为了帮助龙源投资公司的运作，海王证券公司为龙源投资公司的操作提供了接近零成本的交易佣金标准。

海王证券公司的自营盘也拿出2亿资金，配置了龙源投资公司重仓持有的股票。

同时金星国际参股的基金公司也非公开地承诺，愿意适当配置龙源投资公司重仓股。

此外，金星国际参股的银行也表示，愿意在第二季度贷款额度宽松的情况下，向龙源地产公司提供新的信贷额度，保证龙源地产的资金需要。

在金星国际的影响力下，龙源地产项目所在地的政府也表示龙源地产公司可以缓交部分土地款，按照开发量分步缴纳土地出让金。

……

这些措施，很快缓解了龙源地产的危机，原本打算清盘的私募基金，又有新的追加资金投入，龙源地产在慢慢医治自身的伤口……

龙源地产董事长陈振元，十分庆幸自己找到了一个强有力的合作伙伴。

谁也不知道，这其实都是一个完美的局。

因为刘伟昌不是慈善家，所有发生的一切都有目的。

刘伟昌还有秘密指令没有发出。

第十一章 围猎倒计时

没想到一场商业交易突然引发了曼国的政治危机。

2008年5月12日晚，狮城。

几乎同时，罗兰基金的驻狮城首席代表再次来到坐落在狮城南部一条名为Richard的普通街道，在一幢绿色玻璃外观的十九层高的写字楼的第五、六、七层还亮着灯。

由于其地理位置偏离城市中心，如果不是刻意寻找，一般外地来访者可能会忽略而过。

它自1974年成立以来到2004年9月为止从未公布过财务报表，它是亚洲最好的投资公司之一，国际两家评级机构标准普尔与穆迪投资都在财务报表发表后给予它AAA的最高信用评级。

它有一个年轻的管理队伍，200多名员工平均年龄为35岁，但管理着550亿美元的市场资本化资金，下属关联公司超过千家，每年的经营费用不到3000万美元。

曾有海外媒体估算，它所持有的股票市价占到整个狮城股票市场的47%，可以说是几乎主宰了狮城的经济命脉。

它就是TEMA控股有限公司。

可是它还是惧怕女狼卡罗琳公主的财狼群。

罗兰基金驻狮城首席代表也坐到了TEMA控股董事局主席巴南丹那的办公室。

这次卡罗琳不是来给巴南丹那一个口信，她是需要TEMA控股实实在在的配合。

TEMA控股有限公司董事局主席巴南丹那需要时间决策，他还是没有马上表态。

TEMA控股有限公司董事局主席巴南丹那送走罗兰基金驻狮城首席代表卡罗琳后，开始认真思考TEMA控股的中国利益。

TEMA控股在中国两大投资方向分别为：

第一、TEMA控股对中国投资的兴趣，在于中国经济改革中大型的民营或国有企业，包括金融、能源及其他基础设施领域的项目。

第二、TEMA控股也有意参与那些符合目前消费需要，特别是通过TEMA控股参与投资，能够满足兴起的中产阶层需要、具有快速增长潜力的行业。

在亚洲，TEMA 控股的投资表现越来越突出，对中国的兴趣越来越大，对中国的金融领域的项目兴趣也越来越大。

曾有专业人士坦言，如果 TEMA 控股和国内金融业这些交易都能成功的话，TEMA 控股向中国金融业的投资将达到百亿美元左右，TEMA 控股很可能成为目前投资中国金融业最多的境外投资者。

“投资中国的银行业似乎有些冒险，但只有高风险才能带来高回报。”国际信用评级机构标准普尔（StandardPoor's）企业及政府评级全球主管顾国麟（PaulCoughlin）的评论出现在巴南丹那脑中。

可是女狼卡罗琳公主的要求让他无法回避现实问题。

狮城在中国的国家利益该如何处理？

女狼卡罗琳公主的攻击力是 TEMA 控股无法承受的，几年前她在伦敦市场成功狩猎了沈明高。

这就很说明问题，一个弱女子可以动员大量神秘的海外资金围猎中国的国家队王牌交易员，并大获全胜，之后却能神秘消失。

现在她需要巴南丹那提供围猎中国的金融炮弹，TEMA 控股持有的中国金融业股票。

巴南丹那感觉到一种痛苦，他无法接受卡罗琳的要求，因为这样重大的决策不是他可以承担的。

他也不敢拒绝卡罗琳的要求，借股条件十分诱人。同时他也害怕女狼卡罗琳公主先对 TEMA 控股下手。

狮城太小了，没有国家再造，在下一次大国崛起时狮城可能就荡然无存，所以不能轻举妄动。

狮城正发起一场“国家重建”运动。

狮城把整个国家当成亚太地区的“对冲基金”，越来越把自身命运与亚洲其他地区相结合。

作为狮城经济国策的 TEMA 控股岂能例外？

罗兰基金是代表众多海外基金来借 TEMA 控股手里的中国金融业股票的。

当时百亿美元以上的股票现在已增值数倍，从利益的角度，TEMA 控股不光要借出股票，更要减持股票，但是从国家利益的角度，这些做法是短视的。

目前亚洲各国政府已对 TEMA 控股心生警惕，他们意识到这家公司是狮城政府的一只臂膀。

所以 TEMA 控股绝对不能乱动。

最后的决策还是让最高层来把握吧，巴南丹那告诉自己。

巴南丹那拿起了电话，致电狮城总理，他要通知他的国家不管发生哪种情况，都要准备迎接一场暴风雨。

狮城总理听完巴南丹那的汇报，顿时不由得睡意全无，女狼卡罗琳公主带来的消息让他十分震惊，要向中国开始围猎了！

他想起了1997年的东南亚金融风暴，但为何要选在中国大地震的日子？他的心情很不好受。

可是理智告诉他，女狼卡罗琳公主带来的消息是真实的，只有这一刻，才是龙的故乡最脆弱的时候。

他一时拿不定主意。

他的决策太重要了，但是时间和消息的重要性也不许可他召集幕僚开会问策。

他烦乱地打开电视，看着从中国震区传出的新闻画面，觉得有必要向这个龙的故乡出点心力。

在授意狮城外交部安排好对华事宜以后，他开始有些不安，他想起了数年前TEMA控股一次极有争议的股权交易。

数年前TEMA控股对曼国电信集团（ShinCorp）的收购，突显出关注政治形势的必要性。

TEMA控股在认真地咨询了一家知名的国际公关公司后，TEMA控股从曼国总理维行家族手中购买了ShinCorp集团的交易。

可是没想到一场商业交易突然引发了曼国的政治危机。

最终还是以曼国总理维行下台，才结束了曼国的政治危机。

曼国此次政变的关键时刻是当年1月下旬。

当年1月23日，TEMA控股收购了总部设在王谷的维行家族企业ShinCorp集团49.6％的股份。

维行家族控股的动那瓦集团以约18.8亿美元的价格将动那瓦集团下属ShinCorp集团49.6％的股权出售给TEMA控股。

ShinCorp集团交出了曼国最大手机公司爱旺资讯（AIS）42.9％的股份、ShinCorp卫星公司42％的股份、全国唯一一家私人电视台ETV的53％的股份和总部在吉隆坡的廉价航空亚航（AirAsia）50％的股份。

从TEMA控股角度，应该说这是一次很成功的商业并购行为。TEMA控股的经济版图多了很大的新空间。

至此，TEMA控股通过它在曼谷的子公司Espen控股和Oedar控股拥有了爱旺资讯（AIS）96.1％的股份。

但是这一并购交易一直处于曼国商务部的调查之下，并引发了曼国国民对维行政府的强烈不满，商业交易点燃了曼国政局动荡的烈火。

TEMA控股发言人表示已经履行曼国法律规定的所有要求，并仍将全面与曼国商务部合作。但是愤怒的公众不理睬这些。

混合经济和政治的交易往往都是充满争议的，但这次交易中的两件事更在整个交易中扮演了火上浇油的角色：

首先，维行家族在此次交易中享受了免税待遇出售，还把18.8亿美金全装进了自己的腰包，没有给别人留下一个小钱；

其次，在TEMA控股与维行家族签订并购交易的同一天，维行政府通过了一项新法例。新法例将外资拥有曼国电信公司的上限从25％调高到49％，正为这笔交易铺平了道路，开通了绿灯。

而在此交易之前，曼国法律规定，任何外国公司不能单方或联合购买电信公司超过25%股份。

如果曼国新政府宣布这单交易非法，TEMA 控股的损失将十分惨重。

曼国总理维行的众多反对者，针对这次 TEMA 控股和 ShinCorp 集团的巨额交易的各部分都作出了剧烈的政治反应。

首都王谷街头多次出现了游行，游行者的反对意见直指 TEMA 控股作为一个外国所有者收购了曼国的国有资产。

在曼国的其他狮城企业也受到曼国国民的抵制。

TEMA 控股的麻烦还不止这些。

尽管 TEMA 控股对于 ShinCorp 卫星的股权没有超过政府规定的 49%上限，但考虑到卫星一直被视为国有财产，它可能还要面对国家安全问题。

在 ETV 公司方面，TEMA 控股也要服从政府关于外国投资者不能拥有超过 25%股份的限制。

除了管制上的不确定性，TEMA 控股还面对了其他的一些问题。

例如，原本在曼国市场占据垄断地位的爱旺资讯（AIS）的品牌价值正在被腐蚀。

曼国的大多数手机使用者都是中产阶级，而反对曼国总理维行的运动中的幕后驱动者也正是这批人。

调查结果很快显示，就在签订并购协议的两周内，11%的爱旺资讯用户已经通过关闭账户表示抗议，近期又有 20%的用户关闭账户。

这一调查结果的公布，让业界猜测这种情况是否会继续蔓延的担心得到了证实，以致爱旺资讯股价表现走低，从而影响 TEMA 控股的盈利水平。

巴南丹那当时焦头烂额，气急败坏。

他没有想到一场资本盛宴演变成一场政治危机，更没有想到它的 TEMA 控股成为了曼国民众的最大敌人。

巴南丹那在当年的董事会检讨：

"在 ShinCorp 集团的事情发生后，TEMA 控股似乎必须对交易可能带来的政治后果更加警惕。在我们 TEMA 控股这方面，在这次事件中除了从这场政治动乱中平复心情，更重要的问题是学会如何应付要面对的各种风险。"

可是此时 TEMA 控股发现，几乎所有国家都开始对 TEMA 控股要关闭大门：没有一个国家欢迎能带来政治动荡的投资者。

此外，几乎所有国家都开始对 TEMA 控股以往的股权交易开始重新审查。

TEMA 控股希望加强对中国银行业投资的几个方案都一一被中国方面否决。

当时的巴南丹那内心充满了沮丧。

在一次与香港评级机构惠誉（Fitch）亚洲区总裁大卫的交谈中，他将他的沮丧和苦恼告诉了这位多年的好友。

他的好友并没有好的解决方案，但是十分善意地提醒他：

"你们在中国与其他国家的投资已引起了当地政府的警惕，如果下一步你们不能得到‘风险担保’，TEMA 控股对中国金融业或其他国家项目投资就有很大的风险性。你们考虑过如何回避或锁定风险吗？”

“我们没有类似担保的投资，我们把一切都寄托在对中国政府的信任上。”

“信任总是有限度的。你说呢？”大卫意味深长地说。

“你是不是有何建议？”巴南丹那问道。

大卫抿了一口香槟，慢慢地吐出几句话。

“如果你无法得到更多的，你就要保住你已得到的。狮城的命运是不是要掌握在自己手里？”

“对啊，信任总是有限度的。狮城的命运要掌握在自己手里！”

一语点醒了梦中人，巴南丹那感到豁然开朗。

“我们可以做哪些？”

“还记得是你们最先推出的日经 225 指数期货的，为何不为你们的中国投资组合设计一个安全的产品？”

……

望着巴南丹那离开的身影，大卫的内心很高兴。

当时他就知道，作为海神计划的 M 组首脑，他已成功地开始了布局。

一个关于中国的指数期货将首先出现在狮城。

而随着关于中国的指数期货的出现，中国和狮城的关系将微妙起来。

一道看不到但是可以感受得到的裂痕会出现在双方之间。

这道裂痕将会使他们双方受到伤害，而海神计划是最大的受益者。

“信任总是有限度的。狮城的命运要掌握在自己手里！”

巴南丹那对国家的忠诚，打动了狮城总理，权衡得失之后，他终于作出了决定。

果然没多久，狮城交易所不顾中国方面的反对，果断推出神州 50 指数期货，表面上看不过是一个简单的金融品种，就像商店里多了一件商品。

但是从狮城交易所和上海深圳交易所的各自态度看，神州 50 指数期货并不简单。

神州 50 指数期货的成分股是个银行股高度集中的组合，神州 50 指数期货更像是 TEMA 控股中国投资组合不可缺少的避险工具和风险管理手段。

在投资界，大家都心照不宣：神州 50 指数期货的推出，体现了狮城国家利益，给 TEMA 控股的中国投资组合提供了一条保险带。

一个信号也很明显起来：狮城与中国并不像大家想象的那样亲密。

狮城总理考虑再三，他的思路开始清晰了。

他还是给巴南丹那发出指示：

为了狮城国家利益，不能向任何机构出借任何中国股票。

给 TEMA 控股的中国投资组合马上系好保险带，明天开盘就布空足够的神州 50 指数期货，狮城的国家利益需要神州 50 指数期货来套期保值。

等我们系好保险带，或许我们才有时间通知中国方面。

第十二章　谁值得信赖？

谁值得真正信赖

2008 年 5 月 12 日晚，中国上海。

冯钢接到了电话，脸上的神情变得十分复杂，他没有想到会有这样的指令。

可是他已无法回头，他们给他的，是金星国际无法给予他的巨大财富。

他必须去完成要他完成的工作。

直指夜空的东方明珠电视塔的灯光暗淡了很多，原本灯光镶成的浦江两岸夜色在慢慢睡去，总裁刘伟昌和高兴君一样没有回家，在处埋好 1000 万捐献款物的事宜后，他没有再和高兴君沟通。

有些事还是不要现在去烦扰高兴君了。

他的工作注定将是不眠之夜。

刚才刘伟昌已通知金辉药业的万伟峰将仓库中的价值 700 万药品全数捐给震区，立即运往震区，不足部分的 300 万将在明天汇给相关机构。

刘伟昌的手机响了，他意外地看了看电话号码，知道他手机号码的人很少，而在此时还敢给他电话的，会是谁呢？

“我是冯钢，刘总，我最近刚从集团法律事务部副主任升任金辉药业的副总监，感谢刘总栽培。我有事要向您汇报，仓库中的不少药品都离有效期不足 6 个月了，为了避免公司的潜在损失，我这次将它们也一起捐给震区了，我为公司业绩创造了贡献，明天您不用再要财务向救灾机构汇款了。”金辉药业的销售副总监冯钢在电话里邀功。

冯钢带着一丝侥幸，希望可以蒙混过关，毕竟为公司省了 300 万啊。

刘伟昌恼了，万伟峰真糊涂，这样的大事竟交给了冯钢。

冯钢是不值得信任的，所以当初才将他调动到金辉药业。

他冷冷地追问：“这些药品已经捐出去了？还是你自已想这样做？”

“刘总，我本来想请示万总的，可是他没接我的手机。我看时间很急，震区又急需，所以……您放心，我都已经安排了，现在所有的捐助手续都已办好了，药品估计已在去灾区的路上了。"冯钢显得很兴奋，还在邀功。

"明天你将情况写个详细说明交给万总和我，听候处理！"

没有等冯钢反应过来就挂了电话。

冯钢感到一种惊惧油然而生。

难道刘伟昌都知道了？

震区急需，药品已在去灾区的路上，再去截回那批药品很困难了，刘伟昌想，好事看来没有圆满啊。

这种事还不能惊动各方，刘伟昌此时恨不得猛揍冯钢一回。

这次一定要好好收拾他。

有人敲门进来了，不一会，秀丽的公关部经理吴莹亭亭而立在他的办公桌前。

公关部经理吴莹敲门推开刘伟昌的办公室，是想让总裁过目一下她为高兴君董事长准备的稿件。

她看着刘伟昌若有所思的表情，觉得可能选错了时机，其实高兴君的稿子平时不需要刘伟昌看，她是在寻找机会接近刘伟昌。

能得到刘伟昌的青睐或是宠爱，她都愿意，成为他的情人是她进公司第一天，不，是她知道刘伟昌的故事后就有的梦想。

因为他们也有故事。

在这个注定的不眠之夜，她希望她能攻关。

刘伟昌不动声色而淡然地注视着吴莹。这个美丽的女人，不是胸大无脑的笨女人，他知道她的企图。

对他而言，女色实在是太平常的风景，就是所谓影视红星也不过是过眼云烟。

可是他还是注意到她，不光是因为她的美色，而是因为她的聪慧，她的远远的几乎难以察觉的眷恋的目光，他总觉得他们曾经认识，可是他交际太广，实在是想不起具体地点。

他知道他可以轻易地得到她，可是在几乎已很少有事业挑战的现在，有这样一份期待是更有意思的。

呵，偷着的不如偷不着，他的脑子里闪过这句话。

吴莹，伏身将文件展开在刘伟昌面前，似乎根本没发现她那波涛汹涌，正在散发出一种暧昧的情感骚动，其实静默的两人都知道游戏要开始了……

办公桌上的电话铃突然响了，深夜里的铃声响得真不是时候。

刘伟昌露出厌烦的神情，做了个手势，吴莹迟疑片刻，没有拿起话筒，而是开启了免提。

吴莹可不想让其他人知道此刻她在刘伟昌的身边。

吴莹的小动作，让刘伟昌的脸上多了一种赞许的神态。

冯钢的声音又响了起来，冯钢解释着这次药品的捐赠情况，刘伟昌冷冷地应和着，冯钢好像感觉到电话这头的不耐烦，但还是硬着头皮说：

"……大概就这些情况，我们这次捐赠的药品，慈善机构没有发现快过期了，我们以后可以解释时间紧迫,没有及时发现,灾区反正急需……”

刘伟昌再也忍不住:“你这个笨蛋,作为销售总监,你的聪明就表现在这里么?……”

冯钢完全明白了,这回饭碗真成问题了。

冯钢挂断电话后,紧张地思索了一番,一咬牙狠下心来,一不做二不休,他决定彻底背叛金星国际。

他再次拨通了神秘的电话,为了后半生的荣华富贵,决定做一回禽兽。

吴莹看着眼前这个男人义正词严的训话,突然觉得这个男人不仅可爱,还显得高大甚至伟大,她有种冲动想放弃所有的伪装,扑入这个男人的胸怀。

刘伟昌突然注意到吴莹还在桌对面,他合上文件夹递回给吴莹。

“明天的媒体会取消,不要刻意宣传,低调些。你早点回去休息吧!”

吴莹很有挫败感,她突然觉得这个男人无视她的价值和存在,用一种复杂的眼神看着刘伟昌。

刘伟昌没有任何表情和言语,在他和吴莹之间好像突然有座巨大的山隔开他们。

吴莹走后,刘伟昌暗骂自己,有效期在 6 个月内的药品根本是无法销售的,这批药品捐了后,根据捐献凭证,绝大部分是可以抵税的,我们已占了大便宜,再拿这个作秀,我都觉得自己不是人了。

这是一个错误,一个意外。

而金星国际将要承受由此而来的后果。

刘伟昌他需要一个人冷静认真思考一下。

一直从事公司法律事务的冯钢的举动太违反常理了。

慢慢地,刘伟昌将一些思路理清了。

看来,冯钢果然是某机构安排在他身边的一颗暗棋。

冯钢今天的异常举动是某机构刻意而为,目的是个警告:

刘伟昌可能已没有可信赖的人,每个人都可能被收买了。

这招真高,在刘伟昌最需要冷静的时候,给他一次攻心战。

刘伟昌感到烦躁不安。

对刘伟昌而言,明天将注定是个不平常的日子。

对金星国际而言,明天也将注定是个不平常的日子。

高兴君今天反常的失态,刘伟昌看在眼里。

在高兴君没有恢复常态前,他要去主动分担一些工作。

很多年来,他们都是这样相互依靠着走过来的,他们是战友。

明天的证券市场将是风高浪急的一天,在马丁来访后,他不可能不将明天的主要精力放在证券市场上。

刚才的冯钢事件更让他高度警觉起来。

刘伟昌不习惯在证券市场上靠上下的差价来赚钱,这样的赚钱总给人一种虚幻的感觉。

但是刘伟昌喜欢赚钱,在证券市场上赚钱有时速度更快。

明天的秘密指令需要严格被执行，谁值得信赖？

不管如何，大战已经开始，必须有人来负责，谁值得真正信赖？

冯钢事件，让刘伟昌没有考虑用原来负责证券板块的亲信。

这个圈子的人虽然都经历了多次考验，但是他们很多人这些年和圣马丁基金联手合作过，谁能担保这里面没有圣马丁的眼线？

风风雨雨20年，刘伟昌看到过，也经历过太多的背叛。

在巨大利益或威胁面前，人是很容易屈服和变形的。

此刻他千万不能走错。

一步错，可能就是大祸临头。

要用值得信任的新人。

一个刘伟昌可以信任的，哪怕只是暂时的，但是在这短暂的时间内，他必须是无条件地信任他(她)！

吴莹，就是她了。

一个无条件爱你的人，是最值得信任的。

他毫不犹豫地拨通了吴莹的手机。

吴莹离开刘伟昌办公室，并没有直接回家，她总觉得这个有着坚毅外表的男人，现在承受着太大的压力。

她希望她能帮助他。

任何可以帮助他的事，她都愿意去做。

她在无谓的等待中，慢慢变得沮丧，直到被疲惫击倒。

她没有开车回家，疲惫时开车太危险了。

靠在出租车的后座上，她睡着了。

在快到家的路上，吴莹的手机响了。

在看到来电显示的号码时，吴莹就通知出租车司机调头回公司。

"你马上回公司！"一个温和而坚定的熟悉声音传来，没有一句多余的话。

一定有大事要发生，这是她的直觉。

她的白马王子需要她，喜悦一阵阵冲击着她，让她无法冷静地思考。

疲惫一扫而空。

在与高兴君的交流后，刘伟昌回到自已的办公室。

刘伟昌惊异地发现，吴莹已站在他面前。

刘伟昌知道面前的这个女人确实深爱着他。

他带着她来到总裁行政办公室。

尽管已是午夜，总裁行政办公室依然还有不少人在加班。

"我宣布，自即刻起，免去吴莹集团公关部经理职务，转任总裁特别助理，总裁行政办公室副主任。

在即刻起，7日内授权吴莹可以调动集团所有的资源，应对集团可能遭遇的各项挑战，为保密起见，吴莹的所有行动，不受集团现有规章制度的约束，直接向董事会负责。

7日内任何违抗吴莹指令的做法，都将视为对公司的背叛，违者一律暂时停职。

吴莹的最新职务只限于向集团下属一级公司总经理宣布，对向下越级指挥的指令以总裁行政办公室名义发布，并由吴莹签名后报备各相关总经理。各相关总经理不得了解其下级部门的具体执行细节……”

刘伟昌没有关心其他人的表情，宣布后就将吴莹带回了自己的办公室。

吴莹的脑子乱哄哄的，没注意到行政办公室其他同事奇怪而羡慕的表情，她愣愣地跟着刘伟昌走了。

回到办公室，刘伟昌一反常态地没有回到他的大班台后，而是和吴莹坐在长沙发上交代工作。

刘伟昌带着一脸真诚的神情，对吴莹说：

“集团现在面临着重大危机，需要你，我信任你，你来帮我！”

不知不觉间，刘伟昌很自然地握着吴莹的手。

此刻，吴莹觉得她成为了世界上最幸福的女人，这来得太突然了。

吴莹坚定地点了点头，自然地依偎在刘伟昌怀里，一起望着窗外的浦江。

片刻，吴莹转过身，离开了刘伟昌的怀抱，静静地看着刘伟昌。

刘伟昌也意识到此刻不是儿女情长的时刻。

他在内心暗暗欣赏吴莹：这个女子不简单，拿得起放得下。

他回到大班台后，让吴莹站在身边，一步步仔细安排天亮以后将要开始的工作

8:00 前……

9:00 前……

9:30……

10:05……

10:15……

10:30……

11:30……

……

两人将工作细节的时间表一直排到 16:00 的时点。

听完刘伟昌的周密安排，吴莹只补充了几个细节进一步细化，计划很完美。

吴莹暗叹，这个男人的头脑真是太精密完美了。

等吴莹转过身，准备出去通过行政办公室进一步安排具体工作时，刘伟昌拿出钥匙，交给她：“这是 35 楼行政套房的，等安排好工作，不要回家了，早点休息。”

吴莹带着一脸羞涩，红着脸接过钥匙。

第十三章　蒙古包硝烟

硝烟即将燃起

2008年5月12日晚，蒙古乌兰巴托。

位于中国和俄罗斯之间的蒙古国，矿产资源种类众多、储量丰富，已探明的有80多种矿产和6000多个矿点，主要有煤、铜、铁、银、钼、锌、金矿等。

据蒙古专家预计，蒙古煤炭总储量约500亿吨，铁矿石总储量超过15亿吨，金矿总储量约为3100吨。

美国的《华尔街日报》称：如果美国政府无视俄罗斯对蒙古的觊觎，那么，亚洲的民主发展将受到威胁，美国也将在这个矿产资源丰富的国家面临战略性挑战。

其实美国早就希望在蒙古拥有军事基地，甚至想将韩国、日本、澳大利亚、蒙古吸纳进来，成立"亚洲版"北约。

但是新选举出来的蒙古大呼拉尔要是由人民革命党成员占多数，美国在蒙古获得军事基地将会遥遥无期。

而且，美军在"可汗探索"多国联合军事演习中的活动范围将大大缩小。应中方要求，原计划在近期举行的该项联合军演已被推迟到9月份(北京奥运会)之后。

在蒙古大呼拉尔(议会)选举期间，讨论的主题涉及蒙古国矿产资源分配的问题(有铀矿、黄金、煤炭等，而其铀矿的探明储量就达10万吨)，包括执政党人民革命党在内的各党派竞相许诺，要让人民得到最大实惠。

虽然美国和日本等发达国家都想控制蒙古的矿产资源，但人民革命党领导人宣称：准备将有色金属矿交给中国或俄罗斯的企业开发。

蒙古国的政治多元化进程早从1996年就已经开始了。

当年，执政多年的人民革命党下台，由反对派组成联盟共同执政。

但到了2000年，人民革命党再次执政。

2004年，人民革命党与民主党结成联盟，共同执政。但联盟很快破裂，只剩下人民革命党一党继续执政。

2006年开始，蒙古国内发生多起大规模暴乱和抗议活动，口号就是反对国内的政治腐败、反对外国对蒙古的资源开发（尤其是中国和加拿大企业）等等。

按照该国学者判断，虽然人民革命党似乎掌握了权力，但该国多年来已有许多政党和政治反对派在活动，政治多元化趋势已非常明显。

"颜色革命"的成本非常低廉，这对很多国际政治的大玩家来说，其"低投入、高产出"的诱惑力不言自明。

如果颜色革命不能在这里实现，合众国的潜在利益将无法体现，这是不可原谅的。

海森伯格受命前往，来到这座草原之城研究"课题"。

海森伯格数月前来到这座草原之城。

他的E小组是要来点燃它，让自由和民主的火烧掉执政党人民革命党的一切。

硝烟即将燃起。

当时，在降落前的飞机上，海森伯格放眼望去，大片大片由蒙古包和木板房构成的贫民窟高高低低，散布在城市的四周，并慢慢地向城市的中心地带伸展着。

与之形成鲜明对照的，不是他在许多都市里常见的摩天大楼，而是在坑洼不平的公路上奔跑着的各种各样的豪华车。

这个平静的城市将会燃起硝烟，在这个城市还没有发育成青春美少女时，她就要被蹂躏，他的E小组将撕裂这个城市。

海森伯格没有任何负疚感，异教徒的土地都是不值得他负疚的，相反他的内心反而充满了破坏的快感。

当数月前，海森伯格走进乌兰巴托这座草原之城，就如同走进了一个大工地，到处都是正在建设的楼房和正在整修的道路。

那些破旧的房屋和杂草丛生的街心花园，会让他立刻联想到改革开放之前中国的某个县城。

在去蒙古之前，海森伯格有朋友颇为羡慕地说："你可以去那里呼吸几天草原的空气了。"

海森伯格笑着没有回答，他虽然第一次踏上这片土地，但是他知道那里的空气并不怎么新鲜。

汽车排出的废气让这个城市总是笼罩在呛人的烟尘之中。

蒙古《今日报》的报道，很好地说明了蒙古的环境现状：乌兰巴托市民每人每年平均"吃掉"25公斤煤，"吸入"120公斤毒气。

据当地人说，到了冬天，这里的空气才真的叫人无法忍受。

那些居住在蒙古包和木板房的住户，只能靠烧木柴和煤炭来取暖，缕缕黑烟汇集在一起，形成滚滚烟尘，吞没了整个城市。

蒙古全国人口约为250万人，有一半以上居住在乌兰巴托。

虽然乌兰巴托市区有户籍的人口只有70多万，但总人口却超过了120万。

这个人口膨胀、四处布满了贫民窟的都市的裂痕正变得越来越大。

谁也没有权力让蒙古人固守在他们的草原上，远离都市，永远过着牧羊人的生活。

从2000年到2008年，乌兰巴托人口增加了25%，其中主要有两类人，一类是穷人，占大多数，一类是富人，是少数。

穷人当中，大多是因气候等原因而失去了牧场的牧民，他们没有固定工作，只能靠打短工度日，生活处于极度贫穷之中。

他们就是海森伯格研究的对象。

蒙古现在还没有一条高速公路，仅有的几条公路也是崎岖不平，又常常处于整修状态，但大街上行驶的汽车却有许多是在西方都市也不多见的豪华车。

而那些新富则大多是靠矿产资源发家致富的达官贵人。

他们开着宝马、丰田、凌志等各种各样豪华车，在一个基础建设仍然停留在上世纪60年代的城市中，开始了对现代化的追求，也让那些原本生活在辽阔草原的牧民们，有了新的欲望。

这个国家的所有财富似乎都体现在汽车上。在乌兰巴托的大街上，你可以看到几乎所有牌号的豪华车，也可以看到屁股后面冒着黑烟的各种破车，方向盘有的在左，有的在右。

蒙古全国共有12万辆汽车，将近10万辆都集中在有着120多万人口的乌兰巴托。

海森伯格很高兴，因为他深知在腐败、通货膨胀和失业率高居不下的背后，是城市化迅猛发展造成的贫富分裂，它在迅速地破坏着这个以牧民为主的民族赖以生存的社会基础。

大多数人的内心怒火正在等待他的E小组去点燃。

看到大片大片由蒙古包和木板房构成的贫民窟高高低低，散布在城市的四周，并慢慢地向城市的中心地带伸展着这样的场景，海森伯格已经预知到将发生的骚乱。

这不是E小组第一次研究这样的课题。

E小组的研究工作十分高效，原以为200万图格里克（蒙古货币100万约合6020元人民币）足以让一个一无所有的城市贫民敢于拿命相搏。

可是一贫如洗的城市贫民还是让海森伯格吃惊，100万图格里克就可以让他们卖命了。

他修改了方案，不能让他们知道E小组在后面出钱，包括蒙古民主党在内的反对党们都要成为他们的替死鬼。

至于中国、俄罗斯，也要让国际舆论去怀疑他们。

在不久的将来，当这个国家的公民用手去选择他们的新政府时，他的E小组会有意无意地狠狠踢某些人一脚。

在那场必定发生的骚乱中，愤怒的蒙古城市贫民将点燃建筑、砸毁汽车、抢劫商店。

海森伯格的剧本里只留下××人死亡，××人受伤的情况等待填写。

海森伯格的脑海里已出现了这些年E小组在世界各地的其他杰作，于是他有些得意地暗笑。

这是为在中国上演的一幕预热。

海森伯格知道自己是合众国的秘密战士，美国是不能缺少战争的。

乔治·W·布什喜欢自称为“战争总统”。

对于美国这样一个超级大国来说，卷入军事冲突被看作是惯例而非意外。

自1945年以来,只有一个总统没有发动过军事行动——卡特。

美国仍然是世界上的军事和政治的主导力量,这使它往往自负和蛮横。

这和在19世纪后期和20世纪早期的英国很相像。

但英国并不认为自己是在“作战”,也不称自己的首相是“战时”领导人。

当美国认为自己和盟国的利益受到威胁时,美国认为这就是“战争”。

海森伯格记得,一位美国资深的政治人物接受《财富》杂志采访时,被问道“什么长期威胁到美国的经济”,他在沉思了很长一段时间后说:“我认为绝对是激进的伊斯兰极端主义的威胁,如果他们占了上风,我们就完了。”

海森伯格明白,其实在过去的七年,作为伊斯兰极端主义的基地组织已受到严重打击,计划大规模行动的能力已经崩溃,能够运转的资金规模也已很小。

剩下的如此小批的人能否造成大的破坏,威胁到美国和西方国家的生存呢?很显然不能,因为它从根本上已经薄弱了。

基地组织仅存有几千名反美武装分子,几乎没有什么领土和资金,更缺乏一种意识形态的主导。

但是,海森伯格理解,我们美国不愿放弃自己的战争行为,美国生活在世界生物链的顶端。

海森伯格当然知道,美国有着更隐藏的含义,这种表面上的军事行动构想的是更长远的政治和文化问题。

在过去,从某种意义上讲,美国惧怕共产主义的国家将其击败,今天美国惧怕基地组织和伊朗等国威胁到美国的生活方式。

美国的确是一个强大的国家,但是它也很清楚自己的强大可能不会长久,卡耐基基金会的一份报告显示,中国在2035年经济实力将超越美国,这对于美国来说是不可接受的,这可能会改变全球的力量对比。

惧怕是最好的理由,但是又不能外示于人。

不可接受的事实就要尽早改变它,这是海森伯格的使命。

在他看来,也是他的光荣。

第十四章 兴国圣战计划

应像吃生鱼片一样，一片一片地吃掉中国。

2008年5月12日晚，日本东京。

日本RH银行总裁佐佐木十分不满日本政府的软弱。

日本和蒙古国于1996年建立全面伙伴关系后，日本已连续10年成为蒙古国的最大援助国。日本平均每年对蒙援助1亿美元，其中3000万至3500万美元为无偿援助，另有约100万美元为技术合作援助。

仅日本政府援蒙的“草根计划”一项，2005年共资助了20多个项目，投入近200万美元。

这样的援助，对一个只有250万人口的穷国家而言，不是个小数字，可是并未能让日本从蒙古国矿产资源开发中分得更多的机会，让日本朝野上下都有些沮丧。

当佐佐木得知一个面目不清的国际组织试图在蒙古国点燃民主的怒火时，他也丝毫没有犹豫地指示他的人员积极予以配合。

日本太小，资源太少了，这一特殊的地理位置及资源的匮乏性，一直让佐佐木背后的黑龙会感到深深的不安。

黑龙会从来没有放弃为大日本帝国拓展疆土而努力。可是在半个世纪前的那场世界大战中，日本失去了太多。

黑龙会要重新建立自己的地盘，蒙古国将是又一个“满洲国”。

在他看来日本政府与中国政府的东海问题谈判是毫无必要的，日本不应该对中国软弱。

佐佐木在他的日记里这样写道：

由于日本特殊的地理位置及资源的匮乏性，决定了我国发展的终极形式是：发动战争！

我始终认为我们大和民族是世界上最优秀的民族。强烈的忧患意识与现实主义是支撑民族不断创新与发展的精神之源，这就是勤俭智慧的大和人所独有的奋争精神。

然而，世界对我们却是这样的不公平，一些劣等民族占据着大片肥沃的土地，却不能充分利用这些宝贵的资源，而我们拥有先进的技术、成熟的经验、团结的意志，却只能守着贫瘠的土地望洋兴叹。

潜伏的危机使我们意识到涉猎在世界这个资源有限而充满残酷争夺的现代森林里，只有保持旺盛的斗志与适当的野性才能换取民族根本的生存，这就是地球生存的法则，这就是勤俭智慧的大和人所面临的现实。

岛国的命运最终将会覆灭于海底，匮乏的资源将会导致民族前进动力的断绝。

我们唯一的出路就是军事扩张，运用大和民族的勇武、智慧与精神去征服亚洲，征服世界。去洗刷几十年前圣战未获成功的耻辱，用大和民族的优秀去驾驭其他民族的低劣，从而推动整个世界的进步。

这是天皇赋予日本民众的使命，这是为维护大和民族高贵的尊严而开展的圣战！

在几十年前尝试征服世界的圣战中，我们得出两条教训：

1．在未完全征服亚洲巩固地位之前，不应招惹美国。

在新的世纪里，美国应是我们实现征服亚洲的很好伙伴与帮手，虽然在征服世界的圣战中，她会是我们的敌人。

2．灭亡像中国这样的大国的时候，不能过于着急地一口吃掉，而应像吃生鱼片一样，一片一片地吃。

中国不同于日本，她是个多民族混合的国家，自身矛盾很多，应该利用他们内部的分歧和差异，分裂这个国家，然后一个一个地消灭，新疆、西藏、青海、宁夏、满洲等都应成为独立自主的国家。

日本 RH 银行总裁佐佐木在日记中，还详细地描绘了他的宏伟蓝图——兴国圣战计划。

分裂这些地区的根据就是他们独有的民族性，这就是外界传播的中国七块论，我们具体为《分裂中国计划》，这是我们征服亚洲、灭亡中国、进行圣战的一部分。

在中国，只有东部的汉人具有阻碍我们的能力，因此，如果中国被分裂成七个或几个国家，汉人的力量就会被大大削弱，其战略回旋的余地也会大大地缩小，中国的灭亡，日本帝国的复兴也就为期不远了。

日本是一个面积狭小的岛国，军事回旋余地很小，只有发展强大的帝国舰队，才能实现未来帝国对于圣战的需要。

《大日本帝国兴国圣战计划》之战略步骤：

一、灭亡中国，征服亚洲

欲亡中国，须先分裂削弱中国：台湾在我们的努力下必须分裂出去，下一步，我们应该采取对台湾的绝对控制。

即使这样走我们也才走完了《分裂中国计划》的第一步，新疆、西藏、满洲等还有漫长的道路，可现实没有给我们那么多的时间，日本近几年的经济已相对饱和，发展已相对乏力，以现有的技术与水平，日本的发展已至极限。

不尽快发动圣战，没有任何资源支撑的日本经济终会陷入崩溃。

但是，在尝试对中国西部的分裂中，中国政府似乎已经觉察到了我们的计划，并制定了《中国西部开发战略》，这个具有民族同化作用的战略，不但具有重要的经济目的，也具有重大的战略目的，这势必封杀了我们的分裂计划，但事物总有相反的作用，因为随着汉人向西部少数民族区域的迁移，势必会增加汉人与少数民族的接触、同化与矛盾、摩擦并存，5~10 年之内都不会形成汉人绝对的巩固，我们正好可以利用这个机会制造挑起汉人与少数民族之间的矛盾、摩擦，势态发展有可能会向有利于我们的方向发展，因此对于中国西部的分裂计划应坚决地执行下去。

另外在尝试分裂满洲的计划中，我们却受到了来自韩国的阻力，韩国至今仍不允许我大日本皇军一兵一卒踏上韩国之国土，这将势必阻碍我国对朝鲜半岛的控制，势必减缓对于满蒙分裂的进程。

对于韩国的抵制，可以利用外交手段缓和紧张，必要时可以利用美国的压制，对于朝鲜可以利用美韩的军事压制。

中国是有可能干涉的，既然分裂没那么快实现，时间又不允许我们继续拖延，我们应该适时使用大日本帝国强大的舰队，利用台海冲突或第二次朝鲜战争，一举将中国庞大而实际上并不可怕的舰队摧毁，对于摧毁中国的舰队，美国人是会支持的，台湾也是会支持的，南中国海（注：国际上称中南中国海，因位于中国南边而得名，中国称为南海。）周边国家也是十分乐意的。

如果成功，利用这次行动，我们就可以牢牢地控制住台湾，并使之成为我们的军事基地。

由于失去了海空权，中国人对于我们压制朝鲜的反应也就显得力不从心了。

而支那人的形象会受到大大损害，支那人的精神与意志会受到极大打击，他们将会再次陷入到大日本皇军威胁的恐惧之中，中国政府的威信大大降低，从此中国赖以稳定的基础被打破，借机挑动中国各区域的民族分裂势力开展独立复国运动，则中国不战自弱。

而我们就可在满蒙重建大日本皇军关东军本部，为灭亡汉人统治下的剩余中国做准备。

还有一个问题就是不要担心经济贫困的俄罗斯会出兵干预，因为对于中国适量的削弱，俄罗斯也是十分欢迎的。

通过车臣战争，也可以看出俄罗斯虚弱的军事力量已无力支撑一场像样的战争。

看来建立一支强大的帝国舰队与实现海外派兵合法化，是实现发动圣战的首要条件。

计划的时间安排：

1.协助亲日分子击垮台湾，扶持分裂势力上台执政。

中国由于惧怕国际恫吓，凭借其现有的武备还不敢贸然出兵收复台湾，只会适当地扩充军备等待时机。而我们也正好借机提升军备，争取用 4 ~ 5 年的时间，强化帝国海军，积极谋求海外派兵合法化，并利用经济缓和对俄关系。

2.示意台湾当政者宣布《台独宣言》，挑动中国攻台，中台战争爆发。

应台湾要求，日向台派遣援台军事部队，进占尖阁列岛（钓鱼岛），进驻台湾，协助台军作战；日美台联合舰队突袭中国舰队，向中国宣战。摧毁中国舰队，夺取海空权，俄罗斯通过联合国出面调停，中国与三方签署停战协定。

3.日军应台湾要求取得驻台合法权,把持亲日当权政府。

4.策反中国民族分裂分子,开展独立复国运动,中国陷入内乱。

5.台湾发表政府声明:台湾自愿并入日本版图,日本政府表示不予接纳,但允诺对其实施应有的保护,日台建立军事同盟关系。

6.日美台韩联军收复朝鲜,宣布朝鲜统一。

7.台军反攻大陆,日台联军出兵满蒙。中国军队退守关内。日军占领满蒙,重建日本关东军本部,构筑侵华根本。

8.2012~2015年,发动对中国的全面战争,灭亡中国,构筑雄霸亚洲之基础。

二、巩固亚洲地位,称雄世界

日本在肢解中国后,理应成为亚洲当之无愧的领袖,要用优秀的大和民族精神去震慑劣等民族的精神,要消灭他们的语言、习俗及奢靡的生活方式即劣等民族的劣根性,要消灭这些民族的存在,消灭他们的一切,转而学习我们的一切,要在他们的土地上用我们的方式培育出支那日本人、台湾日本人与朝鲜日本人,要使整个亚洲不但统一成一个国家,而且还要统一成一个民族,那就是大和民族。

实现这个目标要靠大和民族强大的合力、超人的智慧、无畏的精神,从内心去彻底征服每个亚洲人的心智,要让他们认同并崇尚我们的精神,景仰我们的奋进,并彻底臣服于大日本帝国的脚下,让他们无限地忠诚于我们。

只有这样,我们才能牢牢地掌握住亚洲,进而征服整个世界!征服世界,仅仅依靠日本帝国的力量还是远远不够的,还需要一些得力的帮手与伙伴。

美国是同我们瓜分世界的最好伙伴,利用美国压制欧洲,协助德国日耳曼法西斯政党重新掌握政权,再利用德国日耳曼人征服欧洲。

事实证明在上一次为了圣战而签署的盟约中,允许意大利人的加入对于日本的圣战是一个错误的决定,罗马帝国的后裔已经丧失了先辈奋争的精神,成为无知的劣等民族,就像我们先辈崇尚的汉唐人,现在却退化成为低劣的汉人,他们摆脱不了被统治的命运。

最后,待我们牢牢控制了亚洲,德国与美国控制了欧洲,而后,合力从两面将独联体一举灭亡。整个过程大致需要30~50年。

佐佐木将他的日记中的主要论点整理后成文,称为"佐佐木观点"。

"佐佐木观点",在黑龙会上下得到了绝大多数的赞同,并成为黑龙会的行动纲领之一。

有位冒失的黑龙会干部,在日本一知名的BBS上张贴了"佐佐木观点"。很快这个帖子成为人气极旺的帖子,在日本网民中像病毒般传播开。

佐佐木很郁闷的是,藏独没有能成就大事。

佐佐木更郁闷的是,他没有找到合适而隐秘的安全通道给藏独提供资金援助。

现在就看蒙古国如何燃起浓烟了。

佐佐木期待着。

第十五章　都市夜游人

难道真的要出卖自己最宝贵的？

2008 年 5 月 12 日晚。

庄营海是开出租车的，他一边慢慢开着车，一边盯着街道上的男女，寻找潜在的客户。

他出租车开的时间长了，他见惯了很多见不得光的事。

今天的生意很淡，可能下午的四川地震让很多人改变了计划。

庄营海心里犯愁，油价涨得真厉害，可是生意倒是越来越难做，连续下跌的股市让很多乘客的荷包大大缩水，乘出租的，越来越少了。

在不远的路口庄营海接到了一笔生意。一个大学生模样的青年搭上了一个妖冶流莺，上了他的车。这个青年好像经验不多，一上车就急猴猴地将女的裙子脱掉搂住乱摸……

他将后视镜扭开一个角度，这是在向客人表明他不会偷看。

庄营海脑海里想起了在家的儿子，儿子就要升初中了，别人的家长都在四处通门路，为孩子找个好学校，可是儿子没有其他的选择，听天由命吧，家里的日常开销都要靠他开车的四个轮子日日夜夜地滚出来，老婆下岗在家，哪来闲钱啊。

今天儿子独自在家，老婆出去了，几天前在老婆的一个小姐妹的鼓动下，她下海了。在几天前休班的那个晚上，当她怯生生地说要出去做服务员时，他心里明白着在夜晚上班的服务员意味着啥，他的心很痛，他原想狠狠地给他老婆一个耳光，看着在屋外做作业的儿子，他有种无力感，他莫名地感到愤怒、沮丧、疯狂，但是他依旧表现得平静如水，他没有追问具体境况，只是淡然表示知道了。

他看见老婆的眼里闪过一瞬的泪光，又很快化作一种鄙视和快意交织的神情，然后同样和他一样变得平静如水。

此刻，他想起了老赵，原来的翻班同伴老赵已离开了现在的出租车公司，在市郊结合部开起了黑车。老赵是个头脑灵活的人。

听老赵说，黑车利润不少，就是风险也大。

看来实在不行，也要去开黑车了，人总得生活啊。

风险再大，也比自己的女人出来卖色相要好啊。

庄营海这回估摸老婆八成还坐在台前的长椅上。毕竟30多岁的她已不很年轻，论身材论姿色都比不上外地来的“打工妹”，庄营海不再往下想。这样想没有好处，这是他早就知道的，只是他还是常常会忍不住去猜想妻子在里面陪客的情景，他开始要习惯能坦然面对妻子卖笑不卖身，陪客人聊天喝酒跳舞。

陪客人聊天喝酒跳舞，但是，他如何能真正面对她即将跨出的最后的底线呢？老婆是为了让儿子上教学质量最好的实验初中，要交三万元啊，走到这一步，也许今晚老婆陆一岚就可能……他真不愿再去想这些。

他们没有选择——陆一岚是这样说的，他心里也是这样想的。

想到儿子，他的心中才油然升起一丝骄傲，有些快慰。

他儿子没有辜负他们的期望，学习成绩一直是年级前五名。

“现在这个社会到处都要钱，学校当然也不例外。可是现在还有啥地方能挣到钱呢？最近又有不少邻居在单位下岗了，对于我们这些无权无势的百姓，挣钱太难了！”

庄营海郁闷得有种想哭的感觉。

老赵开的是面包车，不过不是简单的那种拉客人从一个地方到另一个地方的交通工具。他的面包车后厢，是一个经过改装的别致的床铺，他真正的生意，其实就是拉妓女和嫖客在车后厢里干那事。

老赵有不少老顾客，冯钢也是其中一位。

老赵告诉他，许多嫖客其实就只需要一个隐蔽的地方和妓女搞，到旅店开个按小时算的房间要比在歌舞厅开包厢便宜。但更便宜的，还是租这种面包车，既可以按小时算，也可以一边开一边搞，搞到好就停车按里程算。而且还可以让车开到客人想要去的地方，路上的时间可以用来玩女人，既经济，又实惠。一些客人会让他停在隐蔽处，搞完了再走。但更多的客人发现在摇晃的车中做爱非常浪漫。

这主意不是他最先想出来的。但他是最快加入这种生意的人之一。现在头脑不灵活可不行。

……

时间过得真快，可是钱倒赚得不多，今晚的顾客比平时少多了，都要怪今天的地震，今天地震时，庄营海没有感到异常，倒是突然从马路边高楼里涌出的人流，让他感到吃惊，他才知道原来四川地震了。

庄营海记得小时候他戴红领巾时，他们搭过塑料布的抗震棚，当时不懂事，觉得好多小朋友可以一起玩官兵捉强盗的游戏，真是太过瘾了。

直到有一天所有的喇叭放着哀乐，一次又一次播放着《告全党全国人民书》时，他才知道毛主席离开了我们，当时他在奶奶身边，清楚地记得，奶奶突然抱住他，泪流满面：“毛主席没了，天要塌了！”吓得他也跟着哇哇大哭。

他一直不太明白，毛主席没了，为何天就要塌了？但是这丝毫不影响他在开车的第一天就将毛主席像的吉祥物挂在车里。

他心里暗想，也许奶奶说的是对的。

快到半夜交班的时间了，老赵也会将他的面包车开到那里，今天后半夜，他也将第一次开黑车，老赵还是真够意思！

午夜的街上仍然热闹，24 小时营业的麦当劳还在营业。就连偏僻小街道也还是人来人往。

不远处一个摆茶叶蛋的老太婆的一声吆喝唤起了他的饥饿，特别是那飘过来的五香味，实在是让他流口水。

不过他从不在这种摊子上买吃的，这种鸡蛋自己回家煮煮可便宜多了，而且家里的也卫生得多。

到了交班地点，和新搭班的小马交接后，他就抽起烟来，静静地等待老赵。

昨晚他忍受不住好奇心的煎熬，来到了离家不远的一家歌舞厅，他想看看老婆平时到底干的啥，他没舍得去 KTV，他知道他是没有资格去的，他狠心花了 20 元钱买了门票。

那天他一进门就被一排小姐麻得眼都直了，但庄营海是见过世面的。他看到那些小姐搔首弄姿的样子，还是一点不为所动，他对那些过于轻佻的女人比较反感，很自然就挑了一个还算端庄的成熟女人，当他发现她是货真价实的本地女人时，他为自己的眼光感到非常高兴，心里的负罪感好像少了许多。陪庄营海的小姐叫艳红。真是俗气的名字。但也没办法。现在的小姐都取俗气的名字。老婆在舞厅里叫的是啥名字，他还一直不知道。

不知为何被这个女人搂着胳膊总是让他想到自己的老婆。也许是第一次在外面泡女人，所以有些心虚吧。

他还记得大厅里面在天花板上昏暗的旋转彩灯映照下的诡秘的男男女女。他的脑海里渐渐清晰地回忆起那天的几乎每一个情节。

艳红将他带到里面，他马上就被舞池里几对男女的“出格”的“舞姿”惊呆了。这是个什么歌舞厅？

灯光没有一点点，只能感到黑影在随着舞曲摇动。

等一曲完毕，灯光亮起时，发现一个男人依然撩起舞伴裙子，将大腿在她的内裤上一遍遍地摩擦，就连毫无音乐素养的庄营海都看出来那腿的动作根本纯粹就是占小姐的便宜。

而另一个男人的举动就更让他震惊：他嘴巴竟然含住小姐从脱落的带裙里裸露的乳房，脸在她的胸部揉压着。而这些小姐好像对这些男人的出格举动毫不在意，任他们随意妄为。有的小姐还主动用身子招引男人的轻薄。这哪里还是在跳舞？

庄营海无法将这样的画面和他记忆里的男女跳舞形象联系到一起。他原以为搂紧了跳贴面舞就是最过分的了。他一度以为自己走错了地方。但既然进来了，总不好浪费几十块钱的门票。

不过他心中翻腾的，不是这些男女的出格动作，而是想到了老婆。

因为这里跳舞的男人在女人身上毫无例外地大占便宜到了过分的地步。难道他老婆也被人这样玩弄？还是这里是个很不正规的舞厅？

当他们坐到角落里的沙发上时，他才又发现在昏暗的沙发上坐着的男女的动作比之舞池里的人还要更加不堪入目。

未等他仔细看清楚周围男女的情形，艳红的肉体已主动地贴在了他的肩膀上，庄营海还真被艳红贴上来的身体上散发出的刺激的体味弄得有点神魂颠倒了。

这对他来说还是从未有过的。

他的惊愕是短暂的。

虽说是第一次真正和一个小姐贴在一起，一想到他来这里就是要花钱的，不玩白不玩，他就慢慢冷静下来。

他开始慢慢适应，大胆地伸开手臂，将那个送上来的诱人的肉体搂住，一副十足的老手派头。

艳红好像更加热情地将身子贴紧到他的怀里。这让他非常开心。

他不再麻木，在艳红将他的手往她颈下移动时趁势开始往艳红的雪白的胸部上摸起来。

当他摸入她乳罩里柔软的乳房上时，他的脸不自觉地红起来，竟有些不忍往下摸。

毕竟还是他第一次这样摸一个陌生女人的乳房，他的内心和身体蠢蠢欲动起来。

艳红的手也在他的身上随意地游走，这样快就来如此刺激的动作，大大出乎他的意料。艳红的手更是有意无意地在他敏感处撩拨，敏感处被这个陌生女人摸到让他很是尴尬。

他忽然想到，自己的老婆是否现在也正在如此这般地服务别的男人？

心中竟呼地生出一股醋意——那种他很久以前才有过的酸溜溜的感觉。

他手下再也不客气，开始在她的乳房上更加大胆地揉捏起来。

她在他的揉捏下似乎疼痛地呻吟起来，反倒让他有些怜意，手不得不停下来。

她对他的好心似乎很感动，主动将他的手按在自已乳房上。

在这样的女人身上乱摸让他大感刺激。

他已很久没这样摸过女人的乳房了，艳红可以任他尽情地摸玩。

难道现在的三陪就是这样可以任客人在小姐身上乱摸？看到周围男男女女极其出格的场面，庄营海想到的还是陪客的老婆陆一岚。

这个亏吃得可是太大了。

他万万没想到陆一岚现在从事的三陪已变成如此露骨。

这比直接卖淫又好到哪里？可赚的钱却不成比例。

庄营海在艳红的身上可以说上下摸了个透。

好像是要验证他心里最后一点疑惑，当他的手摸向艳红内裤……

这已远远超过了他所认可的三陪的底线。但似乎里面的三陪小姐都是如此。

而且这种摸捏还只是开始。

也许老婆陆一岚所在的场所并不像这样出格？

艳红的手一开始就在他的裤裆部位不时地轻捏，一双巧手的刺激隔着薄薄的夏裤传到他的敏感处，庄营海暗叫“老天，那真是刺激无比！”

在庄营海几次拒绝了她邀他跳舞的邀请后，在黑暗中，她干脆就拉下了他裤子拉链，将手伸进里面隔着薄薄的内裤把玩起来。

这种大胆的服务让庄营海大为吃惊。

但他还是想进一步试探她到底能服务到何种程度。他问她能否将她的手直接伸进去弄。

不出他的意料，艳红竟真的伸进他的外裤里拉下他的内裤，他从来未曾受过如此待遇。

这是他从未享受过的服务。简直比直接趴在女人身上做爱还要刺激。

她毫不在意他的侵犯……

老赵的到来，打断了他的回忆，要开始干活了。

庄营海第一次开黑车，突然觉得有些茫然。

他漫无目的地寻找目标，可是一无所获。

老赵留在车上的手机响了，有黑车的回头客来电话了。

他心中大喜，拐了几个路口，他看见一个男人在向他招手。

等他将车停在客人身边时，他才意识到他开的不是普通的出租车，他有点发愣。

金辉药业的销售副总监冯钢也有些意外，他看到不是熟悉的老赵，有些犹豫，但是冯钢还是坐进了面包车。

刚才新老板给他的指令让他已经没有退路。

现在坐进车子，看到了车内的装饰，他心里思考着如何开展下面的任务。

“到李子园多少钱？”冯钢知道黑车是不打表，只讲价的，他在试探庄营海。

“一百五。”庄营海随口说道，突然觉得有点古怪。

冯钢装出吃惊的样子看着庄营海，庄营海赶紧继续向他推销：“您看，先生，这里可是一应俱全，床垫又厚又舒服，比那旅馆可干净多了。那是毛巾手纸，还有……还有……嘿，反正您需要的都有了。我一边开车您一边睡觉，多浪漫啊。”

冯钢翻着白眼，他无论如何也不能相信还有这种“房间”，这面包车的后车厢竟是“房间”？“有没有小姐啊？”冯钢调侃起庄营海。

估计这桩生意八成有戏。庄营海听着冯钢的国语，以为他是外地游客，故作神秘地压低声音：“现在我们这里扫黄正在风头上，旅馆常被扫黄队搜查，哪有这里安全？在旅馆被抓住了，罚款五千，还要通知您工作单位。小姐我带你找！小姐的价格你自己谈。”

“走吧！”冯钢没有反对，“去夜巴黎歌舞厅我有老相好。”

他还没有想好如何不让庄营海察觉他真实的意图。

庄营海开车路过家门口时，发现家里的灯已暗了，他知道老婆已到家了，不由放下心来。

途中冯钢让庄营海下车帮他买烟，在庄营海离开的短暂时间，他将昂贵的偷录器材巧妙地安装好。他需要拍一部特殊的AV，这将可以让他后半生飞黄腾达。

车到了庄营海上次来的那家歌舞厅，夜巴黎歌舞厅都快结束营业了，里面的小姐已很少了，何况今天本来生意就淡，艳红越来越失望，看来今晚就接不到一个客人了，她最近太需要钱了，用来救命的钱。

难道真的要出卖自己最宝贵的？

正在她胡思乱想之际，一个魁梧的身材风风火火地闯进来。冯钢对着领班说：“艳红在吗？我是来找艳红的。”

艳红心里一沉，难道是熟人来了？但马上他的眼睛一亮，来人她不认识他，也许是这几天的熟客介绍的？

第十六章　车中禽兽

“我他妈就是禽兽！衣冠禽兽！”

在其他几双嫉妒的眼睛下，艳红挽住客人将他向里面引，小姐也不好做啊。

冯钢一坐下就表现出急色，将艳红抱到他粗大的腿上坐着，一手搂着她的脖子，一手开始摸她身子，迫不及待地在她身上摸捏玩弄。

冯钢想起楼下等着的面包车，就试图要将艳红带出场。

天啊，他是要全套服务吧？艳红的心跳一下子加快起来，还是到一个不熟悉的地方，想到自己即将要真正做这第一次全套服务，心中立刻慌张起来。

领班一路小跑过来解释：“艳红从来都是只在外面的素台陪客人喝酒跳舞，从不出场，所以……”

冯钢似乎狐疑地看着艳红，突然狠狠地说道：“好，好，凡事都有第一次，我就付你一小时 400。两个小时，800。来全套。如何？”

艳红的犹豫似乎激发了冯钢的征服欲。

冯钢其实知道，无论如何他今天必须搞定艳红，留给他的时间和机会并不多。

只要今晚顺利，他就可以飞黄腾达，后半生逍遥自在了，他必须不惜代价。

艳红心头惊喜交加，简直有点喜出望外。

但想到要陪他两个小时，心中立刻突突地起伏不定。

这回可是要来真的了，她紧张的心情就像那数周前第一天下海做三陪一模一样，这将是她人生的另一次最大的转变。

她就要成为一个地地道道的妓女了，艳红心中有种被刺痛的感觉，又突然有种解脱感——就是地狱我也认了。

庄营海有些倦意地点着烟，等着客人下来。

等冯钢他们走近，他定睛仔细一看，惊得他合不上嘴。

世界真小，冯钢背后的这个小姐竟是艳红，艳红好像也认出了他。

这时庄营海从驾驶室里的窗户探出头来，对着她说话道："小姐，上这车吧。这里很安全的。"

艳红愣在那里不动，她的脑海里乱极了。

在数周前她还从来没有想过自己会这样堕落，可是事情发生得太快，她有种走投无路的感觉。

冯钢没有注意她的神情，过来一把抓住她的胳膊就往车里拉，嘴里还说这个车厢真不错，比他见过的旅馆都要干净。

但是……在离第三人这样近的地方和别人做这事，还是太让人难堪了。

艳红脑海里无数念头跳闪着。

可是如果不坐这个男人的车，会跟北方男人到哪里去呀？还不知道会是哪个不干不净的地方。万一公安……

艳红最终知道自己没有可选择的了，在冯钢的搀扶下爬上了面包车。

庄营海习惯地将后视镜扭开，原本镜子的一角正好覆盖了后车厢的全部角度。

他轻轻地启动了车子，感觉到自己转动钥匙的手都有点发抖。

他突然想起自己忘了向冯钢推销安全套。

他探身从车前的柜子里拿出了几个彩色的套子，举在肩膀上，头也不回地说道："老板，要不要来两个套子？活色生香牌，名牌，水果味的，进口货。"

"不要不要。今天不用这玩意儿。"

庄营海还是不动声色地继续说道："现在外面病多，还是保险点好。"

"啊？啊，这个小姐还是……我看没问题。不用不用。戴那玩意儿没劲。"

冯钢心里想的是如何不知不觉将他们即将进行的性爱场面偷录下来。

庄营海看冯钢不理睬他，干脆转向艳红暗示："小姐，要不要来几个？别弄大肚子耽误生意。"

艳红还一直处于紧张慌乱的心态中，竟没有意识到这是安全措施。

她居然老实地回答说："啊？不用了。"

她认出了这个男人，昨天也是她的客人，等她说完才意识到这个男人的关切，她感到一丝温暖。

庄营海很快就发现他第一次开这样的黑车生意和平常是大不一样，他的两腿不知为何有些紧张地发抖。

真是没用。他在心里暗骂自己。

庄营海两手紧紧握住方向盘，开始慢慢开动起车子。

各人各怀心事，除了冯钢，谁也没有注意到车厢内的异常。

冯钢避开艳红的视线，开动了针孔摄像机。

庄营海听到几声清晰的噗噗亲嘴声传来，接着就是冯钢嘻嘻哈哈的爽朗的笑声。

冯钢催促着艳红赶快脱去衣服，他知道艳红目前处在针孔摄像机的最佳角度。

不用看，庄营海也能清晰地听出来他们开始在脱衣服。

"哥们，这马子真他奶奶的滑哎。上海女人真是不假。"

冯钢根本不顾前面开车的司机的感受，一边在艳红光滑的身子上摸着，一边还露骨地大声评论。

其实冯钢是在掩饰自己内心世界的慌张，同时也在分散别人的注意力。

艳红紧张得大气也不敢出，在这微热的夜晚慢慢褪下裙，又乖乖地解开乳罩，将上身一丝不挂地裸露在这个男人面前。

她的身体在男人的摸索下一阵冷战，好像全身都起了一层鸡皮疙瘩。

她开始后悔莫及，可是……

"你别紧张嘛，难道你没接触过男人？"

男人一手托起她的下巴，低头吻住她的嘴，另一只手开始用劲地摸捏起她的乳房。

艳红忍着疼痛，不敢反抗。

听说有的客人越是反抗越是要折磨你。

"你这里真有弹性，呵呵。躺下吧。"

庄营海竭力克制住自己的情绪，将注意力尽量集中到方向盘上。

街道车子已经稀少，对他来说又都是非常熟悉的街道，凭直觉他就能随心所欲地开来开去。

虽然眼睛没有向后视镜偷看半下，他的耳朵还是不自觉地又注意起车内的动静。

冯钢一边用嘴从艳红脖子开始在她上身吻着舔着，一边褪去她的内裤。

冯钢有意识地将艳红的身体对着暗中摄像头的位置。

艳红的身子被上下同时攻击，立刻不自觉地发出一声娇呼。

艳红赶紧咬住嘴唇，一种浓烈的羞怒感涌上心头。

她不想让第三者在前面听见她被玩弄时的反应，但为时已晚。

……

这简直就像是在强奸——其实就是在强奸。

她本来还以为这种事只要克服心理上的反感就可以了。

她觉得她就要死在这里，她茫然地绝望地等待着……难道这就是地狱？

冯钢看到女人的泪水，他停了一下，也让身下这个痛苦得不行的女人稍稍缓口气。

她也一动不动地躺在那里喘息，在这个男人给她的宝贵的短暂休息中慢慢消化下体深处的痛楚，聚集起勇气等待他下一轮的攻击。

冯钢突然想起这些年来在金星国际忍气吞声的日子和今后可能飞黄腾达的前程，开始又疯狂起来。

他要把身下的女人撕烂！越是彻底摧毁艳红的自尊，越是可以得到新老板的欢心。

他有一种恶狼吃羊的快感，身下的女人越是哭喊，他越是快乐得像在天堂，这一刻他是主宰，他要让这个女人痛苦……女人没有一个好的，他的脑海里出现了那个他曾经的女上司的脸。

"靠，让你装！捣死你这……"

恶从心起，冯钢更加狂暴起来，现在他要吃人。

……

冯钢很快就到了发泄的边缘。

他毫不保留地开始在丰满的躯体上用劲，搂住她的肩膀，开始快速地做最后的冲刺。

庄营海感到愤怒，他想狠狠地给车后厢的男人一顿老拳，但更让他大感尴尬的，是他不知所措。

庄营海无法相信自己会在女人被人强奸的时刻居然还会高涨昂奋。

但铁一般的事实告诉他，自己的身体确实背叛了他的意志。

庄营海憋紧了气，强力抵抗着这种恼人的性欲的折磨。

他紧紧地咬住下唇，整个身子僵硬地坐在椅子上用力抓紧方向盘，两眼紧张地盯着前方。

男人的节奏越来越快，动作也越来越有力，很快就达到了不归路。

庄营海紧绷的身体也像是达到了极点，一股股强烈的脉冲一下一下地冲击着他的脑袋。他猛地大舒一口气，肿胀的下体似乎稍有些舒缓。

……

终于到了目的地，提前到了。

庄营海坐着没有动，他一时不知如何是好。

艳红雪白的身上留下多处淤青，她茫然地躺着，意识好像已离她远去，根本没有注意冯钢的动作。

冯钢很满意庄营海和艳红都没有注意他，他从容不迫地将红外盗摄器材放回自己随身携带的包中。

冯钢想，事已至此，其实就算他们看到了，也无所谓，无非是钱的问题。

这些小钱他不在乎。

冯钢抽出 1000 元递给艳红，艳红像死去一样一动不动地望着车顶，没有任何动弹。

冯钢也许是有种负罪感，他又抽出一叠钱，随手将钱甩在艳红裸露的躯体上。

冯钢下了车，又抽出 500，递给庄营海：

“司机，你把这个女人送回去。今天的事你最好忘了，不然没有你的好果子！

庄营海收了钱，突然跳下车来劈头盖脸地给了这个有魁梧身材的男人一顿老拳，在冯钢还没反应过来时，他回到车上关上了车门，恶狠狠地喊道：“你他妈是禽兽！”

冯钢爬起来，望着远去的车，对自己也恶狠狠地喊道：“我他妈就是禽兽！衣冠禽兽！”

艳红雪白的身上留下多处淤青，一叠钞票散落在身边，车厢里混合着特别的气味，她的泪水流干了，总算结束了吗？她依旧茫然。

她好像听到有人问她：“我送你去医院好吗？”

她茫然地回答：“带我去××区中心医院。”

冯钢拿出手机，拨打了一个电话。

数分钟后，一辆丰田车停在他的身边，冯钢上了车。

“是那个艳红吗？拍好了吗？”随着问话，还递上了一张照片。照片上正是艳红。

“是她，没错。按您的意思拍好了。”他将红外盗摄器材还给老板，“可是为何要拍这段呢？她不过是个姿色平平的半老徐娘啊？”

老板一边看着盗摄录像，一边说："哈哈，可她是马忠岳的老婆。小子从今以后你老实跟着我们干，不然的话，哈哈，你死定了。"

冯钢一身冷汗，马忠岳和刘伟昌、万伟峰曾是关系很好的大学同学，看来他现在于公于私都成了金星国际的死敌。

第十七章　白衣天使黄脸婆

突然发现找不到合适的词语

2008 年 5 月 12 日 17 点至 13 日晨。

上海某区中心医院住院部四楼，十五病区，妇产科。

“常规”的上午、中午和下午，都过去了，就像平时的忙碌暂时告一段落。

妇产科的赵青医生还无法回家，这里的妇产科今天无人值班，她便顶上了。

赵青 30 来岁，很瘦。她留一头短发，带着些自然卷，刘海底下配着一双圆圆的眼睛，一双手干燥瘦削，手指很长。

职业的干练和长期劳累的工作，让她看上去比她的年龄老成。

晚餐很丰盛，因为同事们从食堂打了一份沙锅辣鱼回来，五个盒饭一人一个。

马上就要进入夜班了，新来的医学院实习生问赵青：“赵医生晚上吃夜宵吗？”她摇摇头。

劝她多吃些晚饭，她跟同事们相视一笑，开起了玩笑：“低调，要低调。不能多吃，吃得越多晚上病人越多，吃得少人少，这是长期以来总结出的经验。”

没有收拾碗筷的时间，CALL 机响了。

CALL 机现在已很少有人用了，在手机有限制使用区域的医院，它就成了医生的标准配备。

17 点才刚过，“战场”正式转移到门诊楼的急诊室。

这是一位见红的孕妇，赵青赶紧给她做了检查，查宫口，测胎心，结论是孕妇必须去做 B 超和心电图，孕妇被家属搀着去做检查了。

三分钟后，又送进来一个先兆流产的孕妇……

急诊一个接着一个，到了 18 点 40 分，门外没有病人了，赵青赶回到住院部，去特需病房、产房查房。

21 点 35 分，CALL 机又响了，赵青出办公室，坐电梯下楼，穿走廊，进急诊室。

四名患者，一个接一个，都是孕妇。

时至午夜。趁着一名孕妇刚去做检查还没有回急诊室，赵青抽空又回了住院部。出急诊室，穿走廊，坐电梯上楼，进办公室，一路都是用小跑的速度疾走着："三分钟，一百多步，我数过。"

凌晨的第一分钟是在急诊室度过的。直到 1 点 55 分，住院部和门诊楼间的走廊上，赵青来来回回匆忙的脚步声踏完了一个又一个三分钟。

指针指向凌晨两点整。又送走一个患者，赵青听了听门外的电子排号器终于安静下来，便一下子趴倒在急诊室的桌上，她推了推鼻梁上的眼镜，闭着眼睛轻声对实习生说："你回我宿舍休息吧。"

"我就在这儿睡会儿。"赵青指了指窗边的一张急救台，上面放了一床被褥和枕头。

"我给你带杯水下来吧。"

"不用。这会儿赶紧抽空休息一下，到两三点的时候，一些特殊业务就会来了，一般要到后半夜才会消停点儿。"因为医院挨着附近的"红灯区"，赵青经常在半夜接待一些特殊职业的病人。

实习生还是给她带了半杯开水下楼，送到急诊室，刚到门口，便碰上一位病人，拿着挂号单在妇产科急诊室前敲门。

看完病，送走了病人，实习生把水递给她，她喝了一小口，记者问："是怕没时间上厕所吗？"她点了点头，一声不吭地在急救台上又睡下了。

送走一位病人去 B 超室，赵青趴在了办公桌上，赵青对实习生轻声宽慰："三到四点是最累的时候。这会儿病人们在家睡了一觉都醒了，就来医院了，过了这一段就好了。"

做 B 超的病人回来了，因为她有糖尿病，体内还有 56mm 的囊肿，赵青给她开了进一步的心电图检查，告诉她把刚才的六项检查费共 60.50 元交清，再去办理住院手续。

病人家属犹豫着，诺诺地走出了急诊室。

另一名患者又进来了，赵青又开始忙碌。

一个护士打过来电话通知：那个患糖尿病需要缴清 60.5 元检查费然后住院的病人没有缴费，逃费走了。

"又逃了一个。"赵青无奈。

医院病人逃费经常发生，产生的经济损失，一部分算在医院头上，剩下的则算在科室和值班医生的头上。

凌晨 3 点 14 分，一个男人扶着一个衣衫不整的女子，焦急地敲响了急诊室的门……

王红艳（艳红）和赵青都愣住了。真巧，居然是她？她们认识。

赵青和王红艳的丈夫马忠岳曾是同事，马忠岳还当过她的导师，有一段时间，赵青还有点迷恋这个带有诗人气质的导师。

8 年前王红艳的丈夫马忠岳也许是无法忍受医院的清苦，或是谋求更大的发展，马忠岳最终辞职离开了医院，在 6 年前到金星国际旗下一家公司当总经理。

可是听说好景不长，没多久，马忠岳就因贪污给判刑了，刑期 10 年，目前还在服刑中。

就在一个半月前，一直没有联系的王红艳突然找她，请她帮忙搞一个住院床位，她的婆婆患了肝癌，已到了晚期。

王红艳在一家研究所工作，听说收入平平，赵青看着王红艳也真不容易，独自带着孩子，还要孝顺婆婆，一个弱女子承担着家里所有的重担。

赵青起了侠义心肠，马上去找肿瘤科的主任，软硬兼施，肿瘤科硬是腾了一个加床。这里的药费和诊疗费比其他医院便宜些，这里的床位也就多了点含金量。

王红艳看到赵青，有些慌乱："赵医生，真巧，值班啊，他……哦，我下班路上遇到几个流氓……他是路过的，他好心开车送我过来……"

赵青心里似乎明白了点，心里有种刺痛。没想到……

"噢，现在的治安真是的，快让我帮你检查一下。"赵青没有点穿王红艳。

王红艳的婆婆是东北人，退休前是名中学教师，本来收入就很微薄，在上海还无法享受医保待遇，都是自费的。

平日仅靠王红艳每月3000元左右微薄工资来支撑老少三口之家的平时生计，还能勉强。

可是这一个多月的时间就花费了近2万元钱，这对于这样一个家庭来说，实在是个天文数字。

在两个星期前，在肿瘤科病房外的长椅上，赵青远远看到王红艳坐着呆呆地发愣，根本没有注意到她的到来。

当时她本想过去安慰几句，突然发现找不到合适的词语。

换了是她，她该如何呢？赵青没有答案。

每月3000元左右的收入和每月近2万元钱医疗支出之间可能存在等号吗？

赵青不知道王红艳还能挺多久？

赵青一边想事，一边给王红艳检查身体。

等她查完，她的内心都明白了，她犹豫了一下，还是将已到嘴边的话咽了下去。

"你好好休息下，其他别担心，以后还是小心些。"

她的眼角有些湿润，看到王红艳有些红肿的眼眶又盈满了泪水，她哀叹了一句：

"唉，你也真不容易的！我先出去，你好好睡。"说完走出了房间，她隐约听到背后有啜泣声，但她没有再回头。

"谢谢你送她过来，她的车费我代她付。"

将王红艳安排在观察室诊疗后，赵青看到那个男子还等着，有些意外，马上又明白了，估计王红艳忘记付车费了。

"不，"庄营海连忙回答，"她付多了，这是多的200块钱。你等她睡醒了还给她。"

庄营海自已也不明白为何突然这样，开黑车不就是为多赚几个钱吗？

也许是良心发现，也许是刚才内心的愧疚，庄营海将艳红送到医院后没有马上离开，一直等在走廊里。

赵青的心里涌起温暖的感觉，她接过钱后，对庄营海说：

"好，谢谢你，我要去帮她付医疗费，顺便也送送你！"赵青一边送着庄营海，一边想，要记住他的车号，写封感谢信到车队好好表扬他。

看着庄营海的面包车扬长而去，"皖K－×××"赵青有点发晕了。

居然是黑车，黑车也做好事？

4点06分，一小时前执意回家的一位病人又重新敲响了赵青的诊室门，她的腹痛变频繁了。

这次赵青没有再多说什么，病人家属催着她说："医生，我们肯办了，办住院。"等办完这个病人的手续，天色已经发白。

4点46分清静下来的赵青一句话也没说，手术帽都没有摘就和衣趴着桌上睡了……

今天值完夜班还不能下班，因为有医生和护士要准备抽调前往四川震区，赵青暂时还无法下班。

疲惫的赵青对实习生埋怨道：

"都说白衣天使好，可是工作很可能不是24小时，而是48小时。不仅如此，万一出了差错，值班医生还要挨领导批评。我们的钱都是拿命换来的。看看我，年纪不大，和老公一起出去，老得就像他大姐，才几年就成了黄脸婆！"

冯钢的新老板也知道事情搞大了。

冯钢的新老板看着冯钢惊恐不安的表情，暗自冷笑，心中暗道：有了这盘盗摄录像，不怕你王红艳（艳红）不交出我们需要的东西。有了这盘盗摄录像，不怕你马忠岳不和金星国际翻脸。金星国际法务部副总监强奸了金星国际元老的老婆，这事实让你们所有人都抬不起头了！

不过他说出的是另一番话来安慰冯钢："几天后就就要离开中国了，你不用怕，以后谁也找不到你，你愿意去哪里享受人生就到哪里。只要你这几天完成最后一项工作。"

"不是说今晚是最后一项工作吗？又多了一项？"

"哦，本来不是选你的，可是从这段录像中我发现你特别会表演，临时加给你的，是报酬很高的广告片！"

"哦，那太好了，要演啥？多少钱？"

"要你扮演一个外科大夫开刀的角色。拍摄半天十万如何？"

"可我不会医科啊。"

"不过摆个样子，不是真的开刀，谁拍都一样。"

冯钢还不知道他的新老板就是E小组的外围成员。

第十八章 E小组

为了骷髅会的利益，使用一切手段。

在海神计划的众多秘密组织中，E 小组更是神鬼莫测。

它是一家有着良好声誉的国际社会组织。

海神计划将点燃亚洲，E 小组也是其中的重要一员。

海神计划：为了合众国的利益，使用一切手段。

著名社会心理学家海森伯格，是多个声誉良好的国际社会组织的荣誉成员，多年来一直活跃在世界各地发生人道主义灾难的热点地区，以医治各类心理创伤的多项研究成果，让世人尊敬。

然而，海森伯格是一个两面人。

海神计划 E 小组是以海森伯格社会心理学家为首组成的打击力量。

海神计划 E 小组由获得多项世界心理学荣誉的著名社会心理学家海森伯格为领军人物。

这是他的真实身份。

这些社会心理学家关心的是如何通过改变社会环境，来激发普通人的破坏本能。

知识是人类进步的指路明灯。

知识也能将人类带向黑暗。

海神计划 E 小组研究人类的心理黑暗面的激发，将普通人变成暴徒。

心理研究发现，人在恶劣的社会生活环境下，较易心理失常，容易爆发突然的破坏力。

心理研究发现，人具有随群性，尤其是在大量人群中，容易受到外界的心理暗示，产生群体过激反应，足球场上的球迷骚乱就是其中的例子。

E 小组的研究，秘密在世界各地开展试验。

在海神计划 E 小组的秘密档案里有这样一个试验案例：

试验地：1998 年印尼亚齐省北部的司马威市。

◎表现：

×月8日中午发生严重暴乱，成千上万的民众涌上街头，进行破坏、纵火及抢劫，许多建筑物及商店被毁。

据当时印尼私立RCTI电视台报道，包括大中学生在内的数万名群众参与暴乱，烧毁了 许多商店、旅馆及色情业场所，群众也抢劫商店。到昨晚7时为止，虽然保安人员已控制了几条大街的局势，但暴乱仍继续发生，尤其是傍晚时分电流中断，全市更增加了恐怖气氛。

当撤军仪式于昨天上午正在市内的苏迪曼广场进行时，旁观的群众就纷纷大声辱骂军队，尤其是辱骂特种部队。

中午12时，大群示威者开始在市内各处闹事暴动。

其他消息说，戈尔卡分部大厦也被烧毁，至少有一名华裔男子被石块击中受重伤。群众还攻击当地监狱。

◎实际：

1.E小组行动人员，事先以高额资金招募爱国者（志愿者），要求他们辱骂军队，并以国际××人权组织名义保证他们不会受到军队的镇压；

2.以国际××人权组织名义并安排记者随行，事先警告军队撤军保持最大限度的理智；

3.招募者辱骂军队，未受到军队的镇压；鼓励更多的旁观群众自发加入；

4.国际人权组织及记者倾向群众的报道，进一步强化群众对军队的负面情绪。

最后，暴乱如星星之火，局势如多米诺骨牌一发不可收拾。

◎效果：

印尼当年国内最大的一次暴乱。

◎评估结论：

所有的暴乱都可以找到借口，只要行动人员以高尚目标，并辅之强烈物质刺激（金钱、性、高官厚禄等）招募志愿者，并在志愿者单方面挑衅行动发生后，尽可能长的时间暂时保证志愿者人身安全，对方反应的时间越迟缓，参与并圈入的人群越多，破坏性越大。

如促成志愿者领袖或弱势人（妇女、孩童、老人、残疾人）在大众场合意外死亡，将更有效地激起人群的愤怒，并有效掩盖行动的人为痕迹，强烈建议行动人员采取必要手段达成这一目标！

制造或激发促使一个国家瘫痪的潜在力量，是符合合众国的利益的。

破坏性越大。在该国的重建中，合众国的利益越容易得到满足！

◎行动指南：

作为低烈度的有效攻击手段，具有很好的隐蔽性，可以优先考虑使用。

为掩饰行动的人为痕迹，不得使用可以追踪其来源的官方人员，各类社会组织是最好选择。

掩盖资金来源，以分散方式资助各类社会组织，并寻找代理人，将是维护国家利益的最佳投资。

在适当时机寻找目标地当时社会的热点，鼓励资助各类社会组织维护社会责任，将成为良好的起爆点。

……

如果你的左邻右舍24小时吵个不停，你一定也休息不好。

最后你也可能因劝架而圈入群殴。

为了保证海神计划针对中国的总攻，需要她的左邻右舍有大动静。

最后……

海神计划E小组已开始工作：

“利用食品和能源价格攀升、全球经济减缓对各国国民的心理压力，引发人为灾难。”

于是，当中国和缅甸正在努力从地震和飓风灾害中重建时，亚洲其他一些国家也将不可避免地遭遇灾难——人为灾难。

面临问题的国家不光包括亚洲一些最强大的经济体，如韩国和印度，也将包括一些一贯低调的国家，如泰国和蒙古。

它们将开始遭受大规模的街头抗议、暴力冲突、骚乱、议会垮台、军方干涉的威胁和其他形式的政治考验。

海森伯格给海神计划的汇报中写道：

在泰国，针对总理海马·顺达的不信任案，将会作为动荡的起因，大规模游行和议会分裂是可以预期的，军事政变将更受海神计划欢迎。

在印度，将与美国的核协议谈判作为借口，党派间的阻碍及政府的破裂，值得海神计划期待。

我们将很快看到印度爆发全国范围的抗议活动：

克什米尔骚乱的地区局势紧张；

土地使用问题的骚乱；

食物燃料和就业机会等不满，多个地区局势紧张。

如果再有大面积的罢工浪潮及人员死亡受伤，将对印度的经济造成严重影响，也有利于打击中国及亚洲地区力量平衡。

在蒙古也将做些动作，议会选举是很好的话题，如果结果导致多人死亡受伤的严重骚乱，足以给中俄同时制造麻烦。

黑龙会的参与将加剧事件的复杂性。

在巴基斯坦，执政联盟内部矛盾重重，还要加把火，制造误炸会使他们矛盾更有戏剧色彩。

在韩国，多花些精力，一个不断争吵的而又可控的朝鲜半岛是需要的。

已有数万愤怒的示威者夜夜在首尔游行，要求新任总统下台，已是20年来韩国最大规模的抗议活动。

不，还会有正义的民间组织出面的，鼓动韩国民主总工会再发起举行为期一个月的“美国牛肉总罢工”。

建议罢工名义更多一些扩展为四项：

“反对进口美国牛肉”、“反对公共部门民营化”、“呼吁出台物价暴涨应对政策”、“取消大运河计划”。

最好是75万名工会成员中有10万人参加当天的罢工。

再组织3日至5日每天有五万多名工会成员参加的“全力冲向首尔的斗争”，晚上则计划参加在首尔光化门一带举行的烛光集会。

这才是壮观的民主运动。

……

所有的动作都是为了对中国的总攻，点燃亚洲是在为点燃中国做准备。

所有的动作，都是海神计划E小组的“民主运动”广告，它们将通过各种媒体，在中国百姓中制造强烈的心理暗示。

当中国百姓通过各种方式知道他们邻居的行为，他们会有比较的，总有些人会不甘寂寞的。

行动人员们，去找到这些不甘寂寞的人，不管他们是高尚还是卑鄙，点燃他们的怒火，再点燃他们的周围……

西藏没有点燃，就再找再找，直到点燃它，破坏中国的一切！

这也是战争，一个你找不到真正对手的战争。

这是海神计划选择的战争方式，不对称的心理战争。

在战场上没有得到的，也许这场心理战争可以赢得。

好厉害的心理武器！

中国，你将如何应对？

冯钢，将是E小组棋盘上的一颗小卒。

一场突如其来的大地震，加快了E小组的工作进程，海森伯格将飞往中国，亲自操刀，海森伯格知道又会有杰作将在他手中产生。

也许永远没有人知道这是他的杰作，但是，骷髅会的历史上将会有他的功绩，他的名字也将出现在长老会的名单上。

海森伯格思考着，将从哪里开始呢？

第十九章 “和平风暴”

听起来很美:“和平风暴”。

2008年5月12日,美国东部时间上午9点50分。

骷髅会总部正在重新修订和评估海神计划。

一场中国发生的大地震增加了骷髅会的最近聚会的议程。

女狼卡罗琳公主自己都不知道,她只是庞大的海神计划的一个小小的执行者。

海神计划自二战结束就已经开始策划,是极少数美国政治精英组成的骷髅会的一项跨世纪工作。

海神计划的核心就是以多种经济手段或低烈度的军事手段,摧毁对美国国际地位形成威胁的国家的经济,使这些国家无力与美国抗衡,保证美国的最高国家利益。

骷髅会的绝密海神计划的封面上,只有一句话:以一切手段维护美国国家利益。

事实上海神计划也只有一项使命:以一切手段维护美国国家利益。

在上个世纪60年代,海神计划毫不犹豫地在全美国人民面前“定点清除”了肯尼迪总统;

在上个世纪80年代,海神计划毫不犹豫地在没有通过美国国会的前提下,提前介入了阿富汗对前苏战争,为阿富汗抵抗力量无偿提供了大量先进武器,通过有组织地训练并扶持阿富汗抵抗力量武装,最终拖垮了前苏联军队;

在上个世纪80年代末,骷髅会根据长期天气预报,准确预测当年前苏联因气候反常问题,粮食可能大量减产。

海神计划一反常态,通过政治影响,要求美国农业部直接干预美国农民的种植计划,当年大量增加农田休耕面积,并通过修改的农业经济数据,大量引导美国农民种植非粮食种类的其他经济农作物。

海神计划此举造成世界范围内的粮食人为大量减产,加剧了粮食紧张。

在前苏联粮食当年大量减产后,国际粮价大幅飙升,造成前苏联因粮食大量进口问题,耗费了大量外汇储备,最后不得不抛售国家黄金储备来解决粮食大量进口的资金短缺，前苏联粮食大量进口问题也成为此后前苏联政治动荡而走向解体的经济诱因；

1985～1990年，海神计划根据广场协议布局，狙杀日本经济；

1999年，海神计划为打击强势上升的欧元区经济，阻止和干扰欧洲统一进程，在欧洲腹地再次策划科索沃战争，引发欧洲种族屠杀，欧洲统一进程成为梦想；

2001年，圆桌骑士团为报复海神计划策划科索沃战争，利用基地组织背后策划纽约“9·11”事件，而海神计划有意漠视，等待事件发生后，只将基地组织树为敌手；

……

目前海神计划的目标就是中国，而这次有部分圆桌骑士团的成员也作为盟友参加了。

这次海神计划的任务是摧毁中国经济，引发中国发生类似前苏联的政治危机，以解体中国为目标，谋取50～100年的美国世界中心地位稳定。

圆桌骑士团作为盟友参加的回报将是：帮助欧洲统一。

海神计划的这一阶段中国目标还有一个听起来很美的名字：“和平风暴”。

“和平风暴”第一阶段：

通过中国现有的农产品期货和金属期货市场监管不力的现状，海外资金从灰色渠道进入期货市场，前期不惜代价压低所有产品的期货价格，用期货价格影响现货价格，摧毁中国原有的生产企业，进而控股重组中国原有的生产企业，再疯狂做多，在现货和期货同时赚钱，把带有维护价格平稳性质的国家平准资金吃掉（沈明高的国储局资金就是目标之一），同时加重下游企业成本，不断恶化其经营环境，摧毁其产业链，为重新建立行业垄断做好“动拆迁”工作。

（注：这些在2003年前已基本完成，中国的食用油脂市场已基本是外资的天下，中国的大豆产业除了像北大荒那类国有极少数企业，已基本被绞杀干净；国内铜企业当时的所有利润已基本通过在2003年底前后策划的国储局铜事件，将利润转移到外资手中；同时在2004年开始，海外资金开始建立白糖、有色金属等上市企业的股票仓位，在2007年8月全部高位套现给公募基金，获取近7～10倍利润，典型个股有600888众和铝业、600362江西铜业、000833贵糖股份、000911南宁糖业。）

“和平风暴”第二阶段：

对华加强谈判攻势，逼迫中国进一步开放市场，尤其是金融市场，逼迫人民币升值，造成严重的流动性泛滥，将中国躯体内的血液从其他方面向金融市场聚集（引发企业离开实业或破产），先将低位建仓的蓝筹股推高到疯狂，在高位倒仓给缺乏信托责任的基金公司；在房地产上将房价推高到疯狂，再以虚高的合同价格，不实的身份骗贷银行资金，转嫁风险（注：2007年在北京发现的上亿元的骗贷银行案就是冰山一角）；在外围，通过发动海湾战争，制造并加剧石油紧张，通过石油的上涨和美元的加速贬值，有效缩小中国等国家的实际有效国际购买力，抵消人民币升值带来的汇兑收益。

这个过程就是就是中国国内房地产暴涨，中国市民追高买房的国际版故事，除了换了演员，上演的是不同的经典《哈姆雷特》。

“和平风暴”第三阶段：

将大量游资存入人民币账户，有意进一步加大人民币的流通量，制造更大的流动性过剩。因为存在随时发生变现的可能性，逼迫中国央行史无前例地加大准备金比例，加重中国各银行业的运营成本。

中国各银行业的运营成本大幅上升，进而可以合理地调低银行近期收益预测，为打压银行股价制造舆论准备。

由于逼迫中国央行史无前例地加大准备金比例，再加上大量赖着不走的国际游资，中国各银行的正常信贷结构会发生严重变形，将导致更多的中小企业因贷款不足停业或破产，不仅可以制造在股市上有大肆做空的理由，还可以造成吸纳大量就业的中小企业破产。用企业破产带来的大量失业引发激化中国的社会矛盾，以实现政治意图。

在海外布控股指期货，建立空单，锁定在中国国内股市做空的成本，这样就是在中国国内疯狂打压股市，造成崩盘，也可以在海外通过股指期货对冲，保证盈利。

造成中国股市崩盘，将引发实体企业大量倒闭，可以激化国内社会矛盾，分化解体中国。此外因为前期海外资金已以极低价格获取相当比例的中国各银行股权，而大量实体企业倒闭形成的债权最终还是在中国各银行手中，最后还是可以通过债权转股权的商业操作，来开展企业重组，这样就可以将中国建国以来的最好的国有资产以接近零成本或负成本占为已有，这样操作海外资金风险不大而收益极为可观。

谁来提供这样大量的运作资金呢？——日本。

……

而这些都一步步逼近了。

海神计划：为了合众国的利益，使用一切手段。

在海神计划面前，没有胜利者。

2008年5月13日午夜零点25分，中国北京。

昨天的大地震打乱了这个国家的正常节奏。

大量国家机构的人力、物力、财力被紧急调往四川灾区方向。

空气中笼罩着一种战争的氛围。

其实这已是一场战争，一场大自然突然不宣而战的战争，一场和时间赛跑，抢救生命的战争。

然而，共和国也知道，另一场更为凶险的战争也在迫近，从各方得到的信息都预示着更大的阴谋正在策划中。

对国务委员而言，这也注定是一个不眠之夜。

国务委员的心情很不轻松，接二连三的问题和最近的敌情通报让他心存警惕，忧心如焚。

国务委员还没有证据，但是他能明显地感觉到，有些人已经蜕变，成为某些利益集团，甚至是海外利益集团的共同利益人。

上个月他去几家基金公司调研，没有发表任何倾向性的谈话，就被某些利益集团向外界放大成别有用心的传言，引起不应有的动荡。

最可气的是，有些相关对策刚决定，就有泄密迹象，让很多措施的出台有种拳头打在棉花上的郁闷感觉。

这些害群之马一定要绳之以法。

想起基金公司，国务委员让秘书刘彪调来最近 10 天的基金公司交易汇总情况。

很快，这份机密的基金公司交易汇总情况展现在他的面前。越看他的脸色越不好看，“将这半年的基金公司交易情况汇总一下，拿给我看！”

“尽快！”他强调了一句。

时间不算太长，资料来了，也许是为了让他快速了解情况，秘书处还有份分析结果。

国务委员没有先看分析结果，他怕有先入为主的主观臆断，他铁青着脸看起了资料，他的脸色越来越凝重，看完后，又仔细地看了分析结果。他坐不住了，怒冲冲地在办公室内走了几个来回，突然拍案而怒：

“败家子！”

“简直就像滥赌徒！”他愤愤地又加了一句。

一旁的秘书刘彪没有说话，心想在接近 6000 点做多，接近 3000 点做空，基金表现出来的赌徒作风令人叹为观止。

在 3500 点下方，基金成为做空的主力，即使在印花税降低的消息出台，也未停止抛空。

2008 年 4 月 24 日，是证券(股票)交易印花税税率由现行 3‰调整为 1‰的第一天，这一天，沪指暴涨 9.29%，但就是在这一天，基金仍在疯狂卖出。

数据显示，56 家基金公司中有 33 家参与交易的基金公司表现为净卖出，到 4 月 25 日，净卖出的基金公司增加到 45 家。

“他们想干吗？”

“给我找到永乐基金老总！”永乐基金公司是接近 6000 点做多，接近 3000 点做空的状元。

刘彪提醒国务委员：“首长，现在是半夜了，是不是……”

国务委员平静了下来，估计就是接通了电话，永乐基金公司老总也是三好学生，只会叫委屈：“我们是为了防止给基金投资者造成更大的损失才不得已而为，我们以前过于激进，现在要稳健一些，市场不好，我们不卖别人也会卖，我们目前的持仓比例是符合证监会规定的……”

国务委员吸了一根烟，等心情完全平静后，国务委员问刘彪：

“那份分析结果是你写的？”

“是的。”

“你分析下，为何国内的基金公司在接近 6000 点做多，接近 3000 点做空？材料里为何没有提？”

“首长，材料里没有提是因为还没有确切的证据，我不能用臆测来代替证据，这样会误导您决策。”

“哈，刘彪，你不会没有思考过吧，现在就说说你的个人意见。”

刘彪感到有些紧张，一旦说出来也许就不再是个人意见了。

他略为沉思默想片刻。

“从技术层面来看，如果在 3000 点做空，预留出获利空间和建仓空间，大盘至少也要跌到 2000 点附近。”

国务委员倒吸一口凉气，2000 点？

“能跌到 2000 点吗？”

“基金公司反手做空，加上国际游资的主力，他们可以做到。”

“说说你的理由！”国务委员暂时忘了原来的问题。

“基金公司等机构投资者曾被寄予厚望，期望它们成为稳定市场的基石。但现在看来，这个期望值显然太高了。

基金公司为什么敢这样赌？是因为他没有任何责任需要承担。

我认为，有两个因素值得重视：

一、基金公司的旱涝保收。

这是一个非常重要的因素。

截至 4 月 22 日，58 家基金旗下 346 只基金的一季报披露完毕：基金一季度亏损近 6500 亿元。

尽管亏损如此之巨，基民托付理财的基金公司的收入却没有受到多大影响，基金公司仍然获得超过 50 亿元的收入，成为今年一季度最大的赢家。

作为替基民理财的机构，当它把基民的钱亏掉的时候，它还凭什么收取如此之高的管理费？这种制度设计现在看来是有缺陷的。

既然旱涝保收，赌输了不关自己多大事儿，赌赢了自己先分取好处，还能坐享管理费，哪个公司不愿意去赌？”

刘彪停顿了片刻，观察国务委员的表情。

“哈，小滑头，别看我的脸色，接着说下去。”

“没有，我是在整理思路，”刘彪有些不好意思，“另一个非常重要的因素是老鼠仓因素。”

“像美国那样成熟的金融市场最近都发生了次贷危机这样的大问题。在我们这样不成熟的证券市场，老鼠仓是很难避免的，而通过老鼠仓完成利益输送是真正的暴利。

“在印花税消息出台，连新手都知道是一大利好、蜂拥入市的情况下，基金何以主动抛售筹码？这种逆政策而为的现象在 6000 点时同样存在。假如后面挂着老鼠仓，这种反常操盘行为就变得非常容易理解。

“由此为某些人带来的暴利自然也非常可观。

“当然，这只是一种推断。

“我们不能排除有些基金是误判所致，但误判到如此地步而帮基民理财，也真的难为他们了。”

国务委员没有表态，只是脸上多了几分凝重。

第二十章　财狼的愿望

披着经济“外衣”的政治“武器”

2008年5月13日零点40分，日本东京。

日本RH银行的CEO佐佐木，没有出现在众多海外基金代表的面前，他在等待大藏省的最新消息，作为前日本首相宫泽喜一的密友，时任日本大藏相的伊藤，总会在关键时刻给予他特别的关照，这在业内是公开的秘密。

在目前的日本政界，各种势力保持着微妙的平衡，最近和中国的外交谈判很可能会有结论，谁都知道在这多事之秋，大藏省不会轻举妄动，但是一旦动作，就是大动作。

难怪众多海外基金代表十分默契地来到这里，他们在等待围猎的发令枪。

没有任何消息。

没有任何消息就是一个信号，在交通信号灯熄灭时，任何穿越行为都是许可的，但是后果自负。

佐佐木的心情很复杂：围猎早晚要开始的，他期待着围猎，可是他不愿为围猎的发令枪负责。

“枪打出头鸟”，中国人不会忘记开第一枪的财狼；日本在上世纪80年代末，经历过今天这些众多海外基金的残酷围猎，那种痛楚至今难忘。

佐佐木想起和密友宫泽喜一多年前的交谈。

前日本首相宫泽喜一提起“广场协议”时咬着牙愤愤地说：“老子当时真不想认输。”

时任日本大藏相的他无法忘记，1985年9月22日，在美国纽约中央公园对面的广场饭店，G5财政部长和中央银行总裁汇集在这里，举行了美国主导下战后世界货币金融史上具有里程碑意义的会议。

原本日本没有理睬这个所谓的“广场协议”，“我的地盘我做主”，日本的事，应该日本自己说了算。

可是美国玩了曲线运动，先拉上传统跟屁虫英国，再招安北美邻国加拿大，再以支持和推动德国统一为胡萝卜，连一向和美国政策保持一定距离的法国，也不得已补票上了船，最后回过头来找日本。日本还有选择吗？

一贯有“货币黑帮”之称的G5财长会议历来是拉上窗帘开会，这次竟然破天荒邀请世界各地媒体公开采访。

事实上，会议仅用了20分钟就一致通过了由美国起草的“共同声明”：

使强势美元变成弱势美元；采取政策协调解决贸易收支失衡问题；反对贸易保护主义。

美国方面希望各国中央银行从外汇储备中动用180亿美元，使美元在不远的将来贬值10%～12%。

就日元而言，美国的目标是使当时1美元兑242日元的汇率上升到1美元兑200日元的水平。

主要发达国家联合行动起来对外汇市场史无前例的大规模干预，使得美国所期待的“不远的将来美元贬值12%”的目标，仅在两个月后就得以实现。

从1985年的“广场协议”到日本经济泡沫鼎盛时期的1989年，四年间，日元对美元的汇率上升了104%。

“尽管升值出发点是担心美国大幅贸易逆差和日本大幅贸易顺差表现出来的贸易失衡会威胁到世界经济的稳定发展，但实际上日本的贸易顺差不降反升，从1985年的553亿日元到1992年突破1000亿日元，特别是1991～1995年日元对美元升值到80:1的情况下，日本对美顺差又创下了历史新高。”

这个时刻，日本开始感觉“上当”了。

1987年美元对日元汇率上升到1:150时，日本经济界被一片恐慌笼罩。

日本国会代表团赶往华盛顿拜会美国财长贝克，恳请美方配合日本把日元兑美元的汇率控制在1美元兑180日元的范围。

此时，“得了便宜还要卖乖”的美国财长贝克尖锐地回应道：

“汇率的水准应由市场来决定。市场上日元升值了，是因为日本政府在扩大内需上还不够努力。你们应该回日本要求自己的政府迅速地采取措施扩大内需。”

其意思很露骨：要扭转美日贸易失衡的状况，不是要美国改变经济政策，而应该改变日本的制度。

领到华盛顿“旨意”后，以日本中央银行前总裁前川为首的政策班子起草了一份促进日本从外需主导型经济转变为内需主导型经济的“前川报告”。

“前川报告”具体而言有五大要点：扩大内需、转换产业结构、扩大进口并改善市场准入环境、加快金融自由化和国际化、采取积极的财政金融政策。

随着“前川报告”的出台，日本为实现减少贸易顺差和扩大内需的政策目标，开始实施扩张性的财政和一系列金融宽松措施。

由此导致日本货币供应量的增速大幅度上升，由1980年代初的8%上升到12%～13%的水平。

结果日本出现了“流动性过剩”，这一局面为日后的日本经济泡沫化创造了宏观环境。

“流动性过剩”，哈哈，佐佐木笑了，目前中国出现了严重的“流动性过剩”，这次轮到围猎中国了！

日本RH银行的CEO佐佐木早就清楚地意识到，人民币升值带来的担忧还不仅仅是简单的汇率和金融政策，从更深意义上讲，它意味着一次经济和社会的大调整，有着深远的社会后果。

"美国政府的目的是要从政治上使人民币升值，从而削弱中国产品出口美国的竞争力。"

国际市场接受的某种货币汇率，实际上是一国经济竞争实力的体现。

在一国经济实力上升时，其货币被人为地推动升值，其效果等同于提高其竞争成本，进而削弱该国的竞争力，同时也消耗或减缓了该国财富积累的速度和能力，最终的后果是导致国家整体实力的停滞，比如日本"失去的十年"。

现在，中国政府面对的最现实的问题是，人民币升值带来不多的购买力提高，大部分都沉没于全球性通货膨胀和资源品价格持续暴涨浪潮之中。

从国际大宗商品来看，人民币目前的购买力相比汇改前不升反降。

"如果把'广场协议'的主角换成中国，美国当时采取的一系列逼迫手段与现在对付中国的措施如出一辙。"

佐佐木分析着，唯一不同的是这些措施的效果：33个月里，当初的日本升值了90%，中国是18%。尽管目前幅度只是日本的1/5，但所走的道路是相同的。

在他看来，当前美国对人民币的做法是15年前要求韩元升值和自由化，以及"失去的十年"的翻版。

日本RH银行的CEO佐佐木十分轻视他的中国同行们："'流动性过剩'这个名词真好，好到很多沽名钓誉的中国财经官员们，只知道名称，不知道它的实质意义。"

2005年7月中国"汇改"启动前夕，国际原油价格每桶60美元左右，折合当时8.28:1的汇率水平大约是500元人民币；人民币"破七"时，国际油价涨至112美元/桶，按6.992:1计算，折合人民币783元。

国际金价更令人沮丧。汇改前是450美元/盎司，当时折合人民币是3700元人民币；目前国际金价是934美元/盎司，折合人民币约6530元。

也就是说，人民币升值15%，在国际市场上的原油购买力却下降了1/3左右，黄金购买力下降了40%以上。国际铁矿石和其他大部分原材料市场中，人民币购买力的下降同样惊人。

"所谓升值，完全是披着经济'外衣'的政治'武器'。"佐佐木一直这样认为。

而目前某些中国财经官员们将人民币升值的原因归结于"流动性过剩"。

一个健康人的血液是5000毫升左右，低于4000毫升会贫血，再低会导致休克，甚至死亡；高于6000毫升呢？上帝啊，高血压会提前送你进天堂！

一个国家的金融业是现代国家的血液系统，钱就是这个国家的血液。

"流动性过剩"就是这个国家的血液太多了，而目前的中国是严重的"流动性过剩"和严重的"流动性紧缺"的混合庞然大物：一半冰冷得接近零度，一半火热得接近沸腾。

冰冷得接近零度：中国传统的出口产品和众多中小企业随着人民币的快速升值和原材料的价格快速上涨，利润挤压得越来越薄，融资越来越困难；教育产业化和医疗半产业化，使得普通中国人的教育和医疗支出越来越成为沉重的家庭负担；大部分农村的基础建设将完全处于荒芜状态。

热得接近沸腾的就是热钱：2007年，中国财政收入5.13万亿元人民币，而近期中国外汇储备突然暴增，目前已接近2万亿美金。

哪里来的钱？

佐佐木知道其中这些国际游资约1万5000亿美金，已以多种面目汇兑成人民币了，大约折合10.5万亿元的血液已注入中国的肌体。

中国的麻烦比当年的日本大多了，一个原本5000毫升左右血液的健康人，现在流着15000毫升左右血液，将因高血压而亡的前景已经十分明朗。

中国不是没有对策：加息，升值，提高银行准备金，限制冻结油价……

可是对策无效！

不停止往冰冷的肌体部分注血，这部分肌体将会因缺血而组织坏死；火热的肌体部分，光吃降压药是没有用的，以为控制国内银行货币投放的饥饿疗法可以起效吗？饿死，自然没有血压了。

佐佐木想起美国国际贸易学权威，《萧条经济学的回归》著者保罗克鲁格曼有一句经典论断："许多发展中国家面临的重要问题是没有足够的就业机会。"

对面临大规模城市化的人口第一大国中国而言，充分就业更是关系国家命运前途的大事。

虽然对于中长期而言，人民币升值意味着就业可以从贸易向非贸易部门转移，进而促进经济结构转变。

但一个主要问题是，就业如何转移？如果调整引起就业下降，就不只是汇率问题，而是关系社会稳定的政治问题了。

众多中小企业目前都很难生存，将再产生大量的就业下降，从生产向非生产部门转移谈何容易。

佐佐木鄙视他的中国同行：笨蛋！冰冷得接近零摄氏度的中国传统的出口产品和众多中小企业不是"流动性过剩"，而是需要补血，可是我们不会告诉你们。

佐佐木同样明白如何去处理那些热钱：拧紧热钱流入的水龙头，挤出热钱，也就是：

延长无明确用途的热钱的兑换周期至3～6个月，在审查资金来源清楚之前，以外汇存入中国银行3～6个月，但是不计任何利息；

已进入中国的热钱，严格限制资金流向，如发现进入房地产或股市（QfII除外），征收10％以上的全额投资方向调节税；

对存在银行的外汇换成人民币吃中外利差的，超过一定金额的，按人民币升值幅度的2倍加征利息特别税；

外汇息差，投资方向调节税，利息特别税等针对海外游资的国家收益不能作为商业银行的利益，要作为国家的转移支付的财源之一，作为调整就业向非贸易部门转移和对众多中小企业的贴息贷款的补偿……

佐佐木不担心中国财经官员会采取这些措施，对国家整体利益有利的，对某些既得利益集团就是不利的，有时某些财经官员宁愿选择当白痴。

在佐佐木看来，目前人民币升值步伐的急迫，已强烈动摇着中国监管当局“主动性、渐进性和可控性”的官方汇管原则，也许中国监管当局已将无法控制全局。

佐佐木明白这将是赤裸裸的掠夺：人民币升值背后有着财狼的巨大利益。

上世纪 80 年代初，欧美银行在日本开设分行要受到日本金融管制的严格限制，没有一家外国证券公司能够成为东京证券交易所的会员，摩根士丹利、所罗门兄弟和高盛等美国大型投资银行甚至只能通过香港市场才能和日本做交易。

这成为签订广场协议的出发点。

金融体系是国家的血液系统，直到今天美国财长主持的美国金融改革方案再次强调了外资参股美国银行股份不得超过 10％的规定。

往自身肌体注血或是抽血的权利能随便给外人吗？

中国目前的外资控股中国银行业的相关规定，等于无条件接受了美国国会关于中国银行业对美完全开放的决议。佐佐木不得不佩服 EHM 们（eonomichitman，经济杀手）的神通广大，这是财狼的胜利。

从此，在理论上，中国这个巨人将在贫血休克和超高血压的极端折腾下走火入魔。

会是东亚病夫还是东亚死夫呢？

佐佐木好奇地想，如果有一天中国突然发现国内的银行都是外国投资的，中国人该有啥反应呢？

那时货币好像只是一张由外国投资者随意填写金额的纸，但这张纸是否能让你走遍天下，后面有着激烈的主权竞争。

中国人将在贫血休克和超高血压两个极端的快速变动中，被彻底洗白。

“洗白你，中国人！”佐佐木充满了快意。

想当年，签订广场协议后，在美国压力下，封闭保守的日本金融资本市场被打开了一个缺口，随后犹如“大坝决堤一般，洪水立即横流起来”。

欧美投资银行和新入门的日本金融机构，甚至包括一些日本企业，都借日元升值、金融自由化的“良机”，争先恐后投入到投机炒作的游戏中来。

那是财狼的盛宴……

想到当年大批日本银行、企业的雪崩式倒闭，佐佐木还是不寒而栗。

真相永远不会让中国百姓知道：逼迫人民币升值的全部秘密，就在于通过抑制出口来遏制中国财富积累的能力，削弱中国国力，以维护美元霸权，也就是西方霸权的继续。

真相永远不会让中国百姓知道：中国银行对美完全开放的决议，就是决定将你的血管里始终插有一根抽血管，每天输入生理盐水的同时抽取你的血液直至你的死亡！

真相永远不会让中国百姓知道：稳定的中国政治不符合自由世界的利益，自由世界的利益才是规则！中国百姓将享受被抽取血液的自由！

这才是财狼的愿望。

第二十一章　午夜深思

谁来保证基金公司的信托责任？

2008年5月13日零点40分，中国北京。

在这个注定的不眠之夜，国务委员与刘彪的谈话还在继续。

“是不是基金公司的问题呢？”

国务委员想起大力培养机构投资者是这几年一直努力的方向，这可不能轻易否定啊，朝令夕改也是大忌啊。

“你对机构投资者好像成见很深啊？这可不好！”

“我的观点可能是比较过激。不过我认为，目前的基金公司的基金经理们，很多都是些学历高、实战经验缺乏的赵括，让广大基金投资者的钱在他们手里，会发生再一次金融史上的长平之战。

广大基金投资者的钱其实都是老百姓的钱，而基金公司没有信托责任的话，对于老百姓来说最后都是一场灾难。”

“嗯，我们都已注意到这些问题了，确实是有些问题。小伙子，我们也不能病急乱投医啊。”

“问题是这些机构投资者太同步了，几百个士兵一起以整齐的正步走，引起的共振都能震坏大桥，58家基金公司346只基金，就是346只超级大象一起以整齐的正步走，在去年堆出了蓝筹股泡沫，又集体转身一起以整齐的正步后退，这桥能不塌吗？”

“唉，这些下面的歪和尚，总是念歪了经！”

“可是如果基金公司不愿承担他们的信托责任，最终都将还是会由国家来承担的，像以前的万国证券、南方证券等，到最后都是实际由国家来出面的。我们是不是要有相应的预案？”

“哈哈，小刘，你是不是有啥具体想法？”

“接管基金公司，如果现在突然动手，那些硕鼠根本没机会把偷吃的嘴擦干净。”

“呵呵，58家基金公司就是接管，一下子也不可能啊，需要多少专业人士啊？再说接管了，后果呢？太激进了。”

刘彪还是不甘心，索性将自己的激进想法全倒了出来。

“在目前的点位，如果接管，就暂时冻结基金的所有交易包括赎回等，作为目前的市场主力突然不运作，那些别有用心的资金就原形毕露了。等市场起稳后，再分类区别对待，有的基金公司保留，有的重组转型，有的改成封闭性的……”

“你的一些说法很大胆，但也太激进。我担心的是基金公司本身的问题。最近发生的一系列事件不由得我们要想得更深更远一些。”

“您的意思是？”

“58 家基金公司有多少还是在我们的控制之下？”

国务委员停顿了片刻，略微思索了一下，接着说了下去。

“在过去几年里，我们的开放式基金的发展很快，这应该是好事，但是发展太快就容易出问题。

“我最近注意到有家基金公司，成立仅四年多的基金公司，先后更换了三位总经理（或公司负责人），累计五任主管投资的负责人发生离职变动。

“四年里，三次换帅、五度换将，是不是太频繁了？

“这个问题是偶然的，还是基金行业内普遍的问题？

“在频繁换将的背后，是不是还有其他更深层面的问题？

“像这家注册资金 1 亿元的基金公司，目前它真正的控制人到底是谁？

“注册资金 1 亿元的基金公司，目前控制管理了 750 亿资金，这种控制管理比例是不是过高了？

“谁来保证基金公司的信托责任？

“如果这些基金公司的实际控制人发生了变化呢？

“我们为了保护中小投资者利益，防止机构大户操纵股价，特意在《证券法》中规定，投资者持有一个上市公司已发行股份的 5%时，应在该事实发生之日起 3 日内，向国务院证券监督管理机构、证券交易所作出书面报告，通知该上市公司并予以公告，并且履行有关法律规定的义务。

“可是在去年案发的地王证券李政进案还是发现了很多问题。

“地王证券时任总裁李政进实际上操纵着 33 个资金账户，这些资金账户下面挂着 100 多个股东账户，利用内幕信息，在短短几个月时间内，投入资金人民币 7000 余万元，买入某股票，在股价升高后卖出获利人民币 5000 多万元，积累了巨额财富。

“还好这些股价的异动引起了我们监管层的注意，经过监管部门认真核查，最终导致李政进案发到案。

“前几年爆过一次基金黑幕，这些年呢？是不是真的就改好了？

“会不会有另外一种方式的利益输送？

“这些都需要我们去查清楚。

“我看这样，你去准备一下，从几个侧面去了解一下这家基金公司，我们从解剖这只麻雀开始。

“对了，海圣集团和金星国际都是这家公司的股东，最近听说他们都会有所动作。

"时间不早了,明天你准备一些美国次贷危机的资料,我们也要认真准备,看看华尔街里到底卖的啥药?"

此刻,处在震区的王天宇皱了皱眉头,没有帐篷和睡袋,夜宿恐怕会很麻烦。

但是金星国际常务董事赵玉文他们估计更困难,王天宇还是决定试一下。

快到午夜1点左右,王天宇他们三个人打着手电终于找到了一处临时搭建的工棚,工棚里几乎挤满了灾区同胞、志愿者,只有一小块地方还空着几块木板。

一名热心的志愿者提供了一条毛毯,王天宇和同行者随即躺下——比睡水泥马路好多了。

山区的夜越深寒冷越甚,夜风削刮脸颊。

王天宇拿出雨衣裹紧而眠。可睡了一阵,雨衣上已满是露水。王天宇仅穿了件薄外套,冻得醒了数次。

凌晨2时许,王天宇再次被冻醒。这一次,他没有再睡。

他微笑着凝视手机屏幕上的女婴。

这是女儿的照片。女儿,爸爸想你。

看着女儿的照片,他想起一件事,灾区的婴儿。

他拿着手电走了出去。

等他回来时,已快到凌晨2时半。

"情况太严重了,房子塌得太厉害了。这里现在最缺的就是水和药品。另外,这里有很多婴儿缺奶粉。"

"我明天一大早打算出发往前走。那里现在还没什么消息出来,我有朋友给困在里面,我想去看看。拜托你们回去一位,让公司想尽办法多搞点食品来,尤其是婴儿奶粉,不少婴儿没有了母亲。"

2008年5月13日2点18分。

他还没有入睡,他在为白天即将召开的房地产峰会做准备。

有个"仙狼传说"。

如果所有的狼都是一个想法,估计世界上的羊都给吃完了。

可惜,不是所有的狼都是一样的,就如羊可以努力进化成财狼。

这世界就是有另类,还有不愿当财狼的闲狼。

他叫郎仙,郎仙是不是仙,不知道。

郎仙是不是仙狼?也不知道。

大家知道的是,他是闲狼,早就离开狼群的孤狼。

或许他不是闲狼,也不是孤狼,没准当上了护羊犬。

谁也别小看这匹狼。

祖籍山东的他,在美国宾州大学波士顿商学院求学期间,他以创世界纪录的两年半时间连拿金融学硕士和博士学位。

他的学术成果不仅被学术界和财务管理教科书广泛引用,还为众多的知名媒体所报道。

他曾任波士顿商学院、西密根州立大学、俄亥俄州立大学、新牛人大学和芝麻哥大学教授。

作为世界级的公司治理和金融专家，主要致力于公司监管、项目融资、直接投资、企业重组、兼并与收购、破产等方面的研究，成就斐然。

大好钱程，一片光明，郎仙居然不吃羊了，改咬财狼了。

2004 年起，郎仙用最为传统的财务分析方法，痛陈内地国企改革中的国有资产流失弊病，质疑某些企业侵吞国资，并提出目前一些地方上推行的“国退民进”式的国企产权改革已步入误区。

他的观点引起巨大的影响，他也被称之为“旋风狼”。

这匹闲狼，居然开始公开财狼的秘密。

在东部某个省份，郎仙开设了“仙狼传说”的电视访谈节目，电视收视率节节上升，造成杀伤力过大。

电视访谈节目让数只混在羊群的狼没法混了，混在羊群的狼，给羊们剥了皮，关在笼子里示众，在财狼群引起很不好的影响，是对财狼事业的背叛。

他的背叛，居然使“电视杀狼”成为大规模杀伤性武器，得到了财狼群的一致谴责。

在世界财狼大会上，郎仙被开除狼籍(原来他也才刚进预备役的)，受到财狼和平组织和狼道军事条约组织的全球通缉。

终于，一匹当时尚未被发现的，混在羊群的狼，毅然决然地下令关闭了“仙狼传说”的电视访谈节目，“电视杀狼”告一段落。

“仙狼传说”的主持人说的是半狼半羊语，不符合纯洁语言环境的要求。这是当时关闭节目的理由。

郎仙此刻在回忆他不久前的一次演讲。

通货膨胀太有意思了，我给你一个数据，最近石油价格涨到 146 美元一桶，大米价格飞涨，按照经济学理论都是错的！

不过很多经济学家是只认死道理，不知道是怎么一回事！我给你一个数据你就懂了，石油的需求每天是 8600 万桶，石油的供应每天是 8700 万桶，很明白是供过于求！

供过于求价格应该下跌，可是不跌反而上涨。

四大农产品目前国际仓储量是 1.46 亿吨，消费量是 1.32 亿吨，储存量明显大于消费量，也是供大于求，但农产品价格还是在上涨，这就是国际炒家造成的了，这是第一次，从来都没有发生过。

很多国内的人邀请外国的人来演讲，很多都是他的马前卒，来做说客的。

你想想什么是他们最高战略指导方针，我在这里不知道为什么心情比较愉快，我就告诉你他们的操作手法好不好？

那是真正的仙狼秘笈，因为我是彻头彻尾的财狼经济学家，我太懂他们那一套了。

你想想，全世界的股票市场都不太好，全世界楼价都是飘忽不定，黄金价格炒得太高，所以这些国际炒家他准备怎么做？

我请大家站在他们的角度来看问题，不要站在你自己的角度，股票不好炒，楼房也不好炒，黄金也不好炒你能炒什么呢？

就剩下石油和大众物资、铁矿、铜矿都可以炒，但你要炒只能炒期货，国际金融炒家只能是炒期货。

我劝各位来宾你千万不要炒期货，因为你缺乏下面的这个水平。

期货要炒的成败，有一个必备的原则，那就是经济基本面一定要配合你的炒作方向。

比如我今天赌今天这个汽油会涨，你就要肯定一定有人会买这个东西。

比如说你认为大米会涨，你就要确认一定有一个傻瓜国家去买这个大米。

你一定要掌控基本面才能来炒期货，否则基本会失败。

我们来看看他们是怎么想问题的。

一下子就看到了中国，你知道中国的影响有多大吗？前不久我们石油价格才涨了1%左右，全世界期货市场的石油价格当天一下子大涨，因为中国人买什么东西，什么东西价格就会上涨。

因为中国人太多了，就以国际金融炒家的立场来看问题，中国人买什么东西，什么东西就大涨，这不就是基本面吗？

因此在中国政府买什么东西之前先买，比如从一百块炒到三百块，再卖给政府，他就赚两百块，生产者不赚钱，我们大亏，这就是国际金融炒家的阴谋。

选品种，因为你要确定你的定价权，首先他挑到了大米。

为什么是大米？我给你讲这个学问大得不得了，我这个人比较笨呀，我研究了三个月才知道。

为什么选大米，太重要了。想不想学一招呀？为什么不选小麦，为什么选大米，而不选小麦，这就是水平呀！

……

如果女狼卡罗琳听到，一定会气得发疯。

这闲狼闲着不好吗？财狼没把你赶尽杀绝啊，你干吗大声喊啊？

我们刚搭好舞台，你就在下面讲解戏法的秘密，连魔术的乐趣都没有了。

杀他吧？好多财狼都不敢干了，那只羊群里的伪装的头羊都栽了，谁还……

在狼群里现在流行以哀怨的曲调唱：

“你知道我在躲你吗？你干啥还咬我？……”

哈，不管用！

郎仙笑着暗想，财狼可能唱得太哀怨了，换了头牌超女李世秋，说不定我郎仙会一时糊涂昏倒在她的裤子下。

郎仙不明白，为何这次房地产峰会会请他去，他一直都是房地产大亨们不愿接触的“贱民”。

不过郎仙也不愿意放弃参加这次房地产峰会。

既然请我去，我就讲个透彻，抖抖房地产大亨们一直不愿畅谈的痛处。

第二十二章　六年前买的女人

六年前没有发生的，在今天发生。

2008年5月13日2点30分。

金星国际总裁刘伟昌的指令，将准确无误地贯彻执行，一种大战临近的感觉在弥漫。

1. 在港股市场临时加大恒指和A50中国基金的空头仓位，临时加仓部分收市前离场；

2.放空金星国际和万国地产现有仓位5%的股票，保持控股地位不可动摇；

3.放空的股票，在恒指和A50中国基金的空头仓位平仓后，严格回补同数量股票；

4.各直属公司，控股公司保有最大限量的资金头寸，无常务董事一级高管核准，不得随意动用；

5.在香港市场向各相关金融机构紧急融资7天的短期贷款10亿，以备不时之需；

……

此刻已是新的一天的凌晨，刘伟昌依然没有离开办公室，他望着窗外，这个繁华而又充满希望的城市，此刻正在甜美的梦乡中沉睡。

他的内心反而因为这份恬静淡然而生出一丝孤独。

太太年前已经陪同儿子前往英伦三岛读书，当起了陪读老妈。

自从太太和儿子出国后，他那在城市西南郊的豪华别墅，就很少回去住了，常常住在离公司不远的高级行政公寓。

他不愿意一个人住在豪华别墅，那时他的感觉很差，好像是一个被幽静的放逐的囚徒，豪华别墅是为他量身定造的监狱。

他很怀念童年的游戏，“官兵捉强盗”、“滚铁圈”、“康乐棋”等，在他看来是远比高尔夫更有意思的游戏。

他已习惯了高尔夫的游戏，不过这种游戏很少有让他真正放松，在他的球友中都是“往来无白丁”的达官显贵，不是他需要时刻关注他的球友们的异常动向，就是总有一批球友围着他亲近地套近乎。

在这种高雅的游戏中，他们都是猎物，他们都是猎手，这是财狼的聚会。

谈笑间，一些重要的商业事件就要发生，一些利益就发生交换，盟友可能就成了对手，对手也可能成为你的同盟军。

没有永远的朋友，只有永远的利益。

只有童年的游戏，才让他感觉到那种无所顾忌的快乐和喜悦，也许当时的战果只是一张漂亮的香烟烟盒纸。

他想到天明以后的挑战，那将是一场恶战；他想到在高级行政公寓等着他的吴莹，那将是一种温柔，该睡觉了。

他离开了办公室，回到了 Sacott 圣高阁行政公寓，这是国际标准的豪华酒店行政套房，位于发展迅速的浦东商务金融区，临近众多国际跨国公司，周边分布着各类餐饮及购物商家，这里是量身定做的私人服务和豪华设施。

行政套房里很安静，当他确认吴莹没有到来时，心中有些怅惘，难道她……

刘伟昌没有心情多想，女人不过是他人生旅途的甜点，他还有更多需要做的事。

在匆匆洗浴完毕后，他很快在床上进入了深深的梦乡。

吴莹的工作还是效率很高的，等她处理完刘伟昌交代的各种事项，长长地叹了口气后，她想起了那把钥匙，刘伟昌交给她的钥匙。

这是将可能改变她生命历程的机会，她已等待这个机会很久了，她也知道，有很多女人都在等待这个机会。

可是真当这个机会来临时，她又有些犹豫了。

这一切快得让人觉得像做梦一样。

不管了，就是一场游戏一场梦，她也需要这个男人。

六年来她一直在等待这一天，在六年里他的身影一直在她的脑海里。

她知道她可能只是他生命中的一个过客，而他在她生命里是一个里程碑。

Sacott 圣高阁行政公寓配备 24 小时保安，前台接待，还提供商务中心、会议室服务、洗衣和干洗服务、每日客房清扫服务，不仅有休闲中心、阅览室、健身房和体操房、水浴池、蒸淋房和桑拿室、室内温水泳池、室内网球场，还有儿童游乐室、家庭烧烤区、家庭娱乐系统、家庭游戏厅、保姆服务，无论是商务旅行还是周末度假都能体会到非同一般的享受。

当吴莹推开 Sacott 圣高阁行政公寓套房的大门时，还是觉得有些恍惚。

她听到轻轻的鼾声从卧室里传出。

在昏暗的灯光下，这个白天可以让商界风云变色的男人已进入了甜美的梦乡。

吴莹悄悄地走到床前，在近处凝视着这张刚毅而又带着孩子气的面孔，她六年来从来没有这样近地观察过他。

她轻轻地摸了摸刘伟昌的脸。

……

她知道这是一道分水岭，这个男人，此刻进入她体内的男人，他将永远无法让她忘怀。

不知不觉两行清泪流了下来,她趴在刘伟昌的胸膛上,狠狠地咬了一口,这一切太不真实了,她要让自己清醒,也要让这个男人记住她。

刘伟昌一痛,他看着吴莹泪眼迷离的样子,突然觉得那是一双十分熟悉的眼睛,他依稀记得这双眼睛。

吴莹不自觉地发出了"啊……"的一声深沉的低吟。

她立刻被自己如此失态的淫声吓了一跳,但是来自肉体的快感让她还是在喉咙深处发出了近似哭泣的呜呜声。

刘伟昌也开始发威,他突然坐起,将吴莹反压在身下,吼了一声开始了他的攻击。

吴莹紧闭着双眼,两颊潮红,喉咙里已沙哑地发不出声了,身子完全不受支配地抖动起来。

……

刘伟昌和吴莹都双双漂浮在源源不断的高潮之中。

在男人和女人从天堂回到人间时,吴莹柔顺地将头枕在刘伟昌胸膛上,刘伟昌轻轻抚摸着吴莹的青丝:

"六年前,难道就是你?"

吴莹的清泪又流了出来,她带着鼻音点点头:

"嗯,是我,我找了你六年,我是你的女人,你六年前买的女人。"

刘伟昌一时无言,他没想到,这完全出乎他的意料。

今天发生的,是六年前的他没有预料到的。

六年前,在那个离此千里之外的城市他们就已经相遇。

六年前,一个意外让他们相遇,本来这里原本没有太多的故事,只是平淡的肉体交易,可是另一个意外让他们又匆匆而别,让六年前没有发生的,在今天意外地发生了。

难怪刘伟昌看到吴莹总有似曾相识的感觉。

刘伟昌和吴莹都在回忆六年前的初次相遇。

六年前的那天,在那个离此千里之外的城市山明,金星国际在那个城市有一个工业项目,刘伟昌前往商务公干。

同样的那一天,在山明龙武大学有一个三年级女生因经济原因,面临失学而走上街头,她就是吴莹。

六年前的那个夜晚,吴莹失去了所有的经济来源,她的父母在上海高架道路的一次五车相撞的严重交通事故中,同时失去了生命。

更惨的是她父母乘坐的是一辆套牌(和正规出租车车型等完全相同,连车牌也相同伪造的)的出租黑车,因为出租黑车司机也死亡了,她父母的死几乎没有得到任何经济补偿。

吴莹为了最后一年学业,只能走上街头寻找金主,出卖她的初夜。

百无聊赖的刘伟昌刚走出宾馆准备观赏夜景就遇到了决心出卖自己的吴莹。

刘伟昌没想到一个貌似清纯的学生妹会主动卖春,在吴莹陪同他观赏了山明夜景后，他们回到了宾馆。

刘伟昌没有相信吴莹的故事，但是她的青春还是多少让他心动。

在吴莹沐浴时，刘伟昌接到了高兴君的电话。

金星国际由马忠岳负责的公司出大事了。

对金星国际而言，这是一次突如其来的重大危机。

刘伟昌必须马上赶回上海救火。

10 分钟通话后，刘伟昌没有和吴莹招呼，留下了 2 万元和一张纸条匆匆而去。

等吴莹下定决心走出浴室时，她没有看到刘伟昌，只看到钱和纸条：

“有缘以后再见，2 万你应该够用了。我有急事先走了。你放心睡明天早上再走，我已结账。”

吴莹愣住了，这是从未遇到过的情况，难道……

吴莹想第一时间带着钱从宾馆逃走，可是这种梦幻的感觉让她无法行动。

她在忐忑不安中度过了一晚，她想知道到底发生了啥。

第二天在宾馆大堂才查到她遇到的是刘伟昌。

从此，她的心也烙上了刘伟昌的印记。

六年后，吴莹枕着刘伟昌的胸膛，幽幽地问：

“那晚你为何提前走了？难道是你知道我还没有做好思想准备？”

在那个晚上，刘伟昌其实没有在意吴莹，在他的记忆里，马忠岳才是那晚的主角。可是此时此刻，刘伟昌用手抚弄着吴莹的青丝，一时没有说话。

他在考虑是否要将马忠岳事件告诉吴莹。

这是金星国际的一件大事，更是金星国际的核心机密。

刘伟昌侧过身体，盯着吴莹的眼睛，对她说：

“其实你是不是要问我，为何没有碰你就给你留下了 2 万元？”

吴莹有些羞涩地点点头：“嗯，可以告诉我吗？”

“其实，那晚就在你沐浴时，我接到了一个十分重要的电话，这个电话涉及的事，对我们金星国际很重要，重要程度不亚于你我今后几天要完成的工作。我必须马上赶回来处理，可是我在浴室门外，和你告辞时，你在里面没有理睬我，我无法确定你是否听到了我的电话，所以我为了安全起见，给你留了 2 万元和纸条。”

吴莹有些失望，这是她没有想到的。

原来留给她的是封口费，而不是“买春费”，难怪她进入刘伟昌的金星国际几年来，刘伟昌都没有认真地观察过她。

吴莹的内心有了一阵寒意。

刘伟昌似乎察觉了吴莹的感觉，他轻柔地搂了搂吴莹，柔声说道：

“我没有骗你，我说的是实话，你认为我真的会为了一个初次见面的女孩的一个悲惨故事就拿出 2 万元吗？如果那样，我就不是刘伟昌了。我想你是聪明的女人，你不是那种胸大无脑的笨女人。不过，我现在很感动，你六年来一直没有忘记我。”

吴莹的心又融化了，她的聪慧告诉她，灰姑娘的故事不会发生在刘伟昌身上，可是她六年的幻梦也得到了更值得拥有的东西。

那就是刘伟昌的绝对信任。

“我可以绝对信任你！”

几乎同时，刘伟昌和吴莹都有了这个强烈的感觉。

室内，春意更加盎然。

他们相拥而睡。

第二十三章　善恶本在一念之间

善恶本在一念之间

2008年5月13日3点40分。

“好车，别墅，不用还贷”，这个剧本不错。

社会心理学家海森伯格，海神计划E小组的领袖，一夜未眠。

他还在分析中国人的群体心理特征，从而给中国制订出“济世救人的医疗方案”，便于给E小组执行。

当他看到助手提供的一位中国内地愤青的译文稿，这个中国内地愤青的心态具有一定的代表性。他觉得也许有些可以利用的地方。

原文如下：

在美国找不到贪官的三个原因。

在美国，找不到贪官，因为：

1.州长、市长没有市政建设和办公物品采购的决定权，涉及财政支出的所有项目均由州、市议会集体讨论、审议和决定。州长、市长只有执行权而没有拍板权，他想腐败也没条件，这就在制度上彻底堵死了他们以权谋私的门路。

2.美国实行司法独立，法院不被任何政党或政府负责人所领导，任何人贪污受贿，均没有任何“保护伞”。克林顿总统搞了莱温斯基（不属于以权谋私，仅是不道德的婚外情），同样要被检察官揪出来！

3.美国实行新闻自由，政府官员整天被媒体监控着，只要一碰“高压线”，马上身败名裂，谁也不想因小失大。

博主曰：世上的人都是一样的，在本质上，美国人并不比中国优秀半分，美国的官员并非不想贪污腐败、公款吃喝、公款旅游，并非不想殴打小商小贩……其实，他们也很想，但他们不敢。美国的开国元老们深刻地洞察了人性的贪婪和美好并存，他们精心设计了一套政治制度来扼杀人性的丑陋，张扬人性的美好。

既然人皆一样，为什么我们贪官遍地？相形之下，原因一目了然。制度设计落后也。我们的官员权力太大，难以约束，任何一个落马的贪官无不抱怨这个落后的制度要了他们的命——如果有一个好的制度，他们本来可以颐养天年。我们的司法不独立，如何判案要看上级官员的脸色。我们的新闻不自由，报道什么不报道什么要遵从宣传部的官员。

对，要根据中国愤青的心态对症下药，海森伯格要求E小组制定以下心理暗示：

1.中国省长、市长拥有市政建设和办公物品采购的决定权，所以都是腐败的，都在以权谋私；

2.中国没有实行司法独立，法院被政党或政府负责人所领导，所以他们贪污受贿，因为有“保护伞”，没有受到法律惩罚！

3. 中国没有新闻自由，政府官员没有被媒体监控，所以他们贪污受贿，是很真实的。

依照这些心理暗示，心理能量将转化为：

1.中国省长、市长因为是腐败的，都可以给推翻；

2.中国没有实行司法独立，所以包庇贪污受贿，也可以给推翻；

3.中国有新闻自由，就要报道政府官员贪污受贿，不然就是在宣传部的控制下的；现在媒体很少报道政府官员贪污受贿，所以新闻报道是不可信的。

这样制度设计落后，还要它干吗？不如学国外的，将现有的全部推翻！

“怀疑一切，打倒一切！”若干年前这是很流行的。

“爱国愤青”终于觉悟成“民主斗士”，E计划有很好的群众基础啊。

看来“爱国愤青”是好学生，等洗脑成功，我上你家。

海森伯格想幽默了一回。

海森伯格脑海浮现这样一幕：

我开着奔驰来指导你这好学生，让你开好车，住洋房，不用还房贷。你一定爽呆了。

走进你家楼下，看到你那面包车，我说你看我这奔驰，学我，你那面包车先砸了，以后有好车开，你当然砸了。

刚进你家门，就寒碜你，现在我都住别墅了，你这房才二居室啊，拆，赶明儿我们造别墅，你当然拆平了。

我问起你要房产证，要你给我，你问原因，我说，赶明儿你住别墅了，要那破纸干吗？你一想有理啊，我都让你马上开好车住别墅了，你不该孝顺一下老师，你立马觉悟，将房产证无偿送给我。

等你办妥这些，好啊，从明天起你是我的奔驰车司机，除开车外，开始在我的这块地皮（房产证已在我名下）造别墅，两项工作的工钱吗？当然不是免费的，我不剥削你。支付你实物工资，你可以住我别墅的地下室，别墅的租金很贵的，你还需要帮我做家务，做园丁来弥补不足的租金。

这民主自由的日子真好！

你看，我让你马上实现了开好车，住别墅，不用还房贷的幸福生活。

哈哈，有时愤怒和轻信是这样可爱。

广告片你也当生活片看啊。

海森伯格想，市政建设和办公物品那些东东？你当我是三岁小屁孩啊，200年的和平还有多少没完成的市政建设？你没见伊拉克的重建生意哪个不是几十亿美元啊？有哪家不是落在与总统班子密切的美国公司手里啊？

海森伯格暗笑，沙特尽管还号称典型封建王室呢？为何没看到我们号召推翻沙特？因为沙特的油都在美国公司的控制下。小屁孩，你以为民主是你关心的处女膜啊？

能让我上的女人才是女人,这才是我们的硬道理。

可惜不是所有的中国人都是这样的智商。

我们要在奥运年搞点事啊,海森伯格开始办正事。

看着日益临近的北京奥运的日期,他想起了当年北京亚运会的主题曲《亚洲雄风》。

当它刚问世时,好像丝毫没有大的反响。

当年他的一位中国留学生,那时已经是某省宣传部门的领导了,在他访华期间的酒席上,和他无意聊起这件事情时,他给了他一个注定成功的方法:每天在当地的流行音乐节目或其他节目中,安排12次以上的《亚洲雄风》歌曲插播,连续一个月。

他的学生将信将疑地照办了。

果然,一个月后,《亚洲雄风》首先在该省成为流行音乐排行榜的前三名,很快热遍全国,就是时值今日,《亚洲雄风》的旋律还经常出现在经历过那个时代的青年人(现在可都快成为中年人了)的脑海。

在心理学层面,没有太多的新鲜内容。

超女李世秋的出现,也没有让海森伯格意外,连当年林忆莲的小眼睛,都可以让媒体炒作成让万人空巷的大众情人偶像,那胸部像飞机场跑道的形体缺陷,也自然可以塑造成纯净的中性形象。

可不,有一个80多岁的老奶奶也拜倒在超女的裤子(不流行石榴裙了,石榴裙容易走光,闹出艳照,改穿裤子)下面,成为了铁杆粉丝。

李世秋不是传统意义的美女,她的歌声也并不完美,但是她的普通才是她的成功,大部分人都是普通的,普通女孩的梦想通过这样普通的女孩,看到了自己成长的可能性,所以她会受到更多普通女孩的喜爱。

爱她就是爱自已。

心理学权威马斯洛的"需要层次论",给海森伯格的医疗方案提供了一条捷径。

爱是一种基本的心理需要,恨也是。

任何人都有着不满足,如果一个地区的所有人的最基本心理需求都面临威胁,那这个地区的社会结构就会解体,混乱和人道主义灾难就会不可避免地发生。

如果一个地区的人民安居乐业,也不意味着这个地区就是稳定的,从来就没有绝对的稳定。

找到这一地区某类群体的心理创伤,尽管这可能只是一个火星,但是也可以将它触发成一个火山。

这就是海神计划E小组的工作。

海森伯格,注意到日本秋叶原的少年持刀突然杀人事件,海森伯格并没有太关注这个少年当时的具体心理是如何,他关注的是,社会某些人群的跟随心理。

流行是由于追随而形成潮流,犯罪也会一样。

在某种犯罪的新模式出现后,只要经过新闻媒体的炒作,媒体的广告作用就会显现出来。

在硫酸毁容案发生后,经过新闻媒体的广泛报道,往往都会发生同类的案件,从无例外。

日本秋叶原的少年持刀杀人案,也将不断有新的翻版出现。

对,让中国也会出现类似秋叶原的少年持刀杀人案。

海森伯格不关心在哪里或是由谁来做，只要巧妙将秋叶原的少年持刀杀人案的细节，通过频繁的报道，海森伯格相信仇恨也会在中国散播。

在海森伯格看来，中国大量的大众媒体是不会有太大的想象力的，他们将把这个心理暗示给某个心理缺陷的人，他(她)会成为海神计划最廉价的杀手。

哈哈，这才叫杀人不见血。

海森伯格已将四川震区想象成一个在爆炸的火药桶。

令海森伯格失望的是，预料中的四川震区的大混乱没有出现，那里没有出现当年像雷奈热带风暴袭击美国新葡罗州的人间灾难。

当年美国那次风暴过后，当国民警卫队 72 小时后到达新葡罗州时，比灾难更可怕的是，不少当地人已从善良的人成为禽兽：抢劫、杀人、打砸、强奸……连国民警卫队救灾时都不敢放下枪械。

可是中国军队居然没有携带枪械进入灾区救险。

更无法理解的是，原本散乱的人心，好像在强大的磁极影响下，凝聚在一起。

中国人，突然凝聚成为一块巨大的钢板，以一种难以置信的毅力与大自然抗争……

海森伯格想起他的叔父，一位曾经参加过朝鲜战争上甘岭战役的老兵的话：

“中国人在上甘岭，突然凝聚成一块巨大的钢板，我们永远无法逾越的钢板，没有经历过的人永远无法理解，那是我们的伤心岭，我们的血岭。”

共和国的领导人冒着生命危险，在第一时间，出现在最需要帮助的人民面前，这本身就是一种最强大的心理抚慰：共和国没有忘记他们，整个国家，整个民族和你们站在一起。

今夜，中国人都是四川人。

海森伯格见识过很多人性的恶，让人成为恶魔；也见识过人性的善，让人短暂地成为天使。

他唯独没有见过，人性的光辉如此灿烂，让许许多多的普通人几乎都在同时变成天使。

天使还在人间。

善恶本在一念之间。

海森伯格收到了一封电子邮件，关于冯钢和王红艳的性爱视频片段和行动请示报告。

海森伯格对性爱视频不感兴趣，他高兴的是手里多了一张王牌。

他知道，有性爱视频在手，王红艳将不得不屈服。

王红艳手里有他们更需要的。

如何使用这张王牌呢？

王红艳太重要了，海森伯格要亲自出马。

有了王红艳手里的材料，骷髅会就可能拥有对付中国人的撒手锏。

那将是一种对付中国人的终极武器。

海森伯格将飞往上海。

女狼卡罗琳公主已经知道，金星国际已不可能加盟他们的队伍，她只犹豫了片刻，便作出决定。

不是盟友或伙伴就是敌人。

指挥冯钢在捐献物品中搞破坏就是对金星国际的警告。

可惜冯钢没敢将捐献物品换成有毒有害的药物，不然……

女狼卡罗琳公主森然冷笑：不然这一次就要你金星国际的小命。

所以冯钢必须强奸王红艳，加盟财狼的队伍不能有妇人之仁。

女狼卡罗琳公主也要马上飞往上海，她需要得到她的新武器。

种种迹象表明，中国方面并不像毫无防备，似乎也有了某种准备。

女狼卡罗琳公主也必须争分夺秒。

2008年5月13日5点58分。

天色蒙蒙亮时，王天宇就独自上路了。

昨晚寒夜，更让他担心失去联系的赵玉文。

又是国道大塌方，王天宇跟随着灾区群众翻过第一段坍塌处，突然脚下一阵震动……

"满天都是灰和沙，我当时眼睛都睁不开了，蒙着头就往前冲。"

王天宇事后回忆，他当即便听见前面的解放军战士以及后面的人都大声朝他喊：

"快跑，快跑，上面掉石头了。"

紧接着，大片大片的泥土扑了下来，随后就听见石头滚落声。

他跑了没几步便踩上了一块正往下滚的石头，脚下一空，人就往外倒了下去，重重地摔了个大跟头。

现场所有的人见状都惊呼成一片。

刚起身站稳的王天宇，又被一个解放军战士推向一侧，两人再次跌倒，几乎就在跌倒的同时，几块巨石擦身而过，一些碎石砸在他们身上。

战士的左臂血流成河，王天宇的左腿也骨折了。

"我当时脑袋一片空白。"王天宇在返回的途中说，"我本能地撑地站起，也不管有没有石块继续砸下来，再度往前猛冲。此时，一名解放军战士跳到了我跟前，一把拉住我往右推。就在我被推出坍塌范围时，大石头滚过了第一次摔跤的地方。"

"幸好解放军动作快，不然保不住命。当时我的两个朋友也吓得不行了。"

因为受了伤，王天宇返回了驻地。

还在返回驻地的途中，他拨通了卫星电话：

"情况太严重了，最缺的就是水和药品，公司尽快想尽办法多搞点食品来，尤其是婴儿奶粉，不少婴儿没有了母亲。"

他想起他自己的女儿，那些和她女儿一样的婴儿，他的眼眶湿润了。

天开始亮了，就在王天宇返回了驻地时，更多的解放军战士正在向震区挺进。

为了震区的生命，他们也在争分夺秒。

营长张浩带着战士日夜兼程，在距目的地还有8公里的地方，部队停了下来。前面的路断了。他们扔下车辆，绕道铁路桥，徒步前进。

地震让铁路桥铁轨与基石彻底脱开，落差将近1米，桥面与下面的石亭江面有70米。走过这段惊险的铁路桥，他们又经过两公里的山体滑坡地带。

营长张浩突然听到对面山上有打雷一样的滚石声，比帐篷还大的石头占据了道路。

旁边停着两辆帕萨特、一辆货车，全被被砸坏了。

没有路了，天空开始下雨，岷江两岸的山石连续不断地向下滚落，江面波涛汹涌，杂物漂浮。

用冲锋舟开辟一条水路！

冲锋舟一边躲避着山石，一会儿还要清理螺旋桨上的杂物。

由于前方河体狭窄，水流湍急，2008 年 5 月 13 日 16 点 10 分，冲锋舟在距离震中约四公里处的铝厂靠岸。

此时走的路，变成世上最难走的路：

路面被地震高高拱起，上面堆满了从山上飞落的巨大石块，石块中间灌满了厚厚的泥浆。左侧是高不见顶的山峰，右侧是深不可测的岷江。

余震不断，山上不时有石块落下。

一些道路甚至全部陷入岷江。

营长张浩带着战士踩着暴雨冲刷过的山体，脚下沙石松散、泥泞滑腻。

原本半个小时的路程，花了四个多小时才艰难走过。

营长张浩终生都将铭记眼前的一切：

进入这里的山路高架桥坍塌断裂，一个原本秀丽的城区几乎夷为平地，几幢破损的房屋在暴雨强风中摇摇欲坠。

在倒塌的楼房废墟上，惊慌失措的灾民们哭喊着找寻着自己的亲人……

张浩发现，他们带去的医疗队和背上去的药品器械发挥了重要作用。

他们立即投入转运伤员的任务。

当时整个操场都是伤员，战士们脱下雨衣，盖在伤员身上。

伤员平躺在担架上，前面两个人，中间两个人固定伤员，后面两个人。

担架用完，就用三合板当担架。

暴雨增加了抬担架的难度，最难走的还是铁路桥和那个滑坡地段。

抬一个伤员出来，来回 16 公里。

营长张浩计算一下，那天每组平均都跑了 3 趟，一共运出 70 名伤员。

而他的兵还没有吃过饭。

“早饭没吃，中午饭没吃，我们边抬伤员跑，老百姓边往我们身上塞豆腐干。”

大家的体力都透支了，可是他们要挺住。

他们是老百姓的主心骨。

他们是人民子弟兵。

第二十四章　新的一天

新的一天刚开始……

2008 年 5 月 13 日上午。

全国人民都沉浸在焦虑和悲痛中关注着四川震区。

各路救援队伍源源不断地向四川进发。

外地志愿者以飞机、火车、汽车甚至是农用车等交通方式奔向灾区。

上海各慈善机构迎来了一早排队捐献的人流。

因金星国际常务董事，上市公司丽花实业董事长赵玉文下落不明，丽花实业发布公告，宣布紧急停牌。

金星国际董事局主席高兴君在飞往四川成都路上……

金星国际常务董事兼执行总裁刘伟昌的秘密指令已开始实施……

金星国际常务董事，上市公司金辉生物药业董事长万伟峰就金星国际向震区捐赠 1000 万元款物，准备接受多家媒体的采访……

金星国际常务董事，金星国际常务董事，上市公司万国地产董事长范德生在赶往杭州开会的路上……

龙源地产董事长陈振元取消外出开会的计划，正在准备迎接海圣系掌门人章为红的到来……

海圣系掌门人章为红中途接到电话后改变行程，前往新的目的地……

TEMA 控股董事局主席巴南丹那，在神州 50 指数期货秘密设置看空仓位的指令在执行中……

日本 RH 银行的 CEO 佐佐木在得知日本内阁将向中国提供援助的消息后，一气之下临时决定休假，避开最近经常不请自来的金融界朋友们……

女狼卡罗琳已通过多种渠道将 TEMA 控股做空神州 50 指数期的消息散发出去……

圣马丁基金会的中国区首席代表马丁·费南德，今天意外地以蛋塔曼池独立董事的身份，参加一次可能代表蛋塔曼池中国区未来命运的谈判……

韩国人金完宣在中国种地……

王红艳(艳红)瘫软在婆婆的病床前,婆婆在凌晨已经去世了,赵青陪着她办完了婆婆在医院的死亡出院手续……

赵青由于是业务骨干,还接受过全科医生的培训,她将作为医疗救援队被派往震区。

……

在赶往震区的机场上,还有一支解放军准备乘坐临时征用的民航班机。

机场上战士们充满朝气而又显得稚嫩的面容上写着坚毅和期待。

其中一位战士代表全连战士写下了请战书:

80后,我们已经长大。

我们生长在和平的年代,沐浴着改革开放的春风,在幸福的田野里成长,没有遭遇过狂风暴雨,没有历经过荆棘坎坷。

也许因为我们肩膀还很稚嫩,因此有人曾怀疑我们能否挑起共和国接班人的重担。

然而,2008年,这个让人痛心不断的多灾之年里,我们的身影将遍布在每一个冲锋陷阵的危难时刻。

一瞬间,我们长大了。

汶川大地震,国之大殇,山河断裂,人民流泪。

祖国母亲在呼唤我们:去挑起抗震救灾的重担!

在抗震救灾这次大战役中,我们将用写满忠诚的答卷,向世人高声地呼喊:我们的肩膀硬了,我们的脊梁坚挺了。

没有任何困难可以压倒我们,没有任何困难可以阻挡我们争取胜利的步伐,也没有任何困难能够浇灭我们火热的爱国之心。

为了那一句庄重的誓言,为了身上背负的责任,为了挽救更多的生命。

哪里最危险,哪里有生命的奇迹,我们就将冲进哪里,我们将争分夺秒,夜以继日,义无反顾,舍生忘死。

这一刻,我们将忘记了年轻,忘记了自己的生命,只是为了救人。

因为我们骨子里写着:一切为了人民。

当我们的同龄人还在校园里享受平静的校园生活的时候,我们走进了军营,成为一名军营男子汉。

我们穿着略显宽大的军装,虽然有些俏皮,但是在军队的熔炉里,曾经还很稚嫩的面容已经被锤炼得无比刚毅。

无论是年初的大雪灾还是眼前的大地震,面对灾难面对召唤,我们从不会退缩。

就是双手磨出了血泡,双脚早已麻木,血流了、汗流了、累了、困了,身后的废墟随时都会倒塌,我们也将全然不顾,只要废墟下面还有生命在跳动。

在艰难困苦降临我们身边的时候,我们将迎难而上,排除万难,因为我们扛得住。

在人民需要我们的时候,我们责无旁贷、奋不顾身,因为我们是人民的脊梁。

如果有人还怀疑我们的能力,为我们年轻而备感不放心,那就请你翻开2008年的履历,在这里面你可以看到我们80后的坚强和可靠。

不负人民重托是我们庄严的承诺,为了国家和民族敢于牺牲是我们的誓言。

80后，我们已经长大了。

因抗震救灾需要，高兴君原定的航班被临时取消，望着远处停机坪上解放军的身影，他有些感触：

是不是捐得少了些，虽然1000万对大多数人来说是个大数，可是对于解放军的无私无畏来说，都微不足道了。

他们中可能会有人将自己的青春留在那片废墟下，他们中更可能会有人因伤残而走上人生的坎坷之路。

钱是王八蛋，花了还能挣。

可是生命呢，健康呢？我会用我的生命和健康，去换取陌生人的生命和健康吗？

他想起了赵玉文，这个他生命中最重要的女人。

"为了她，我会！"

高兴君接到了刘伟昌的电话，知道了冯钢的事情，于是立即又和捐献机构做了沟通。

高兴君又交代刘伟昌：

"除了补足300万，我们再追加一些捐助，你看好吗？对了，记者招待会取消，我们不作秀，让媒体多关心救灾的解放军官兵。"

高兴君一边静静地等待航班恢复，一边陷入了回忆。

每次回忆起他们相识的那一刻，他都觉得是那样的清晰，好像就发生在昨天：

在1988年，由圣马丁基金会全程赞助的第5届世界大学生辩论赛将在狮城决赛，东兴大学从近万名在校学生中层层选拔出5名佼佼者：

哲学系的高兴君；

政治系的刘伟昌；

生物系的万伟峰；

物理系的范德生；

经济系的赵玉文(女)。

和其他大学队一样，他们除了正常的学习，还系统地进行了高强度的英语口语培训，再经过华东片区赛、全国赛、亚洲区赛数轮角逐，东兴大学队胜出。

在美丽的狮城，来自世界各地的16支参赛队开始了最后的厮杀，这次辩论的是"东方文明和西方文明之优劣"。

东兴大学队依然再次胜出，赢得了第5届世界大学生辩论赛冠军。

巴黎大学队赢得了亚军，来自巴黎大学队的马丁·费南德，也是在那时认识了他们，并从此成为了他们共同的生意伙伴和朋友。

赛后，在知名的淘乐沙海滩，来自世界各地的大学生队选手举行了盛大的狂欢。

就是在那一刻，高兴君和赵玉文双双坠入爱河。

他们五人的友谊就是在那时建立的。

也正是那一段难忘的经历，让他们五人走到了一起，用他们的心血，从一无所有的穷小子起步，打造起他们的商业王朝，谱写了另一段传奇。

在20年前，他们五个站在狮城国际大学生辩论赛的领奖台上，听着雄壮的国歌时，他们就有个共同的信念，宏伟的梦想：

为了捍卫那国旗上的五个金星的利益而生存。

如今金星国际是他们的梦想，是他们的传奇。

金星国际就是为了捍卫那国旗上的五个金星的利益而生存。

昨晚一夜未眠的高兴君都在自责：

从何时起，自己慢慢地开始放弃自己的信念，让他最心爱、最关心的女人离他而去。

当他昨天下意识地宣布无条件终止讨论与罗兰基金的参股控股案时，他感到一种轻松。

他也几乎在同时感到，他与他的其他三个同伴的心突然又连通起来，他们又成为了一个没有裂痕无坚不摧的整体。

……

“飞往成都双流机场的××航班……”

机场的广播打断了高兴君的回忆。

一向坐惯公务舱的高兴君，经过努力总算搞到一张经济舱的机票。

在飞往成都的方向，目前巨富的影响力现在已大大缩水，他已不在优先级的名单上。

他没有感觉异样，反而有种放松的感觉。

当他踏进机舱，他的周围都是前往成都的医疗队员。

在他的身边坐着的正是满脸倦容的赵青。

赵青虽然觉得身边的乘客有些眼熟，但是倦意席卷了她，她在24小时里已说过太多的话，见过太多的病人，还是决定多睡一会儿。

高兴君既意外又高兴，意外的是经常在媒体面前出现的他，没有给认出。

高兴的是，一路旅程可以不被打扰了。

一夜未眠的高兴君，也感到倦意袭来，他也很快进入了梦乡。

可是这注定是不平常的一天。

新的一天刚开始……

第二十五章 东山再起

一切都在掌握之中

2008年5月13日8点。

由于前天晚上刘伟昌和章为红的一个电话，安金基金管理有限公司高层紧急大换血。

早上8点，安金基金管理有限公司就有一次特别的中高层紧急会议，会上三位空降兵被委以重任。

安金基金管理有限公司成立于2003年，目前公司旗下管理着安金平衡、安金货币、安金股票、安金优化债券、安金价值增长等5只开放式基金，公司管理的资产总规模超过750亿元。

这是一家有着多项荣誉的基金管理有限公司，分别获得“2007年度开放式股票型金牛基金”、“2007年度十大明星基金公司”、“2007年中国基金管理公司最快成长奖”、“2006年中国开放式配置型基金最佳表现奖”、“2006年十大钻石基金”、“中国基金业金牛奖2005年度新秀奖”、“2004年中国基金新秀奖”等多项奖项。

然而作为投资大众，很少有人知道这家成立仅四年多的基金公司，已经更换了三位总经理，累计五任主管投资的负责人发生离职变动。

三次换帅、四度换将，人事变动十分频繁，高层更替犹如走马灯。

在今天安金基金管理有限公司又在经历一场高层人事变动。

根据董事会的最新提名及聘请，三位空降兵高管分别被任命为安金平衡、安金股票、安金价值增长等3只开放式基金的基金经理，在证监部门未核准前，暂时作为原基金经理的助手，配合工作。

虽然近年来基金管理有限公司高层更替犹如走马灯，但基金公司的员工内部并没有出现大的波动。

在这天的晨会上，安金平衡、安金股票、安金价值增长等三名基金经理很配合地将基金的操作权提前交给了三位新人。

因为他们知道就在数天前，基金公司的董事会已发生了改组，基金公司老板换了。

安金基金管理有限公司在 2003 年成立时注册资本为 1 亿元，公司原由三家股东发起，股东及持股比例为：

中国天元有限公司：40%；

海州雅安投资有限公司：40%；

万国地产股份有限公司：20%。

由于股权结构的原因，董事会时而由天元、万国方董事主导大局；时而由雅安、万国方董事控制局面；时而由天元、雅安方董事联手压制万国。为此安金基金管理有限公司高层的人事变动更替犹如走马灯。

在过去几年里，有着央企背景的天元有限公司因为国储铜事件、海南橡胶事件等间接影响，在国资委的要求下，已准备退出非主营业务的金融业务，所以对安金基金管理有限公司的管理也放松了控制。

天元有限公司与马丁基金的股权转让谈判已基本完成，由于圣马丁基金会悠久的基金管理史、良好社会形象以及长期在国内政商界的人脉积累，这项股权转让，是没有任何悬念的。

实际上，马丁基金只等走完法律程序和相关监管层的批准即可，所以今天换下的基金经理其实就是马丁基金提前安排的人选。

这次基金换将和以往不同，没有出现来自董事会的不同声音。

自然，安金基金管理有限公司管理的资产总规模超过 750 亿元基金的控制权，也实际控制在三位新人手里。

说起三位新人，其实都是“老人”，在业界都是知名的操盘手，都是有故事的人。

其中一位是曾在国内闻名一时的龙德系操盘手，一位是近年有色金属牛股的操盘手，最后一位是在 1995 年 327 国债期货期间风云一时的操盘手。

他们都是在午夜被不同的电话唤醒，被告知在今天重新东山再起的。

他们都将为新的主人去厮杀。

他们知道他们的新生活不是基金管理有限公司给予的，他们是基金公司背后的实际控制人给予的。

基金公司背后的实际控制人，他们才是这个金融世界的主人公，而操盘手只是主人公的牵线木偶。

这一系列人事变动，几乎第一时间就让圣马丁基金会的马丁·费南德知晓。

可是由于法律程序没有全部完成，即将入股的圣马丁基金会还无法直接出面干预，但是他敏锐地感觉到，证券市场的某一角落将有一场大战。

万国地产股份有限公司持有 20% 股份的事实让他有点怀疑这是金星国际的动作，因为金星国际是万国地产股份有限公司的控股方，但是刘伟昌昨天的态度又让他犯疑。

不过，他还是很佩服刘伟昌的果断处置。

静观其变，也许是马丁基金目前最好的选择。

马丁·费南德是看着金星国际成长的，圣马丁基金会多次想利用金星国际成长的危机，以“友谊之手”试图控股它，都功败垂成。

不过"友谊之手"还是从金星国际搞到了不少好处,金星国际也曾经配合"友谊之手"捞取了不少利益。

安金基金管理有限公司中天元有限公司与圣马丁基金会的股权转让,就是金星国际从中斡旋的,当然,万国地产在安金基金管理有限公司的董事会将增加一名执行董事。

在这个时候听到基金管理有限公司人事变动,马丁·费南德想到与海天豪将要举行的谈判,有些忐忑不安,心里有种不祥的预感。

在9点,三位操盘手分别得到了三个不同的指令。

"买进沪市××股票"

"买进深市××股票"

"买进沪市××股票"

这是三个从行业上看毫无关联的股票,但是操盘手看到这股票名称都想起"海圣系",它们都是"海圣系"的重仓股。

操盘手的内心像在黑夜中突然被闪电照亮:海圣系也将东山再起,在海圣系东山再起后,他们的声名也将再次名震江湖。

海圣系的新掌门人章为红并不意外,在昨晚的豪华酒会上,她与刘伟昌在电话中就基金管理有限公司新人事安排达成了协议。

尽管海圣系早就利用"国退民进"的大好机会,暗地控股了海州雅安投资有限公司,从而间接实现了相对控股安金基金管理有限公司,但是在没有绝对控股的情况下,海圣系的意图无法得到体现,一直是很头痛的事。

豪华酒会上章为红与刘伟昌有过一次电话,刘伟昌更换基金经理的想法,得到了她的热烈响应,而且三位新人选都是由章为红来决定,这简直就是雪中送炭。

她也知道,天下没有免费的大餐,在新的一天,刘伟昌一定有新的索取。

在三位操盘手中,有一位是龙源地产陈振元的老部下,推荐他进入安金基金管理有限公司,早在钟伟东生前,陈振元就多次提过,这次终于如愿以偿。

当然,陈振元几乎也在同时,提前得知安金基金的操作。

陈振元心花怒放,难熬的日子就要过去了。

他要求下面也要准备在这次炒作中抄底。

陈振元得知章为红临时改变行程,取消和他的会面时,他并没有丝毫不满。

章为红在安金基金的实际动作是比任何言语都来得实在的。

2008年5月13日9点30分。

大地震的利空因素在沪深股市开盘后就显现出来,大盘分别低开2.36%和2.17%,但是大盘没有再剧烈下跌。

"买进沪市××股票"

"买进深市××股票"

"买进沪市××股票"

在一片绿油油的股价中,沪市××股票,深市××股票,沪市××股票是难得的火红。

有心的散户开始跟进。

突然三只股票出现了近期少有的大买单，股价开始火箭发射……

1.7%，2.3%，3.2%，5.3%……

黑车司机老赵一狠心将亏损已达70%的中国石油全部砍仓，在快涨停板时全部买进了深市××股票。

在大部分散户目瞪口呆时，三只股票先后被巨量买单封死在涨停板。

陈振元的后备资金也全部押了上去，连山明工业园区建设将要支付的4000万基建款也被他暂时挪用了。

他的理智在此刻化为乌有。

等他的资金在片刻间成为股票后，陈振元突然觉得背后有股冷汗冒出。

他问自己，是不是太冒险了？但是想到自己强大的盟友，看着巨量买单封死在涨停板，他的顾虑消除了。

马丁·费南德觉得自己临时修订的操作计划是对的，静观其变，不会损失啥，贸然出击还不到火候。

马丁家族从来不会冒险，冒险其实就是没有把握。

没有把握，不如制造有把握的机会，制造对手的错误，一个已有数百年历史的家族是懂得等待的。

为了与海天豪的谈判，马丁·费南德已付出了6年时间，但是他知道，一旦成功，这种等待是值得的。

这是一次金额不算大的谈判，但是有时价值不是由金额决定的。

在1989年，一张不足12万的小报，都能成为一场政治风波的导火索，差点引发一场成功的颜色革命，那么，蛋塔曼池公司目前上百万的忠实读者群，在与海天豪的谈判后，那张小报就将显得很有价值。

它的价值不是可以随便衡量的，而是无价的，那是改变和肢解一个国家的价值。

等刘伟昌来到高尔夫球场时，章为红在练习场已打了近30个球，有些香汗泌出在额头。

一夜风流的刘伟昌，显然不想再耗费体力下场打球，于是换上高尔夫服，拿着球杆，假模假样地坐在章为红后面的长椅上，看章为红发球。

早上的高尔夫练习场人很稀少，一般都是闲人才会在这时来，达官显贵们也不会到这家普通的高尔夫练习场来，没有人认出他们，在外人看来他们更像是帅哥泡美女的普通男女。

章为红看到刘伟昌到来，并没有停止打球，在她的记忆里从来都是别人等她，刘伟昌的迟到有些不可原谅，但是她还是很有礼貌地说：

"刘总，等我一会儿，刚打上瘾，我把这几个球打完。"

刘伟昌只得回答："没关系，看美女打球也是一种享受啊。"

刘伟昌内心是暗暗苦笑，女人不要轻易得罪，尤其是漂亮而又富有的老美女。

刘伟昌给自己要了冰咖啡，为章为红要了健怡可乐。

等饮料端来，刘伟昌向章为红打招呼："章总，要不要休息一下，这里有冰可乐。"

健怡可乐。章为红心想，刘伟昌也算是个有心人，知道自己为了控制体重，平时一般只喝健怡可乐。

章为红坐到章为红的对面，一语双关地说：

“谢谢刘总的见面礼啊，要我章为红如何还礼呢？”

“哈哈，等我以后想喝饮料的时候，有一杯冰咖啡就很不错了。”

刘伟昌与章为红相视而笑，前面的不快烟消云散，他们都知道正式的谈判要开始了。

“刘总，想从海圣系得到哪些？”章为红不再拖泥带水。

“我们需要你们持有的安金基金 40%的股权！”

章为红心想，果然没有免费的大餐。

英雄救美的故事在金融界永远是个梦幻，更何况她已是老牌美女。

“还有其他要求吗？”章为红希望能先知道刘伟昌的所有想法，再作下一步打算。

“我们还要海圣系持有的所有涉及龙源地产的股权或权益。”

“为了表示我们的诚意，我们将以你方当时出资的 1.3 倍溢价收购，这是一个合理的价格；同时在安金基金公司的股权转让没有得到监管机构批准前，安金基金公司的现有高管任命及管理暂不再变动……”

听完刘伟昌的所有想法，章为红在心里盘算了一番。

刘伟昌的要求不算太苛刻，海圣系持有的所有涉及龙源地产的股权或权益，对于章为红本身就是鸡肋。

她熟悉陈振元，但对房地产不熟悉，将很大一块资产配置在房地产，她有种强烈的不安全感，女人对于不熟悉的人总是有不安全感的。

作为海圣系的新掌门，她目前要做的是守成，不是拓疆，何况海圣系的危机没有结束。

至于安金基金公司的股权，章为红不愿放手。

金融是海圣系最为核心的领域，钟伟东和章为红也最熟悉这一领域。

安金基金公司的股权是他们资本运作的防护垫，只要他们还在金融圈混迹，安金基金公司的股权就是他们难以割舍的核心资产。

章为红对安金基金公司的股权死不松口，这让刘伟昌颇为头痛，他和章为红一样都知道基金管理公司的价值：注册资金一个亿的公司，管理着 750 亿的资产，这是资本运作最好的撬杆。

1:750！此外，每年还有旱涝保收的数额不小的基金管理费，是各方都希望得到的优质资产。

刘伟昌无奈地提出新建议。

章为红最后还是答应了修改后的条件。

天已开始热了起来，刘伟昌和章为红都无心再在室外久留，双方匆匆而别。

具体的细节由各自公司法律部门来落实。

此刻的吴莹正在快速落实 20 名实习生的实习工作。

一切都在掌握之中。

第二十六章 楼市会重创吗？

楼市会重创吗？

2008 年 5 月 13 日晨。

金星国际常务董事，上市公司万国地产董事长范德生一早就乘车赶往杭州，参加由万国地产作为主赞助商之一的房地产峰会。

是范德生坚持邀请郎仙参加房地产峰会，他一直觉得为了房地产更好地发展，需要各个方面的意见和建议。

晚上睡得不够，在车上范德生闭目养神，不过脑子里安静不下来。

在昨天晚上他那城市西南郊别墅里，范德生和家人一起看了回电视，折回自己的书房，他就一直在思考。

和普通人不同，范德生最喜欢看的是中央电视台的《新闻联播》，在他看来，这是个充满商机的节目。只要有时间他总会看，就是错过时间，他也会到中央电视台的网站去看它的视频。

对于妻子和家人喜欢的影视剧，他是没有太大兴趣的。

他总觉得看着演员惺惺作态的表演，像是在演夸张的喜剧，他的评价老是让看得十分投入常常泪流满面的妻子气愤不已，骂他没有心肝。

而他对足球的狂热喜爱，也让妻子觉得他像疯子一样不可思议。

慢慢习惯了，大家求同存异，相安无事。

范德生回到书房，脑海里还在回想总理飞往四川震区的画面，虽然一时说不出确切的感受，总觉得有种感动触动了他内心还柔弱的一处。

老人家也真不容易，抱孙子的年纪了，还这样辛苦！

在他最早的记忆里，还留着这个老人在 1989 年到天安门广场，劝说广大学生离开的印象，他还是那样的平和儒雅，只是岁月的沧桑给他增添了几丝白发。

他正是在那一天离开天安门广场的，也正是那段经历让他走上了一段不同的人生路，也许这就是人生的分岔路。

那是经历过的人们的一段无法回避而又不愿过多回忆的往事。

如果没有那一段难忘的经历，也许作为昔日大学生梦之队的一员，他已是威风八面的地方大员，成为共和国的政治新星了。

很多次他问自己，当时的做法值得吗？他没有标准答案。

人生哪来标准答案？

他只是知道，在那时，他的血还是热的，如果回到当年，他可能还是做同样的选择，但会更理智一些，更策略一些。

为了那一段难忘的经历，他付出了昂贵的代价，他连累了梦之队的其他成员。

但也正是那一段难忘的经历，让他们五人肝胆相照走到了一起，用他们的心血和智慧，从一无所有的穷小子起步，打造起他们的商业王朝，谱写了另一段传奇。

这是他们的中国梦。

他们也实现了中国梦。

当初那是多好的一段日子啊。一切是那样纯净美好。范德生感叹着。

昨天的四川汶川大地震，中断了金星国际的董事会。

在这场大地震到来后，很多事情已发生不可逆转的变化。

大地震的灾难惨状让范德生吃惊，但是大地震阻止了董事会决定让罗兰基金参股的投票。

这让他松了一口气。

他一直苦恼自己在这件事上的抉择，他知道赵玉文实际是投弃权票的。

谁也不知道，而他是准备投反对票的。

等高兴君宣布无限期终止讨论罗兰基金参股时，他知道高兴君又成为了他们心目中了不起的大哥。

当高兴君没有和大家商量就宣布集团捐献1000万时，范德生没有任何异议，反而觉得一种轻松愉悦的感觉，原来我们还是可以做些贡献的。

其实1000万也不是小数，金星国际的扩张发展需要大量的资金，不然的话，也不会考虑吸收罗兰基金参股事宜。

但是范德生从内心骨子里也不愿成为外资的雇佣兵团，哪怕是天价。

这几年来，范德生负责的金星国际地产业务板块万国地产发展十分迅速，利润已接近整个集团的半壁江山，可是范德生不明白，为何内心的快乐反而越来越少。

在这场人地震到来后，范德生的心情更是变得极其沉重。

看来汶川大地震，是新中国成立以来破坏性最强、波及范围最广、救灾难度最大的一次地震。

从赵玉文突然失去联系，至今生死未卜来看，也可以轻易地推算出损失和破坏程度的严重。

范德生回到办公室后，立即开始指令万国地产下属的万家企划，全面收集评估地震对后期房地产开发的全方位影响。

其实，最近这段时间也是范德生最烦恼的一段时间。

在海外上市的公司股价已回落到峰值的40%，公司于2007年年初在中原某省城竞拍的1200亩土地现在成了最痛苦的难题。

尽管这是联合欧洲的某家私募基金的共同行动，但是这家私募基金在美国次贷危机中也受到了打击，从2007年9月就开始试图通过谈判，希望将在这块土地的相关权益折价转让给万国地产。

毕竟凭着万国地产多年的开发经验和万家企划多年的企划及销售经验，它在房地产的战斗力，可以让它有更多的成长机会。

本来，合作伙伴的麻烦，对金星国际倒是一个机会，一个借机撕咬合作伙伴的机会，但是这场大地震到来后，1200 亩土地也已发生不可逆转的变化。

现在不是要吃独食的时候，是要让合作伙伴一起来抵御风险的时候。

万家企划的刘明仁，根据前些日子东华地产论坛的主流意见，并综合策划信息中心的意见，向集团提交了一份报告，让他心情很不爽。

这份报告分明是在为他在论坛的发言提供足够的论据。

这个马屁精，这里可不是官僚机构，以为文理通顺，论调迎合上位者就可以混日子。

范德生在看完这份报告后 10 分钟内，就撤了刘明仁的总经理职务，让他去一个楼盘销售处当营销总管。

这个楼盘最近三个月一直滞销，看看他如何再高调！

万国地产在业界的地位不是靠高调得到的，是靠十多年的努力耕耘赢得的。

可惜刘明仁还以为在机关里当处长，不是看在以前他对万国地产的关照，范德生早就无法忍受他了。

地震后，楼市会重创吗？

范德生必须在拿到新的全面报告前，自己对大势才能有所把握。

所以范德生没有过多关心今天安金基金公司的高层人事变动。

兵熊熊一个，将熊熊一窝。范德生可不想当将熊。

范德生思索道，地震对房价肯定会产生影响，而且，可能会产生比较大的影响。

地震使得公众对住房质量提出更高的要求。

这意味着，现在市场中庞大的无法满足消费者安全需求的存量住房，将被释放出来，导致市场中住房供应量的突然放大。

同时，地震也将对人们的购房理念、保值理念产生颠覆性影响。地震将促使房价下跌。

初步判断有了。

当然这次地震的川北地区基本上属于农村地区，受灾民众多数不属于商品房有效消费群体，表面上看地震对房地产总体市场没有太大的影响，但是地震对大众将有非常持久的心理影响，这将不仅会抑制人们的购房需求，还会在短期内把存量住房推向市场，从而，使房价步入下跌轨道。

此外，今后在买房的时候，他们首先就要考虑防震问题，将对住房质量提出更高的要求。

尽管万国地产的房屋质量很好，但是因为大众对房产商的质疑，从来没有给房产商正面的评价。

唉，真是悲哀，范德生暗叹。

我要站在消费者的角度来思考一下。

范德生告诉自己。

我买房主要有啥目的呢？

购房主要有三种考虑：

一是自住，衣食住行，住是生活的基本需要；

二是投资，即买房出租，对，当房东也是一种投资手段，商铺就比较典型；

三是投机，即低价买高价卖赚取差价。

这是小部分无法像我们开发商那样的跟风资金，我们开发商为了卖楼的需要，自然要将价格逐步推高，投机资金也有差价赚。

地震发生后，三种买房需求都将受到打击。

在商言商，没有银行愿意承担地震风险，本来就是不可抗力，除非国家愿意买单。

这样，买房的要掂量自己的风险，房没了，欠银行的贷款一分不少，换我想想都怕。

租房现在相对便宜，从租售比来看，租房比买房划算。

万一房价还涨呢？看来找到关键了。

每回说房价要跌，房价停下几天，没多久又开涨了。老百姓都给弄迷糊了。

看来以后让媒体去喊房价要跌了，小骂大帮忙。

“历史将证明房价永远都是只涨不跌的”，这个说法，很深入老百姓。

其实正确的答案是“历史证明，在和平年代，房价永远都是和通货膨胀同步增长的”。

哈哈，有多少老百姓懂这个啊？

2000 年房价走低，通货紧缩就是重要原因。

当时黄金 200 美元 / 盎司左右，现在 920 美元 / 盎司左右；

当时上海房价在 4000 元 / 平方米左右的，现在 20000 元 / 平方米左右；

钱是多了，但是你能卖了不住么？

不多想了，万国地产在这次已悄然开始的房地产大调整中，该如何应对呢？

其实，范德生对目前的房地产发展模式已在深刻反思。

范德生已明显感到政策开始变冷，房地产发展的环境正在发生剧烈的变化。

虽然大众还没有感觉到，但是房价的冰山确实已在融化中。

万国地产未来的出路在哪里？

也许这次房地产峰会可以集思广益。

范德生靠在后车座上冥思苦想。

车上的范德生原本想小睡片刻的，可是没想到更兴奋了。

睡不着了，范德生想起一份征求意见稿。

他索性拿出征求意见稿，认真看了起来。

作为政协委员，各级政府的一些重要措施出台以前，总会有些征求意见稿让大家集思广益。

不过范德生一般很少发表意见，事不关己，高高挂起。

但是眼前的这份关于税制调整改革的方案，引起了他的高度重视。

税制调整改革，说白了就是调整利益分配。

在普通百姓还觉得莫名其妙的时候，他闻到了特殊的味道。

1949 年以来，中国的财政体制经历了多次调整改革，先后实行了“统收统支”、“分灶吃饭”和“利改税”等体制。

分税制财政管理体制于 1994 年实施，是指根据事权与财权相结合原则，将税种统一划分为中央税（即国税）、地方税（即地税）和中央地方共享税。

目前，中央税主要包括关税、消费税、从央企征收的所得税等；地方税包括营业税（金融保险等部门的除外)、农业税等;中央与地方共享税包括:增值税、资源税、证券交易税、企业所得税、个人所得税等。

其中,增值税中央分享75%,地方分享25%;资源税按不同的资源品种划分,大部分资源税作为地方税,海洋石油资源税作为中央税;证券交易税中央与地方各分享50%;企业所得税中央和地方的分享比例为60%:40%。

分税制改革后,中央财政收入偏低状况得到明显改善,但许多地方也出现了县乡财政困难的问题。

据国务院农村税费改革工作小组办公室与国务院发展研究中心农村经济研究部"深化农村税费改革政策走向研究"课题组在《建设新农村背景下的农村改革》报告中提供的数字显示:

2002年,全国乡镇财政净债务1770亿元,乡镇财政平均净负债400万元,村平均净负债20万元。全国65%的乡村有负债,其中中西部不发达地区的负债面更大。

比如河南90%以上的乡镇都有负债,湖南全省2000多个乡镇中的负债率达到88.2%,湖北乡级负债面在95%以上,村级负债面也在90%以上,几乎是乡乡有债、村村欠钱。

范德生看得有点头痛,文章写得太难懂了,这官八股还是真不容易读懂。

范德生记得年初在一次会议上,和天北省财政厅监察处处长贾光明有过交谈,依稀想起当时贾光明分析:

"经济体制改革中'最难啃的硬骨头'财税体制改革,在今年呈现出加速迹象。"

"1994年的财政分税体制改革,有效地提高了中央财政进行转移支付的力量。

"但分税制改革也出现了各级政府财政权力和事权不对称问题。

"在中央把各省的一部分税收权力上收到中央的同时,各省也依葫芦画瓢地把地市政府的财政税上收。地市一级则把县乡财政税收上收到地市,其结果是,大大削弱了县乡一级的财政力量。基层政府越来越感觉到财政捉襟见肘。2003年以后,中央通过省直管县、乡财县管、转移支付等多种改革措施,使县乡财政有了明显缓解,但地方可用财力依然不是很多。"

"分税制调整大致有两种方案,一种方案是把增值税全部归中央,然后再对所得税等税种进行调整;另一种方案是把企业所得税全部归中央,增值税增加地方留成。"

范德生想,有时看文章,不如和有关人士交谈,"听君一席话,胜读十年书"还是有些道理的。

分税制其实说到底就是两种基本思路:一是中央少拿一点,地方多留一点;二是在保持中央和地方基本收支框架不变的情况下,中央通过增加财力性转移支付的方式来充实地方财力。

其他的都是为了这两个基本思路,学者们故意罗列的花架子。

范德生对花架子没有兴趣,他关心的是这项政策的出台,对万国地产的发展是不是有实质性的变化。在上次会议后,范德生就在思考这个问题了。

范德生定下心来,边看边在脑子里认真推算。

地方税包括营业税(金融保险等部门的除外)、农业税等。嗯,现在已取消了农业税,基层政府收入少了一块。

增值税中央分享75%,地方分享25%。嗯,这是某些地方为何老是出现增值税骗税案,而地方往往消极处理的原因。

证券交易税中央与地方各分享50%。嗯,难怪天津也要死要活地非要搞个OTC的股票市场,这玩意儿来钱快啊!

呵,也难怪说了好多年,上市公司的治理总是老样子,上市公司的交易量才是真家伙,真把有些上市公司的底子亮出来,谁还敢买这玩意儿啊。

企业所得税中央和地方的分享比例为60%:40%。

这玩意儿看得到,收得少啊,很多公司都有两本账,说白了,谁愿多缴税啊,有时因为避税余下的收入要多于几个月的利润呢。

嗯,现在看起来,地方政府的财政收入主要靠营业税、增值税25%分享部分、注册在当地的地方企业的所得税分享的40%。

哈哈,谜底出来了,很多地方搞的总部经济园区就是指望着从别处去挖来企业注册,原来是想挖来一个40%的企业所得税。

为何热衷卖地搞城市经营?因为卖地的收入进的主要是地方政府的钱包。

为何在地产热的时候,老是主动让房地产企业调整节余真实利润,原来是少缴给中央的60%。

所得税部分,房地产企业的多余资金在新一轮的土地交易中又回到了地方政府的钱包。

哈哈哈,难怪不少城市将房地产热叫做城市经营。

如果实行新的税制改革,导致基层政府收入增加,那就意味着基层政府对原有收入来源的重视程度会有所调整。

这是不是房地产企业发展的一个政策拐点呢?

看来最可能的是土地交易的收入调整,好像中央已开始要将地方的土地交易的收入主要纳入中央。

这样的话,地方政府的房地产开发冲动将减弱,对房地产商的特殊保护估计也会大大减少。

范德生的心中有丝悲凉:

看来房地产要过几年紧日子了。

财政体制改革非常复杂,也很敏感,其复杂性不在于技术本身,而在于让各个方面达到一致的认同是比较难的。

尽管由于各方利益的博弈,新的税制改革很难马上出台,但是万国地产已是地产航母,调头不容易啊,现在就要早作打算了。

范德生决定今天不上主席台,就坐在听众席上听听大家的意见。

第二十七章　峰会论战

5 月 13 日上午 9 点 30 分。

郎仙出现在杭州中国 TOP 房地产峰会的现场。

这次杭州中国 TOP 房地产峰会有电视录播。

引路的小姐告诉他，地产大佬朱坚强已经到了。

郎仙进门的时候，朱坚强正在一边坐着等化妆，郎仙目视着朱坚强，朱坚强却垂下了头。

他们是老对手，彼此之间都没有说话。

轮到朱坚强化妆，化妆师摆弄着他，像摆弄一个玩偶。

郎仙心想，对于这个以蔑视弱者为乐的强者，在地震灾难撕碎无数个家庭的情况下，甚至不敢公布自己是否奉献了爱心，是何原因与平常的高调判若两人？

郎仙突然心生恻隐之心。

朱坚强老了。

郎仙突然很可怜他。

化妆师然后是给郎仙简单地化妆。

这时，一个老教授过来，上海海大房地产经济研究中心的燕教授。

燕教授见朱坚强就说："朱总，现在网上不骂你了，过去有人骂你，我常替你说话。"谄媚的态度令郎仙反胃。

朱坚强说："他们骂我是没有道理的。"但他的话并没有底气。

很快，房地产峰会论坛的六位嘉宾到齐了。

原本安排了四位房地产界的代表，两位学术界的代表上场，但因金星国际常务董事、上市公司万国地产董事长范德生坚决谢绝充当嘉宾上场，主办方临时邀请上海海大房地产经济研究中心燕教授上场。

下面的听众可以看到主席台上的六位嘉宾：国内知名地产大佬潘常江、马大仑、朱坚强、《浦江楼市》主笔蔡江右、郎仙、燕教授。

这个阵容倒也旗鼓相当，三个做地产的 PK 三个评地产的。

郎仙除了三位房地产大佬，其他人事先都不认识，当时他就想到，自己恐怕又是孤军奋战了。

郎仙自以为是地认为在这个时代，既得利益集团占据着话语权的制高点。

郎仙感到这种 PK 显得很悲壮，他的斗志开始进入状态。

在论坛开始前，主持人分头与他们谈话，三位开发商先来。

然后是郎仙、燕教授和《浦江楼市》主笔蔡江右。

主持人告诉郎仙三人，要突出朱坚强，丫是大腕。

燕教授连连点点头。

郎仙和蔡江右没有说话。

看来这种安排让郎仙和蔡江右感到很不舒服。

数分钟后，嘉宾一行六人入场。

万国地产董事长范德生已坐在观众席内，和大家一样等待着会议开始。

范德生觉得从中立的角度来观察，对公司的发展会更客观。

主持人先让开发商谈论房价的走势。

三位开发商，全部都说房价在上涨，而且，销量很火。

燕老教授随声附和。

刚开头的阵势，开发商似乎完全占据了主导。

看到开发商就是这样明目张胆地搞欺骗，郎仙忍不住发飙了。

郎仙问那位声称房屋销售很火的开发商，是不是实际销售量。

郎仙说："上海一些楼盘说销售 100%，结果，撤签率也是 100%，就是一个骗。现在房价严重脱离老百姓收入，开发商为了继续欺骗，为了不让房价下跌，雇人排队购房，制造供不应求的假象，继续忽悠。房价已经把未来 10 年的利润透支了。"

那位开发商说是实际销量，但声音缺乏底气。

范德生突然觉得观战很有意思。

燕老教授却立即跳出来，让郎仙说出是哪个楼盘撤签率 100%。

郎仙说媒体已经公开报道了。

燕教授仍逼问。

看来郎仙的确记不得了。

郎仙居然说："我干吗要告诉你！"

全场大笑。

郎仙后来想想，也笑了起来，大概他也觉得这句话太孩子气了，缺乏力度。

朱坚强说："世界各国，没有哪个国家的房价下跌超过 3 到 5 年的，都是在涨。"

郎仙说："最好看看美国的房价，说说次贷危机是如何出来的。

朱坚强说："美国房价跌不了三年。"

郎仙说："深圳房价，有的楼盘才半年跌幅就达到了 50%，不需要跌三到五年。"

燕老教授说："女儿在深圳，深圳的房价并不都在跌，有的楼盘还在涨。"

深圳房价跌势之凶，世人皆知，为何唯独这个研究房地产的老教授就不知道？

这惹得郎仙一肚子火。

于是郎仙将火力对向他："我一说房价跌，一说开发商不好，你就急，你急什么？看看那些忽悠房价的，不是开发商就是被开发商赞助的研究机构。"

主持人这时候也忍不住问燕老教授："你们拿开发商赞助了没有？"

燕老教授犹豫了一下，说没有。

然后，是让观众席上的人发言，一位中年妇女说："我认为下半年房价要下跌，大部分人买不起房了。"

范德生注意到，她的话引来掌声。

范德生开始思考为何她的话会引来掌声？

接下来，朱坚强开始和郎仙较真。

无论郎仙说什么，只要郎仙一开口，朱坚强就胡搅蛮缠，目的就是不让郎仙有说话的机会，不让郎仙表达清楚。

朱坚强确实是玩弄数据的高手，他说，开发商供应的商品房只占房屋供应的20%多。这种谎话他能很认真地说出来。

范德生感到很惊讶，朱坚强也真敢说啊。

一旁很久没有说话的蔡江右反驳朱坚强。

朱坚强藐视着蔡江右说："你给我数据！有吗？"

蔡江右说："我可能没有那么多数据，但是，老百姓的感觉是真实的。"

大家掌声一片。

朱坚强强调，开发商建设的房屋质量最可靠。

蔡江右说："商品房质量的投诉一直是最高的。"

朱坚强继续辩解，阐述房屋销售增长的缘由。

郎仙开始以为蔡江右是老蔡酱油的少东家，最多也只是出来卖酱油的，实在指望不上他。郎仙以为酱油十有八九是开发商特供的，他心想一对五，心里很苦，这次，突然有个同盟，变成了二对四，郎仙很欣慰。

朱坚强和燕老教授还一致认为，保障性住房供应太多了。

范德生听到身边有人在骂娘，他没有过多在意。

郎仙毫不示弱地反击："不要说供应太多了，而是供应太少了。房价为什么从2003年开始大涨？

"1998年的23号文，强调经济适用房的占比高达80%，加上廉租房的10%，开发商所供应的只是10%。

"等到了2003年18号文，把经济适用房换成了政策性商品房，房屋供应全部被开发商垄断了。"

朱坚强又开始反击。

朱坚强问郎仙："你看23号文了吗？我参与了，是我建议加入保障的。这次来这里，也是政府邀请来讨论房地产政策的。"

郎仙说："政府出台政策，为什么不问老百姓只问开发商，这样出台的政策能不扭曲吗？"

蔡江右接着说道："你参与不参与重要吗？你还真以为你是酱油，吃饭烧菜少不了啊？"

下面掌声笑声一片。

这场二比四的对垒，郎仙和蔡江右开始明显占了上风。

中间，燕教授与朱坚强他们，都鼓吹取消经济适用房，只建设廉租房。

郎仙索性问燕教授："夹心层谁来管？"

燕教授说："当然要管。"但又说不出所以然。

在场的人都可以看出，燕教授与朱坚强他们恨不能把所有的人都逼到开发商那里买房，遭受开发商的盘剥。

郎仙看着燕教授说："当有些人愿意为钱卖命的时候，我们以实际行动告诉被掠夺的老百姓：还有人为了良知去为他们堵枪眼。"

下面掌声雷动。

台上的朱坚强很不是滋味。

本来朱坚强到哪里，面对的都是溜须拍马之声，可是这次，他不再是居高临下。

金星国际常务董事，上市公司万国地产董事长范德生坐在观众席里，暗自庆幸自己没有在台上。

他可以感受到朱坚强的盛怒，也有些佩服郎仙的勇气。

同时范德生深深地感到整个社会普通大众对地产商的鄙视。

范德生问自己，为何会变得这样？难道这就是我们地产商的公众形象？

台上的辩论还在进行，辩论开始围绕统计数据。

郎仙说现在的统计数据很多不可信，有的就是开发商填写的。

郎仙说的是原始数据，朱坚强说的是指数(即后期处理的数据)。

……

场面开始有点混乱，朱坚强说郎仙无知，让郎仙重新去学数学，然后说跟郎仙没有办法辩论，作出要离场的样子。

燕教授也跟着附和，说郎仙和蔡江右不懂数据。

郎仙心里骂道：人有时候是可以无耻到你不能想象的地步的。

郎仙被惹急了，把笔丢下，说："你说吧，你说完我再说。"

朱坚强和燕教授自然真的就不停地说。

第二十八章 楼市猪论与十人群租

主持人开始发晕。

主持人灵机一动，让每个人画房价曲线，郎仙跟蔡江右画的几乎一样，都是先盘整后下跌，而三位开发商及燕教授则是上涨的。

蔡江右问朱坚强："你一直说房价要涨，要涨到多高才算高呢？"

再次轮到郎仙发言时，郎仙举出了美国房价的例子：

"美国商务部公布的每套房屋的中间价是20万美元，这是一个城市和乡村的平均值，在我们这里只能买90平方米以下的房子，当然我是拿上海的房价算。请注意，美国的房价包含土地所有权，而且，美国人的人均收入是中国的30倍。"

朱坚强马上质问："你懂这个数据吗？它是农村和城市的平均价。"

郎仙说："美国的房价农村和城市相差不像我们这里这么明显，而且，很多美国富人更愿意住在乡村而不是城市，更不是市中心。"

郎仙提到美国房价，提到美国的走廊、地下室等等都不计入面积时，朱坚强一时无语，脱口而出："既然美国那么好，你移民美国好了。"

蔡江右说："祖国不应该抛弃任何人。"

郎仙大声道："人无公心，天诛地灭。你尽快积点德救赎自己的灵魂吧。"

一直没有多说话的潘常江，实在忍不住了，再这样下去在台上就像小丑了。

他冷冷地说："养猪要三五年，楼市也一样！"

大家都安静了。

范德生也给镇住了。

潘常江搞笑真不是一般水平啊。

"猪肉价格出现过暴涨，每人都在想养猪九个月就可以催肥的。猪肉的变化九个月以后就会出现，但是市场上九个月以后没有下降。也就是说，猪肉实际的生产周期不是九个月，我们没有想到母猪生小猪的问题。

"我们查了一下历史，发现猪肉的变化一般是三到五年的周期。由于我们没有大量的农场和工业化的养殖方式，都是分散的小农经济的养殖方式，所以过去的三年周期变成了五年周期，而且现在农民不养猪了，都进城了，所以猪肉再一次发生变化的时候是需要五年的时间。”

大家都晕菜了，地产大亨潘常江居然谈起养猪了，这世界变化太快。

“其实房地产也具有这样的个性。就是我们的生产弹性非常小，但是我们的价格弹性非常大。

“我们看今年有些地方出现了一些降价的情况，但是降价有不同的性质：有的是我们应该降价；有的是产品竞争不如别人，通过降价和别人竞争；也有的是由于现金流出问题，等等。

“所以我们看到的大部分是价格略有下降的楼盘，可能在一天之内迅速销售完了，如果五天销售完说明现金流好，如果一个月销售完是否也说明现金流没有问题，就说明价格的弹性对市场的钢性需求来说是作用巨大的。”

全场还是很安静，因为大家虽然不晕了，可还是不明白。

“如果皮鞋发生价格变动的时候，短期内新的皮鞋就出来了，生产周期很短，因为皮鞋的原料供应和生产技术不会断裂。

“但是土地和房子不一样，一个人怀孕要九个月才能生孩子，但是我们要三年四年才能盖房子，所以我们过去是穷人富人都进市场。

“我们去年才有了两个出口，而这个出口还没有开始发挥出口的作用，就是生产环境还没有到产出产品的时候，我们的市场就开始急了，我们的政府开始急了，所以我们采取了一些特殊的不合理的政策，比如抑制需求和投资，造成了今天的结果。”

原来绕了半天只是一句话，好像都是政府调控惹的祸。

一直没说话的马大仑也开始发飙：

“房地产银根不松动，开发商小猪崽短期无法长大！”

“尽管部分房价下跌，成交量也在下跌，而房地产行业如果销售额下跌的话现金会受影响，所以我说会发生变化。这个变化我找不好一个词。

“我就说这个时候如果政府的政策松动，银根松动，主要是对房地产的银根松动，这个弹性会回来，如果再不松动，就回不来了。”

“我刚才听潘常江讲，我觉得这个比喻太抽象了，大家听不懂。我听明白了。潘常江是说就是再过一百天，我们还活着。懂了吗？”

看着大家漠然的表情，马大仑有些着急。

“潘常江的比喻是说一百天老母猪还活着，开发商都活着，如果一百天以后，老母猪都死了，就不是在九个月之内小猪崽就能长大了，而需要三五年的时间。”

朱坚强立刻高兴地补充：

“我看经济学家不如猪。楼市未来重新出现猪市奇迹！”

“其实半年多以来，我一直在想一件事，人和猪不同的是人会思考。但是人如果思考了很长时间，很多专家一起思考，包括数学家、经济学家，最后确实不如猪。因为猪不会把世界搞得那么乱。”

范德生可以看到郎仙眼中的怒火。

朱坚强显然是越来越高兴起来。

“那么以后我们怎么重新走呢，这个走路的学问也很大，现在地产商都不想走。”

“将目前的宏观环境作比喻，地产商如果开始跑，现在有三种跑的姿态。

“一个是范跑跑，就是小的地产公司；第二个是巍然不跑，就是烈士，在地震中保护别人，这是我们的大型国企和政府，他们没有办法跑，他们要保护这个市场，我们要为他们歌颂；第三个跑的是猪坚强，由三百斤饿到一百斤，但是我们相信能够坚持到生命的最后，到解放军来的时候。”

范德生开始佩服朱坚强的口才，难怪他还有个雅号叫“朱铁嘴”。

“这三种逃跑都在目前的市场反应当中。

“我们既然出现了一条腿有一点拐，我们所有的开发商企业扮演的角色就难免是这三种情况，所以希望大家尊重范跑跑的权利，同时对他加以道德提升，这是对于小地产商而言，他跑是为了生存权，不能责怪他，也不能说他不对。

“作为政府来说，一定要岿然不动，保护市场经济，保护我们的房地产城市化、保护一个未来的中国发展的趋势，所以虽然他负担很重，但是一定要保护我们。

“我们要找到自己的生存办法，我们要回归到一个理性，所以现在猪坚强仍然是一个生命的迹象，而且是有可能让未来重新回到猪市的奇迹。”

……

范德生实在还是不明白楼市和猪市为何混为一谈。

“抢钱，抢钱，抢钱！我们的队伍是财狼，脚踏着人民的脊梁，背负着贪官的厚望，我们是一支贪得无厌的力量。我们是最狡诈的一帮，干的是骗钱的勾当；从不知足，决不手软，心黑手辣，直到把人民们盘剥干净，海盗的旗帜在手中高高飘扬。听！风在呼啸，狼声响；听！抢钱的调门多嘹亮……”

这是一首在手机用户中流行的财狼之歌。

看着台上的辩论，金星国际常务董事、上市公司万国地产董事长范德生想起了数天前手机里收到过的这条短信。

当时只是一笑置之，现在隐约感到这种仇富情绪已在普遍蔓延，今天到会的基本都是能代表社会主流的人群，如果是那些买不起房的更为底层的人群呢？他们会作何反应？

坐在身边的两个青年人的议论打断了他的思考，引起了他的注意。

刚才就是他们在骂娘。

“春萍，今天一起吃饭啊？”上海东方报社的记者刘小钢与身边的漂亮女孩搭话。

“改回上海请我吃晚饭如何？”

“别，上回那顿让我大开眼界了，你也太狠了！”

“切，你这财主，才吃一顿肯德基，至于吗？”

“呵呵，你们这些美少女一起跟着我去吃肯德基，别人的眼光看着我，都是想杀人的眼光啊！都当我黑社会老大呢！”

“切，美死你啊，还黑社会老大呢，连吃肯德基都不敢请，还混啥黑社会？”

“我还要供房呢，小姑奶奶！每月 4000 块的房贷让老子十分不爽，都房奴了。”

“有房的都是财主，哪像我们，10 个人住一套房，说不定哪天一个立场不坚定，上了你们财主的贼床……”

……

原来2008年春天，王春萍等10名西安大学新闻学院的大四学生来上海实习兼找工作，10人合租于上海火车站边上的某小区，两房一厅，110多平方米，月租金4000元。

每人分担400元租金。

毫无疑问，居高不下的房价应该是时下中国最令人郁闷的话题了。

高房价之下，上海，这个中国最大的城市，是以何种姿态接纳着这些南来北往、怀揣梦想的人？

王春萍是一个漂亮活泼的西安女孩。

这个春天，她从就读的西安大学来到上海某报社参加实习。

在这家报社求职的时候她碰到了上海东方报社的记者刘小钢，刘小钢当时正过来办事，看到美女求职，尚未婚娶的他当了一回大侠，帮王春萍完全搞定了报社求职。

一来二去，两人熟悉了。

王春萍是个心性很高的女孩，不然也不会独自来到大上海闯荡，她还不愿将自己的未来建立在一个青涩的青年人身上。

那天休息日，她在上海火车站边上某小区的群租屋和姐妹们闲聊时，刘小钢来了电话，约她吃饭。

相对于城市里的“房奴”，王春萍他们还是挺快乐的，他们可以选择在不同的城市漂，直到落根。

然而，不久后，他们也将想方设法留在大城市，就像以前、现在以及将来千千万万的大学毕业生那样，他们终将再次面对高房价下的蜗居。

“他非得约我吃饭。”

面对刘小钢的搭讪，王春萍炫耀和不安兼而有之。

在群租屋里，两房一厅，主卧室摆放了两张大床和两张折叠床，加上小房间里的一张大床，8个女生就解决了睡觉的地方。

两位男生董大为和师兄魏剑华睡厅。王春萍的同学兴致勃勃地听完她的“艳遇”，商量着应付刘小钢的对策。

“把他约过来，我们10个人都出去，让他请我们吃海鲜，哈哈！”

“我现在好想吃肉啊！”

“对啊，对啊，我们都成尼姑了，好多天都没吃肉了。”

“王春萍，还没交朋友呢，就心痛人家了！”

“让我们大家见见啊！”

……

同住的师兄尚未下班，董大为这时成为了唯一的“男配角”，默不作声坐在离电视机稍远处的沙发上。

和一群女同学朝夕相处，小董偶尔也会有点烦，有点孤单，但更多时候是充满了充实感——哪里有粗活儿，他可就当仁不让了。

王春萍虽然心里有些不忍，但是还是电话约了刘小钢，不过为了刘小钢的荷包，海鲜改成了肯德基。

等刘小钢兴冲冲地来到王春萍楼下,他还是有点发愣。

原本上班的魏剑华也赶了回来,他和董大为两位男生俨然像刘小钢的跟班,8 个花枝招展的青春女孩让刘小钢突然觉得像梦幻般不真实。

当他们一拥而进肯德基,众人都侧目而视。

范德生听着他们闲聊,觉得青春真好,面对生活的压力,总会觉得这只是人生的挑战;面对社会的现实,总觉得自己的社会责任要去改变它,那是多宝贵的一腔热血啊。

当年他们五人就是凭这一腔热血造就了庞大的金星国际,可是他们创造的,是他们当时需要的吗?

是社会变了?还是他们自己变了?

范德生想起当年自己大学时和同学一起去马忠岳家吃饭大扫荡的往事。

快六年了,马忠岳他现在如何呢?

王春萍的手机响了,王春萍出去接完电话回来,脸上露着愤怒。

"妈的,姑奶奶的家你也敢抄?还有没有王法?我们招谁惹谁了?"

原来上海火车站边上的某小区所在的街道综合治理办事处和街道房地办、居委会、派出所、工商所、街道安全办联合执法,治理违法群租。

执法部门让锁匠打开了房门,下夜班回来的董大为回家发现,家中凌乱不堪……

于是电话通知了同学们。

刘小钢也很气:"私自开锁进入民宅,这简直就是藐视公民的基本权利!群租是不对,可是难道就能用这种非法行为来纠正另一种非法行为吗?"

范德生也觉得一种不安,执法部门需要用这样的极端措施吗?

这将造成一种可怕的社会对立情绪啊。

群租是一种已半公开的现象,这背后,高房价便是始作俑者,谁会愿意不住大房子,而 10 多人挤在一起,甚至男女混居呢?

人人都有尊严,可是这些青年人最起码的尊严为何都不被执法部门放在眼里?

金星国际的万国房产也许不能改变这些现实,但是我们以前也没有认真地思考过我们的社会责任,我们真的需要反思了。

第二十九章　谁是祸首

峰会结束的时候，许多朋友围上来让郎仙签名，留电话。

一位主持人对郎仙说：“知道吗？你是全中国开发商最痛恨的人。”

郎仙说：“如果是，每次论战不过是为我带来一些新的仇恨而已，不限于地产商。

“但是，这一切，并非出于私心。

“对于一个追求内心平和的人而言，这一切都是被迫的。

“因为，我看不惯弱者遭受欺凌和掠夺！

“看不惯既得利益集团的嚣张跋扈！

“这就是全部答案。

“尽管我没有能力像既得利益集团那样影响决策。

“尽管支持我们的都是被掠夺的弱势人群。

“尽管经常面临着各种威胁与辱骂，但我们仍要呐喊，并一起见证正义。”

郎仙看着朱坚强被簇拥着离去的场面，心里感到有些难以令人放心。

郎仙想，有钱的人是可以操纵媒体的——他们已经在影响乃至左右相关政策。

郎仙看着身边的蔡江右，他还是高兴地拍着蔡的肩说：

“你这酱油不简单，为何不卖高价？”

蔡江右也回敬：

“你狼仙不做狼，不当仙，也来吵架玩，我为何不来？”

两人相视一笑。

坐在台下的范德生，一边听着身边年轻人的交谈，一边想着自己的心事。

当他看到一个熟悉的身影从普通的观众席在会后走上主席台和郎仙、蔡江右交谈，心里有些诧异。

他是自己年长的大学校友，现任 Z 省省委宣传部长的海天豪，一个地方重量级的政治人物，他为何也和自己一样坐在观众席？莫非是政策可能有重大调整？

范德生知道，一旦政策可能有重大调整，各行各业都可能会受到大的影响，对于有些企业而言，甚至是生与死的变化，那么对于金星国际呢？

原本以为只是随便出来开会,开阔一下思路的他,不愿意错过这样的机会。

他当机立断问身边两位年轻人要了他们的名片,就匆匆离开了他们,走向主席台。

当王春萍递出名片时,带着一丝喜色,她早就认出了这个排行榜的富豪,不然她如何会无巧不巧地正好坐在他的身边?

她正愁没机会和他攀谈,没想到范德生会主动要她的名片,看来机会来了。

一心只有泡妞大计的刘小钢没有注意到范德生,看着范德生拿着他们的名片就匆匆离开的背影,心里有丝不快:“真没礼貌,也不拿自己的名片出来交换。”

王春萍暗笑,这个刘小钢有时真憨得可爱,她没有点破:“算了,别人一定有急事。”

刘小钢回过神来说:“对了,你今晚住哪? 不如搬我那吧?”

王春萍坏笑:“收我房租不?”

“那哪能啊,一分不收,最好住一辈子。”刘小钢一语双关。

“好,不许反悔,我和同学一起过来住!”

王春萍满脸得意地看着刘小钢的表情变化。

“啊,斗地主啊?”刘小钢进退两难。

海天豪没有表露自己的身份,这个习惯是他向原省委书记学的。

有着多年媒体从业经验的他,知道如何才能看到真相。

他只是淡淡表示希望和郎仙、蔡江右吃顿饭,好好交流一下。

郎仙、蔡江右有些迟疑,不知对方是何用意。

在旁的主持人正想点破海天豪的身份,范德生加入了他们,他豪迈地说:“老海啊,好久不见了,郎先生、蔡先生,久仰了,不如一起吃饭聊聊天? 我做东。”

见郎仙、蔡江右还有些迟疑,主持人不失时机地说。

“哦,对了,范先生是我们这次活动的赞助商之一,是他希望我们邀请各位的,请务必赏光!”

主持人多少有些急智,生怕真的点破范德生和海天豪的身份,郎仙、蔡江右还是不配合。

郎仙倒也爽快起来:“好啊,客随主便,蔡老弟我们当回丐帮吧!”

郎仙似乎意识到海天豪的身份。

酒席间,杯酒言欢。

“郎先生、蔡先生,我是人大代表,你们认为在房地产调控上政府应该做些啥,我想写个提案。”

海天豪的话倒也不假,他是人大代表,不过不是普通的人大代表。

范德生心头一紧,看来这顿饭很有价值。

“海先生,你认为目前的通货膨胀严重吗? 根源在哪?”郎仙不动声色地反问。

海天豪心里有丝不快,郎仙好像有些傲慢啊,但是还是略为思考后回答:

“我国由去年底开始的通货膨胀,至今已延续半年以上,而且物价仍在逐日上升。正如诸多学者所言,我国这次通货膨胀的产生有国外原因,也有国内原因。

“国外原因有美国次贷危机的影响,英、美、日等国物价上涨的影响,国际石油涨价的影响,以及国外‘热钱’向中国流入的影响。

“而国内原因，有人民币升值的影响，地方上发展欲望过强的影响，投资过大的影响，资源相对紧缺的影响，冰雪灾害，以及房地产价格高升的影响。

“当然这次汶川地震估计也会有些影响。”

“海先生，说得好，这些影响因素都与这次通货膨胀息息相关。通货膨胀中，有的商品涨价多，有的商品涨价少，我们关注涨价多、涨价快的商品，采取措施是必要的，但是不能头疼医头、脚疼医脚，仅治标不治本是抑制不了通货膨胀的。”

海天豪不动声色地听，范德生更为认真地听。

“我看这次通胀主要原因还是在国内，主要矛盾还在房地产。房地产规模大、范围广，牵扯的行业多。例如钢材的大涨价，这是与房地产的拉动直接联系在一起的。

“我国房地产的大发展推动了钢铁等 65 个行业的大发展。

“我国钢铁年产能近十年从 1 亿多吨发展到 4 亿多吨，国内铁矿石远不能满足需求，需要从国外进口，当世界上大部分出口的铁矿石都流向中国还不能充分满足需要时，自然造成国际上铁矿石价格的迅速上升。

“铁矿石的涨价和炼铁、炼钢带动的煤、电等的涨价，必然造成钢材涨价，带动一系列机电设备生产和以钢铁为原料的制品涨价，由此引起连锁反应。

“要说谁是这次通货膨胀的祸首，房地产就是通货膨胀的祸首。”

“房地产价格快速飙升，住房便成了社会的投资品。近三年，上海、北京、广州等地，人们投资购房，往往可以两三年实现收益翻番。这不仅吸引了大量的国内投资购房者，也吸引了国外的大量‘热钱’。

“国内有温州的炒房团、山西的‘煤老板’，还有各种各样的有钱人都把买房、卖房、炒房、租房作为以钱赚钱的生财之道。

“国外也是一样，去年我去沙特访问时，询问一些人投资中国的方向时，发现他们是投在房产上的。”

“我在澳大利亚和新西兰考察时，先后给我做翻译和导游的 10 个人，有 9 位在中国买了房地产，最多的一个人买了三套。我们报纸在台湾地区也有发行，就是台湾地区投资上海房产的标准读物，报纸在台湾地区很好卖。你看看，有多少热钱进来了？”蔡江右也补充了自己的见解。

“因此，房地产的高通胀是这次通货膨胀的总根子，也可以说是这次通货膨胀的‘牵引机’和‘助推器’。”郎仙下了结论。

“你说房地产价格的高升是这次通货膨胀的主要原因，但房地产没有计入 CPI，既然没计入，它的价格因素就不会影响 CPI 的变化，就不会对通货膨胀造成影响。”

范德生觉得言过其实了。

郎仙笑着回答：“这种认识，很有代表性，还是主流经济学家的看法。很可惜，我却认为是错的。这种认识使人们忽略了这次通货膨胀与房地产价格高涨的关系。很多专家谈通货膨胀的起因时，都把房地产价格高升置之度外。而实际上，房地产价格高升对这次通货膨胀的影响是最全面、最深刻、最严重的。”

“最全面、最深刻、最严重的？”海天豪也觉得言过其实了。

“是的，我最近收集的几个房地产案例很能说明问题。

“海南以前的房地产热的后果，现在都还没消除，今天不谈它。

“我们看看一个小城市广西北海。

“1993 年和 1994 年，北海市的物价上涨高达 43%，当时给人的感觉是市场上钱已经不值钱了，各种商品价格成倍上升。

“那两年北海的通货膨胀虽然是局部的，但它却是由房地产的高增值和巨大的暴利引起的。

“我们都知道，北海是中国最早对外开放的 14 个沿海城市之一，但因为地理位置较偏，在上世纪 80 年代发展十分缓慢。进入 90 年代后，北海市充分认识到这块土地上享有的开放政策，便大力推进了土地开发，曾一度建起五个大型经济开发区。

“后又时逢邓小平南巡讲话，北海的大开发进一步升温，除海南的房地产公司大量转向北海外，全国有 30 个省的人走进北海进行房地产开发，包括西藏和新疆都在北海建有房地产公司，北海的房地产公司迅速从两家发展到 1340 家，占到当时全国房地产公司总数 2800 多家的一半，仅建筑设计院就有 143 家。

“北海一时间成了中国最热点的开发城市，人均 GDP 在 1994 年升到全国城市排名的第 12 位。”

海天豪开始专注起来。

“那时候，北海同全国一样，房地产的用地都是政府划拨的，政府售出价 10 万元一亩，到了市场上马上可升到 80 万甚至 200 万元，很多房地产商获得了高额利润，各种各样的商用房、住宅楼、别墅区以及一批五星级、四星级饭店迅速开建。

“全国诸多有名的建筑集团也纷纷云集北海，中房、中建、中铁、中冶等都有一两个公司在北海运营。

“由于房地产的炒作，住房价格日日高升，企业的暴利大量生成，投资购房购地者逐日增多，很多人以银行为依托，使大量资金流入北海。

“有一天，因一企业股票上市，就有 400 多亿资金打入北海交通银行。

“如此导致物价指数高升至 43%，通货膨胀迅速形成。

“但好景不长，房地产的泡沫于 1994 年破灭后，造成了北海经济长时间一蹶不振。

“这次北部湾被国家定为新的‘发展极’后，北海才真正走出上一轮的低谷。

“十多年的时间，代价十分沉重。”

范德生对这段历史没啥印象，金星国际当时还很弱小，还没有进入房地产领域，没有发表看法。

海天豪对这段历史也没啥印象，只知道当时海南元气很伤，小小的北海倒是他以前没有关心的。

不过他相信郎仙的学术良心，决定回去重新了解一下北海的发展史。

郎仙没有理会各位的表情，接着说下去。

“我国房地产价格虽然近十年一直上升，但上升最快、上升幅度最大的时期却是发生在 2006 年和 2007 年。

“这次通货膨胀发生于 2008 年，恰与这两年全国房地产价格的迅速飙升直接相关。

“我想这不是偶然的。

“本来深圳市的房价还是合理的，2004 年房价与居民收入比仅为 6.52 倍，而 2006 年一下飙升到 15.76 倍，2007 年又进一步达到 20 倍以上。

“上海、北京市中心区的房价与收入比甚至达到了 30 倍和 50 倍以上。

“还有统计数据表明，2004 年北京的平均房价才只有 5050 元 / 平方米，而2007 年全市平均房价竟上升到 14000 元 / 平方米。”

海天豪对北京房价近年的飞涨有印象。

“前不久我在北京开会，在一次饭局上，听过一个真实的故事。

“那家开发商原本不是做地产的，可是经不起房地产的诱惑，在前年年初也搞了房地产开发，本指望能赚个 1 亿就偷笑，没想到一不留神净赚了 12 亿。”

范德生对上海房价近年的飞涨有体会，这几年万国地产对金星国际的利润贡献是最大的，大得难以置信。

可是他意外地没有发表任何看法。

他是来学习的，此刻沉默是金。

“没有哪个行业能够像房地产这样吸引着众多行业外资金的快速流入。

“其他行业由于资金缺乏，就不可避免地造成了大企业为了抵御风险，为阻止资金外流而提高出厂价格。

“中国的大企业一般都是煤、电、油运及多种原材料的上游企业。

“上游企业引发煤、电、油运及多种原材料的全面紧张，同时又不可避免地造成了小企业无法承受上游涨价，下游难以提价，只能破产或停工的局面。

“这就是通货膨胀的起因，通货膨胀的根子就在这个地方。”

郎仙一针见血。

范德生的手机不合时宜地响了，他有些恼怒。

不过看到来电显示还是吃了一惊，老大来电话了。

出去接过电话的范德生有些表情不自然。

范德生的脸色变得很难看，过了很久才恢复自然。

在座的，除了海天豪都没注意到范德生神态的微妙变化。

海天豪看在眼里，心想难道金星国际出大事了？

第三十章　我真帮不了她

我真帮不了她

2008 年 5 月 13 日。

飞机上瘦弱而留一头短发的赵青依偎在高兴君宽大的肩头上甜美地睡着。

飞机遇到一股强气流。

强气流的颠簸将高兴君和赵青同时从梦境里唤醒。

苏醒的两人都有些不自然,不由相互对视了一眼。

赵青三十来岁,很瘦。她留一头短发,带着些自然卷,刘海底下配着一双圆圆的眼睛。

如果不是职业的干练和长期劳累的工作给她的容颜过早地留下了岁月的痕迹,她还是很具魅力的女人。

高兴君四十上下,魁伟健壮,沉稳老成,国字脸,休闲随意而又品质上佳的衣装,让他自然流露出一种卓尔不凡的王者之气。

他可以算得上是少女杀手。

赵青看着帅哥,在大脑内存里快速寻找相符的资料。

她笑了,她想了起来:

“你是不是大款高兴君啊?”

高兴君有点哭笑不得,从来没有人叫他“大款高兴君”。

“算是吧。”

“切,是就是,不是就不是,算是到底是是还是不是?”

“?”高兴君大脑快短路了,绕口令啊,“我是高兴君,不过不叫‘大款高兴君’。”

“大款就大款吧,你不是大款谁大款啊? 别不认啊,别怕,我不向你借钱,最多借你肩头打个瞌睡,你可别小气啊?”

看着高兴君有些局促的表情,赵青有了恶搞的闪念。

“哈哈,借肩头打瞌睡,要付费的,大款主要靠这个赚钱的!”

高兴君很快反应过来,大家恶搞谁怕谁啊?

“呵呵，如何收费啊，要不要我给你介绍生意啊？”

赵青的脑海突然闪过艳红的影子，同时想起了马忠岳与高兴君的关系。

“对了，高兴君，你还记得马忠岳吗？原来在你们下属一家公司当过老总的，六年前给抓了。他妈妈今天早上过世了。”

“真的，你如何知道的？”

高兴君原本放松的心情紧张起来，想起赵玉文也生死不明，急着询问。

“真的，还是我陪马忠岳老婆办理老太太的死亡离院手续呢。这家人好惨啊。”

“我很久没有他们的消息了，你说慢点。”

赵青想起发生在凌晨的那幕情景，慢慢地叙述。

“我是上海某中心医院的医生，马忠岳是我以前的同事。就在两个月前，一直没有联系的马忠岳的妻子王红艳突然找我。她请我帮忙搞一个住院床位，马忠岳的母亲患了晚期肝癌。

“你知道，目前的晚期肝癌是没有很有效的医疗手段的。作为医院也不愿收治这样的病患，这对医院科室的综合考核是没有帮助的。

“病患治愈出院率是很重要的考核条件，一个癌症患者的死亡将拉低不少考核分的。我们的奖金是和科室的综合考核挂钩的。”

似乎是担心高兴君不明白，赵青解释了几句。

“我软硬兼施地缠着肿瘤科的主任，总算在肿瘤科弄到了加床，我们是区级中心医院，药费和诊疗费比市级医院便宜些，所以床位很紧张。

“可就是这样，首期2万元的住院押金也是少不了的，在马忠岳的母亲住院的那天，我去探望过老人家。

“她的面色已是铁灰色，癌症的痛楚让她原本慈祥的面容不时扭曲。你知道她有多瘦吗？不到70斤……”

高兴君见过马忠岳的母亲，但是难以想象晚期肝癌的她如此消瘦。

“我前几天过去探望马忠岳母亲时，才知道马忠岳的母亲在上海无法享受医保待遇，都是自费的。

“首期2万元的住院押金在一个多月的时间的诊疗中已经用得差不多了，我看到在肿瘤科病房外的长椅上，王红艳坐着呆呆地发愣，她在为后面的诊疗费用犯愁，连我和她打招呼都没听见。

“我当时真恨自己不是大款，可我的大部分积蓄又让老爸投在股市里，这半年的下跌估计都快不到40%了，我真帮不了她。对了，你可以帮帮她吗？”

赵青突然抓住高兴君的臂膀，又马上松了下来。

“哦，我忘了，现在她已经不需要了，老太太过世了。”赵青神情黯淡了。

高兴君没有在意赵青的失态，他接着问：

“王红艳后来呢？”

“王红艳又找了一份兼职，”赵青有意含糊其辞，“靠兼职收入贴补，昨晚下班路上，还让小流氓欺负受了伤……”

“你知道老太太最后是如何走的吗？”赵青有些哽咽了。

"她是自己结束了自己的生命的。"

"啊?"高兴君没有想过这样的结局。

"是的,就在今天凌晨,看护老太太的护工给另一个病患全面护理回来时,发现老太太已自己拉掉了呼吸机的面罩,也许是不愿再痛苦地活着,她的手死死地攥紧了呼吸机的面罩。

"作为医生,我们看过太多的生死,可是当我们看到这个老太太最后的时刻,几个在场的护士都哭了。

"我当时感到很无助。真的,此刻作为医生,我们无法医治自己和别人的心理创伤;生命是如此脆弱,就算我们努力,可是生命还是不可避免地凋零。

"作为医生,我们付出了我们的青春和健康,你看看我,才 32 岁不到啊,可是每个月的薪水还不到你们这些大款的一次普通饭局。

"作为癌症病人和家属,他们是用一个家庭的全部力量在赌……

"我真的觉得好失败,我从小一直希望自己是个白衣天使,可是……

"你知道吗?我们医院很多医生都跳槽了,白衣天使都变成了医药公司的销售代表……"

也许是压抑了太久,也许是过度的疲劳,也许是面对一个陌生帅哥的无所顾忌,赵青的叙述,没有条理地跳动着。

高兴君没有去在乎这些,他在思考故事背后的原因。

他是哲学家。

高兴君想起一件事,打断了赵青的叙述。

"你把马忠岳太太的联系方式和家庭住址告诉我,我派人先过去看看老太太,送老人家最后一程。"

赵青内心有些意外,难道是她的叙述感动了"大款高兴君"?她有些狐疑。

她突然想起了那个陌生的黑车司机。他是不是也被感动了?

高兴君补充了一句:"马忠岳以前也是公司员工,表示一下慰问是应该的。"

"旅客们,成都双流国际机场到了,请大家系好安全带,准备降落。"机舱里响起空中小姐清亮的嗓音。

成都到了,赵玉文找到了吗?高兴君的心给牵动了一下。

一下飞机,高兴君就拨打了几个电话。此刻,范德生正在和海天豪等人吃饭。

黑车司机庄营海离开医院,准备回家,在打开面包车的车门时,发现了一张名片。

他看也没看这张名片,随手将名片放在口袋里。回到自己的家,老婆和儿子还没醒,他随便洗了一下,就和平时下班一样,倒在床上呼呼大睡。

天色越来越亮,庄营海的老婆陆一岚起床做好早饭,送儿子上学后,照例洗起了庄营海换下的衣服,在清理庄营海衣服口袋时,看到那张名片。上面印着:

"华东医疗集团,我们为你提供新生的机会,我们为你提供改变命运的机会。

"在轻松的海外旅游中,你的人生将发生重大改变。

"如果你的家庭十分困难,我们可以帮助你!

"如果你的人生愿意冒险,我们可以帮助你!

"只要你的身体健康,我们愿意给你一个助人的赚钱机会!

"电话:×××,李爱民

"24小时接听你的来电,改变命运只要一个电话。

"请妥加保存,以便今后不时之需。"

陆一岚看了暗笑,一看就像是骗子的名片,可是他们能从老公庄营海那里骗到啥呢?

我们都是这个城市最底层的市民,无权无势,谁还会把主要精力花在我们身上呢?

陆一岚决定,要等庄营海醒来后,好好问他,也提醒他不要给骗了。

12点过后,庄营海醒来,想起昨晚车上发生的事,他认真地对陆一岚说:

"老婆,你的服务员工作不要再做了,太苦了,不是正常人干的活。"

他的一番话,让陆一岚内心感觉十分复杂。

她不由眼圈红了,委屈、羞愧、无奈、茫然等感觉交织在一起,泪水迷离了双眼,她不吭声了。陆一岚突然想起儿子升学需要的3万元择校费,不由悲从心来,她小声地问:

"儿子的3万元哪里去弄啊,营海?"

庄营海默然了,良久,长叹了一口气:

"唉,实在不行,就算了,现在不比我们当年啊,初中就要3万,以后高中,大学还不知道需要多少呢?就是大学毕业,像我们无权无势,他哪里找得到好工作啊?要怪也要怪他投胎不好。你的那份工作真的不要再做了,我再想其他的办法吧。"

"其他的办法?"陆一岚暗想是不是和名片有关?

"你是说名片上的事?"

"名片上的事?哪来的名片?"

庄营海看到陆一岚递过的名片,想起了医院的事,他又联想起与艳红的那点事,有些慌乱地掩饰:"哦,这是车上客人留下的,我也不明白,忘记扔了。"

陆一岚感觉,庄营海有事瞒着她,她想等庄营海出门后,打电话弄明白。

庄营海接到出租车公司的电话,他的搭班是新司机,刚刚出了车祸,车子进了汽修厂,要修一周。

庄营海很愤懑,没车开,但每月的承包费不会少啊。

庄营海赶紧打电话给老赵,希望能多开几天黑车,老赵很仗义地同意了他连续开一周。

老赵刚刚满仓买到了涨停的股票,他也没有想法再冒险开黑车了。

庄营海高兴地开着黑车出去做生意了,白天当货运出租也多少可以赚些钱。

第三十一章　最好时机

再飙升真的要崩盘了

饭局上，海天豪没有细想范德生的事，还是将新的问题抛了出来。

“有人说，现在住房开始滞销了，政府再不采取支持措施就会危及中国宏观经济安全，导致地产商和银行的资金风险。

“如果房地产是这次通货膨胀的根子，打压房地产的高价，会不会真的出现这样的危机和风险？这是政府不愿看到的啊。”

郎仙略为思考了一下：

“这个问题，我进行过反复研讨和思考。应该说，房地产界十分重视舆论的营造，也十分重视市场炒作。

“他们不仅自己赤膊上阵，而且还‘豢养’有一批‘御用文人’，或通过‘重金’让一些专家和媒体为其制造舆论。”

海天豪感觉有些不自然，郎仙言过其实了。

“其实房价与前期相比已有成倍增长。房地产企业今年1～5月份对房屋开发面积同比增长24.9%、住宅施工面积增长26.6%。

“在这一大好形势下，他们还在叫喊，要‘保卫市场’，要求政府重新调整房地产市场政策。

“有些房地产企业还危言耸听地讲什么‘否则，就会危及中国宏观经济安全，导致中国银行体系的风险’。

“当然也还有人替投机购房者叫屈，说什么‘怕影响民众房地产资产的升值，波及地方政府的‘财政收入’。我看，所有这些，都是既得利益者‘欲望无穷’的反映，也是少数房地产商贪得无厌的再现。”

海天豪有种想发笑的感觉，郎仙说话有点领导的理论高度。

蔡江右也及时补充：

“应该说，我们有些城市的房价已到了临界点，再飙升真的要崩盘了。

“据我所知，有几个大城市，今年房屋销售出现下降趋势。

“以北京为例，2008 年 1～5 月，全市商品房销售面积同比下降 46.1%，住宅销售面积下降 48.8%。

“出现这个问题，能说国家对房地产的发展支持不够吗？不是的。

“今年住房销量大幅下降，正说明 2007 年房价的高幅增长已经超过市场限度，现行房价已经出现了泡沫，广大百姓已经无法承受。

“再这样下去老百姓会闹事的，会有社会问题的。”

蔡江右的最后一句话，让海天豪震动很大。

“近两年，政府为解决广大百姓‘住有所居’的问题，从金融、税收、土地等方面对房价飙升进行了调控，并在国务院 2007 年 24 号文件中提出了两个 70%（即土地供应的 70% 给保障性用房，建筑套型面积 70% 控制在 90 平方米以下）。

“而所有这些政策出台时，总是遇到房地产舆论的抵制，房地产商我行我素，直至去年底把房价推向了让人兴叹的高峰。”

蔡江右看到大家关注的目光，接着说道：

“现在，就是在囤积土地、惜售住房、投资和投机购房被政府稍加限制的情况下，广大百姓依然买不起房。

“我们了解到一些房地产商除了到山西、神木等‘煤老板’集中的地方进行发动和鼓励‘煤老板’进京购房外，就是要挟政府和银行，继续助推房价的飙升和增长。”

海天豪看了一眼范德生的表情，没有言语。

郎仙接着蔡江右的话头继续说下去：

“打压房价会不会危及中国宏观经济的安全？会不会给银行带来风险？

“我的看法是，房地产既然走到了今天这个地步，演变成了通货膨胀的祸根，那么就必须铲除祸根，切掉毒瘤，长痛不如短痛。这时候讳疾忌医，则会养虎为患。有病早治，将可能把损失降到最低。我认为这时候治理房地产的高价将是最好的时候。”

海天豪震动了，范德生震动更大。

“我从几个方面分析下，你们看对不对？”

“第一，从银行风险分析，有人担心因为房地产开发商自有资金较少，80% 以上资金来自银行贷款，如果房地产有风吹草动，银行就面临开发商以土地、房屋抵债的可能。

“如果房地产价格过多地跌下去，银行就有亏损危险。

“但从目前实际考虑，当前在银行抵押的开发商的土地和房屋多是 2005 年以前的，那时候土地、房屋作价较低，现在进行整治时，倘若房地产商还不了银行贷款，银行便有条件收回当初以较低价格抵押的土地和房产。

“按现行价格去处置，银行就绝不会吃亏，也无风险可言。

“相反，若两年后再下决心，那时开发商抵押在银行的土地、房屋一定都是高价的，当开发商用抵押土地和房屋抵偿贷款时，银行的损失将不可低估。”

“哈哈，我说郎仙，你可真够狠的！难怪房产商恨你入骨啊，你也不怕他们对你干点啥？”海天豪看着郎仙，又看了一眼不在状态的范德生一眼，意味深长地说。

“哈哈哈，海先生太抬举我了，我是一个书生，没这样的能量的。不过我也不怕，我倒是怕某些官员是叶公好龙啊。”

郎仙的词锋是那样的犀利，让听惯了官样文章的海天豪有些不习惯。

不过海天豪倒是更敬重郎仙的为人了。

郎仙接着说道：

“第二，从宏观经济安全分析，现在来整治房地产的高价和泡沫，无论如何比拖下去要好得多。

“一方面，我国现在总体经济发展势头较好，即使房地产有些波动，8％左右的经济增速仍有可能保证；另一方面，广大群众需要住房的愿望很高，需求规模很大，如果挤压了投资购房、投机购房，房价能够降下来，广大群众可以购买。

“这样一来房地产市场不会萎缩而是变大，房地产的建设总量肯定比现在还要多。

“只要能够按 2007 年国务院 24 号文件去工作，把 70％的土地划给保障性住房，70％建成 90 平方米以下面积，我们的房地产总规模仍然有很好的发展前景。

“这样既便于解决‘住有所居’，又能维持房地产的盛况，以及由房地产带动的 60 多个行业的正常发展。”

海天豪向范德生递了一个询问的眼神，希望看到范德生的答复。

范德生避过海天豪的眼神，心想，我们的商业秘密能轻易泄露吗？

于是海天豪话锋一转：“郎仙，你倒说下去，谁会坚决反对房地产调控？”

他要仔细掂量一下对方的分量。

郎仙直言不讳：

“改革，其实就是利益的再分配。所以房地产调控一定会影响开发商及投机购房人的切身利益。就是广大百姓也未必理解。我看阻力主要来自五个方面。”

“第一种阻力来自房地产开发商。追求利润最大化，是企业的天性。像比尔·盖茨那样的公司老板我在中国还不多见，尤其是房地产界。最近，地产商到山西举行的推荐会和房地产老板潘常江在山西的推销讲话，表明了房地产商建房的目的大多是为有钱人到北京投资、投机服务的。他们是最反对和能量最大的。”

大家都没表示意见。

“第二种阻力是来自少数有钱人的。全国各地和海外的一些有钱人，他们都看好中国房地产的高效益，涌向大都市购买和囤积居民住房，为的是升值后可以套利。对他们来说更是希望房价无限攀高。

“第三种阻力来自银行。银行长期向房地产商贷款，造成中国房地产近 80％的钱是银行的。再加上，银行信贷中的‘互利性’也引出了施贷人与卖房人的‘合作化’。因此，银行与房地产商已经不只是一个鼻孔出气了，有的已经是‘银企共同体’。这种情况下，要整治房地产，确实是难上加难。

“第四种阻力是来自某些地方官员。这些年来，各地都在学着经营城市，出让土地成了政府的一大收入，有的城市卖地收入高达数百亿元，有了这个钱，政府的日子可以过得宽松和富裕。再说，房地产开发商的开发行为越多，GDP 的增长就越高，某些人的政绩就越大。如此，整治房地产的高价，会受到某些地方官员的阻拦和反对。

“第五种阻力是来自腐败分子的阻力。在这些年的房地产发展中，腐败的案例是五花八门的。有些开发商为了得到便宜的土地和在建住房中得到更大效益，曾不惜用各种手段腐蚀有关管理部门和人员。送住房的、送别墅的、送金钱的、送汽车的、送古玩字画的、送儿女出国的、送美人陪住的等等都曾发生。远在上世纪90年代初，北海市一个地产科的科长任职不到六个月，家中床下就堆满了300万元的贿赂款。

"现在呢？

"我就不信这是北海市的特有产物。

"很多腐败分子惧怕整治房地产，怕自己的受贿资产被曝光。

"因此，他们会千方百计阻止整治房地产、规范房地产。"

范德生也沉默着，送住房的、送别墅的、送金钱的、送汽车的、送古玩字画的、送儿女出国的、送美人陪住的等等，或许他不知具体细节，但是这些年来他批示过的这些用途的款项决不是个小数字，光他记忆中有印象的就是一次拿出了近30套特价优惠房。

一时黯然，现实的阻力太大了。

蔡江右打破了沉默："不光他们反对，近期刚买房的老百姓也会反对。"

蔡江右很现实。

"是的，现在这些老百姓还少，所以要加紧房地产调控。"

郎仙还是那样孤傲和坚决。

第三十二章　为谁干杯

少吃或不吃这样的"狗屎"

海天豪是开明的，但也是现实的，这些阻力他不是没有考虑过，他是在考虑有多少官员愿意和他一起面对阻力而去迎难而上呢？

他会不会首先伤在自己的同僚手里呢？

很多年以来，很多地方都是将房地产业当作支柱产业的，这样的转变可能吗？

不过和郎仙的交流机会很难得，又是这样放松的状态。

他索性再问："这些年来，政府一直在喊降房价，但是效果不明显啊，你说应采取哪些措施，并该怎样突破呢？"

"管源头、打囤房（地）、控房贷、增补贴、限'热钱'、有保障。"

"??? "没人明白。

"管源头，就是需要从土地的供给上，进行管制和立法。

"在中国人多、地少而又大力推进城市化的情况下，住房用地价格高升不可避免。

"为防止住房用地价格无限攀升，应将商品住房与保障性住房的供地进行严格区分。

"2007 年国务院 24 号文件所提的 70％的住房用地划给保障性住房的规定应予严格落实。

"对保障性住房用地应有严格的限价，以确保保障性住房价格走低，这部分住房价格走低，对生活在低层的老百姓有好处。

"打囤房（地），就是要坚决扭转开发商为获取更大利润而囤积土地和惜售房屋的行为。

"对买入土地建设住房的开发商，特别是承建保障性住房的开发商，在其拿到土地后，一是不允许转手倒卖；二是半年不开工者应予罚款，两年仍不建设者土地应无偿收回。

"对所建住房，应限期上市，对惜售行为应进行打击。

"听说有的省市已在考虑对开发商为获取更大利润而惜售房屋的行为采取增加土地

增值税的做法，我觉得很不错。

“控房贷，就是向房地产施贷的银行部门，应该严控对房地产贷款比例，自有资金过低的开发商不予贷款。

“更要制止贷款人与企业人勾结起来，通过贷款炒房从中牟利。

“同时银行对普通民众贷款购买住房者，应降低房贷利率，并延长按揭期限。

“应通过‘银贷杠杆’把当前房地产为投资、投机服务的方向扭转为向广大百姓服务。

“这几年统一上调房贷利率，其实是增加了广大百姓的负担，损害了最需要保护的广大百姓的利益。

“增补贴，就是对城市居民购买第一套住房者，可以学习国外的鼓励办法，或对其进行购房补贴，或减免有关税费。

“同时要大量建设保障性住房，提高经济适用房和廉租房建设的比例，扩大经济适用房与廉租房享受范围。

“在购买保障性住房时，消除户籍壁垒，使农民工和新市民共享发展成果。这对保证城市化良性发展有利。

“限‘热钱’，就是限制投资购房和国外‘热钱’购房。

“对不在本城市工作的国内、国外的各种有钱人在本城市的购房行为，以及在本城市居住和工作的有钱人购买第二套住房以上的购房行为，应出台约束办法和限制性条例。

“尽快改变疏于管理的现状。

“具体办法可以是禁止国外‘热钱’购房。

“国外‘热钱’确有正当要求购房的，先在外汇账户冻结3~6个月，期间由国外‘热钱’向国内银行缴纳1%的资金来源调查费，让美国反恐机构认真查查是不是属于黑钱。

“对不在本城市工作的国内的各种有钱人在本城市的购房行为，像购车一样纳税，缴纳20%房款额的城市建设调节税，同时将他们列入税务局的每年的个人收入调节税重点监控名单。

“有保障，就是对占住房总量70%以上的保障性住房的建设和质量，应实行先评估、定价，然后招标承建商的办法。

“为确保住房的低成本和低价格，还要对评估、定价及招标环节进行监督，防止官商勾结，抬高成本和定价。

“对于保障性住房的质量，要实施追究建造人无限责任的方式。

“也就是说施工的、监理的、设计的、验收的，只要是你签字画押的，在房屋的质保期你要承担所有的责任，不光可能赔完你的全部身家还可能搭上你的小命，还要遗臭万年。”

范德生听得一身冷汗，这小子咬起财狼真不含糊啊？

“‘世界上的事情怕就怕认真二字’，有关管理部门只要能认真履行责任、防止腐败引起的渎职现象，就一定能治理好房地产的高价，为抑制通货膨胀作出新贡献。”

蔡江右说道：

“你看这次四川救灾，我们国家的动作多大多快，比美国当年处理飓风快多了。我们只要有四川救灾那样的决心和行动，我们是可以做到的。”

看着场面有些凝重，蔡江右开始活跃起来。

“今天我们在过来的路上有个这样的笑话，衡量国家经济水平有一个流行的指标，就是GDP。

“可是GDP也有不少不科学的地方。

“比如一个钻石王老五雇了个女佣，年薪5万元，后来因为同性相斥，异性相吸，两人产生了感情，双方就结婚了，自然5万元的年薪就不必支付了。

“于是这个女的做同样的工作，婚后这个国家的GDP就少了5万。”

看着大家没有反应，他接着说：

“两个房地产商在去地产峰会路上偶遇。

“双方因为是同行，平日里业务上没少‘打架’，讽刺挖苦更是天天有。

“走在路上，看到一堆狗屎，甲倚仗财大气粗就对乙说：

“假如你吃了它，我就给你1000万。

“没想到乙马上就吃。

“于是继续往前走。

“但是两人心里都不痛快。

“不料前面又出现一堆狗屎。

“乙也不甘示弱地对甲说：

“你把它吃了，我就给你1000万。

“乙也吃了。

“两个人平白无故都吃了一堆狗屎，心里都不开心。

“到了经济学家那里，经济学家在峰会上兴高采烈地宣布他的最新统计结果：

“两个房地产商甲、乙在参加地产峰会路上，又为国家贡献了2000万的GDP啊（甲乙各吃了一堆屎）。”

哈哈哈，大家这次全笑了。

范德生想，蔡江右也够损的。

蔡江右说：“这也是老百姓说的气话，不过现在的房价真的太高了，我有位朋友，现年也快35岁了，居住在上海，目前有两套住宅，自己位居500强公司的中层管理职位，外人看似风光无限，她还是觉得苦不堪言。

“两套住宅，房价涨到天也不过纸上财富——夫妻自住一套，父母兄弟居住一套，按揭还贷他们夫妻要还到50岁，而她还不敢生育小孩，生怕生育后，中断了职业生涯，没有足够的收入可以还贷。

“还有一位朋友，位居某著名民营集团副总裁，而立之年过了几年才攒够了银子，买好新房娶了新娘……

“这些社会的精英尚且如此，其他普通百姓又会如何感受呢？”

海天豪深有同感：

“国际上公认的房价与家庭年收入之比的警戒线为6比1。

“可是我国大部分大中城市的房价收入比已远远超过了这一比值。

“尽管有种种理论证明目前高房价的合理性，但是买房是需要相当长时期的财富积累，同时按揭还贷又是一个漫长的过程（目前大致需要 10～20 年按揭还贷）。

“随着房价的不断攀升，人们的购房压力日增。

“为了承担这一不断加重的消费负担而极力压缩其他方面的消费也就顺理成章了。”

蔡江右很有感慨。

“今天的高房价，有人归咎于国人热衷买房子，可能这是一个历史性的原因。

“可是这里有一个问题，无论在全国哪里，房屋的土建成本多不会超过 1200 元 / 平方米（多层）～1400 元 / 平方米（高层）（可参照各地土建施工定额标准）。

“就是加上各种建安配套费，成本最高也就在 2000 元 / 平方米，如果没有房地产商们一轮轮地吃‘狗屎’（招投标圈地），哪来今天万元版的房价？

“可悲的是，这种‘狗屎’需要我们全民买单，每个公民也至少要被迫吃上一回。

“实际上中国老百姓没有足够的财富可供挥霍，我们应当更聪明地使用每一分钱。

“为了这些‘狗屎’，我们付出的不光是我们的银子，还有我们的激情和至少 10～20 年的青春。

“还是不要说理论了，让中国老百姓少吃不吃这样的‘狗屎’，我想不光是我的愿望，也是大家的愿望。”

“来，干杯，为了少吃、不吃这样的‘狗屎’干杯！”

海天豪想到下午的安排，他对在座的说：

“郎先生，蔡先生，我下午另有公干，不能再陪大家了。

“不如这样，晚上我这个东道主想再挽留你们吃晚饭，今天中午谈得没有尽兴，我们相聚也是有缘，不妨敞开心怀，多聊聊，你们看，好吗？”

海天豪看了范德生一眼，对他说：

“你也留下吧，如果你公司没啥大事，下午的事当时还是你引荐的呢，晚上还要听听你对这件事的看法。下午，你就替我陪下两位老师，逛逛西湖，品品龙井，如何？”

第三十三章　语不惊人死不休

语不惊人死不休

范德生和郎仙、蔡江右在细雨缠绵了几天的凉爽午后，一路观赏着西湖美景，一路交换着相互的思想。

雨后的西湖游人如织，人间天堂的美誉名不虚传。

范德生说起一件往事，当年狮城为了解决人口老龄化、地域狭窄、发展空间不够的问题，来到国内寻找地块，建设狮城养老城。

当时首选的是“上有天堂，下有苏杭”的杭州，但是最后还是选择了姑苏城，开始了狮城养老城的建设。

范德生问郎仙、蔡江右：

“杭州和姑苏，谁做得对？”

这个问题倒也有点难以回答。

郎仙的态度倒也鲜明：

“我认为杭州的做法十分理智，拒绝巨额投资是需要理智的。

“如果狮城的富莱士地产当年200亿资金投入杭州，我们今天的杭州美景就变成了私家园林，一个有着千年历史文化底蕴的城市就不复存在了。

“那将是对中国非物质文化的一次掠夺性的破坏。

“北京的颐和园就是仿照西湖而建，可是就是皇家园林再精美，也无法和有着数千年历史文化底蕴的西湖相媲美。

“在这件事上，当地政府体现了大智慧。”

蔡江右针锋相对：

“郎仙，这个说法我不同意。姑苏就是靠狮城养老城的资金重新建设了一个更美好的城市。

“你去姑苏的石路看看夜景，你会发现不比上海的南京路差。现在的姑苏经济实力很强大，狮城养老城的建设起到了振兴当地经济的领头羊作用。你们说是不是？”

郎仙依然反对：

“姑苏的做法确实很聪明，将一个原来的县城包装成姑苏新城，利用外来资金实现了旧貌换新颜，工业也有了很大的发展。

“但是杭州的做法更值得赞赏。

“如果杭州当年也主要靠地产来撬动当地经济，今天这里的民营经济不会壮大。

“当时还很弱小的民营经济就很可能会被房地产热所祸害。

“因为资金不会流入靠一分分积攒做起来的实业，而会涌进快速暴利的房地产业，以往在海南发生的房地产悲剧，就会在这片美丽的土地重演。”

蔡江右不同意：

“你知道姑苏现在的工农业总产值是多少？要占他们整个省的半壁江山……”

郎仙毫不示弱：

“姑苏工业园内有多少是民营企业？

“姑苏老百姓有多少实际生活水平是和姑苏 GDP 的增长同步的？……”

范德生有点后悔提起这个话题。

其实现实中哪里有十全十美的决策，哪里有没有争议的政策，为官掌权的都不是高人一等的神仙，就是神仙也无法面面俱到。

在他看来一项决策有七分可取之处就是上策。

而在普通百姓看来，一项决策没有损害他们的既得利益就是好决策了。

试想他自己在公司的决策真的都对吗？

范德生自己知道不可能。

关键之处做得对，就很了不起了。

一条新来的手机短信，引起了范德生的关注。

他笑着打断郎仙和蔡江右的争论。

“二位老师，我觉得换了是我当两地的领导，当时我都不可能有比他们更好的决策。总体上，两地的发展都很快，比起其他地方都是很理想的境界了。我们不是评神仙啊。对了，就在不远，有个正在召开的地产方面的新闻发布会。我想过去看看，不知两位有没有兴趣一起去看看？”

在万里中心酒店的演讲厅，拥有 70 年房地产开发经验的 MD 建筑设计事务所，来自加拿大杰米威尔先生正在介绍。

“……加拿大由于所有的土地都是私有的，任何开发商都得通过各种不同的渠道从私人手里获得土地。

“虽然，加拿大政府会在国家经济发展需要的前提下，对土地的使用功能有所限制，但并没有明细的硬性限制。

“而开发商所获得的土地，要开发成怎么样的项目，详细情况需要得到市政议员的多数认可，同时还要获得所在社区居民的多数认可，而且无任何合理合法的反对意见。

“另外由于加拿大政府为了避免房地产出现泡沫，银行为了避免项目烂尾损失，要求房产预售七成左右才会发放商业贷款。

“由于要求房产预售七成左右才会发放商业贷款的限制，开发商获得土地之前，就需要研究做什么样的项目对当地的城市发展最有帮助，并能够融入社区获得目标客户的认可，这样才能够获得市政议员和社区居民的认可，并达到理想的预售效果，以获得银行的支持。

“期间的任何一步没能达到要求，都可能影响到项目的发展。

“因此，在整个开发流程中，开发商都要根据市政、社区、目标购房者的要求，不停地调整完善项目规划，以求协调各方的需求……”

杰米威尔先生的介绍没有得到大家的关注。

范德生想，这种国际惯例在国内的开发商里是不会得到回应的，国际惯例要适合中国特色的社会主义初级阶段才会引起重视。

在国内，整个开发流程都是在开发商和政府这两个并非真正的使用者身上通过。

由于这些人都并非最终真正使用的受益或受影响人群，而开发商和政府部门对将涉及众多人群长时间使用的房产，并不可能真正体会及了解消费者的需要。

特别是在目前开发商处于极度强势的情况下，开发商就更不会有足够的精力去考虑这些需求。

过去几十年所积累下来的需求（主要是对现代居住环境的需求）在房改后短时间集中爆发。

在这个时候，造出来的房子就是造出来的钱。

大家只会关心钱的多少，谁会关心100元大钞是1980年版还是1990版的？

不管大房小房，能赚大钱的就是好房。

住得爽不爽？天知道。

新闻发布会上，很快又轮到上海海大房地产经济研究中心的燕教授。

他的发言总是语不惊人死不休：

“我认为上海将出现20万元/平方米以上的超级豪宅，这一天离我们不远，就在三至五年。”

台下都有些吃惊。

“中国房价将开始与世界同步，出现两极分化加剧的局面。随着经济的发展，人们对住宅产品的需求热点，还将改变。实际上，这是符合正常的市场逻辑。”

燕教授从容不迫地发言。

“目前中国房地产的开发流程存在着极大的问题。但其主要原因是我们国家目前的经济还相对不发达，房地产行业还处于初步发展期，房地产业依然是黄金产业。

“从目前的情况来看，中国房地产业已具备了美国上世纪60年代，加拿大70年代房地产成熟期的基本特征。”

燕教授的声音显得很权威。

“1998年起中国才真正拥有房地产业，2003年进入高速发展期，实际上中国房地产业的发展只有短短10年，真正的成长期只有5年。

“这样的市场能算饱和吗？

“中国现在已经发展出一批拥有世界级实力的开发商和人才队伍。

“在2007年中国楼市全面上涨之后，在2008年出现了全国性的楼市销售趋缓现象，但这是暂时的。

“开发商现在的土地储备充足。

“表明中国楼市已经改变了供不应求的现况。

“而且从这几年的经济增长和实际购买能力来看，中国人的经济实力和房价已经有能力接受精雕细琢后的相对高成本房产。

“近来各地楼市冷清是暂时现象，像小户型及豪宅依然十分热销。

“我认为是目前主力购房者的需求所致，在目前的房价压力下，二代人分开居住后的家庭小型化，使得小户型抢手。

“小户型都是青年人喜爱的，他们是最具有人文精神的一代，他们也是最有消费潜力的一代。

“特别是以灰色收入为主的人群，在目前中国的经济环境下，购房成为了最佳途径，在经济快速增长下，对住宅的需求不断升级，因此，以投资为目的的人都购买最高端的产品，价格也自然最贵。”

燕教授分析得还是很有条理。

“过往，在房价应与购买力相当的惯性思维下，大家差距都不大。

“因此，在上海、北京等大都市房价上涨的带动下，小城市的房价也紧跟上涨。

“这虽然体现了供、需能力相当的水平，却脱离了经济流动转移支付的前提条件。

“因此过去几年上涨过快的中小城市房价和郊区房价，在经济增长没能填补前期过快上涨的房价泡沫下，可能出现回调的压力。

“这与上海、北京等大都市核心区房价在经济增长的带动下保持上涨大势将形成反方向。

“前面这位专家提到的纽约、东京、伦敦、巴黎这些世界级都市，甚至一些国家的最大城市，中心区的公寓价格都在10万左右，但是他们郊区的房价却只有1万～2万。

“而我们全国大多数经济较好的城市房价也就只有2万～3万，中级城市的房价只有1万～2万，小城市的房价不到万元。大家看，这里面的差距有多大，增长空间有多大？

“我分析的原因是，超级大城市吸引了全国最主要的经济能量，使得超级大城市的商业价值高企；

“由于超级大都城的规模较大，使得核心区与郊区的交通成本和时间成本差距巨大，商业价值又被再次拔高；

“核心中的核心使得超级大城市地区的商业价值和房价一样高企。

“小城市因为经济能量的外流，房价的水平甚至要低于当地的实际购买能力。”

大家都有些明白了。

燕教授的论点其实就是北京、上海等大城市房价不受其他地区的影响，依然坚挺。

“对于80年代以前的中国和60年代以前的欧美，人们的休闲时间不多，居家的休闲时间和娱乐项目更少。

“对于多数普通家庭来说，一个小小的餐厅足矣；只有少数富裕家庭因为会客的需要才会买带有大客厅的房产，因此，小客间大卧室成为了那个年代最受欢迎的房型。

“但随着经济的发展，人们的休闲时间越来越多，家电开始占据家庭休闲的主要时间，此时就需要一个能够一家人一起看电视或用于其他休闲的空间，而卧室基本上只有就寝的功能。

“因此，大客厅小卧室成为了当今主流……

“目前上海的汤臣一品和翠湖天地嘉苑的水平，可以算得上五星级。

“但是近年因石油涨价成为世界最富裕的中东地区，已经出现七星级的超奢华型住房。

“随着经济的发展，上海有望在五年内成为世界一流的大都市（580 米高的上海中心建成之时），而这种七星级的产品也不用多久就会向纽约、东京、伦敦、巴黎还有上海这样的世界级大都市蔓延。

“这些同样是世界主要富豪聚居的地区，将一样可以消费目前世界上顶尖奢华的房产。

“那么，到时上海出现 20 万元 / 平方米以上的超级豪宅也就顺理成章。

“从这样的经济发展轨迹，回过头来看近年外资炒家在上海及国内获得暴利的原因，就一目了然。

“因此，上海在不久的将来（比较中肯的时间是 5 年内），会诞生 20 万元 / 平方米左右的新天价豪宅，也是极有可能的。

“回过头来，我们可能还要感谢这些炒家，提前开始开发，为目前市场需求准备好了可供应产品。

“如果，没有这些炒家们的前瞻性投资，今年我们就可能没有足够的顶级豪宅来满足高端消费的需求，根据房地产的开发需要三年来算，供不应求的市场可能持续三年以上，那么顶级豪宅的价格更会背离今天的价值。”

台上讲得很生猛，台下郎仙和蔡江右都在冷笑。

郎仙看着范德生，认真地问：“范先生，像你这样的成功人士会选择 20 万元 / 平方米以上的超级豪宅吗？”

范德生一时语塞，这郎仙也太尖锐了，任何表态都是不恰当的。

但是很显然，这是不容回避的问题，他总是要回答的。

范德生也认真地回答。

“我现在的房子是我公司自己盖的，我觉得已经很不错了，暂时不会考虑再买房子了。何况大地震刚过去，现在也不是炫富的时候，我不信哪个傻瓜这几天会买超级豪宅的。”

郎仙还是没有放过他：

“如果你目前没有房子，目前也没有发生过大地震呢？”

范德生心里略为不快，难怪很多成功人士对他都感冒。

他略一思索，还是不动声色地说：

“郎先生，能不能听我讲个故事呢？”

蔡江右颇有兴趣，插话进来：

“哈哈，好啊，范先生一直听我们说得多，我们也听听范先生讲故事。”

第三十四章　我就愿租房

我就愿租房

范德生虽然不是一个讲故事的高手，但是他的叙述倒也很有意思。

数月前，有一场电视台组织的商界精英高尔夫邀请赛。

在高尔夫球场，范德生和"打工皇帝"严粟不期而遇，也许是两人身上还带着一些书卷气，他们相谈甚欢。

人称"打工皇帝"的严粟如今已是亿万富翁。

严粟的经历令人称奇，多次获得中国年度 CEO、十大经济人物、十大科技人物、美国广播公司全球年度人物、美国 NND 年度亚洲人物，被 MC 公司授予 MC(中国)终身荣誉总裁，多次被授予《商业周刊》杰出管理奖。

在其职业生涯中，严粟曾几次跳槽，每一次跳槽，都给他带来了巨额财富，但更令人感到惊讶的还不止于此。

三年前，严粟离开 MC 公司的时候，老板特别写信给予感谢，授予其"MC 公司(中国)终身荣誉总裁"。

两年后，同样的场景再次出现，在美都集团宣布严粟为"美都总裁兼 CEO"的发布会上，他的前老板也特意给严粟发来祝贺信。

范德生和严粟打趣：

"我看你不光是中国年度 CEO、十大经济人物、十大科技人物、美国广播公司全球年度人物、美国 NND 年度亚洲人物，而且还是大帅哥啊，你更应该叫帅哥总裁！"

严粟也颇为得意。

"人长得帅就更要对得起世界了，不瞒你说，还真有这样的评选。

"在一家时尚杂志和一些网站共同举办的一次评选中，我被评为中国十大帅哥总裁。

"对了，别说我，你也是中国十大帅哥总裁，还排在我前面，我很不服啊。"

范德生当时一愣：

"现在的杂志，网站真能忽悠。我也算十大帅哥总裁？估计按钱算的吧？"

严粟没有理会他，还是接着说：

“我被评为中国十大帅哥总裁，所以我无比感慨、无比兴奋，这含金量高啊，跟别的‘十大’比起来，我觉得没有一个‘十大’能比得上这个，我准备了很多获奖感言……”

范德生和严粟的球技都不敢让人恭维，他们也毫不在乎，依然一路谈笑风生。

如果评选十大商界高尔夫精英，就是再差的球技，估计他们也是候选人。

一个朋友找不到他们，打来电话：“哥们，转哪去了，是不是找不着北了？”

范德生笑答：“我们在打帅哥总裁级高尔夫赛呢，我不是冠军就是亚军，你们自己玩。”

打完高尔夫，两人谈兴未尽，范德生也是有意想邀请严粟加盟金星国际，于是邀请严粟到不远处的自家别墅共进晚餐。

饭桌上两人交谈了起来。

严粟没有丝毫惊诧范德生别墅的豪华，不过淡淡地说：

“老范，你这宫殿在国内估计没 2500 万搞不定啊，有没有三宫六院啊？”

范德生笑笑：

“我们自己开发的，没花那么多，不过行价倒是差不多的，严帅哥眼光不错啊。”

“你们金星国际这两年在房产上没少赚钱啊，这年头就是你们这些地主最赚钱啊，哈哈。”

“哈哈，如果你愿意，你也可以加入我们啊，你的新合约到期就过来吧，我们到时候准备这样一套别墅给你。”

“老范，你还不了解我啊，我是情愿租房也不愿买房。”

“哦？”

“你这样的房子，我现在也住着，租金每月 12 万元。

“如果买，要花 2500 万；如果不买，2500 万元拿来自己投资，以我的投资眼光，回报率至少在 30％以上。保守一点，按 20％来计算，2500 万元每年的回报就是 500 万元。

“而租房一年才花 150 万元……我从中间至少还赚 350 万元。

“退一万步讲，你这 2500 万房子送我，那么你们对我的期望值就是至少要我帮你们赚 25000 万，不然你们就是傻瓜。

“如果连我严粟都不愿轻易将钱投在你的房子上，我又如何去找到 10 个以上至少比我严粟智商低的有钱人？”

“严帅哥真厉害，名不虚传。对了，你 20 年一直和老外在一起，还可以卖给老外啊！”范德生插了一句。

“哈哈，其实老外也不都是傻子，2500 万现在约 360 万美金，现在有 360 万美金闲钱的老外也不是多得难以计数。

“360 万美金在美国像这样的房子也可以买 3 栋了，就是再考虑人民币升值因素，这个房价还是高得离谱啊！

“现在老外有钱的主儿都拼命挤进来，换成人民币暂时趴在银行不动，等着股市砸下来，来抄中国股市的世纪大底呢。”

范德生不负责集团的资本运作，对股票不是太熟：

“不是说老外进股市，需要 QFII 通道才能进来吗？”

“老范，你不会是为证监会在干活吧，原则性太强了！”

严粟说话一点也不严肃。

“哈，你就明说，这块业务不是我负责，我有时是有些不明白的。”

范德生倒也坦诚，都懂了还需要专家干吗？还需要职业经理人干吗？

就连他主管的房产，他也不是百事通啊。

看着范德生的坦诚笑容，严粟收起了调侃的神色。

“QFII 通道确实是正规渠道，但是正规渠道进出太麻烦。

“外国人个人是不能开立中国 A 股的股票账号的，但是在国内注册的公司都是可以开设股票账号的。

“所以老外投资国内股市其实是早就开始了，我知道的是每个 QFII 基金后面至少有 10 倍明暗的跟风盘。”

“啊？”范德生有点吃惊，虽然早听说有资金跟着基金当老鼠仓，可是这样多，他还是没想到，“你可知道得真多啊，你不会是 CIA 吧？”

“哈，你别吓我啊，你又吃国家安全部的饭了？”严粟也不含糊。

“其实是我的几个美国朋友托我找国内的空壳公司，我才知道里面的奥秘的。

“老外不傻，也知道变通的。

“现在国内的空壳公司行情看涨啊，尤其是前几年注册的合资公司，用补足注册资本金的方式将外币汇进来兑成人民币，外汇管理局是没有任何原因拒绝放行的。”

“可是赚了钱如何出去呢？”

范德生有点明白了，但是他还是问了下去，最近实业不好做，房产也快到头了，万一苗头不对，金星国际的资金也不能等死啊。

“出去吗？也有很多办法的。我不信你不知道，不过最缺德的办法就是高价进口电子元器件。”

范德生一脸茫然。

“哈哈，说白了就是向海外的自己控制的空壳公司购买，实际进口的是电子垃圾，这样演一场上当受骗的双簧，钱以贸易方式出去了，国内的空壳公司自然就破产了。

“游戏就结束了。

“去年年底开始南方有不少公司破产，里面就有这样的。最可笑的是电子垃圾在我们中国人手里，还能在二手家电市场转一圈……”

“是不是还有地下钱庄？”

范德生追问，上面的办法对金星国际肯定不合适。

“应该有，不过这些我就不太了解了。”

显然严粟不愿再深谈，他也确实不清楚。他也不是百科全书。

“哈，还是聊你平时如何理财投资的？”

严粟说：“过去我是存银行的，后来私人理财帮我理财，现在我是自己做投资。

“虽然我原来是做 IT 的，但是我只投资传统行业，包括汽车、造船、电力、钢铁、铁矿这些行业。

“你别用奇怪的眼神看我，这些领域相对来说比较传统，下滑的可能性不大。

“传统领域有比较成熟的商业模式，抗风险的能力强。

“我觉得个人理财需要稳定而不是高风险高回报。

“原来你们的房产股票，我也买，现在没房产股了。”

范德生发现他和严粟谈得越来越投机。

他索性再问下去：

“对了，‘打工皇帝’你为何还同时受到新老东家的欢迎和欢送呢？”

“哈，人长得帅没办法不受欢迎啊。”

严粟话锋一转，严肃起来：

“其实长期保持与老板的良好关系是关键。

“除此之外，永远不在企业低谷的时候跳槽，要选择新的行业，不与原来的老板竞争。

“我们职业经理人在企业低谷时跳槽，是贬值的。”

……

范德生口才不算好，但是关键的地方倒也讲得十分清楚。

听完范德生的故事，郎仙和蔡江右相视而笑。

原来成功的社会精英也都不是弱智，智商并不像大众以为的那样。

范德生没有将后面的谈话内容告诉郎仙和蔡江右，不过他自己倒是记得很清楚。

“严粟，你的合约到期，来我们集团吧！”范德生正式邀请严粟加盟。

“哈哈，我的新合约才开始没多久啊，我个人对房地产没有兴趣。”

“不是房地产，是个新项目，很有潜力，也很有挑战性。”

“那是哪方面的？”

“哈，现在只能说个轮廓，除非你确实有意向加入我们。”

第三十五章　和国际接轨

和国际接轨

在范德生讲故事时，他们都自动将燕教授的发言过滤了，但是此刻，燕教授的发言就越发显得刺耳。

郎仙听着听着，实在忍不住了。

在燕教授的鸿篇巨论后，郎仙站起来请求发言。

这一举动，完全出于主办方的意料，但迎来了场下听众的一片掌声。

主办方最后还是安排了郎仙发言。

郎仙的发言依然是那样火辣尖锐。

"很高兴我今天没有因不标准的普通话而被取消这次发言。我也感谢主办方给我一个机会，让大家听听对房地产商的不同声音。

"在今天这样举国悲痛的日子，我以为谈论每平方米 20 万的豪宅是不恰当的。

"就在我们在这里高谈阔论时，我们有没有想过同在震区的我们的同胞，我们有没有想过在震区援建一所希望小学就只要 20 万元？

"在我们谈论房价要和国际接轨的时候，我想问问开发商们，你们为我们灾区的同胞做了些啥？

"不要和我说你们在财富排行榜上的排名，你们的那些排名在我心目中的地位，都永远高不过灾区的普通遇难同胞的坟头。

"我知道今天的发言不会在被你们胁持的媒体上出现，但是在座的每一个有良知的中国人都不会忘记我的发言。

"我的声音虽然微弱，但是这是所有普通中国老百姓的共同心声，总有一天，这个声音将使你们发抖。"

台下一片掌声。

范德生听着也不禁动容，一向温文尔雅的郎仙居然如此火爆？

"好，我们回到正题，谈谈国际惯例。

“说几年后上海房价才和国际接轨，那是无耻的谎言。

“不要以为有某些媒体可以放大你们的声音，你们就可以肆意欺骗善良的老百姓。

“在某些媒体放大你们声音的同时，也在放大你们的无知和无耻。

“我不知道这个与国际接轨的依据在哪。

“事实上，中国房价已经高到了非常离谱的程度。

“我国房价与发达国家的房价其实已经提前接轨！

“我们也用事实来说话，今天我也给大家提供一组数据。

“数据显示，2008 年 3 月份，美国新房销售中间价为每套 22.76 万美元。

“请大家注意，这个数据主要指独栋房屋，即我们国内概念的别墅，房屋面积一般为每套 200 平方米左右，当然还带有不计算面积的前后花园，房屋且为全装修房。

“据此计算出来的美国住房的单价大约为 7000 元 / 平方米。

“2007 年我国新住宅销售的平均价格为 3655 元 / 平方米，这是未装修的普通毛胚公寓房，连阳台也是要折算部分面积的，如果加上装修，单价大约在 4100 元 / 平方米左右。

“即使从绝对值上来看，中国的房价与美国也非常接近。

“如果考虑到美国的房价是包含土地的，而我们的房价只有 70 年的土地使用权，再考虑到美国的人均年收入是我们的二十多倍接近三十倍，另外考虑到美国的社会保障机制远远好于中国，所以我国房价与发达国家的房价其实已经提前接轨！”

台下顿时一片哗然。

“今天再谈每平方米 20 万的豪宅的居心何在？

“在今天这样举国悲痛的日子，我看不出你们的宏伟蓝图是多么激动人心！

“我看出的是房地产开发商对暴利追逐的无限贪婪。

“每平方米 20 万元？

“不妨说说你的成本，让我们大家也见识一下。

“不要和我谈这些是商业秘密，也许你们暗箱成本可能永远是个秘密。

“但是上海的建筑土建成本是有政府定额限定死的，就是钢筋水泥再涨，现在也不到 1500 元 / 平方米。”

范德生暗叹，郎仙的攻击力真彪悍。

“我再说一个真实的事例。这都是来自上市公司的公开资料，某家很具实力的建筑公司，在 2007 年实现营业收入 250.10 亿元，实现净利润 3.01 亿元，净利润占营业收入的 1.2035%；某家号称只赚平均利润的房地产公司 2007 年实现净利润 48 亿元以上，它的最新拿地成本是 2100 元 / 平方米，而它截止到 2008 年 5 月份的销售均价在 9000 元 / 平方米左右。大家可以想象一下数据背后的原因。”

大家都安静地等待他说下去。

“我说说我看到的，当然一定不全面。

“净利润占营业收入的 1.2035% 的建筑公司的出现，说明了在真正创造价值的建筑工人们，其实就是农民工兄弟们，他们没有分享到房价上涨的任何好处，在物价高涨的今天，他们的实际生活水平在下降。

“这家建筑公司与房地产公司的营业收入都是一个数量级的，但是净利润差 10 倍以上，这样悬殊的分配差距，会有严重后果的。

“在经济上，将有大量资金进入房地产业，其他行业的资金将可能给抽干。

“在政治上，农民工兄弟们积聚的仇富情绪及普通市民的生存压力，都是社会不稳定的因素。

“很多人不理解我，为何老要唱衰房地产业，我难道和钱有仇吗？

“错了，我郎仙也很爱钱，但是君子爱财，取之有道。

“如果我们还不能理解我们目前的处境，我们拥有的美好也会失去。”

全场默然。

“在今天这样举国悲痛的日子，谈论每平方米20万的豪宅是房地产业的悲哀和可耻。

“我今天不想再多说了，因为我的言辞无法让你们抗拒金钱的诱惑，但是就算如果我不能让你们放弃贪婪，那么请在今天暂时闭上你的嘴。

“你们的理论不会在今天灭绝的，你们的丧钟还没敲响！

“而我希望在座的每个人能停止思考，为远在千里之外的四川受难同胞真诚祈祷，哪怕只是一分钟。”

“谢谢大家！”

会场一阵静默。

谁也不想打破这种静默。

人们内心深处最柔弱的地方被触动了。

第三十六章 祸国殃民

谁是伪专家？

在一阵静默之后，燕教授的声音不合时宜地冒了出来。

今天的两番论战，让处在下风的他感到十分不适，他从来没有给人这样当面羞辱过。

“郎教授的发言我觉得是很不妥的，我们是在谈论学术问题，而郎教授的发言只是他一向仇视房地产业的哗众取宠的表现。

“我想在座的房地产业的资深人士，是不会轻易给一个对房地产业并不熟悉的伪专家所迷惑的。”

主持人简直要拽自己的头发了，这个燕教授就是死硬，明明已经是煮烂的鸭子，还要嘴硬。人要自取其辱，还真是彪悍无比。

主持人心一横，老子不管了，看你们好戏。

果然，郎仙不甘示弱，他是属于那种越战越勇的角色。

本来在这样一个举国哀痛的日子，他并不想一味咄咄逼人，可是……

郎仙很快又回到台上，和燕教授开始论战。

“我这个外行，先请教燕教授，你是如何理解房地产业的？”

“房地产开发企业是改革开放的产物，是具有中国特色的城市建设‘市场经济’的一个重要特征。

“否定房地产开发企业，并煽动大众对房地产企业的仇视，是不符合建立和谐社会的大局的。

“没有房地产开发企业多少年来的努力开拓，我们的城市面貌会发生这样翻天覆地的变化吗？”

范德生也开始觉得燕教授的话也颇为难以让郎仙回答。

房地产开发企业就算追求盈利过分了点，但是企业当然是盈利越多越好啊，再说这些年城市面貌会发生翻天覆地的变化，也是不容郎仙可以轻易否定的。

蔡江右看看范德生，也颇有感触地说：

“老郎答得不好，就真显得哗众取宠了，他不是房地产业的，他能行吗？”

“我觉得，这些年城市面貌发生翻天覆地的变化，是改革开放的重要标志之一，我当然看到了，我想在座的每一位也都看到了。

“但是这和房地产开发企业关系不大，坦率地说，我认为几乎没有关系。”

“哈哈，我没听错吗？城市建设和房地产开发企业没有关系？”

燕教授插了一句，这个郎仙很狂妄，简直目中无人啊。

“是的，被誉为城市建设领域改革开放产物的房地产开发企业，是一个几乎没有任何社会价值的企业模式。”

台下也开始哗然，郎仙有点不客观啊。

郎仙注意到大家的情绪波动，依然不慌不忙地说：

“大家没有听错，听我慢慢分析。

“在以前计划经济的时代，我们看不到开发商这个概念。

“住房都是各自单位找建筑公司建造的，虽然建造的数量不多，但是几乎很少听到豆腐渣工程，这次地震不少那时期建造的房子没有震塌，但是最近几年造的房子反而给震塌不少，这是不是值得思考？

“在当年日本的兵库地震发生后，日本在重建过程中并没有大规模地引用商业开发模式，他们充分利用的是建筑商的力量，而不是开发商的力量。

“所以我建议四川当地政府在震后重建中，让开发商走开。”

“郎教授想给计划经济翻案？”

燕教授不阴不阳地说了一句，成功地转移了郎仙的话锋。

“我认为主要是我们夸大了开发商的功绩，混淆了开发商与建筑商的区别。在我们这里，许多人把开发商等同于建筑商。这其实是一种认识上的误区。

“在我国房地产产业链条上，规划由规划单位做，设计由设计单位负责，工程施工由建筑企业负责，销售由房产销售商负责，资金缺口由银行贷款负责，代理开发商扮演的角色呢？

“开发商扮演的就是‘中间人’。

“作为中间人，它的收益和作用，你们看是不是就被夸大或人为放大了？”

“作为产业分工，房地产开发商的做法是很合理的，难道房地产开发商为了造房子还要自己炼钢铁，产水泥？”

燕教授讥笑郎仙，显得胜券在握。

“作为中国改革开放最早的房地产开发企业，都是由各地的房屋管理部门设立的。

“由于当时国家的财力有限，很多都是先采用无偿划拨部分土地，再将土地抵押给银行，得到建设开发资金，进行城市建设和城市基建改造。

“这些做法在当时经济成分单一，国有经济占绝对主导地位时，是一种有益的创新。

“它将土地这一长期被计划经济忽视的经济要素发掘出来，并用政府行政的银行信用，有力推动了城市建设，这是不可否认的历史功绩。

“没有当时的创新，就不会有城市面貌的根本改观和居民居住条件的根本改善。”

燕教授没有再说话，他突然觉得郎仙让他摸不着头脑。

“这就是特殊时期的特殊做法:国有开发商的自有资金有限,主要通过让国有建筑企业垫资、预售、国有银行直接贷款或按揭等方式,来滚动经营开发的模式。这种特殊做法似乎将房地产开发经营的模式给固定了下来。

“我以为在特殊时期的特殊做法是无可厚非的,这等于是小儿子(国有开发商)要做买卖,没有本钱,做老子的(地方政府)将自家房子抵押给兄弟(国有银行)换来小儿子做生意的本钱,让大儿子(国有建筑企业)再垫上不足的本钱,这里面就是有利益输送也无所谓。

“因为肉最后还是爷爷(国家)在分配,肥水不流外人田。”

郎仙话锋一转,颇为严肃地说道:

“可是在今天房地产开发业已成为‘富豪批量制造业’,这是极不合理的,也在严重扭曲我国整体经济结构。

“它已经演变成一种祸害,或者是说癌变成一种祸害。”

台下有些骚动,有人窃窃私语。

台上的郎仙没有理会下面的反应,继续侃侃而谈。

“然而在目前多种经济成分并存,房地产开发企业主要由非国有成分主导的今天,这种特殊时期的特殊做法还在延续就显得十分荒唐。

“从目前的房地产开发企业资金来源上来看,许多开发商的自有资金寥寥无几,主要通过让建筑企业垫资(向建筑企业转嫁风险和成本)、预售房(向购房人转嫁风险和成本)、直接贷款或假按揭(向银行转嫁风险和成本)等方式,来维持经营。

“这就相当于一个来历可疑的外人,他先用20%~30%的资金向当爷爷的租了块土地(50~70年)造房,然后这家当爸爸的负责将土地上的原有为爷爷工作的各种人员先清场(动拆迁),再要这家大儿子(国有建筑企业)及大儿子的朋友(其他建筑企业)再垫上70%的本钱,再将租的土地和这家大儿子等垫资一股脑儿当成自己的财产(在建工程),抵押给老爷子的另一个儿子(国有银行),拿到远远高于投入的资金,再将房子以需要付出20~40年辛勤工作的天价卖给因为动拆迁无家可归的人,然后再去租地开发,循环下去……

“请问这是正常的经营模式吗?这又是哪里来的国际接轨?”

大家没有听明白。

郎仙又说了一遍。

“譬如我去你们家,用20块钱问你爷爷租你家的厨房,然后让你爸爸将厨房里冰箱里的东西全给处理掉了,又让你妈妈自己垫钱买100块菜,然后我雇佣你来烧菜,最后我将烧好的菜卖给你们全家吃,你们付我400元。你们觉得正常吗?

“如果这种做法不是偶然一次,要持续10年、20年,甚至更长,你们还觉得正常吗?

“大家想想,我们目前的房地产开发企业是不是这样类似的发展模式?”

大家恍然大悟,若有所思。

“可能我说得有些过火。

“但是在今天这些被誉为城市建设领域改革开放产物的绝大多数房地产开发企业,其本质是从事土地、资金、建筑活动、成品房屋的倒卖商、中间商和皮包商。

“他们是一个几乎没有任何社会价值的企业模式，他们已演变成城市建设和人民生活的致命祸害。”

此刻，台下安静得鸦雀无声。

“它的祸害主要表现在四个方面：

“第一，现代的房地产开发企业是我国城市规划的专门破坏者。

“房地产开发企业成立的初衷是统一规划、统一开发，但在企业准入不受限制且越来越私有化的条件下，透过各种关系获得土地、修改规划以便更大限度地获得土地增值，几乎成了房地产开发企业的一种常态和主要盈利模式。

“在这种体制下，城市规划就成了某些地方政府和房地产开发商任意涂改的试验场。

“只要是房地产开发商看上的土地，某些地方政府就积极配合，设法修改规划，然后不顾由此可能给居民带来的财产上、精神上的重大损失，动用各种力量强制拆除居民房屋，建成房地产企业实现最大化获利能力的物业形态。

“由此，2005 年洛桑国家管理学院在其编制的国际竞争力报告中，将中国城市规划水平排在 61 个样本国家的最后一名。

“我们暂且不说有多少本应保留的非物质文化遗产从此消失，就说说强制拆除居民房屋这些事实。

“我想在座的每一位都明白，强制拆除居民房屋而带来的是社会矛盾激化，是开发商得益，普通百姓受害，政府形象受损。

“第二，房地产开发企业是现代大量垃圾建筑的主要推动者和最终控制人。

“我国现行体制下商业房地产和住宅开发，主要采取房地产企业开发经营即‘代建’模式。

“由于完全缺乏对开发商定价和利润的控制，甚至将开发商任意定价看作房屋市场化的常态，导致房地产开发商发展成为控制房屋设计、建筑材料供给、房屋建设、房屋销售等整个产业链的包销商。

“由于对工程质量缺乏有效的监管手段，对利润最大化的追求，推动房地产开发商不择手段地主导的、大规模低劣工程质量的房屋开发。

“在我看来，目前我国的房地产开发活动之所以不能控制，根本原因在于暴利机制的拉动；而大量低劣建筑的建设，不仅造成社会资源的巨大浪费，更威胁到广大城镇居民的生命财产安全。

“我想在座的每一位也都可以想起你们所知道的豆腐渣工程。

“第三，房地产开发企业是我国社会公众财富的重要掠夺环节。

“具有目前‘市场经济’的一个重要特征，就是在住房的最终消费者城市居民和建筑企业之间，特别设计一种以盈利为目标的垄断经营环节，并以此作为‘市场经济’的标杆强制推广。

“这种实际上的‘过度市场化’，否定了城市居民直接参与建筑市场购买的权利及其固有的市场经济特征，而把只具有简单组织管理职能的房地产开发企业的工作复杂化、垄断化、暴利化，使之蜕变为一个几乎不提供劳动，但可以获得暴利的掠夺环节。

“这种掠夺的主要手段，主要是通过压低工程成本和通过捂盘、控盘等方法推高房价来实现的。

“在这场掠夺大戏中，某些媒体为了自身利益，也有意或无意地充当了吹鼓手的角色。”

主持人心里一凛，这小子真是逮谁说谁啊，连我们也给捎带了。

“第四，房地产开发企业是官商勾结、铁三角的核心。

“依据我国宪法，城市土地和集体土地都属于公有制土地，政府有义务通过划拨手段提供给土地所有者——城乡居民生产和居住使用。

“可是由于理论认识上的一些误区，由某些地方政府出面、开发商主要经营的所谓‘土地市场化’，实际上是变相把全体人民拥有的土地，再高价卖给全国人民。

“而某些地方政府机构、行政官员和房地产开发商，则可以借此牟取单位和个人的经济利益。

“为了维护某些地方政府和开发商等既得利益集团的利益，某些地方政府限制各种自然的、可能成为房地产开发商竞争对手的房屋建设形态，包括居民自建房、合作建房、集资建房、单位建房、建筑企业开发房屋等途径，全力扶植房地产开发这一国民经济‘支柱产业’，促成房地产开发业这一超级创富模式。

“在每一个开发商的背后，都或多或少地存在一个利益共同体，在其背后鼎力支持。

“在这里，我不能说地方政府机构的官员都是为了自己的私利而胡作非为，但是为了自己的私利而胡作非为的腐败官员也不是可以忽视的少数。”

靠，连蔡江右也服了，郎仙将某些官员也给捎带了。

“如果这一超级创富模式还将存在下去，对传统制造业和科技创新的颠覆，以及导致我国整体经济结构严重扭曲，将构成对我国金融安全和国家经济安全的潜在重大威胁，则房地产业对中国政治经济社会的毁坏作用，更是深入骨髓无可救药了。

“这种祸害作用也可以用四个字形容——祸国殃民！

“好在中央政府已清醒地意识到这些，并在采取一系列房地产调控措施。

“这些措施是深得人民欢迎的，但是我们不能低估某些既得利益集团。

“他们为了自身利益会采取各种反调控对策，今天的每平方米 20 万元豪宅的言论就是其中的伎俩之一。”

“中央政府房地产调控措施将对房地产企业造成极大损害，损害更大的是为房地产企业提供贷款的银行，最后损失最大的还是国家。”燕教授还是不甘心。

“感谢燕教授提供了又一个既得利益集团的反调控言论案例。”

台下一阵轻笑。

“原本今天的发言到此为止了，感谢燕教授的案例给了我继续解析下去的机会。”

燕教授气得脸涨得通红。

第三十七章　以良知说话

在美丽的西湖不远的华丽建筑里，新闻发布会成了辩论会。范德生对郎仙的感觉变得非常复杂。他敬佩郎仙的学识和人品，但是畏惧他对房地产业的透彻认识，他开始明白其他房地产大佬对郎仙的感觉了。

千里马不驯服于伯乐，伯乐也就自然当这千里马非马，指马为鹿也未尝不可！

千里马不是虚的，是要为马的主人效力的。

台上还在针锋相对。

"中央政府房地产调控措施到底对房地产企业造成哪种损害？房地产企业破产了？还是居民可以买得起房了？"郎仙反问。

"中央的房地产调控措施我看还是温和的，给了你们充分的回旋余地了。

"如果说股市可以要求普通的投资者'买者自负'，为何你们房产商就需要旱涝保收地谋求暴利？

"这又算哪种市场逻辑？

"不要老是拿着'中国特色'来忽悠大家。

"损害更大的是银行？

"如果银行是只按你们取得的土地价值的60％～70％发放银行贷款，而土地成本只占目前房价25％的情况下，我看不出银行有多大的风险。"

"你说的土地成本是完全不对的，你根本不懂在房地产开发中至少需要15个以上部门的审核批准……"

"好啊，不妨把其他我不知道的成本放在阳光下面晒晒，让我们见识一下？"

燕教授哑口无声。

在停顿片刻后，郎仙说道：

"你不方便说，我不勉强。

"我要告诉大家的是，中央的系列房地产调控措施中最厉害的是，2007年初《国务院关于促进节约集约用地的通知》规定，各地要在6月底前把清理闲置土地的情况上报国务院，囤地的开发商如果不在6月底之前把地处理掉，会很麻烦。

“现在中小房地产企业基本上拿不到银行贷款。

“2007年高价拿地的企业将面临付清土地出让金的压力。

“开发商目前手里的土地必须在2～3年内动工开发，逾期将由国家收回。

“在房地产界，有一个公开的行业秘密。等动土开发建设了，房地产企业的资金链就松动了，凭四证，银行可以向房地产企业贷款；在建筑结构封顶之前，建筑企业往往垫资建设，在建筑结构封顶后，房产可以预售，只要30%左右购房者的房款就可以冲抵建筑结算款，所以余下的房子可以捂盘，谋取更大的利益。

“中央的调控措施其实就是爷爷限制爸爸叔叔们，不要向外人提供本来可以供子孙享用的财富，为他人谋利，有何错之有？

“如果说有错，就是对于既得利益集团的利益是个致命错误。这一系列措施将分化这些利益集团，一些暗箱操作的商业秘密将大白天下，一些因权力寻租而滋生的腐败将暴露在阳光下。

“阳光是最好的防腐剂。在市场经济发展的今天，说句对房地产企业可能有些残酷的话，如果目前的房地产企业在今晚倒闭，中国目前的房价将降一半。

“这对于广大国民倒是个福音。

“年年的富豪排行榜被开发商霸占，已经暗示着一个强大的既得利益集团的形成。

“你们通过广告，操纵了媒体，而媒体对开发商的广告依赖性也变得越来越大，导致某些媒体对开发商投怀送抱，丧失独立性和公正立场，沦为这一寄生虫的二奶。

“某些媒体通过赞美开发商，鼓吹房价永远只涨不跌的邪恶理论，讨取开发商的欢心，换取广告费。

“所以无论我今天讲的是啥，在某些媒体看来都是影响房地产广告投入的负面因素，会被以种种合理或不合理的原因，以和谐社会的名义过滤掉。”

郎仙内心有种悲哀油然而生，他停顿片刻，再接着说。

“如果说既得利益集团是一个个巨大的寄生虫，那么，试图寄生在寄生虫身上的某些媒体是更可耻的寄生虫。

“媒体一旦走向堕落，将是这个时代的巨大悲哀。

“如果所有媒体被既得利益集团操纵，公众将越来越远离真相，信息将越来越混乱。

“人们苦苦追求的法制与民主社会将渐行渐远，甚至淡出人们的理想。

“如果所有媒体被既得利益集团操纵，弱者的话语权将被进一步被剥夺，他们被这个社会边缘化的速度将日益加快。

“而强势者将越来越肆无忌惮，其掠夺的欲望与冲动将变得更加难以遏制。

“目前，住房中有泡沫、房价要跌或有关房屋质量投诉、房屋面积缩水的投诉等新闻某些媒体都不再刊发、播发。

“一些知名媒体和知名媒体人士，也成为开发商收买的对象，因此丧失新闻人的道德底线。

“今天在座的有不少是新闻从业人员，我不指望你们为了和开发商叫板的义举，砸了自己的饭碗。

“但是我在此恳请各位用你们的良知，和这些无良的开发商保持距离。

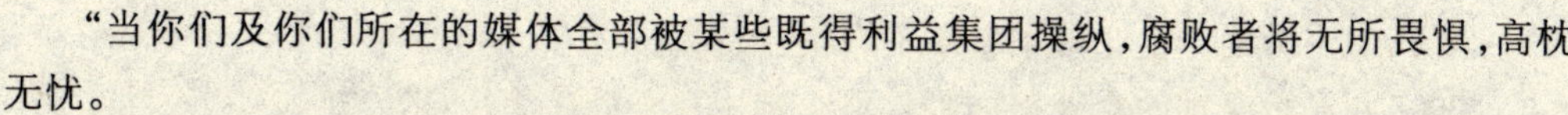

“当你们及你们所在的媒体全部被某些既得利益集团操纵，腐败者将无所畏惧，高枕无忧。

“他们将变本加厉地滥用公权牟取私利，从而成为这个社会的毁灭者或掘墓者。

“这个社会将逐渐被公平、公正所抛弃。

“当所有媒体都被某些既得利益集团操纵，在民主自由的幌子下，公心遭到凌辱，私心受到吹捧，自私成为普遍的品质与追求，人们的价值观将遭到彻底的扭曲。

“这个社会将被黑暗笼罩……

“在历史上，罗马帝国有着伟岸的身躯，但是也是人类历史最黑暗的。

“我希望有更多的人，为了我们的子孙，舍弃个人的得失，用良知说话。

“我相信，我的声音虽然微弱，但是就像《皇帝的新衣》里的小孩的声音，将会让所有的人知道真相。

“谢谢大家！”

第三十八章　用钱砸死你

2008 年 5 月 13 日。

宿醉的退休新贵王威廉，是被不肯停歇的电话铃吵醒的。

王威廉满胸怒火地接起电话，电话里的消息让他清醒过来。

电话是大卫打来的。

“啊，赵玉文失踪了？在哪？四川？高兴君刚飞往成都？……”

退休新贵王威廉完全醒来时，才发现太阳已高高挂起。

他在心里盘算着，难怪昨晚的豪华酒会没有金星国际的人影。

他揉揉有点发痛的太阳穴，打开电视机，他还没有对四川大地震有特别的印象，昨晚的豪华酒会成为了他的焦点，也成了他的盲点。

电视机的很多频道都是来自四川大地震的画面，他震惊了。

他突然从内心涌出一种悔意，昨晚的酒太……

他看到有些解放军战士徒手挖掘救人的镜头，猛然意识到他需要做的事。

他从电脑里很快检索到一家离他最近的工具生产商，他要紧急订购救灾工具。

“啊？没有，不能供货？”

他的怒火上升，他不信现在还有没有钱买不到的，他狠狠挂了电话，他要用钱去砸他们，他不信他买不到。

“用钱砸死你，奸商！”

王威廉想了想，他特地没有开车，而是走到别墅区大门口，他要小区门卫给他叫一部黑车。

他要看看那个不愿供货的奸商，突然看到巨款的表情。

他的车太好了，制造不出气氛。

顾客总是上帝，小区门卫不敢得罪王威廉，心想像他这样的富人，连玩女人都有新想法，门卫找到了老赵的名片，拨通了要车的电话。

庄营海的车很快停在了别墅区大门口，等王威廉上车，他知道今天的运气来了，这是一笔大生意。

按照王威廉的吩咐，庄营海的车来到一家银行门口，王威廉下车走了进去。

庄营海坐在车里，看到银行里人头涌动，心想要等的时间不少，他悠闲地点起香烟。

王威廉直接找到大堂经理，要求提款100万现金。

大堂经理有点迷惑地看着这个年轻帅哥，当她接过王威廉的银行卡，校验里面的数据时，她那职业的笑容突然有些僵硬。

天啊，这个数字是真的吗？

在近10年的职业生涯里，她见过不少有钱人，但还从来没见过这样有钱的，居然这个个人账户上有近6亿元！

大堂经理的笑容由衷地灿烂起来：

“王先生，请您跟我到VIP室稍作等候。我们马上为您服务。”

在安排好王威廉后，大堂经理一路小跑进了分行行长的办公室。

武行长看到贸然闯入的神情紧张而又亢奋的大堂经理，心里十分不悦，用眼光死死审视着她。

“行长，有位顾客要马上提款100万。我们的现金可能不足。”

“他没有预约吗？5万以上提款都要预约的。”武行长有些狐疑。

“行长，你看看他的资料吧，他是王威廉。”

等武行长看清详细的资料，神情大变。

他连忙打电话要求柜面首先保证100万现金备用，不得动用。

然后转过身对大堂经理说：“王先生在哪？是在贵宾室吗？”

“武行长，他在3号贵宾室。”

武行长对电话里继续说，“嗯，你马上将100万备好送到3号贵宾室。”

挂上电话，武行长亲切地说：“小李，陪我一起去见见王先生，这样的客户可是我们的上帝啊。”

在3号贵宾室，宾主相谈甚欢，100万很快就送来了，装在两个银箱里。

看到100万现金来了，王威廉没有兴趣多做逗留，在银行保安和武行长的陪同下，将两只银箱装上了庄营海的车。

庄营海看着两只银箱有些意外，但是他没有做声。

车很快停在杨易工具制造有限公司的门口。

王威廉要庄营海帮忙提着两只银箱，跟着他来到了总经理室。

杨易看到王威廉的举动有些吃惊，没想到拒绝的生意还是找上门来了。

王威廉打开了两只银箱，对杨易说：

“你们公司目前生产的千斤顶，我全要了，按高出你原出厂价的10%，这是100万，就算是第一笔货款，我要马上提货。”

杨易看到满箱的钞票有些苦笑：

“先生，不是我不愿做你的生意，而是我没有原材料生产了，钢材供货商都在等钢铁再涨价，不愿供货啊。如果你能供应给我钢材原料，我马上就加班生产！”

“我不信你们没有千斤顶了，我加价给你们，我要现货。”

杨易有些松动，但是还是坚决回绝了：

“除了比亚蒂汽车订货的1000只千斤顶，其他都已装箱了，我们这些是出口订单，我们是要执行合同的！”

“他们的1000只千斤顶和其他都已装箱的，我都要，我加价50%！”

“先生，比亚蒂汽车订货的1000只千斤顶，是他们从要出售的汽车配套工具中临时扣的，要连夜送往灾区的；其他的，都是我们的长期订单客户，我们不会随便违约的！”

“比亚蒂订货的1000只千斤顶，我就不要了，余下的我都要，加到60%一口价。”

王威廉的眼红了。

杨易愤怒了：

“你再加价，我也不卖，我们要执行合同，我们是有信用的。”

王威廉也急了，随手抽出一捆钞票，砸在桌上。

“靠，你这个奸商，你发国难财啊，好，你开价，老子今天不信，用钱砸不死你！”

杨易气得发抖，他将桌上的钱扔回箱里：

“你放屁，比亚蒂订货的千斤顶，本来就是我原来外销订单扣下了一部分，你知道为此，老子的这笔外销订单要赔多少违约金吗？”

他做出一个逐客的动作。

王威廉一愣：

“我买了千斤顶也是要运往灾区的，全部免费送给当地救援。”

杨易余怒未消，但语气平缓了很多：

“我看你才想发国难财吧，将千斤顶运往灾区高价转卖。”

王威廉道：“你不信，跟着我连夜去四川。”

杨易心里盘算着：

“好，我这里还余货值85万的千斤顶，我先按平价卖给你，我跟你去，如果到灾区你没高价转卖，就按这个价格成交；如果你高价转卖被我发现，你按现价的200%赔偿我，你干不干？”

杨易心想，这次违约认栽吧，救人比啥都重要，我杨易最坏的结果就是重新再来。

反正没原材料了，只能死等，不如去灾区做点实事。

王威廉高兴了：“哥们，我错怪你了，你的损失我包赔你。”

庄营海的内心很不平静，难道为富不仁的成语错了？

王威廉将1万块塞在庄营海的手里：

“如果你送我们连夜赶到成都，这1万块就是你的。”

王威廉希望有个见证人。

庄营海在赶往四川的路上，给陆一岚打了电话，发了短信。

在运输千斤顶的货柜车后，庄营海的车不紧不慢地跟着，王威廉与杨易不打不相识，正在侃大山。

陆一岚直觉，庄营海有事瞒着她，她想等庄营海出门后，打电话弄明白。

等庄营海出门后，她拨通了名片上的电话。

电话响了很久，没有人接听。

陆一岚连拨了三次电话，还是没有人接听。

陆一岚放下电话不久，电话回拨了过来。

电话里是一个带有磁性的沉稳的男中音，声音很让陆一岚感到可信。

男中音告诉她，他们是一家国际性的机构，是人权的，还是和平的，陆一岚也弄不清楚。

但是男中音在了解了陆一岚的情况后，十分热情地要求与她面谈。

陆一岚没有理由拒绝，在目前的情况下，就是稻草也要去拉的。

在两岸咖啡馆的门口，陆一岚犹豫了片刻，她还是推门进去来到了3号包间。

3号包间不大，但是让人感到非常舒适，里面已经有一对西装革履的俊男靓女等着。

男中音热情地告诉她，他们是无国界医学前沿研究机构的，主要从事人体器官的移植研究，他们的工作就是邀请合格的中国志愿者，前往境外参与他们的科学研究。

只要她愿意参加，他们将先为她免费安排全套的体检。

如体检合格，前往境外的来回旅费等所有开支，都由无国界医学前沿研究机构承担，并将根据科学研究的性质支付高额报酬。

陆一岚的脑子有点晕，她总觉得有点不对劲。

但是想到可以先免费安排全套的体检，她含糊其辞地答应了。

俊男靓女立刻热情地马上安排陆一岚去做体检。

坐在宝马车的后座，陆一岚的怀疑烟消云散了。

俊男开车，靓女坐在一侧，请陆一岚在一大堆文件中签字。

也许是看到陆一岚疑惑神情，靓女解释：

"在我们国家《人体器官捐赠法案》已经通过，这是医疗进步的一大福音。我们的科学研究将使人们对自己的器官可以重新估值，给穷人一个改变自己命运的机会。"

"在现代医药科学很发达的今天，我们只要有点勇气。没有任何生命危险，就可已改变命运……"

人体器官应不应该合法化的辩论在某国由来已久。

某国卫生部长蓝文德说，由于可移植器官短缺和黑市器官买卖，让器官买卖合法化要成为一个选项。

正是某国卫生部这种"基于现实考虑的想法"，无国界医学前沿研究机构已开始大张旗鼓地实行人体实验手术。

尽管有关"买卖器官在道德上和法律上绝对是错误的"的评论不绝于耳，科学人体实验的步伐还是越来越快。

利用落地旅游签证，组织旅行团提供新鲜的移植器官，成为最神秘和赚钱的生意。

"改变命运，我要改变儿子的命运，我不能让他再过我们这样的日子。"

陆一岚给自己打气。

"我可以拿到多少钱？"

陆一岚想知道自己的价格。

"要看……要看具体的科研项目，肾移植最近高些，你拿到手大概40万吧。"

靓女有些迟疑。

"40万！"

"对,是 40 万人民币,你净得,我们不收手续费。"

这回靓女表现得很坚定。

这是陆一岚将她不再青春的肉体出卖给无数男人,也无法达到的数额。

她放弃了和丈夫商量的念头,不再犹豫,签下了她的名字。

在全套体检完毕,陆一岚发现手机里有庄营海给她的短信:

"老婆,打电话给你,你没接。有老板要包车去外地,这次会赚不少钱的,家里你多照顾。千万别再出去工作了,等我回来。老公。"

陆一岚感到一阵温暖。

神秘的俊男靓女等陆一岚走后相互对视一笑。

原来真能用钱砸死人。

男人问女人:

"真有 40 万?"

"本来哪有可能啊?老板要人急用啊。重赏才有勇妇啊!"

"可是肾移植不是要配型吗?难道……"

"哈,也许她命好啊,别啰嗦了,快给老板报喜。"

靓女显然有些秘密不想多说。

俊男电话请示。

不一会儿手机短信来了:"不要妄动,等大老板到。"

"走,找冯钢去!"

"找他干吗?"

"老板说了,让我们陪着他玩,估计这几天老板还要用他。"

"哈哈,难道还让他拍 A 片?老板也真是的,真想得出啊。"

"哈哈,你别乱说。这事非同小可的。"

两人看看周围没人才放心。

"唉,还有点空,我们去宾馆开房吧。看了冯钢的片子,怪难受的。"

"你小子真色,下回让你拍片去。"

"哈哈,行啊,女主角是你就行,我们现在就去!"

……

大老板海森伯格正在飞往上海的飞机。他要亲自导演一幕好戏。

第三十九章　落魄老板种石油?

2008年5月13日午后,中国上海。

金星国际董事,上市公司金辉药业董事长的万伟峰正在办公室中接待表弟黄静发。

这个从小就一起玩耍的表弟黄静发,和万伟峰一直感情很好。

黄静发是温州一家打火机企业的厂长。

自2008年5月以来,受义乌小商品市场进入淡季的影响,企业订单已经减少了三分之二。为维持正常运营,很多企业便以加大裁员和缩小企业规模来解决亏损。

黄静发的厂也不例外。

黄静发坐在万伟峰边上感叹。

想当初,金属打火机是中国民营经济发源地温州的符号性行业,曾占据全球金属打火机市场的80%。

20年前,小小的打火机,成就了许多温州人发家致富的梦想。

在鼎盛时期的上世纪80年代,温州打火机企业多达2000多家。

那时,家家打火机企业生活都很红火。

黄静发就是那个时候开始起家的。说起来,当年家境不好的万伟峰,还是表弟家赞助了他四年的大学学费和生活费。

万伟峰是懂得感恩的,所以听说表弟黄静发要来,就推掉了其他应酬,为了避免干扰,他交代秘书挡掉所有的电话,他估计黄静发找他有事商量。

“活着就已经不错了。”黄静发在向万伟峰诉苦,“2003年温州的打火机企业数量已减少至1000余家,2006年降至600家左右。我们温州的大部分打火机还在‘价格战’泥潭中。你知道在品牌、创新方面,我们没有优势,现在成本又高得离谱。”

黄静发看万伟峰没有接话,又说下去。

“如今,在高成本的压力下,我们温州去年有超过两成的打火机企业没有销售记录。我这次还好,有了订单。”

“嗯,大家都不太好过。”

黄静发同意:

“打火机行业并非唯一的灾区,我们那里鞋革、服装、锁具、眼镜等轻工业行业无一幸免。我们温州市 30 多万家中小企业中，有 20%左右处于停工或半停工状态。”

万伟峰应和着：“温州商会前几天给我送过一份材料。温州市鞋革行业协会的数据显示，2003 年温州一定规模鞋企有 5000 余家，如今已锐减至 2600 余家。

“这报告还指出，随着各种压力的上升，转产、倒闭的企业将有进一步加剧的趋势。

“我听温州巨一集团常务副总经理戚亦农说，鞋企正以每年 20%的速度减少，按此计算，预计 5 年之内，‘中国鞋都’温州 90%的鞋革企业将会消失。”

“是啊，从 2007 年开始，坏消息接连不断——金属原材料涨价、人民币升值、劳动力成本上升、欧盟 CR 技术门槛提高等。

“你想，自 2003 年以来，打火机成本最起码上涨了 15%以上，而原先利润也没有 15%啊。这生意还能做吗？

“现在温州打火机企业已经不到 100 家，预计明年极有可能下降至三四十家。”

黄静发有点伤感。

“只有去年与 ZIPPO 打官司而一举成名的温州市恒星烟具眼镜有限公司，听说还不错，他们推出多个系列 STAR 产品，很有特色，其零售价也提高到 100 元左右。

“以前，他们的产品和我们一样，一般不超过 20 元。

“现在也就是浙江大虎打火机有限公司比较牛，他们进入墨西哥、哥伦比亚等拉美市场，那里海拔在 2500 米以上。

“去年他们研发了一款高原打火机，成功地实现了高原防风打火，正是这款新产品给了他们机会……”

万伟峰实际上还知道，在整个中国，温州并非特例。

在珠三角，问题似乎也很严重。

根据亚洲鞋业商会去年 11 月的统计报告，在广东的鞋厂有五六千家，大中型鞋厂已经关闭 1000 多家。

其中在两三个月内，惠东的 3000 多家鞋厂中就有四五百家中小鞋厂倒闭。

万伟峰暗想，原材料涨价、人民币升值，都是财狼们运作的结果。

而他也是其中的成员，昨天下午的董事会会议如果没有地震的意外，也许这会儿他们都已加入了围猎的狼群。

万伟峰依旧风轻云淡地应和着，等待黄静发说出那还没有说出的关键词句。

黄静发迟疑了一会，还是开口了：

“哥，我想问你借钱！”

万伟峰没有感到意外，依旧风轻云淡：

“行！要多少？我马上安排调给你！”

“200 万，能不能借我一年，利息按银行加倍给你！”

“啊？利息按银行加倍？太高了吧，就按银行利率算吧。”

万伟峰觉得报恩的机会来了，心里甚至都没指望黄静发还钱。

“温州我们老家民间贷款的利率，最低也高于银行利率 4 倍以上，有的甚至高出 10 倍。我是实在借不起老家的钱，不然也不会特意来麻烦你了。”

万伟峰吃了一惊，温州商会材料提到过，央行自去年以来，先后 5 次加息，16 次调高存款准备金率后，中小企业面临着融资难题。

目前温州民间金融借贷规模已经突破 600 亿元，而此前这一数字还只是 400 亿元。

只是万伟峰没想到民间贷款的利率，最低也高于银行利率4倍以上，有的甚至高出10倍。

难怪转产、倒闭的企业越来越多。

万伟峰盘算着，像表弟这样的中小企业面临着痛苦的抉择，要么面对资金链断裂，坐以待毙；要么，在民间市场借高利贷。

依照目前4倍到10倍的贷款利率和中小企业的平均利润率来计算，许多中小企业根本无法承受如此之高的融资成本。

借高利贷与其说是在维持发展，倒不如说拼死一搏更为确切。

背负着如此之高的融资成本，一旦企业无力偿还，就可能陷于更凄苦的境地。

万伟峰很清楚，目前中国中小企业占全部企业户数的99%，占工业总产值60%左右，实现利税约40%，中小企业还占了出口总额60%的比例。而中小企业提供了大约75%的城镇就业机会，一旦中小企业因资金链断裂而停产或倒闭，将使就业形势变得更为严峻。

如大量中小企业倒闭，以后金星国际的日子也会很难过。

万伟峰好像看到了老家将有不少家庭又回到当年自己苦难的童年时代，心中有丝不忍。

第一次对自己信奉的财狼商业法则产生怀疑，此刻他突然体会了老大高兴君的1000万捐赠的感觉。

"阿弟，你想过转行吗？打火机看来做不了几年了！"

"啊？我文化低，也没做过别的，哥，你看有啥我可以干的？给我指点下！"

万伟峰想了想，转身从锁着的抽屉拿了一份资料出来，递给了黄静发：

"你先看看，我们正准备上，最近董事会会讨论的，你别声张出去。"

黄静发如获珍宝急切地开始翻阅从表哥万伟峰手里得到的资料。

原来这是金星国际的生物柴油开发计划书：

"1896年，德国工程师鲁道夫·迪塞尔研制成功的第一台压力点火内燃机——柴油机用的燃料就是一种生物油：花生油。

"1912年，迪塞尔在一次大会上预言：植物油燃料将成为能源发展的一个重要方向，并一定会成为像石油一样重要的燃料。

"然而在之后的数十年里，廉价的液体能源石油战胜了易炭化结焦且成本高昂的植物油，成了这个星球上最重要的能源。"

黄静发第一次听说，原来柴油机最早使用的燃料居然是花生油，这个事实让他感到莫名的振奋。

说不定以后的石油都是种出来的，呵呵，那多有意思？

原来还有有一种产业叫"能源农业"。

"直到上世纪七八十年代，石油可能枯竭这一危险使得西方国家重新开始了对生物柴油的研发。

"根据统计，目前美、德、意、法等国已建成生物柴油生产装置数十座，在2000年，德国生物柴油产量就已达45万吨。

"目前国外用于规模生产生物柴油的原料有大豆（美国）、油菜籽（西欧）、棕榈油（东南亚）等。

“柴油分子是由15个左右的碳链组成的，研究发现植物油分子一般由14~18个碳链组成，与柴油分子中碳数相近。因此生物柴油就是一种用油菜籽等可再生植物油加工制取的新型燃料。”

黄静发有点晕，才初中文化的他还无法完全理解里面的商业价值，光是里面的很多名词都让他一时难以消化。

“按化学成分分析，生物柴油燃料是一种高脂酸甲烷，它是通过以不饱和油酸C18为主要成分的甘油酯分解而获得的。

“生物柴油作物有草本植物、木本油料树种和水生油料植物三大类。

“常见的草本油料作物主要有油菜、大豆、花生、棉籽、亚麻等，其中油菜在世界范围内应用最广。

“常见的木本油料植物有棕榈、光皮树、麻风树、油茶、椰子树等。

“水生油料植物主要指油藻。

“生物柴油在原料的研制上日益取得突破，但要大规模生产，还必须在技术等环节上加以配套。

“目前生物柴油主要有三种制作方法：化学碱法、超临界方法、酶法。

“前两者已较为普遍，各国现在都在加大对酶法的研发，因为用酶法提炼生物柴油是一种新的清洁生产工艺。”

黄静发晕了，他抬头看着万伟峰，想听万伟峰解释。

万伟峰想起黄静发文化程度不高，连忙解释：

“我最近和知名的西京化工大学谭天伟教授交流过。

“他坚持认为，生物柴油大量运用是必然的，现在我们已经进入生物经济时代的前夜。

“哈哈，就是说，生物柴油肯定是这一时代的标志性事物，因而在生物柴油的研发上应注重全面挖掘。”

“不是说国家不鼓励用玉米等粮食搞生物柴油吗？”

黄静发对政策还是很关心。

“确实是。从将来规模化产出生物柴油方面来看，将形成能源农业。

“能源农业的一个重点是转基因油菜籽、大豆等，另一重点就是与其他产业的综合，比如说开发棉籽油、米糠油。

“所以搞生物柴油不一定要盯着粮食作物。

“能源农业的核心就是要多重利用现有的能源。

“像棉花和米糠都是现成的，产量也大，长期以来棉籽、米糠都遭废弃，其实通过加工还可以再次利用，压榨出棉籽油和米糠油。我比较提倡能源农业。

“要使生物柴油真正地进入人们的生活，就必须增大其产量，光靠培植新的原料作物是远远不能解决我国用油的需求量，因此能源农业会是生物柴油产出中的一大分支。”

……

黄静发做了个手势，他还是跟不上。

“哥，放过我行吗？我好多看不懂也听不懂，我其实就想知道，我们能种出石油吗？”他接着看下去。

万伟峰指着计划书里的一段：

“你看这段，说的就是种出石油。”

"根据来自国土资源部的调查报告，伴随着土地沙化、恶化进程的加剧，我国有相当可观的盐渍化土地，其中海滨盐土近0.2亿公顷，滩涂盐土面积为300万公顷左右。

"这给东海大学生命科学学院科研组提供了遐想。

"2005年9月初，东海大学生命科学学院的钱德佩教授领导的一个科研组宣布：他们从一种引进植物海滨锦葵中成功提炼出了生物柴油。

"这一成果在油价频频高攀的当下给外界留下了很多的想象和揣测。

"如今在东海大学的温室里，从美国迁居至中国的海滨锦葵静静地开放，美丽的单瓣花结下的种子蕴含着丰富的油量。

"海滨锦葵是一种多年生宿根植物，天然分布于美国东部特拉华州至得克萨斯州的盐沼海岸带，其种子的含油率和粗蛋白含量与重要经济作物大豆相仿，钙和钾的含量很高。

"1993年，钱德佩开始从美国引种海滨锦葵。

"2005年春天，东海大学的专家们等到了收获期，成功压榨出了海滨锦葵的油，并于日前所做的可燃性鉴定中，被证明可以燃烧，能作为动力燃料使用。"

万伟峰告诉黄静发：

"在2005年比利时召开的第一届再生资源和生物炼制国际大会上，30多个国家的450多位生物柴油领域的专家，一致认为我们中国科学界将对生物柴油的研发起着积极的作用。

"我们中国已建立了世界上第一套200吨/年酶法生物柴油装置。很快，全球第一套万吨的工业化装置也将在滨海市投产。"

"哦。到底是啥意思？"

"哈哈，是这样的。种提炼生物柴油的植物需要用地，种粮也需要用地，人均耕地的不足限制了生物柴油的规模发展。这是国家不鼓励用玉米等粮食搞生物柴油的原因。

"东海大学钱德佩教授科研组的厉害在于，他们找到了一种新的作物，适合于滩涂这样的荒地种植。"

"啊？等于滩涂种石油？"

"是的，就是这意思。'生物柴油原料的种植、研发不要与人、农作物争良田'这一思路，让钱德佩教授想到将两个课题'并题'解决：一个是生物柴油新领地的开拓，另一个就是解决滩涂等土地由于盐渍化而日趋荒芜的问题。

"除开良田，可利用的资源就是荒山、沙地、海滨等。

"你想，荒山、沙地、海滨比耕地要多很多啊！"万伟峰开始眉飞色舞起来。

黄静发也有点开始浮想联翩了，以前一直顺风顺水做打火机的他，从来没有太多的改行想法，今天突然觉得在事业的绝境面前，又有了新的机遇。

"这个是不是还是在实验室里的，实际运用方面呢？"

"哈，我们听专家评论吧。华清大学化学工程系应用化学研究所所长刘德华教授评价这一发现是生物柴油原料扩展方面的一大突破。

"我们现在发现，生产成本高是生物柴油无法迅速推广的一大瓶颈。

"就目前情况来看，生物柴油的价格比一般石化柴油要贵，这是因为企业还未能形成规模化生产。

"此外，除了用现成的动物油提炼生物柴油外，植物油的栽种往往需要较长的周期。

“而在大自然中，通过光合作用每年产生约亿吨生物质，但是目前世界上生物质的利用率还不到7%。生物柴油的研发是第二代生物质能的主攻方面。”

“等等，第二代生物质能？那第一代呢？”

万伟峰只能耐心给黄静发上课。

“第一代生物质能主要是通过生物质废弃物的燃烧或生物发酵产生的沼气来发电或供热。

“而第二代生物质能是在第一代的基础上，有意识地种植能源作物，从中加工转化成液体的动力燃料，目前应用最普遍的是生物柴油和乙醇汽油。

“在对生物柴油所做的燃烧性能对比实验中，可以肯定生物柴油的性质与石化柴油相近，是一种含氧，基本上不含硫和芳烃的再生燃料，因此也是一种环保的绿色燃料。”

“哦，为何是环保的绿色燃料？”

太多的概念让黄静发拐不过弯。

“傻弟弟，你又晕得厉害。家里的菜油能不环保绿色么？不过生物柴油是给发动机喝的。”

“哈哈，我一下没转过弯来。生物柴油就没缺点？”

“虽然在各种性能的比较上都比柴油要好，也能对发动机起到润滑、保护的作用。

“但是它的缺点，就是它的热值比较低，但是这一缺点对发动机的性能基本是没有影响的。”

“万大哥，这回我听你的，等我这单做好，我也种回石油。种地比做其他容易多了！”

黄静发信心十足。

“种地并不容易，有个韩国人已在中国种了五年地，当了五年农民还是没种出名堂呢。里面学问不少，真的没有技术含量，我们金星国际的上市公司会把它当一项工程么？你知道赵玉文去四川干吗？”

“不知道。”黄静发等着答案。

“她是去考察生物柴油的另一原料是否适合在四川大面积种植。”

第四十章　韩国农民的秘密

2008年5月13日，中国河南。

一个外国人，不远千里来中国种地，让当地的农民有些看不懂。

到底是什么样的动机让这个韩国人如此执著呢？

在很多人都不知道能源农业时，韩国人金完宣已在中国种了五年地，当了五年农民。

民权县人大汪主任听说韩国人承包土地种地后，也有些看不懂。

汪主任特意驱车去拜访这个韩国农民。

由河南民权县城向西沿着一条很窄的柏油路行5公里，就是申集农场的路口。

金完宣的办公室及卧室，就在申集农场的大院子里。

金完宣，58岁，韩国首尔人。

他决定到中国种植油莎豆源于一次考察。

金完宣，戴一顶高尔夫球帽，灰色T恤，蓝黑色的休闲裤，脚蹬休闲棕色皮鞋，肤色很黑，身材瘦小。

他的助手兼翻译——吉林延边人金城武，名字和一个电影明星一模一样。

万伟峰说的韩国人就是金完宣。

金完宣已在中国待了五年，懂得一些基本的生活用语。

金完宣每天必做的事情是去承包的土地上看看他的油莎豆。

金完宣每天的日程几乎一样。

出了场部大门向西行约一公里，转过一条干涸的小河道，就是金完宣的承包地。

他每天都会来到承包的其中一块土地。

地里长着青青的苗草，别人不知道，金完宣知道，这就是他种的油莎豆。

金完宣蹲下去，用一把圈尺量了量油莎豆的高度：51厘米。这种生长速度太快了，他转向助手，明天把叶子剪去10厘米。

接着金完宣再次蹲下身子，双手用力拔了一棵青苗。

根的底部有很多圆圆的白色的豆子，他摘下几粒，在太阳下仔细看了一会儿，高兴地对汪主任说：

“长势不错，10天后再下场雨，丰收是没问题的。”

这片油莎豆有200亩，是2008年4月种下的。

种植用了3天，这是一个非常辛苦的工作——先是用圆盘耙耕作机，然后用钉凿般的机器把土地松平，这之后再用人工播上种子。

“开着大马力的拖拉机给土地松土时，人的思想就会产生变化。”

金完宣这样告诉汪主任，前些年他有糖尿病，但在中国务农的五年里，尿糖低了很多，他说这是因为劳动减轻了病情。

韩国人金完宣已不是第一年来中国务农，从黑龙江到胶东半岛，他已摸索了五年。

2008年3月，金完宣来到民权林场申集分场，在这里租下300亩地，再次试种油莎豆。

油莎豆是非洲一种野生植物。

油莎豆的果实经加工后，不但能提取比花生油口味更纯正的食用油，做成的饮料还可有效地降低血糖。

金完宣告诉汪主任：

“由油莎豆加工的食品备受发达国家青睐。”

当时他了解到，油莎豆易种植好管理，产量高，每亩地平均产量750公斤，油莎豆在国际市场的价格每公斤20美元。

2001年5月，金完宣在黑龙江北大荒租地5000亩，开始了他的种地生涯。

当年的播种、青苗长势都很好，生长期120天到了，正要收获时，黑龙江过早地下了当年的头场雪，果子全被冻在地里。

由于东北是黏土地，自动收割机不能剥离黏土，5000亩的油莎豆全被冻烂。

2002年开春，金完宣再次种了3000亩，并把种植日期提前了一个月，可没想到的是，2002年第一场雪比去年早来了一个月，果实又被冻在地里。

2003年，金完宣再次租地2000亩，这次没有被冻在地里，但自动收割机却无法剥离黏土，庄稼地的果实只收成了三分之一。

三种三败的金完宣，到此时翻翻口袋发现，他已经赔了600万元人民币。

2004、2005年两年中，金完宣转战到青岛，但两年中种油莎豆再次失败，为此，他又损失了200万元。

今年，交足了学费的金完宣选择了四季分明的河南。

到民权县林场考察时他发现，这里的土地、气候最适合种植油莎豆，但为了避免重蹈覆辙，金完宣只租了300亩的土地。每亩土地年租金300元。

“这次是投资最少，但成功机会最大的一次。”

金完宣很有信心。

“油莎豆”是北京农科院专家从非洲引进的一种综合利用价值很高的草本，油、粮多用的新型经济作物。

油莎豆原产北非地中海，属莎草科草属植物。

油莎豆适应性很强，具有喜光好气、抗旱、耐涝、耐瘠薄、耐盐碱、产量高、油质好、饼粕利用价值高等特点，是从国外引进的一种粮、油、牧草兼用的经济作物。

油莎豆为草本植物，地下长圆形的根状茎可生食、加工，含油 27.4%，油可供食用。

油莎豆茎叶可作绿肥、饲草。油莎草适作范围广，管理简便，综合利用价值高，果园套种时作一年生作物栽培。

油莎豆适应任何土壤和气候条件，但以泥沙土、淤泥土、黑沙土、黄绵土最为适宜，总之，要求结构较疏松的土壤，过于黏重的死黄泥生长不良，也不便于采挖。

风化石(俗称灰包土)不宜种植。

北大荒的黏土是金完宣没有想到和忽视的，他因此付出了代价。

其实多年前江西省德丰县已在幼龄果园套种油莎豆近 7 万平方米，都取得了较好的经济效益。

谈及过去的失败，金完宣认为是很多问题综合而成的。

金完宣感叹，在韩国，种植有专门的种植公司，也有负责收割的专业公司，同样，也有专业的公司来收购产品，而且，收购者是事前就与之签订了购销合同。

而在中国，什么事都要他一人去做，一个公司承担了多个公司的业务，这种劳动程度可想而知。

最令他感到痛苦的是农业信息的闭塞，如果他早知道江西省德丰县的成功，他就可以少走很多弯路。

明年他将与林场签一份 5000 亩的合同，只要成功，之前所赔的 800 万元会挣过来的。

对于老金在民权租地，当地政府也很意外，但更多的是一种自豪。

民权县人大汪主任赞扬金完宣："你是个务实的人，如果你种植真的成功，明年我们全县内的农民都会跟着种植。"

金完宣笑笑，没有应答。

汪主任和金完宣都不知道早在 2000 年江西省德丰县，就已成功地实现幼龄果园套种油莎豆，春播亩产块茎(干品)可达 1000 公斤，夏播能收 700 公斤。

农业显然还不是这位官员真正关注的。

"现在的韩国农民对土地有着浓厚兴趣，而这里的农民却不然，他们比韩国农民更能吃苦，但都更向往在县城里安家。"

金完宣这样评价这里的农民。

"你明年要与林场签一份 5000 亩的合同？是吗？"

"嗯，我可能还要更多的地。"

"我们这里，土地很多，我支持你！"

金完宣告诉汪主任，在韩国也曾经有过农民涌向城市的过程，那是因为农村的生活水平比较低。

汉城奥运会后，韩国国民的生活水平提高了一个台阶。

之后，大批的农民又返回农村种地，种地比在城市里务工的收入要高，一公斤绿色草莓在韩国的价格合 50 元人民币。

"我给你们农民做个示范。好，我要更多的地。"

金完宣内心其实有个秘密：油莎豆也是制作生物柴油的极好原料。

等他与林场签一份 5000 亩 10 年的合同后，可能才会公布，他的梦想不是提取比花生油口味更纯正的食用油，而是要为他的韩国种出石油。

于是他认真地对汪主任说：

“我如果种好了，除了林场的地，我还要承包50000亩地，林主任，我们说定了。”

林主任很满意，可是他没想过一个韩国农民为何要承包50000亩地。

等当地大批的农民又返回农村，很可能他们将发现无地可种。

他们将是新时代的长工。

一旦种植成功，金完宣和他的同胞将蜂拥而至，租用这里尽可能多的土地，用尽可能多的时间，尽最大可能保守这个秘密。

这是一个秘密吗？

这对于金星国际早就不是秘密。

但是这也是金星国际必须捍卫的商业秘密。

六年前，就是这个秘密让马忠岳锒铛入狱。

六年后，这个捍卫六年的商业秘密就要开始商业化运作，而马忠岳也将王者归来。

再过一个月，马忠岳就将假释出狱。

这是一场商业豪赌，但是这是为了捍卫五颗金星利益的豪赌。

为了这场豪赌，马忠岳失去了太多，他失去了父母，失去了自由，就连妻子也失去了贞洁。

这一切值得吗？

暂时没有答案。

就是六年前的这个秘密，让亲密无间的高兴君与赵玉文之间有了第一道裂痕。

也正是六年前的这个秘密，让刘伟昌与吴莹在千里之外偶遇。

第四十一章　3000片止痛片

正当万伟峰和黄静发谈兴正浓时，万伟峰的秘书走了进来，低声和万伟峰耳语了几句：

"马忠岳家的地址是……10万元钱按您吩咐准备好了，刘伟昌总裁在等你一起去马忠岳家。"

万伟峰表情顿时凝重了。

黄静发看事情办好，也借机告辞了。

托尔斯泰说过：幸福的家庭都是相似的，不幸的家庭各有各的不幸。

真是这样。什么叫祸不单行？什么叫屋漏偏逢连阴雨？

这就是了。越是穷人就偏偏越是倒霉。

在接到老大高兴君的电话后，范德生无法及时返沪。

刘伟昌和万伟峰都临时决定改变行程，他们要代表金星国际去探望一个重要的人——马忠岳。

马忠岳是他们的大学同学。

马忠岳的家就快到了，刘伟昌的豪华轿车无法在小路里掉头。

没想到快时隔20年，马忠岳的家还在老地方。

见轿车无法在小路里掉头，刘伟昌和万伟峰便推开车门，走了进去。

小路的两侧都还是老式的平房，样子比十多年前更破旧了，一幢挨着一幢，密密麻麻。而小路不远处的尽头，赫然便是车水马龙的外滩，东方明珠昂然地耸立在那里，显得格外巨大。

忽然之间刘伟昌觉得近在百米开外的繁华是那么不真实，喧嚣而明亮，却仿佛隔着一块巨大的玻璃，听不到，也看不真切。

我们一起滚铁环，
马路太窄，
铁环滚进水渠，
你跳进水里为我去捞。

我们学李小龙、阿童木，
回学校的路上打群架，
弹弓是书包里的秘密武器，
今天酒后提起还意气风发。

看一场露天电影，
我们早早摆起了板凳，
看《敌营十八年》的时候，
院里黑白的电视围满半院人。

60年代的少年膝盖总有补丁，
炎热夏日，黑色七月，
高考决定平凡的你我，
将来是穿皮鞋还是穿草鞋。

高中不谙世事，
看琼瑶还会脸红，
爱情是那么神圣，
只会小心地暗恋着溜溜的她。

做事总是埋着头，
干活不怕重累脏，
能吃能喝，
不善吹牛。

60年代生人啊，
奔跑的一群，
明天的你我，
将成社会的大树。

我们苦过哭过，
我们饿过累过，
不娇贵，不蛮横，
我辈岂是蓬蒿人。

刘伟昌和万伟峰都想起马忠岳当年的这首酸诗，不由感叹，桑海沧田，故人何在啊？

那还是在他们与马忠岳大学同学时来过他家玩过，大家在他家中无意翻到他的诗作，当时大家都笑翻了。

刘伟昌和万伟峰走进一条弄堂，弄堂地上的水泥高低不平，经过一间只有男士小便池的公共厕所，旁边连着让居民倾倒污物的化粪池，地上黄水横流。

也许是还在上班时间，初夏的下午，弄堂里没有什么声音，空气里却弥漫着一股难闻的味道。

两边的竹竿零落地挑起几件衣服横跨着弄堂，刘伟昌和万伟峰不得不在内裤和胸罩下走了过去。

长长弄堂的尽头有一座石库门的大宅子，一个不小的天井，左边种着一株枝繁叶茂的大槐树。

若是以前一户人家住这么一座宅子想来应该也颇为舒适的，只是而今每一间房间都住了一户人家。

马忠岳的家到了，马忠岳的妻子王红艳(艳红)，是一个颇有几分姿色，脸色苍白的女子，在一间18平方米不到的房间里接待他们。

这间昏暗闷热的房间就是马忠岳的家，现在已成为他母亲的灵堂，遗像上那位慈祥平和的老太太好像正在安静地注视着他们。

房内没有任何像样的家用电器，没有空调的闷热让刘伟昌和万伟峰感到不适。

但是刘伟昌和万伟峰还是毕恭毕敬地在遗像前三鞠躬。

“妈妈，忠岳暂时回不来送您老人家，我们替他专门来送您老人家！”

万伟峰有些哽咽。

在大学期间他和马忠岳关系很好，不仅在一个班，还是一个宿舍的上下铺。

刘伟昌也有几分伤感，大学时的同学情谊又浮现在脑海里。

当时作为外地来沪读书的大学生，他跟着万伟峰也常来马忠岳家改善伙食。

年轻而食欲旺盛的他们，常常把马忠岳家的饭菜一扫而空，气得马忠岳老是骂他们是饿狼，而好客的马忠岳的母亲总是责怪马忠岳没有礼貌，总还邀请他们来做客：

“你们都在长身体，学校的伙食肯定不如家里的可口，来多吃点，你们是未来的国家栋梁，学习多累啊，不能把身体搞垮了！”

当年他们都不好意思，其实也知道马忠岳家的生活不易。

为了马忠岳的前途，马忠岳的母亲作为上海知青提前病退回沪，全家的生活就靠他父亲一个人的收入。

可是过了数月，马忠岳家可口饭菜的诱惑力又让他们厚着脸皮去蹭饭。

马忠岳的妻子王红艳一身素衣，依稀记起了他们。

他们是老公的大学同学，有一个还当过老公的老板。

老公出事后，王红艳去找过他们，去求过他们，他们都避而不见。

今天他们为何会出现在这里？

王红艳有些惊异有些恼怒，以前这几年他们为何不来帮自己一把？

王红艳不知道的是，在马忠岳出事后，万伟峰曾亲自将10万元钱交给马忠岳的父母，并保证在马忠岳出狱前，每年保证资助他们的生活。

马忠岳的父母不要一分钱，宁愿要儿子清白地出狱。

万伟峰做不到。

马忠岳的父母决绝地不要不明来历的捐赠。

他们坚信儿子是清白的。

他们卖掉了马忠岳的新公寓，将售房款缴给检察院试图减轻儿子的罪责，一家人搬回了老街。

宣判的那天，马忠岳在法庭上，看到父亲本已夹杂着白发的头发在数月间已变成满头银发时，他的心碎了。

他不敢和父亲的眼光对视。

马忠岳宣判结果出来时，马忠岳的父亲，一个铁骨铮铮的汉子，中国第一代地质科考队员晕倒在法庭上。

王红艳没有将心中的想法写在脸上，而是淡淡地谈起婆婆的最后时光。

刘伟昌、万伟峰默默地听着，沉浸在哀伤和回忆之中，他们没有勇气再来安慰王红艳。

临走时，万伟峰拿出一个大牛皮纸信封交给艳红。

"红艳，对不起，让你们受苦了，老太太办后事需要它，我们会最后再来送她的。"

告别出来，刘伟昌、万伟峰谁都没有说话，哀痛和自责爬满了心头。

从马忠岳家告别出来，刘伟昌、万伟峰谁都不愿说话，除了哀痛和自责，还是哀痛和自责。他们还在回忆刚才听到的王红艳的叙述。

马忠岳入狱不久，马忠岳一家老小搬回了老街。

马忠岳的父亲受不了儿子入狱的精神打击，很快就卧病不起，以往劳累生活的慢性病的病痛，加上严重的精神忧郁，老人终于在一个晚上吞服了大量安眠药，带着无尽的遗憾离开了人世。

马忠岳父亲的过世，让马忠岳一家过得更为困窘，一家老小三口，只靠王红艳每月3000元左右的薪资和马忠岳母亲不足600元的退休金在维持生活。

王红艳考虑过辞去她那国有研究所的工作，可是除了她的基因研究课题，她拥有的职业技能实在有限，在职场的竞争力与卖茶叶蛋的老太相距不远。

王红艳的基因研究课题，是基础性的研究课题，除了国家拨款，没有额外的资金来源，这种清贫的科研生活，让不少新来的研究生都走马灯似的来和去。

课题组的负责人和王红艳都希望有国内企业资助，然而他们无数的努力，换回的却是白眼和漠视的眼神，他们像是骗子，只是多了"科研"的外套。

刘伟昌当时心想，就是他们的科研成果真的不错，也不会有哪家企业愿意投资的。

如果买块地放着晒太阳几年都可以升值翻倍或几倍，谁还愿意在市场前景不明的尚不成熟的科研上砸钱？

有快钱和暴利不做，去做看不到资金回报的科研？

企业家的智商都不低的。

上世纪，有家叫万燕的电子厂商生产出世界第一家VCD视盘机，这是中国电子工业的一个里程碑。

它是中国第一个原创的家用视听产品。

可是它要自己建立销售渠道，自己建立供应链，自己建立视听片源库，这是一家只有数千万资金的企业所不可能完成的任务。

于是它很快就死了，成为了"烈士"。

国外三家跨国公司，先后广而告知地告诉大家，这是过渡性产品没有市场前景，然后不约而同地推出 VCD 芯片组，将 VCD 成套技术生产方案大量向国内扩散。

短短一年，全国多了近千家 VCD 组装厂，成为三家跨国公司的装配商。

“科技就是生产力”在很多地方只是政治口号。

如果 GDP 是考核官员的指标，连国民基础教育都成为了某些地方官员的摆设，科研投入就是显得更为靠后的选择。

有钱就行，有钱就可以买到国外更先进的科研成果。

万伟峰的想法与刘伟昌有所不同，他的金辉药业正是靠早些年的科研投入，他们才有了几个具有独立知识产权的药品。

这些年来这几个药品都成了他们的拳头产品。

他知道王红艳的基因研究课题，这是国际科技前沿的研究热点，今后药品的发展将要从化学药品向生物药品、基因药品方向发展。

基因的基础研究课题，离基因药品之间还存在很多不可预知的变化，但是没有基础研究课题的源头，基因药品是无源之水。

当年作为“伟哥”，这个神奇蓝色药片，给全球带来性福的同时，也给世界医药巨头每年带来了数以亿计美元的利润。

其实国内至少有 6 家以上药厂都在“伟哥”问世前，都先后发现了这种药品的化学分子式，并有样品。

但是缺少科研力量和资金的他们，都没有将它在更为广泛的医学领域展开科学研发，错失了金娃娃。

万伟峰打算过几天去王红艳的研究院看看，也许有些研究方向是今后金辉药业再次辉煌的起点。

……

接着，王红艳讲述起了婆婆生病这段时间的艰难日子。

自马忠岳的父亲过世后，婆婆和王红艳她们娘俩相依为命。

王红艳平时忙工作，孩子一直是婆婆照顾得多。

婆婆这些年老得很快，本来的青丝都变成了白发。

婆婆没有上海的医保卡，她平时的小毛小病，都是拿了王红艳的医保卡，去配点普通药品。

婆婆最近半年来，瘦得厉害，王红艳几次都劝婆婆去查查身体，婆婆总是以“千金难买老来瘦”的说辞敷衍。

有次，王红艳发现婆婆半夜起来，呆坐在桌前。

王红艳知道女人没有男人陪伴的难言寂寞，她怕自己发现了婆婆的内心秘密，没有声张。

直到两个月前的一个下午，来自 110 的电话将王红艳从实验室里唤出，她婆婆在接孩子放学回家的路上，昏倒在路上，被 110 的警车送进了就近的长军医院。

等王红艳急急赶到长军医院，长军医院的大夫将她先叫到了医生办公室。

大夫告诉王红艳，根据他们的初步诊断，老太太是癌症晚期病人，任何医疗手段都不起作用了。

晴天霹雳，王红艳瘫坐在椅子上。

“会不会搞错了？医生？”

“癌症晚期的症状很明显，老太太是因为剧烈的肝区疼痛而发生的昏厥。

“入院后的常规检查，可以明显发现肝区硬化并有强烈痛感。

“虽然还没有做活体取样检验，但是凭经验都可以断定是癌症晚期。

“老太太好像自己都知道，你不知道？你平时太不关心老人了。”

“还有没有办法救？”

“现在的医学水平还没有好办法，人体器官移植是办法之一，可是没有来源啊，现在很多都是直系血亲捐助的。肝移植目前成功的概率很低的，在癌症晚期，很多都是多脏器衰竭，光移植也不起作用了。”

“唉，现在其实没有好办法，一是回家让病人多吃点营养品，尽量开心地度过人生最后的时光；二是换家收费较低的医院，靠营养针剂维持生命，靠杜冷丁镇痛。”

说完，大夫看了一眼木坐的王红艳，离开医生办公室，去病区巡视。

他原本还想推荐一个昂贵的自费药品的，油然而生的同情感，让他将话咽了回去。

等王红艳醒过神来到病房时，婆婆已清醒了过来。

婆婆拉住王红艳的手，急迫地说：

“红艳，我没事，我不住院，我们回家，医补不如食补，我还有珍珠粉没有吃完呢。”

王红艳宽慰着婆婆，两行清泪不知不觉流了下来。

“妈，有病好好治，你就住院好好查查。”

婆婆的泪也流了下来：

“红艳，看来你都知道了，是妈不好。

“妈早就知道了自己的病，可是我们家现在这样看不起病，住不起院啊！现在也治不好了，你的医保卡里已经没钱了，都让妈配药吃了。

“不瞒你说，那珍珠粉，就是妈将止痛片磨成的粉，你可千万别吃啊。”

王红艳傻了。

以前看到婆婆吃珍珠粉，总有些心里不舒服，现在王红艳突然明白过来，婆婆早就知道自己的病症，她是一直用止痛片在强行压制钻心的病痛。

王红艳计算着自己医保卡里的钱，推算婆婆吃的止痛片。

“妈，你吃了多少了？有2000片吗？”

“妈记不清了，妈买的是最便宜的，估计有三千多片吧，最近越来越痛，吃得也越来越多……”

当听到三千多片的时候，万伟峰的心深深地给刺痛了……

刘伟昌的手机打破了豪华轿车内的寂静，是吴莹打来的，万伟峰听到坐在身边的刘伟昌用略带嘶哑的鼻音：“嗯，很好，干得不错，明天按计划执行……”

万伟峰知道，刘伟昌的坚硬面具后，也有地方被打动了。

第四十二章　次贷背后

次贷背后的真相到底是啥？

“刘彪，你这次出去调研，要多学点东西，我们要多了解那些看不见的对手的招术。”

“好的，这些是次贷危机的资料，给您准备了一些。”

“说实话，我一直不能理解债券如何会演变成金融灾难的，次贷背后的真相到底是啥？”

“次贷背后的真相到底是啥？其实很多人都在关心这个问题。如果看看美国银行的运作，可能你自己会找到答案。”

“哈哈，小刘，你是考我这个半路出家的老头子啊。”

在没有外人的场合，国务委员很随和，平易近人。

“您真会开我玩笑。我是说我们从具体事件看看美国银行的运作，就知道它一定难逃危机！”

“好，你给我先说说。”国务委员知道谈话有时更容易抓住问题的要害。

“最近美国有家储蓄银行，洲际互助银行倒闭了。如果以我朋友三年多来作为其信用卡客户的经历，你就知道它活该。”

国务委员安静地听着。

“三年多前，在我朋友去美国一年半，有较好的银行信用记录后，经常收到一些提供信用卡业务的银行主动寄来的信用卡方面的信息。在信里面，有客户的姓名，该银行为客户准备的客户代号，有利息的介绍及各种优惠政策。他比较了几家银行，选了洲际互助银行。

“当时洲际互助银行提供的是 1000 美元的信用卡基本额度，其他优惠条款包括：一年内购物，只要每个月还最低的额度（一般 1000 美元的额度每月要还二十多至三十美元），哪怕每月的透支额是九百多，都可以在一年之内不用付任何利息。”

国务委员有些不耐烦，刘彪讲得太细了。刘彪注意到了。

“总之申请信用卡和信用卡还款政策，这些和国内目前的一样。但是用了三个月后，洲际互助银行就把他的信用额度提高到 2000 美元。大概又过了三个月，把他的信用额度再次提高到 3000 美元。半年后，提高到 5000 美元。又过了三个月，提高到 7500 美元，最后提高到了 9500 美元。这个从 1000 美元到 9500 美元的信用额度增加过程大概只用了两年时间。”

“这里是不是会出问题啊？”国务委员很敏锐。

“是的。如果他信用额度 2000 美元，就算他买了 1900 美元的东西，他每个月只要还最低额度 50 多美元，剩余的 1850 美元他都可以在九个月以后开始还，这九个月内一分钱的利息都不用还。

“因为每家银行都有这种优惠措施，所以美国人很多利用这种优惠措施，不断地开新的信用卡，把旧账转到新的信用卡上，再把原有的信用卡关掉，争取时间差而逃避支付原有信用卡的透支利息。

“因为我朋友是中国留学生，还是在读学生。但是，他们对低收入的学生都这么轻易地大笔提高信用额度，对那些收入更高的人在房贷、信用等方面授予的额度之高就可以想象了。”

“哈，这个推断很合理。”

“前几年美国房市、资本市场景气的时候这当然不成问题，银行也应该赚了不少。

“但是，一旦碰到经济不景气、失业增加、房价下跌的情形，银行的风险就大大增加，会面临很多坏账。

“而且，很多美国人都是提前透支消费，存款很少，也使得问题更糟糕。

“就在 3 月份，他们突然把我朋友的信用额度从 9500 美元减少到 6600 美元。

“这应该是因受次贷影响而采取的一种应急措施。

“只是，这种信贷控制来得太晚了。

“而如果以前习惯透支的大部分美国普通消费者就要倒霉了。

“所以这次美国中低收入人群受次贷危机的影响最大。”

“说得有些道理，接着说。”

“我再说一个真人真事。您知道我在美国学习过，所以我有一些美国友人。

“有位友人马勒斯，他是当地一个标准的中产阶级，在波士顿当地政府的房管部门有一份稳定的工作，妻子的职业也很稳定，两人每年一共有大概 6.5 万美元的收入。

“但是他们现在却因为还不起房贷而失去了自己的住房。”

“哦，真会这样？”

“是啊，八年前，美国楼市火爆，各家银行纷纷降低贷款的门槛，马勒斯也在那个时候向银行提交贷款申请，在波士顿买了一套房子。

“起初，他们的日子还过得悠闲。

“在买房后的第二年，他们生下了第一个孩子乔丹。

“除了还贷款的‘按揭’，马勒斯和妻子不时还安排一些国内外的旅行，在第三年的时候，更把家里的一些大型电器进行了一番更新。

“2005 年的时候，马勒斯出于乐观的考虑，又向美国第二大次级房贷公司新世纪金融公司申请了重新贷款。

“他原来认为如果国家经济继续保持强劲，那么不出三年他就能还清全部款项，于是他办了一份三年期可调利率，总额为三十万美元的贷款。”

“这是不是他们灾难的开始？”政治家的敏锐一针见血。

“这种可调利率的贷款有着诱人的特点：

“在还款的开头一段时间，每月的按揭支付很低，等过了一段时间以后，随着还款利率的提高，还款压力才会逐步显现。

“很多炒房人就是看到这一点，一般他们都先以低价购入房产，然后寄希望于迅速找到新的买家，这样就可以用很小的还款压力来连续操作炒房。

“像我的友人马勒斯就是受到按揭前期低支付的吸引，甚至忽略了随后可能的风险。

“但就在这份新贷款执行后不久，马勒斯感受到了压力。

“刚开始的时候，马勒斯每个月的还款数额是 2100 美元，很快，每月的还款数就增加了 300 美元，达到 2400 美元。

“但‘涨价’仍在继续，没过多久，这个数字又上升到了 2800 美元，并且在剩下的半年里，他每月要支付的还款数将远远超过这个数字。

“马勒斯当时通过邮件告诉我，他不知道自己每个月的还款数还将攀升到怎样的高度，但现在他已经负担不起这个房子的‘按揭’费用了。

“目前，马勒斯唯一能做的选择就是：赶快把房子卖掉，否则干脆就让银行把房子收走。

“但似乎事情都不能按照他的想法来进行，他在最近被通知已经丧失了抵押品赎回权，也就是说他即将失去自己住了八年的房子。”

“我想你朋友马勒斯一定感到非常沮丧和愤怒，估计他根本不能接受这样的结果。”

“是的。事实上，当初向马勒斯提供贷款的新世纪金融公司，已经因为太多贷款人还不起钱而宣布破产。

“现在，马勒斯的房子已经由另一家银行——大通银行来管理。

“但房屋管理银行的转变并没有给马勒斯带来任何好运。

“他仍然无法偿还他的贷款。”

“你那朋友马勒斯可真是惨！”

“俄亥俄州一名九十岁老妇，因为贷款而还不起钱供楼面临强制迁移，无计可施吞枪自尽，幸而大难不死，但情况仍然危急。”

“啊！真的，我的天啊！”

“嗯，自杀不遂的老妇是居于美国俄亥俄州阿克伦的波尔克，在当地一间两层高房屋已住了 38 年，但近年还不起供楼按揭，多次遭发出要收楼的通知。

“自杀的波尔克是于 2004 年将楼房按予抵押贷款银行 Countrywide，分三十年偿还 4.562 万美元贷款。

“在最近数年，她无力承担楼按，已开始断供。

“到了 2007 年，房利美接管这笔楼按，并申请收楼令。

“当三名警员最近一次上门发出一张最新的收楼通知时，赫然发现波尔克倒卧二楼地上，肩膀中枪，身旁遗下一支手枪。

“她向上半身自轰了两枪。

“波尔克事后被实时送院救治，现时仍然留医。

“波尔克最近数年由于未能按月供楼，面临强制迁移，已三十多次遭警方上门警告她要搬走。

“承接她供楼按揭的贷款公司获悉这名老妇自杀的消息后，实时决定免除她的借贷，并把房屋的业权归她所有，停止对她进行迫迁。”

“她不会也是你朋友吧？你从哪听来的？”

“哦，这个是美国当地报纸报道的。”

“看来我们要提醒国内的银行，在授予信贷方面一定要再三谨慎。

“哪怕经济再好再热的时候，也一定要有危机意识。

“当然，现在美国的金融危机也让国内各大银行都清醒了不少。”

“是的，这次美国各大银行吃大亏的主要都是与次贷相关的投行。

“目前美国的楼房按揭断供率达到创纪录新高，很多时候都是因为息率高企，业主负担不起每月的供款而断供，面临迫迁，我担心美国危机将越来越严重。”

“我看美国不仅面临次贷危机，信贷危机也已开始降临了。

“最近以来，由于美国信贷危机的影响，债券利率上涨了三倍。

“这样美国杰弗逊县为建设市政下水道系统而发行的债券将面临违约风险。”

刘彪突然开始敬畏国务委员的洞察力。

国务委员开始说话；

“2008 年 10 月 1 日，美国杰弗逊县为建设下水道系统而发行的 32 亿美元债券便将到期。起初，为了控制成本，杰弗逊县为这些债券采取了浮动利率策略。

“但为这些债券提供保险的机构的信贷评级被降低，投资者对这些债券避之不及的时候，这种策略的效果适得其反。

“浮动利率的最直接后果是这些债券的利率将上升；在债券即将到期之日，杰弗逊县政府将面临巨大的偿还压力，这将导致美国阿拉巴马州杰弗逊县走到破产边缘。

“除非在 10 月 1 日最后期限到来之前与债权人达成新的协议，否则该县为建设市政下水道系统而发行的债券将面临违约风险。”

“你知道吗？如果杰弗逊县的下水道建设市政债券违约，它将是美国市政债券市场上的最大一笔破产案。

“此前，历史上最大的此类违约事件是 1983 年华盛顿公共电力服务公司（Washington Public Power Supply System）售出的 22.5 亿美元核电站收益担保债券违约案。

“杰弗逊县委员会最近已决定，如果无法达成协议，该县将准备申请破产。

“你听了是不是觉得像天方夜谭？不过这是事实。”

刘彪很震惊，这是他也忽视了的视角。

国务委员一定是看到了更深远的。

“此外美国加州也受到持续信贷紧缩影响，加州有可能需要紧急向美国联邦政府借贷多达 70 亿美元。

“加州正面临缺乏流动资金去处理日常政府事务，但又无法获得州政府惯常依靠用来保持偿付能力的短期贷款。

“如果加州政府无法使用这些款项，给予学校和其他政府机关的款项将很快被冻结，州政府职员可能会饭碗不保。”

“我的天啊，这世界到底发生了啥？太不可思议了！”

“我们认为这是超级低廉的信贷成本造成的。网络泡沫的破灭，造成总计将近10万亿美元的资本从纳斯达克股票市场夺路而逃，同时‘9·11’后美联储大幅降息至二战以后最低水平1%，并维持这一利率长达一年之久，这就形成了超级低廉的信贷成本。”

国务委员看得很透彻。

“从今年夏天到明年夏天这一年中的美国的危机将会比去年严重得多。

“在未来的两三年中，每年会有约100家美国银行倒闭。

“由于蝴蝶效应，当美国次级按揭贷款的违约率在近几个月趋于稳定之时，规模九倍于次级贷款的优先级贷款的违约率却在成倍上升。

“自2007年4月以来，同期质量最好的优质贷款的违约率上涨到2.7%，翻了一倍。

“我认为目前的阶段还只是信用违约危机，优先级贷款造成的不良影响将比次贷危机要危险得多了。”

“次级贷款只是冰山一角，优先级贷款造成的影响将会大大超越次级贷款。”

“是的。美国最大的信用卡公司美国运通业绩比去年同期下降了近四成，损失主要来源于信用卡违约。

“在第一波的次贷违约中，原本就是烂贷款的东西变坏了，而现在是主流贷款出了问题。

“信用紧缩又导致华尔街金融机构不断收缩房贷标准。

“人们已经很难卖出房子，通过房屋抵押进行再融资也异常艰难。

“你朋友就是一个例子，美国现在已经很难卖出房子。

“这也提醒我们不要忽视我们国内的房地产市场，现在的经济都不是孤立的，我们的对策也不能就事论事。”

“是啊，不同的部门就事论事推出的应急措施，不注意协调的话，往往变成左手与右手的互搏。”

“关键还是我们要有大局观，以大局利益为重。

“当然大局利益需要我们把微观吃透，以小见大。”

“前一阶段，我们缺乏准备，处于下风，现在我们要充分准备，拿回我们一度失去的。所以你这次出去多学多听少说话。我也要去老师那里学习。”

国务委员再次叮嘱刘彪。

第四十三章　高朋满座

海天豪的晚宴设在离西湖不远的东华大厦，从这里可以将杭州的夜景一览无余。

晚宴多了两位海天豪的客人，一位是来自邻省的海星市的章时建市长，一位是来自北京的国务委员秘书处的刘彪。

海天豪作为主人，将来宾都相互介绍了一圈，然后让服务员端上了饮料，说道：

“今天我霸道一回，我们不喝酒，喝喝这核桃乳，这是大寨的核桃乳。”

章时建有些意外：“我说天豪，是那个农业学大寨的大寨吗？”

“真是那个大寨，还是郭凤英亲自来推销的。尝尝味道，大寨牌核桃乳很不错啊。”

大家都端着核桃乳干了第一杯。

“看来农业还是要学大寨。”郎仙对核桃乳赞不绝口，“农产品的深加工是很有前途的，这比现在的某些靠装配为生的所谓电子工业有意思。”

郎仙的话题引起了章时建市长的注意，也引起了范德生的关注。

范德生道：“郎先生不妨说说如何有意思？”

“最早的工业就是农业产品的深加工，农业产品的工业化深加工，才能将这种农产品价值充分地挖掘出来。

“大豆如果没有工业深加工，最多就是做成豆腐、豆腐衣、臭豆腐、豆腐干、豆浆等。

“现在大豆的最大工业用途是榨油。

“我们的食用油主要就是以大豆作为原料居多。

“而大豆目前的最新产业链已大大延伸，可以生产饲料用的营养添加剂，生产作为高级营养品的蛋白粉，生产作为生物天然营养素的卵磷脂……每一次具有革命意义的工业化深加工，都进一步提升了产品的价值。”

章时建市长也颇为感慨地说：

“郎先生的说法我赞同，上星期，我们到海州市考察现代农业，钻进一架架大棚看着鲜嫩欲滴的果实，长着茸刺的瓜果，听着他们的介绍，特别震撼。

“如不是‘亲眼所见，亲耳所闻’，感觉绝对不一样。

“我当时特地把同行考察但没听到讲解的一个领导叫过来，指着一筐刚摘下来的产

品，问：'你说这是什么？'他毫不犹豫地说：'这不是西红柿吗？'我说：'你不听介绍，奇妙不知道！'

"讲解员介绍：这是荷兰的'百利'西红柿新品种，一架大棚面积1000平方米，可以种植1500棵垂直立体的西红柿，一茬生长期5个月，每茬产量可以收获3万斤，现在每斤批发价1元钱。

"特别优良的是该品种可以在夏季日照50摄氏度高温状况下生长，填补蔬菜'伏缺'，价格可以达到每斤1.6元，并且保鲜性能特别好，夏天摆放10天时间不裂不软。

"每亩一年的净收入可以达到2.5万元。

"你想想，每亩一年的净收入可以达到2.5万元，这对农民增收有多大帮助啊。

"你再想想，我们市的全市农田面积的25%，也就是163万亩大棚，如果都能达到每亩净收入2.5万元，那就是400亿，真让人兴奋。

"回来后，我特地到我们市的现代农业示范园，询问当地种植能手，那个人还是有十多年的种植大棚经验的农户。

"他们说，我们这里每亩大棚西红柿一般只收5000斤，至多7000斤。

"我问农业局长，他也说没见过这个新品种。

"本来我想我们市抓高效农业的标准也不算差，我们是以每亩收益2000元为标准的，现达到了163万亩，占全市农田面积25%，已有一定的规模。

"但是对比海州这样亩收益达上万元的高效益来说，我们还没有涌现。

"最近我们市的农业部门就在忙这些事。"

蔡江右也参加了进来：

"是啊，农业产业化不得了，我听说上海有个大学生靠卖鸡蛋也卖出了大名堂。"

范德生冷静地打断了蔡江右的话：

"我们集团不是没有搞过农产品的深加工，我们是吃过亏的。

"八年前我们在某地建设了一个中药成药基地，想将我们老祖宗的中药片剂化、浓缩化，可是第一年当地大部分农民不愿种。

"第二年，我们免费发种子，签订了订购合同，可是等收获时节，外地来了不少中药贩子，将农民手里的药材以1.5倍价格收购了，搞得我们那个工厂建成两年没有稳定的原材料供应，亏得好惨。"

"呵呵，没想到范总也吃了没有诚信的苦。

"农民穷怕了，有这样的做法也是可以理解的，但是估计你们是不敢在当地投资了。

"我觉得日本的一些做法，可能值得你们参考。"

"日本的农业，其实和它的工业一样精细，在农业上，他们推行的是一县一品，甚至是一村一品，就是说在一个县或村，只将一种产品作为主导产品，做细做透。

"这样品种相互之间竞争就少了很多，由于高度专业化，其他人进入这个领域的成功概率就小了。"

"哈哈，温州的打火机工业就像是一个一县一品的例子。"

海天豪补充了一句。

"对了，听说你们下午围绕西湖，还对我们省和其他省的发展路径有过看法？"

“是啊，郎仙给你们杭州收买了，尽说你们好话。”

蔡江右还有些不爽。

“你们知道吗？前几天我和当年造这楼的市发改委主任在这里吃饭，他告诉我，当时，他还觉得有一幢城市最高楼建成是一件值得自豪的事，很多人都会有这样的想法，这真是‘善良人犯错误’。

“最近‘西湖第一高楼’的方案马上就要出台，那位仁兄是坚决要求降低高度的。

“我们也统一了思想，计划建85米的‘西湖第一高楼’高度将会降低到56米。

“就连1963年建成的杭州香格里拉东楼，在陪伴西子45载之后，马上要‘动动筋骨’，其降层已经定局了，你们有机会不妨现在多去去那里，以后它的标准是降到宝石山山基线以下，看景致就不如现在了。”

“哈哈。老海，你们有魄力啊。香格里拉东楼的景致以后就不如现在，但是从其他各个角度以后看西湖景致就更美了。这次‘西湖第一高楼’的发展商可是海内外知名的，你们的压力不会小啊。”

章时建感慨着。

“呵呵，任何时候都会有压力的，任何政策和决策都不会是十全十美的，我们只是敢于否定我们发现的失误。

“如果发现有些事做得不妥，改回来就是，不然小的失误会演变成大的错误，甚至搞到不可收拾的局面。”

海天豪有些得意地介绍：

“西湖边的建筑是有限高的。这里就体现了我们的风格。

“1981年版的杭州城市规划中，以南北向的湖滨路、延安路和浣纱路为界，规定了建筑限高区域。

“其中建筑最高高度不能超过8层。

“1980年，当时的建设部副部长受邀设计西湖边著名的望湖宾馆。

“当时设计的是5塔并列的方案，但最终因不能与保俶塔唱‘对台戏’，换成了现在的平顶7层的建筑方案。

“1993年，浙大湖滨校区3号楼得到了特殊对待，在无数的非议声中，最终方案定在了72米，‘西湖第一高楼’拔地而起。

“2005年10月8日，浙江大学出让3号楼地块，被香港嘉里建设集团以24.6亿元拍得，一跃成为‘杭州地王’。

“两年后，爆破拆除湖滨校区3号楼时，国内媒体蜂拥而至。

“它是杭州历史上最大的爆破项目，2007年1月6日，无数的镜头记录下这一时刻，72米的庞然大物在360公斤炸药的作用下轰然倒下。

“这次我们为了让西湖周围的天际线更加美观，杭州市规划局的专题研究报告很细致，将天际线范围一扩再扩，除了沿西湖规划整治的7.3平方公里，还有更远的控制区，甚至涵盖了钱江新城、滨江、钱江四季城三个遥远的新城。”

“很难得啊，能在巨大利益面前，保持定力很不容易啊。”有人嘀咕了一句。

“各位，我想听听大家对央行货币政策的看法。”

刘彪是有目的而来,否则他不会飞到杭州来。

“你听说过这样的说法吗?‘高油价会让一些行业的发展受到阻碍,也会给其他行业带来机会,比如高油价对汽车行业不利,但可能会刺激自行车行业的发展’?”

“哈,谁在这样恶搞?我们省目前不少中小企业都很痛苦,生存维艰。”海天豪道。

“看似有道理,其实就是满嘴放炮!既不严肃,也不严谨,整个就是一个靠感觉。嗨!看来我们的经济学家离诺贝尔奖还不止几十步。”蔡江右加了把火。

“如果一个不懂经济的官员有这样的说法,我不会气愤。

“但是作为某些重要官员在公开场合这样说话是很不严肃的。

“作为制订对宏观经济与市场主体影响深远的货币政策的部门,其成员自然需要具有包括平衡多方面利益关系的‘精算’能力。

“目前,在全国范围内中小民企普遍面临资金困难、大批制造业工厂不得不依赖高利贷饮鸩止渴的背景下,这位仁兄继续‘满嘴放炮’:这些调整都是正常的……

“现在 CPI 高企,紧缩政策更是必须的。

“中国经济体内部存在中小民营企业为一元,垄断国企与政府经济行为为另一元的‘二元结构’问题。

“一有紧缩,首当其冲的总是民营企业。

“在现行垄断国企与政府经济行为几近独占金融资源的‘二元结构’之下,继续紧缩会压死‘中国制造’这头大骆驼,而不是给它喘息、疗伤的机会。

“如果大量中小民营企业倒闭,引发的一连串社会问题是某个部委可以正常承受的?

“那一定不是这届政府可以正常承受的。

“人如果发热了,一般吃退热片就可以了,但是如果退热片无效,就要认真诊断了,再加大退热片剂量是要弄出人命的。

“庸医可以误人性命,有些庸官是要误国误民的。

“没有了‘中国制造’,哪来‘中国创造’?”

郎仙有点忿忿然。

“ 如果官员在公开场合可以随便‘满嘴放炮’,民众又如何会相信这些官员的权威呢?

“权力一旦被滥用,就往往将自己放在了大多数民众的对立面。

“我不懂政治,但是我知道经济问题会影响到这一层面。

“去年某些官员一个随便发炮,就搞出个‘白石’事件,上百亿的海外投资就这样凭感觉砸了出去,现在市值缩水了一半,倒是将一个有泡妞爱好的人,造就成了‘白石’中国区总裁,这叫啥事?”

海天豪不想再听下去,有意打断了郎仙的话。

“郎先生,不瞒你说,我今天就一个随便发炮,断送了一笔 5000 万的买卖,我事后一度还在反省自己是不是错了,大家今天帮我分析一下。”

章时建适时跟进:

“噢,你老海财大气粗,你说来听听,你不要,我那小地方说不定欢迎啊。”

“事情不复杂。有家公司主动找到我们这里一家不景气的周报社,提出设立一个媒体合资公司,共同经营这张周报。

“那家公司提的条件不错，报社已将现有所有资产（实际折合不足100万）及无形资产折价为2000万，在拟设立的合资公司占40%的股份，那家公司投入3000万现金占60%的股份。

“报社由合资公司董事会来聘请经营及编辑团队。

“就这事，让我给否定了，还判了死刑。德生，你以后也别再给这家公司做说客了。”

范德生点点头，没有说话，他知道蛋塔曼池一定是踩红线了。

郎仙给这新话题吸引了，他略为思考后，说道：

“商人不会无缘无故地让利，我还看不出它的企图，但是他们一定有企图。”

“我前些日子路过某个小县城那里过夜，当晚我看中央电视台《新闻联播》节目，在罗京和海霞两位中央台主持人正进行新闻播报时，他们的头部上方滚动出现了关于治疗性病的字幕广告。

“我当时很愤怒，为了追求经济效益，可以藐视国家权威，简直到了丧心病狂的地步了。”

“如果经营及编辑团队都是拿合资公司的薪水，不管总编还是总经理是谁任命的，合资公司的董事会就是这家媒体的控制人。”

章时建连忙接着说：“这事我也会犯难，不过估计我也会否决它。”

“老海，你就具体说说吧，别卖关子。”

此时，海天豪也更想听同是官员的章时建的意见。

于是，海天豪将下午与蛋塔曼池公司的谈判简单地做了介绍。

第四十四章　媒体价值

可以影响掌管全球财富的人的思想

蛋塔曼池，范德生心里更意外了，那还是六年前的事情了，有啥需要谈六年的？

蛋塔曼池和金星国际是有商务合作的，双方还有个合资公司，蛋塔曼池很慷慨，当时入股时，是溢价1.5倍参资入股的。

因为不是属于范德生直接管理的部门，所以蛋塔曼池很快就淡出了范德生的视线，只是在董事会时会偶尔成为一个小议题。

范德生不明白为何蛋塔曼池会碰壁呢？在一向是中国市场化的省份，还有蛋塔曼池过不去的坎儿呢？范德生感到里面也许有内情。

其实在海天豪手里，这份请示报告已压了几个月了，与蛋塔曼池打交道也有很长一段日子。

六年前，在校友们的联谊活动中，范德生将这次活动的赞助者蛋塔曼池公司独立董事，圣马丁基金会代表马丁介绍给他。

马丁表示蛋塔曼池公司愿意为中国的文化事业做点实事，希望将西方的先进媒体经验带到中国来，希望能在海天豪主管的文化领域有一定合作合资。

双方的合作从此起步。

很快，蛋塔曼池公司与一家不景气的报社合资成立了报刊发行公司，经过数年之后，这家报社的发行有了起色……

但是海天豪压住了蛋塔曼池公司另一份合资请示报告。

从经济角度看，这是一份十分诱人的请示报告。

另外一家原本养了30多人的某委办机关周报，以知识分子为主要读者，期发行量不到30000份，靠行政拨款每年都入不敷出，一些低俗的医疗广告只能作为主要收入来源，周报日子过得一年不如一年。

委办领导很想停办周报，但是30多人的下岗分流让他头痛不已，为了稳定，周报一年不如一年地生存着。

蛋塔曼池公司主动找到报社，提出设立一个媒体合资公司，共同经营这张周报。

蛋塔曼池公司的条件十分优厚，报社以现有所有资产（实际折合不足100万）及无形资产折价为2000万，在拟设立的合资公司占40%的股份，蛋塔曼池公司投入3000万现金占60%的股份。报社由合资公司董事会来聘请经营及编辑团队。

董事会来聘请经营及编辑团队！

这点海天豪是坚决不同意的，他的内心是无法接受的。

在文化领域，尤其是媒体领域的合资，他是有底线的。

数个月前，当时热炒影片合拍片《色》，让很久不去影院的他，也禁不住偷闲去观看。

然而这部能“给人带来的视觉、感观和情感上的震荡，牵扯着所有人的情绪”的影片，让他心头结郁，感到愤怒。

这是对历史真实，道德价值的颠覆，对民族解放战争的诽谤！

《色》涉及到中国历史上抗日战争的评判。片中汉奸权势威风、英俊潇洒、足智多谋且温柔体贴、人性十足。而爱国志士却幼稚、猥琐、无能，最后被一网打尽。

一个本来舍身成仁荡气回肠的女英雄被描绘成一个在汉奸美男6克拉钻戒的情感攻势下的俘虏，还连累其他爱国志士一同被抓遭杀。

不少看过该片的青年观众更关心里面的性爱场面，一部抗日片成了准色情片。

这种“对原型烈士的侮辱和民族精神的亵渎”，难怪遭到原型烈士的妹妹在美国表示的强烈不满。

有人说，这些艺术片表现的只是情感、人性、欲望等，只要获得唯美主义的感官满足就行了，不要将艺术政治化、人物脸谱化。

但是历史事实、价值共识、道德底线、审美认同等不容随意涂抹，更不能歪曲颠倒。民族解放战争的悲壮是不能因为屈服于票房而肆意践踏的。

形式是为内容服务的，世界上没有无缘无故的爱，也没有无缘无故的恨。

韩国从日本奴役下解放几十年了，去年还在清理“韩奸”；德国人对待二战的态度非常明确坚定，在他们的文艺作品中有大量揭露法西斯残暴的罪行；美国新拍的《南京》这样的大片，真实地揭露日本侵略者残杀平民的真相；即使好莱坞反映战争狂妄的大片《拯救大兵瑞恩》在宣扬人性人道精神时，也是依循二战真相描述的。

历史与事实，道德与大义，屠杀与罪恶不能遗忘，更不能在艺术的幌子下混乱我们的思想，更何况对随着时间的推移逐渐淡忘历史的一代代新人。

否则，将来为了艺术的虚构，很有可能会出现“慰安妇”爱上“日本皇军”、“太平军”成为杀人放火的“长毛妖”、“红军”如何“共产共妻”的荒谬故事。

正如有的评论说：“流行文化固然能带来巨额的GDP，但也考验着一个民族的道德与智力。”

这部中方占相当比例的合拍片为了巨额票房都敢将民族解放战争描绘成准色情影片，那么，谁能保证一个有外方控股的周报将来会演化成哪种结果。

媒体在中国百姓的心目中是神圣的，老百姓对它们更是深信不疑的，一旦媒体出现问题，后果可能是始作俑者都无法预料的。

几年前，一条海南香蕉有毒的无聊手机短信泛滥，造成了无数海南农民破产，直接损失达到8亿以上。

一则“纸馅包子”的假新闻，引发了全球媒体对中国食品质量的怀疑，众多食品出口企业的订单大幅减少，甚至破产。

为官一任，海天豪不是不要政绩，这样经济条件优厚的合同，一旦签字同意就是他的一项政绩，即使是事后出现问题，也是自然有其他直接责任人员负责。

但是《色》一片对他的震撼太大了，他情愿不要这个政绩，也不能留下可能出现《色》的隐患。

大丈夫有所为，有所必不为。

没有悬念，海天豪和蛋塔曼池公司的谈判没有结果。

一脸沮丧的蛋塔曼池公司的代表们紧急磋商后，提出一个新方案：

报社以现有所有资产(含无形资产)，在拟设立的合资公司仍占40%的股份；

蛋塔曼池公司投入2000万现金占40%的股份；

经营及编辑团队占20%的股份，现金出资1000万元，先由蛋塔曼池公司垫支，由经营及编辑团队分期出资。

总编辑由报社方面任命。

这个新方案是海天豪没想到的，他想重新考虑一下。

回到办公室不久，蛋塔曼池公司的一位代表就上门求见。

这位代表是他以前的一位同僚，一个刚从岗位下来正发挥余热的熟人，周报与蛋塔曼池公司的合作是他具体在穿针引线。他的焦急是海天豪可以理解的，海天豪破例抽出时间接待他。

熟人提出了蛋塔曼池公司暗箱的方案，蛋塔曼池愿意给海天豪合资公司3%的干股，等合资公司成立后，在境外存在为他专设的银行账户内。

海天豪的心猛然一动，3%就是150万现金，只要他大笔一签就可以了。

这是一笔足以让他心动的金钱，他不是不食人间烟火的圣人，谁不想手里多几个钱啊？有了这些钱，儿子出国留学的钱就有了，自己也可以让太太好好享受一下……

《色》片的镜头在他脑海突然闪过，他清醒了。

他不动身色地没有任何表态，自嘲着并反问：“看来我值150万，哈哈，你呢，值多少？”

熟人以为似乎海天豪有所松动，忙打消他的顾虑：“我值100万，钱很安全的，不会有外人知道。你儿子以后的留学费用也由我们承担……”

海天豪打断了他的话：“今天就这样吧，我后面还有事，我和你各为其主，人各有志，我可能永远不会成为你们的一员。”

看着熟人离去的背影，海天豪想，难道不腐败真的要具备神的品质？

蛋塔曼池的周报方案给海天豪判了死刑。他不知道还有多少人在金钱面前还具备神的品质，但他知道会有不少人在金钱面前从人变成兽。

当然海天豪隐去了熟人试图行贿的那段情节。

章时建没有马上表态，而是绕了个弯。

章时建说：“你的这件事，让我想起了去英国公务访问的经历。”

海天豪最想知道章时建的想法，因为章时建很务实。

章时建回忆着："我去英国公务访问时，曾参观过《泰晤士报》和《金融时报》，在那里我听到了一些值得深思的说法。

"英国19世纪的作家布尔沃·里顿在英国议会的论坛上说过一段话：

"'如果我要向未来传递19世纪英国文明的标志的话，我不会选择我们的码头、我们的铁路，也不会选择公共建筑或者是我们宏伟的国会大厦，我只用普通的一期《泰晤士报》就足以证明了。'"

"用一期《泰晤士报》作为整个19世纪英国文明的标志？凭什么呀？"

"是啊，大家都知道，19世纪的英国有许多可以炫耀的骄傲。"

"对啊，19世纪早期，英国统帅威灵顿公爵率领第七次反法联盟大军在滑铁卢击败了拿破仑，英国终于确立了欧洲第一强国的地位。"

"其实19世纪英国的经济成就更是令世界瞩目。19世纪40年代，英国完成了工业革命。到1860年，英国生产了全世界工业产品的一半，钢产量的一半，对外贸易总额占全世界的40%。"

"是啊，英国完成了工业革命，实在了不起，它奠定了当时世界第一强国的地位。"

"19世纪英国在科学领域也大获丰收：

"物理化学家道尔顿创立了原子论，编制了最早的原子量表。

"物理化学家法拉第发现了电磁反应，为人类作出了巨大的贡献。

"数学家和物理学家麦克斯韦在许多物理学领域都作出了贡献。

"还有詹那的牛痘免疫法，李斯特的消毒法等都为人类造福了。

"李斯特的石炭酸消毒术使得手术后的死亡率从45%降到5%……"

"是啊，然而，这么多军事、经济和科学的辉煌业绩为什么没有被选作19世纪英国文明的标志，却要一期普通的报纸来承担如此重任、享有如此荣耀呢？"

"因为《泰晤士报》不仅忠实地记录了军事、经济和科学的辉煌业绩，更重要的是深刻左右了整个19世纪的英国主流社会的思想。

"《泰晤士报》是当年英国的思想大脑！"

英国的思想大脑！

这是个震撼的结论。海天豪若有所思。

章时建接着说："我来到《金融时报》时，得知这张具有全球影响的报纸，它的发行量只有不到40万时，我很吃惊。

"然而《金融时报》的编辑记者们都不以为然，接待我的编辑理查说：'数量不是主要的，质量才是最重要的，美国总统每天阅读的白宫简报只有不到50位读者，但是它的内容将改变世界，每个国家的情报机关都希望第一时间看到它，而我们是它的消息来源。'

"他还说：'《金融时报》的40万读者虽然远远比不上你们中国很多日报、晚报的读者数，但是遍布全球的《金融时报》的读者群，掌管着全球70%的财富。我们无法掌握财富，可是我们可以影响掌管全球财富的人的思想。'

"'思想，有时就会让财富流动。我们的记者去年在一次北京民间论坛上，听到一位中国财政官员说，你们中国有可能将美元外汇储备转换成其他货币的外汇储备，这则很简短的消息见报时，全球外汇市场发生了一次地震，美元暴跌，欧元、日元、澳元等全线暴涨，最后连美国总统都出面澄清，没有理由认为中国将抛售美元外汇储备。'"

"章市长说的这事是真的，我知道，那是一位级别不高的财政部的研究机构人员的个人意见，没想到老美很紧张，通过各种管道向我们证实消息的真伪。"刘彪证实了章时建听到的部分内容。

"是啊，你这样一说，我还想起一件发生在2001年的事。"海天豪显然对这话题也很感兴趣，"'9·11'事件发生后，美国驻外使领馆非常注意各国的舆论动向，当时沈阳总领事是中国通，他在报摊买了十多种有报道'9·11'事件内容的报纸，其中一张名为《军事报道》的小报，让他连夜飞到北京，当晚美国大使向我严重抗议。美国大使说中国政府美化同情恐怖分子，丑化美国政府，《军事报道》就是证据，里面有大量同情恐怖分子的内容。还好相关部门及时发现这是张没有出版许可的非法出版物，抓了私自印报的几个愤青，才将事情平息，不然后果不堪设想啊。"

说到这里，海天豪想起被他否决的蛋塔曼池方案，不由出了一身冷汗。

"我算是半个媒体人，我也谈谈我的看法。"

一直说话不多的蔡江右插起话来。

"媒体的价值，和她自身的综合因素有关，价值不是说出来的，而是表现出来的。

"媒体价值，不是一个单向的链条，而是一个立体的空间网络价值结构。

"首先，存在的媒体就有价值——客观成本价值。媒体一旦出生，就有自身的固有价值。它总是能代表或左右一部分人的思想。

"其次，媒体是信息管道——信息传播价值。信息战是新世纪的趋势，军事、政治、经济、文化等等社会形态都逐步走向信息化。

"我们所说的媒体影响力、攻心力、公信力等其实都是信息价值的光辉。

"通俗来说是传播力量。

"我们一直过多地关注了它的正面作用，而忽视了媒体传播力量的负面作用。

"像最近不少媒体过多报道日本的秋叶原持刀杀人案的细节，我很担心最近就会有人模仿，危害社会。比如，年初香港娱乐圈闹出了'艳照门'事件，过多的报道倒造就了'艳照族'，他们还自封为'艳照门徒'，一部以这些人物为原型的小说《艳照门徒》居然大热……

"再次，媒体的商业价值——市场广告价值。

"不说媒体和政治、经济、文化的过多关系。

"当然，商业和这些息息相关，唇齿相依，另当别论，我们在商言商，透视一下媒体核心广告价值。

"小媒体有小媒体的价值，媒体自身也不要过于奢望价值的膨胀；大媒体有大媒体的价值，也不要过于轻狂。

"买单人（广告主）是通过媒体群体获取传播相关信息的衍生价值来实现投放价值。广告主看重的是媒体信息传播的价值……"

蔡江右没有关心大家的谈兴，自己侃起了他的高见。

第四十五章 “中国十诫”

2008年5月13日晚。

海森伯格踏上了中国的土地，他的内心充满了战斗的喜悦。

一下飞机，他的马仔就给他提供了两枚重磅“炸弹”。

海森伯格的权力，可以让他能够第一时间掌握必需的情报资讯。

他知道，此刻在另一条战线的战友们也正在准备一场演习：

2008年6月下旬，美军太平洋总部将结合包括英国、加拿大、澳大利亚、新西兰、日本、韩国、新加坡、秘鲁，以及智利等国家的军队，进行全球最大规模的“2008环太平洋”海上联合军事演习。

这项排除中国内地及台湾地区参与的环太平洋演习，将有联合反潜作战、水下作战，以及火力试射等实兵操演阶段，并计划于7月26、27日，在夏威夷进行一项大规模的多国联合两栖登陆演习。

“环太平洋”，但是没有“环太平洋”的中国内地及台湾地区参与，这是很有想象空间的。

这场全球最大规模的海上联合军事演习是事出有因的。

“中国简报”的内容震撼了华盛顿。

海森伯格还清楚地记得最新一期“中国简报”的内容。

华府重要智库“詹姆士城基金会”，在其所出版的“中国简报”，发表一篇题为“The Pentagon-PLA Disconnection：China's Self Assessments of Its Military Capabilities”的专论；在此之前，由美国华府智库“战略与国际研究中心”（CSIS）与麻省理工学院（MIT）联合出版的“华盛顿季刊”，亦发表一篇题为“China's Search for Military Power”的文章。

这两篇专论均针对中国军力的发展，进行了深入的评估，其综合要点如下：

第一、现阶段，解放军拥有的战略性武器数量和战力，都明显落后于美军。

但是，以解放军在最近三年间所发展出来的军力推估，到2010年时，解放军将至少拥有七十枚以上的多弹头、可移动发射、固态燃料推进投掷的洲际核导弹，可以直接威胁美国本土的安全；

此外，解放军近几年来积极发展核动力攻击型潜舰，并试射由潜舰发射的洲际弹道导弹，均展现出相当惊人的进步，甚至已促使美军认真评估其对太平洋美军的安全威胁；

至于在空军发展方面，解放军已经先后自俄罗斯引进苏-27型和苏-30型战机，另解放军自行研发制造的歼十型战机亦开始量产，而此项空中武力的发展，势必会对台海的制空权争夺，造成具体影响。

第二、目前，解放军的战略规划者对于如何运用短、中、长程精准打击武器与地面的特种部队结合，形成强大的快速精准攻击战力，以因应台海、中国外围地区，以及南中国海运输线冲突的各种状况，正在积极地研究新的战略和战法；

此外，解放军就有关如何整合心理战的运作、快速特种部队的部署，以及精准的远程打击能力，并针对敌军的领导人和指挥中枢，以及通信网路，进行致命性的攻击，快速地摧毁敌军的作战意志，也有整体性的规划训练与准备。

换言之，解放军已经了解到“联合作战”的价值与精髓，并下定决心要从发展指管通情监侦系统着手，进一步提升信息战、电子战，以及快速精准远程作战的能力。

2008年春天，解放军积极发展“王牌武器”，结合“小单位”的联合作战训练。

第三、解放军的年度经费预算在经济持续发展的环境中，已经出现显著的增加。

此外，由于解放军有多项的重大研发生产计划，并没有列在国防支出的项目下，因此，要想准确掌握中国国防经费支出仍然相当困难。

不过，以现行解放军整个兵力结构和军力的发展估算，其国防支出约介于900亿美元至1250亿美元之间，并已超过日本的国防支出，成为全世界仅次于美国（2007年国防支出约6000亿美元）的第二大军费支出国。

目前解放军在面临高油价及原物料价格高涨的情况冲击下，亦积极从事各项“节能减碳”的措施，以期能够将国防资源做最有效的运用。

第四、整体而言，中国为达成其国家安全战略的目标，一方面采取加强军经实力的强势作为，同时也采取各种外交“柔性”手段，以期运用双管齐下的方式来达成目标。

更值得注意的是，中国一方面致力维护和平的国际环境，借以吸引更多国际投资、技术与贸易；同时，其亦借此强化中国政权领导的正当性，以及扩充军事实力的经济基础。

到目前为止，中国方面的战略机制设计，已经明显地产生具体的效果。

海森伯格绝对相信合众国的实力，但是他也没有低估中国人的力量。

在他看来，数十颗核武器能量的大地震都没能毁灭中国人的意志，将要实施的“2008环太平洋”海上联合军事演习又有多大的作用呢？

海森伯格相比而言，更欣赏同是一条秘密战线的同伴们的“中国十诫”。

“中国十诫”正在成功：

第一、尽量用物质来引诱和败坏他们的青年，鼓励他们藐视、鄙视并进一步公开反对他们原来所受的思想教育，特别是共产主义教育。

为他们制造对色情产生兴趣的机会，进而鼓励他们进行性的滥交。

让他们不以肤浅、虚荣为耻。

一定要毁掉他们一直强调的刻苦耐劳精神。

第二、一定要尽一切可能做好宣传工作，包括电影、书籍、电视、无线电波和新式的宗教传播。只要让他们向往我们的衣、食、住、行、娱乐和教育的方式，就是成功的一半。

第三、一定要把他们青年的注意力从以政府为中心的传统引开来。

让他们的头脑集中于体育表演、色情书籍、享乐、游戏、犯罪性的电影，以及宗教迷信。

第四、时常制造一些无事之事，让他们的公民公开讨论。

这样就在他们的潜意识中种下了分裂的种子。

特别要在他们的少数民族里找到好机会，分裂他们的地区，分裂他们的民族，分裂他们的感情，在他们之间制造新仇旧恨。

第五、要不断制造新闻，丑化他们的领导人。

我们的记者应该找机会采访他们，然后利用他们自己的言辞来攻击他们自己。

第六、在任何情况下都要传扬民主。

一有机会，不管是大型小型，有形无形，就要抓紧发动民主运动。

无论在什么场合下，什么情况下，我们都要不断对他们(政府)要求民主和人权。

第七、要尽量鼓励他们(政府)花费，鼓励他们向我们借款。

这样我们就有十足的把握来摧毁他们的信用，使他们的货币贬值，发生通货膨胀。

只要他们对物价失去了控制，他们在人民的心目中就会完全垮台。

第八、要以我们的经济和技术优势，有形无形地打击他们的工业。

只要他们的工业在不知不觉中瘫痪下去，我们就可以鼓励社会动乱。

不过我们表面上必须非常慈善地去帮助和援助他们，这样他们(政府)就会显得疲软。

一个疲软的政府，就会带来更大的动乱。

第九、要利用所有的资源，甚至举手投足、一言一笑，来破坏他们的传统价值。

我们要利用一切来毁灭他们的道德人心。

摧毁他们自尊自信的钥匙，就是尽量打击他们刻苦耐劳的精神。

第十、暗地运送各种武器，装备他们的一切敌人，以及可能成为他们敌人的人。

海森伯格十分赞赏“中国十诫”。

在海森伯格看来，中华民族是一个因自大、安逸而容易失去斗志的民族。

现在的中国处于一个极端民族主义与自大、安逸的发展阶段。

在中国人自我创造的表面和天下太平与歌舞升平的繁荣景象下，中国失去了以往的斗志，开始不断沉湎于他们的那种安逸。

在下一场战争到来之际，这场战争中，中国人还是能够依靠他们的顽强与坚韧再一次战胜对手，不论他的对手即将是谁，即便是我们也是如此。

但是，那样的话对于中国人来说可能是最后一场能够获胜的战争了。

而接下来极度膨胀的安逸与陶醉心理，将永远地击垮他们。

虽然从目前来看，中国目前急速发展的军事力量，与我们相比，依旧还处于上个世纪的中前期。

但是，我们应该知道与懂得，他们目前表现出来的力量，仅仅是他们所蕴含的10%左右。这才是最可怕的。

中国这个民族是一个十分奇怪与离奇的民族。

他们可以经受住十年、二十年，甚至五十年的屈辱失败。

但是，他们很难经受住一两次持续不断的胜利。失败与耻辱对于他们与吗啡作用等同，可以更加激励与推动他们。

在我们对南联盟采取军事行动期间，自大而且无知的中国人，他们借用以往的胜利来麻痹自己的神经，因此试图尝试与强大的联军做暗地对抗。

那一次，我们狠狠地教训了中国人。我们以为他们会立刻出现大规模沮丧，这与我们在上世纪40年代遭受珍珠港突袭一样，全国笼罩失败情绪。

但是，我们估计错了。他们突然掀起一场极端的反美情绪。

而中国在这个期间将自己的能力与潜能开发到约占他们能力的30%。尽管如此，在随后的阶段，中国的先进科技层出不穷，中国强行启动了他们本身那个时期没有实力来完成的多达13个军事工程项目。

在把我们优秀的舰队派遣到亚洲海域，准备抵御中国人进攻时，我们应该考虑：这一次会不会引发中国人对于我们的全面战争。

如果他们经历了最惨重的失败，而最终结局却获得了朝鲜战争的那种胜利。

那么作为美国，我们将要面临一个这个世界上最为凶猛与残暴的猛兽——经历鲜血洗礼以后的中国人。

退让并不是胆怯，相反可能是一种最为成功的战术。

而中国在目前社会与国家政治体制下出现的大规模混乱程度前提下，获得一场较为容易与较为艰苦的胜利，其中的引发含义是截然相反的。

给他们一个再一次昏睡的机会？

这是可能决定这个世界上目前最强悍的两个民族之间的命运的抉择。

海森伯格祈祷，让中国沉睡吧。

第四十六章　粮食和石油

都与高油价和高粮价有关

国务委员感到身上的压力十分沉重，他来到一位退休高官的府上。

他需要听听老师的想法。

在退休高官的书房，他们开始了谈话。

“老师，可以谈谈对目前经济形势的一些判断吗，让我这个学生可以吸取你多年的经验。”国务委员很谦虚。

“中国崛起最大的特点是什么？”

“是把经济增长与大家分享，这个过程，东南亚邻国已经感受到了。他们在与中国的贸易中得到了好处。”

“澳大利亚也感受到了吧。”

“对，中国今天也是拉动澳大利亚经济的关键因素。

“中国人讲‘要想富先修路’，现在大家在考虑建设把亚洲国家高速公路都连起来的泛亚公路，这个思路不仅惠及中国，也惠及全世界。

“但是中国的和平崛起势必对某些国家的国家利益构成威胁，它们将采取各种手段来破坏这种崛起，其中石油武器已经动用，粮食武器正在动用。”

“是啊，上次会议上，世界粮食计划署发言人彼得·斯默登说，干旱加上粮价飙升意味着非洲之角地区今年将有比往年更多的人陷入赤贫境地。

“联合国儿童基金会和乐施会等援助机构也表达了同样的担忧。

“我记得联合国世界粮食计划署、联合国人道主义事务协调办公室等多家机构近日警告说，非洲之角地区约有1500万人口依赖食品和其他援助。

“情况最为严重的是非洲之角地区的埃塞俄比亚和索马里，两国的许多家庭每天只能吃上一顿饭。

“在埃塞俄比亚东部和南部地区有460万人急需食品援助，另有570万人的生活受到干旱影响。

“在索马里，联合国预计到2008年底将有350万人需要紧急援助，这一数字远远超出年初预计的 260 万人。

“联合国索马里人道主义协调官马克·鲍登指出，目前国际社会对索马里的援助资金仅为索马里所需资金的三分之一左右。约有 18 万儿童严重营养不良，约占索马里儿童总数的 20％。

“在肯尼亚，受 2008 年年初选举危机、高物价以及干旱、洪水等灾害影响，预计有 120 万人需要紧急食品援助，其中多数是儿童。

“在乌干达，联合国预计在其偏远的卡拉莫贾地区约有 70.7 万人急需食品援助，严重营养不良儿童人数已达 7.5 万人。

“而近年来干旱肆虐的吉布提也有 8 万人面临严重的食品短缺。

“联合国儿童基金会负责东部和南部非洲地区的官员恩吉巴克警告说：‘如果我们不能获得 2800 万美元来帮助埃塞俄比亚儿童，他们将会死去。’”

“对啊，我记得世界粮食计划署说，如果今年 9 月和 10 月非洲之角地区降雨充沛的话，该地区饥荒灾情将有所缓解。如果届时降雨仍然不足的话，该地区需要援助的人数将激增。”

退休高官话锋一转：

“粮食武器和石油武器(高油价)是相辅相成的：

“正是因为高油价的存在，才会出现高粮价。

“为什么这么说呢？道理很简单。

“粮食涨价了是因为粮食缺了，粮食缺了是因为有人拿粮食去造燃料了，但是，如果不是因为石油价格高，粮食造燃料根本就无利可图——如果能把石油价格重新调回到 50 美元一桶，那所有开玉米造乙醇工厂的老板都得跳楼自杀。

“所以，只要能把石油价格拉下来，粮食价格就会掉下来。

“在世界范围内引发的一系列问题，比如通货膨胀、贸易逆差，比如社会动乱、政权危机，其实大部分都可以解决，都和高油价和高粮价有关。

“控制住高油价和高粮价，这个世界也能更和谐一点。”

“老师，我觉得受原油价格飙升和通货膨胀因素的影响，美国的金融政策也陷入了进退维谷的境地——既不能提息，也无法降息。由于新兴工业国和产油国的崛起，美国作为世界经济盟主的地位正在动摇。

“要重建美国经济，必须解决原油价格上涨的问题。

“美国是一个汽车社会，汽油价格的上涨不仅影响到消费等实体经济，而且对国民的心理也产生了负面影响。”

“是的。关于原油价格上涨的原因，美国国内还存在着供应不足和投机两种解释。

“美国政府一再强调原因在于‘供求关系’，认为产油国的供应跟不上中国和印度等新兴国家对原油旺盛的需求。

“美国政府之所以矢口否认在世界上普遍流行的‘投机论’，目的在于回避对其金融政策的批评。

“美国的金融政策导致了美元的贬值。

“这是造成投机的根本原因。

“美国大幅度降低利率是为了拯救因次贷危机而蒙受巨大损失的美国金融巨头。

“然而，供应不足并非与美国的政策无关。

"美国从新兴国家购买廉价的产品,推动了中国等国的经济增长。我国目前将人民币对美元的汇率控制在较低的水平。

"美国的低利率政策令中国的金融环境处于宽松状态,从而使得本已过热的中国经济部分更加升温。

"但是中国经济是二元经济,我们还要清楚地看到不少中小企业不是过热,而是需要积极地予以扶持。"

国务委员觉得思路越来越清晰。

"很多经济学家都估计我们中国经济大概今后还可以保持比较长时间的经济快速增长。"

"对啊,世界银行副行长兼首席经济学家林毅夫去美国之前,也曾估计中国经济还可以在今后 15 年到 20 年内保持快速增长,增速大概 8%左右或者更高。"

"但是过快的发展速度,对中国经济的健康发展很不利。"

"有这样清醒的认识很好。"

"美国政府为了减少财政赤字,要求中国提高人民币汇率。如果人民币汇率进一步提高,将使我国的出口企业的生存环境更为艰难。

"我们需要按照自己的需要,顶住外界压力,适度控制汇率变化,为我国的出口企业赢得调整和恢复的时间。"

退休高官附和国务委员:"总理年初说 2008 年是最困难的一年,索罗斯则对我说,正在开始的危机,可能是 1929 到 1933 年世界大萧条之后最严重的。

"在 2008 年 1 月瑞士达沃斯,主题为金融危机的世界经济论坛上,大家的看法相当一致,认为今年非常困难,而且危机正在蔓延,明年也不太好。

"经济调整有个过程,我们宁可估计长一点,有备无患。"

"为什么对危机估计得非常严峻呢?因为这个危机是由美国次贷危机引起的,而次贷危机说到底是美国房地产危机。

"房地美(Freddie Mac)和房利美(Fannie Mae)的译名虽然有些脂粉气,但是这两家公司举足轻重。

"他们虽然是上市公司,却有着深厚的官方背景和非常特殊的'江湖地位',他们是政府发起类公司(Government Sponsored Enterprise ,简称 GSE),不客气地讲是美国房地产贷款市场的'心脏'。

"设立于 1938 年的 Fannie Mae 一直被视为美国房地产抵押贷款证券化(MBS)的奠基之笔。罗斯福总统在大萧条时设立它的初衷,就是保证房贷资金的流动性;Freddie Mac 意译名是'联邦住房贷款公司',由国会在 1970 年发起成立。

"简单地讲,他们是美国房地产贷款的最大买家,从债券市场融资、购买银行的贷款,然后打包出售,或者自己持有,充当着美国房地产贷款的血液——资金供给分配站,目前共持有或担保着 5.3 万亿美元的房地产抵押贷款,占全美未偿清抵押贷款的半壁江山。

"在次贷危机中,它们不但扮演着官方救援队,也肩负着最后关头为楼市贷款的重任。如果他们轰然倒地,美国力挽次贷狂澜于即倒的努力不但可能付之东流,全球经济也将面对很大的危机和变数。

"海外投资者共持有 1.3 万亿该公司的债券,其中我们中国持有 3760 亿美元。

"我们必须十分关注它们的发展。"

"一旦美国开始赖账，那未来还有多少国家会将美元作为主要的储备货币？"

"对，并且美元也正在和欧元争夺货币定价权，美元的霸权地位正受到欧元的挑战。"

"美国政府心知肚明不可能袖手旁观房地美和房利美，虽然拯救计划绝不会比拟订天书简单多少。

"如果美国政府接盘，很可能令美国政府债务翻番，进而影响美国国家主权 AAA 的信用评级。

"但是他们对美国的举足轻重人所共知，美国政府不可能坐视其有何闪失。"

"所以客观地讲，我们中国的这笔 3760 亿美元投资不能称为'不智'，美国国家利益和中国的债权人利益，是被绑定为一条绳上的蚂蚱。

"这是战略投资，它的战略意义需要时间来验证。我们不去说它了。"

"经过虚拟经济的发展，现在美国老百姓的财产，75％是房地产，房地产泡沫破灭，就会对经济有很大影响，我们也要十分警惕国内的房地产泡沫，不能再让它消耗国民的财富。"

"高油价也很伤脑筋啊。油价高了就带动各种能源价格都上升，带来通货膨胀。"

"一吨大米的价格，今年一夜之间从 330 美元涨到 1000 美元，米价涨，小麦也涨，玉米也上涨，但是米价上涨最可怕，我看有国际阴谋。所以八国首脑会议上有人说现在有金融、高油价、高粮价三大冲击。"

国务委员同意退休高官的想法，又补充道："在严峻的国际环境下能保持经济的平稳发展，得益于中国在粮食问题上采取了非常正确的方针：为了保证 13 亿人的需要，粮食主要得靠自己，这让我们避免了国际高粮价的冲击。"

退休高官接过话："但出口导向的企业正在受到双重挤压。一方面钢材、能源等原材料价格大幅度上涨，另一面，出口产品因人民币升值价格也在上升，再加国际上贸易保护主义抬头，对我们反倾销，增加关税，使得我们的出口困难比过去大大增加了。

"我们是个正在蓬勃发展的大国，能源需求很大，能源价格劲升。

"金融市场的动荡对我们影响也很大。

"现在全世界五万多亿美元外汇储备，大半在东亚，东盟加上日本、韩国、中国，外汇储备大概 3.5 万亿美元。

"有人统计，美元贬值，使得我们手中的美元资产损失了 4000 亿。"

"最近三年人民币累计大概升值了 20％，现在国际上很多人说人民币还要继续升值。"

"这种说法很多，我刚从国外参加一次会议回来，那里的人跟我说，人民币还要快速升值，升 30％到 50％。

"我就说，目前中国维持人民币逐步升值的政策，对中国有利，对世界有利。

"因为人们最害怕金融市场动荡，大起大落对金融市场伤害很大。"

"其实，美国经济走向衰退，欧洲经济放慢，已是明显的事实，日本经济的预期增长率也在下调。在这样的情况下，我强烈地感觉到，欧盟对于亚洲的重视程度在上升。"

"是的，30 年前，在欧洲看不到中国消息。改革开放初期，西方主流媒体有了一点关于中国的消息，现在天天有，因为中国的经济如何，对亚洲、对整个世界的经济都会有影响。"

"十年前，那场亚洲金融危机来的时候，东南亚国家还有韩国都受到极大打击。

"这些国家的货币纷纷大幅度贬值，人民币随之受到极大的贬值压力。

"当时中国的措施非常明智:人民币不贬值。

"我们现在到东南亚去,那里的人都说当年人民币不贬值,是做了一件大好事,如果人民币贬值了,那他们更不堪设想了。"

"一个国家的老百姓怎么富起来,要看看过去其他发达国家的经历,我看是大致有三条途径,一个首先是经济增长,第二个是钱能生钱,投资的渠道要增多,第三个就是货币升值。"

"但是像美国所要求的一样,大幅度快速升值,那会对中国经济,也会对世界经济带来巨大的冲击,对大家都没有好处。"

"是啊,大国是要对世界负责的,这让我们的决策更为慎重。"

"对,我估计中国的资金与其他海外资金将成为美国企业增强资本的救命稻草。

"在新的美中战略经济对话中,美国政府估计以'仅限于商业目的'为条件,寄希望于中国政府的投资基金对美国企业投资。这对我国是需要审慎考虑的。"

"中东产油国也一样。

"很多产油国实行了将本国货币与美元挂钩的联系汇率制。

"美国下调利率进一步刺激了因原油价格上涨而繁荣的产油国经济,导致这些国家的原油生产成本上升,并促使原油价格进一步上涨。"

"哈哈,而今产油国对美元贬值所造成的资产缩水越来越不满。

"一些国家甚至在考虑将其货币与欧元挂钩,这进一步导致了美元的贬值。

"出于对通货膨胀的担忧,欧洲中央银行可能要提高政策利率,这有可能更加促使美元对欧元贬值。"

"美国金融政策是要调整的。美国已经将金融政策的重点转向了防止通货膨胀。

"然而过度的金融收缩政策有可能使美国企业的资金周转发生困难并导致破产。

"美国处于进退维谷的状态。

"如果对美国的经济结构做一宏观审视,就不难发现,美元、军事装备、农产品(特别是谷物和油料作物,包括在高科技产品内的)、知识产权是美国现在主要的出口产品。"

"我个人认为美国政府可能会采取的一些手段:

"1.通过大幅度的通货膨胀,减少国外债权人的实际权益;

"2.通过向全球输出通货膨胀,造成其他国家的经济萧条(滞胀),相对增强美国经济对全球资本的吸引力;

"3.加强对金融领域的监管,恢复投资者信心;

"4.在贸易盈余大国制造社会恐慌,促使大量流动资本流入'安全的'美国;

"5.打击威胁美元地位的其他全球性货币,稳定美元作为世界基础货币和石油结算货币的地位;

"6.以军事威胁、贸易制裁为依托,强化在全球范围内对美国知识产权的保护,提高知识产权在其他国家的要价;

"7.继续大幅度提高农产品(特别是谷物和油料作物)的价格;

"8.挑起局部战争,增加对美国军事装备的需求。

"为了防止世界经济中心向美国以外的地区转移,可以控制美国政坛的那股势力很可能采取某些极端措施。

"如不惜以他国政府的流血或政变为代价,在美国以外的地区制造混乱、局部冲突、社会骚乱等，以此重新将外流的资金吸引回到美国本土。

“你还记得2000年前后的前南斯拉夫社会联盟共和国的分裂吗？发生战争时就是欧元走强，美元走弱时，此后美元开始重新走强，欧元及欧洲一体化进程就受到严重挫折。”

“老师，您的意思是？”

“当年美国在科索沃弄两声枪响出来，接着乘势介入轰炸一回，欧元就趴了五年。

“只要这个大国让科索沃危机重新激化，或者是在东欧中欧重新激化一些矛盾，美国及美元就会重新主导世界经济。”

“会是哪呢？”

“东欧的可能性很大。因为可以牵制欧盟、前苏联各国及俄罗斯。一个混乱的欧洲是符合某大国的利益的。”

“面对来自这个大国的威胁，其他国家或者顺从地做一个依附者，或者勇敢地做一个反抗者，除此二者之外别无他途。而我们的立场可能是举足轻重的。

“我们要做负责任的大国，有些代价和牺牲是不可避免的。中国的发展，也将惠及全世界。”

“老师，您如何看跨国粮商？”

“是‘ABCD’吗？”

“目前世界粮食交易量的80%，都垄断性地控制在这‘ABCD’四大粮商手中。”

“过去的几年里，跨国粮食企业在开拓国内食用油市场时，已建立起一套完整的营销网络，以及品牌优势，在与中国粮食加工企业竞争时，有很强的杀伤力。”

“对啊，国际金融资本还正在向加大对农业产业资本转移，高盛和德意志银行大举投资中国生猪养殖业，我想你也注意到了。”

“国家的农业问题，不应是一个单纯的生产问题，也不是一个单纯的分配问题，这些问题的最终解决是保证民生的根本。”

“是啊，其中的粮食安全问题要重新定义为中长期的战略规划。”

“对，‘手中有粮，心中不慌’，我们要认真研究这个问题。”

国务委员想起了他下午刚看过的材料，进一步讨论下去。

第四十七章　跨国粮商“ABCD”

刘彪离开北京前，留给国务委员一份关于粮食问题的材料。

“在充斥着传言、阴谋论、神秘人物和资本的国际粮食市场，‘ABCD’是江湖上最悠久的传说。

“这四个字母代表着四家拥有百年以上历史的跨国粮商：ADM（ArcherDanielsMidland）、邦吉（Bunge）、嘉吉（Cargill）和路易达孚（LouisDreyfus）。

“目前世界粮食交易量的80%，都垄断性地控制在这四大粮商手中。

“国际四大粮商之一的路易达孚有限公司就已经打出高薪聘请副总经理的广告，而其职责就是专门在东北寻找并谈判收购粮库。

“这只是跨国粮商布局中国的一小步。

“从2008年开始，中国关于外资企业进入粮食流通领域的WTO过渡期已结束，跨国公司开始进军中国粮食流通领域。”

ADM（ArcherDanielsMidland）、邦吉（Bunge）、嘉吉（Cargill）和路易达孚（LouisDreyfus）就是跨国粮商“ABCD”。

国务委员想，他们的动作真快啊。

“2004年5月26日《粮食流通管理条例》正式对外颁布，赋予了粮食行政管理部门管理全社会的粮食流通和对市场主体准入资格审查的职能。

“在此后的市场化过程中，国有粮食购销企业大规模退出，被业内称为‘国退民进’运动。

“原来作为中国最重要的县级粮库在取消农业税，没有了国家‘订购粮’的任务后，被完全推向市场，在和私人粮商以及其拥有财政支持的国储粮库、省储粮库、市属粮库的竞争中败下阵来。

“由于没有国储库和省储库的有利身份，县粮库的经营举步维艰。

“从2004年改制之后，国家不再给县级粮库拨款，由于严重缺乏购粮资金，全国很多县级粮库‘都已经空了’。

“对于腹背受敌、经营困难的县级粮库来说，‘傍’上四大粮商这样的‘大款’自然是求之不得。

“解读跨国粮食贸易商的商业行为有多种方式，但可以肯定的是，在国际粮价狂飙、国内全面放开粮食收购市场，实现粮食购销市场化和市场主体多元化之后，跨国粮商迎来了‘最好的时代’。”

国务委员对此已不感到意外，在听取了国家安全部门对国储铜事件的汇报后，他已开始注意到农业背后的一些现象。

刘彪的材料里写道：

“过去的几年里，跨国粮食企业在开拓国内食用油市场时，已建立起一套完整的营销网络，以及品牌优势，在与中国粮食加工企业竞争时，有很强的杀伤力。

“美国ADM公司和新加坡著名的丰益集团共同投资组建的益海（中国）集团，是ADM在中国扩张的典型代表。

“益海集团成立于2001年，总部设在上海陆家嘴。

“目前该集团在国内直接控股的工厂和贸易公司已达38家，另外还参股鲁花等多家国内著名粮油加工企业，工厂遍布全国。”

“哦，还参股鲁花？原来真不知道啊。”

“在大力发展油脂、油料加工项目的基础上，益海集团又全面进军小麦、稻谷、棉籽、芝麻、大豆浓缩蛋白等粮油精深加工项目，同时又先后投资控股和参股铁路物流、收储基地、船务、船代等辅助公司，向着多品种经营和多元化发展。

“不过这家全国最大的粮油加工集团显得相当低调，但是还是可以频繁发现益海考察当地粮食生产及加工企业的新闻。”

“日本是世界上最大的玉米进口国，年进口量超过1500万吨。其垄断日本玉米进口市场的5大商社，目前在中国也开始了他们的探索，试图把其在日本的模式移植到中国来。

“虽然日本玉米进口市场的5大商社，比ABCD起步晚，但其后来者居上的雄心亦不可小觑。”

……

国务委员的眉头紧锁，自言自语：

“国家的粮食安全，不应是一个单纯的生产问题，也不是一个单纯的分配问题，而是涉及到整个从生产、流通、储运、进出口，然后包括对低收入群体的补贴这样一个系统的大问题。

“这些问题的最终解决是保证民生的根本。

“粮食安全问题要重新定义为中长期的战略规划。”

他思考良久，在材料上批示：

“随着经济全球化的不断深入，建立粮食安全预警机制和保障系统是国家发展战略目标体系的重要内容，我们不能掉以轻心。

“生产环节、流通环节政策要对称，产区、销区政策要对称，政府、企业信息要对称，而目前上述内容在宏观层面缺少规范。

"粮食安全问题要重新定义为中长期的战略规划。

"《国家粮食安全中长期规划纲要》要尽快形成,这是一件大事!"

农业问题,无疑是紧系当今中国改革、发展、稳定三大中心任务的首要问题。

丹麦是举世公认农业问题解决得最好的国家之一,素有"欧洲食橱"之美誉。

"欧洲食橱"对我国如何在继续稳定家庭联产承包责任制的前提下发展有中国特色的产业化农业会有一定的启发。

在刘彪的材料里有一段对丹麦农业各层面调研报告,引起了国务委员的浓厚兴趣:

丹麦农业产业化的特点概括为:一个观念、两次转变、三大支点。

一个观念是指破除了把农业限定在第一产业范畴内的狭隘概念,树立了包括初级产品生产、食品加工和行销乃至出口业务在内的大农业观念;

两次转变是指土地从归国王和大地主所有向归农民所有,理顺了土地关系的转变。以及为顺应市场变化,从由粮食生产为主向饲料产业、畜牧经济为主导的转变;

三大支点是指丹麦农业经济结构中的农业合作企业、农民的行业组织及农业科技服务机构等相辅相成、互为支撑的三大体系。

丹麦一向把农业作为一种获利能力高的产业对待。

丹麦人均 GDP 排名多年来都能进入世界前五名,1996 年居第四位,人均 3.44 万美元。其高效益的农业功不可没。

长期以来,农业、养殖业及其加工工业一直是丹麦对外贸易的重要依托,是其真正的创汇产业。

丹麦农业仍在不断向高级化方向发展:

丹麦人口(529 万)约占全世界人口的千分之一;其农业劳动力仅占世界农业劳动力总数的万分之一,可耕地面积仅占世界可耕地面积的 0.18%。

但是丹麦每年生产的农产品占世界食品市场总量的 3.1%。

在国际市场上,1996 年丹麦黄油的市场份额占 5.4%、奶酪占 8.1%、肉类占 15.6%、猪肉占 23.3%、熏肉/火腿占 31.3%、草种占 31.3%、貂皮占 44.1%!

丹麦每年生产的农产品占世界食品市场总量的 3.1%!

国务委员对这个数据感到震惊,他接着看下去。

丹麦工理会的统计资料显示,直到 1963 年,丹麦工业品出口额才第一次超过农产品成为对外贸易的主导产品。

但直到现在,丹麦仍有约 25%的出口额来自农产品和食品。

1996 年,包括农业、畜牧业、食品加工业、食品批发与出口贸易从业人员在内的丹麦农业,仅有 163 350 人,出口总值竟达 483 亿克朗。

每年,丹麦的农业总产出足供 1500 万人口的食物需求,故能平均将其 66%以上(最高时曾达 74%)的农牧业产品出口到全世界 175 个国家和地区。

所以丹麦人自豪地说,丹麦的农业养活着这个世界上相当于三个丹麦的人口。

提到农业,在我国大多数人的心目中似乎只包括种植业和养殖业(即第一产业),农产品的加工则归入第二产业，销售则属第三产业。

国务委员激动地想：

这种划分把农业限定在极狭隘的概念范围内，其结果是农业产业内部资源和应得利益向非农业系统外流，致使我国农业经济效益低下，从业积极性不高。

是大农业观念使丹麦农业产业内部得以有效协同，是丹麦农业成功的一个重要原因。

反观丹麦的农业范畴，则包容农产品的生产、加工和流通等各个环节。

仅从丹麦农业的全称“丹麦农业、渔业与食品部”(Ministry of Food, Agricullture and Fisheries)这一点上，我们也略可看出这种观念的不同。

“从地头到餐桌”是其管理范围的形象说法。

实际上，丹麦农业的范畴明确地涉足于第一、第二、第三产业的概念范围。

丹麦农业产业链的延长，在农业产业内部创造了大量的脱离土地的就业机会，并反过来又促使土地经营的集中，和农业生产规模逐步扩大。

未来 10 至 15 年间，丹麦农场的平均规模还有可能再翻一番。

丹麦农场所有土地均为农民所有。

在其私有的土地上，丹麦农民可以在土地法的允许范围内自主决定其经营活动。

土地隶属关系的变迁，使得农民从业积极性得以充分发挥，为农业的大发展奠定了最重要的基础。

为了避免新的不利于农业的垄断式兼并，丹麦现行土地法规定农用地只允许农民个人拥有；只有在特殊情况下才允许股份公司拥有，银行和保险公司等不允许买卖农用地。

按照法律，拥有农场土地的农场主本人必须居住在该农场里。

大于 30 公顷的农场只能由获得“绿色证书”的农民所购买。

丹麦一共有 25 所农业院校，每年入学新生为 1200 人，获得“绿色证书”的约有 900 人。通常需要 5 年的学习时间方可获得“绿色证书”。

此外，丹麦税法规定，农场主不得把农场无偿转给自己的子女，青年农民必须从其父母那里按市场价购买农场。

大多数情况下，农场是逐步有偿移交给下一代的，也就是说，青年农民先买下农场的一部分，与其父母一起从事经营数年后，再购买接管整个农场。

农场不能被直接继承的好处是可以保障农场继续由有志务农的人掌管。

丹麦农场土地的拥有方式让国务委员感到新奇。

19 世纪以前，丹麦农业一直是以粮食种植业为主的典型传统农业。

直到 19 世纪末叶，蒸汽船被广泛应用于国际贸易，当时欧洲市场上大量充斥北美、俄国粮食，使得粮价下跌，饲料价格也随之下降。

此时，丹麦农业因势利导，适时地由粮食种植为主转为以饲料产业、畜牧经济为主导。从而为今日适应于已由传统粮食食物观念转向现代食物观念的现代农业打下了基础。

目前，丹麦农业产值中，畜产业产品约占 70％。

国务委员觉得，现在的国际形势对中国的农业也不利，我们该如何转变呢？丹麦有何做法呢？

丹麦的农业合作化运动始于19世纪末。

合作化企业（Co-operatives）更切实的译法应该叫做合作社。

但为了避免引起与我们合作化时期行政命令式的合作社进行不必要的联想，我们有时称之为农业合作化企业。

况且从其实际运营方式来看，它们与其说是合作化组织倒不如说是农民自愿参加的与其农场经营领域有直接关系的合作式乡镇企业，完全是农民自身利益驱动的组合。

几乎所有的丹麦农民都是某个或几个股份制合作社的成员（股东）。

合作社通过对生产要素的优化配置和产业组合，实现了大规模的分工、分业生产，把分散的家庭农场的经营活动融入了一条龙的生产经营体系，从而最大限度地发挥整体效应和规模效应。

生产期间，作为社员的农户可以从自己所加入的不同的专业合作社以优惠的条件获得农业生产所需的良种、化肥、农药、农业机械等农业生产要素，这样就把分散的各个农户的小生产方式与规模经营和专业化生产结合起来。

据统计，有超过半数的农业生产资料系通过合作社购买。

收获以后，合作社社员向合作社履行交送产品的责任，而合作社履行接收产品并将之集中加工、并以一定的商业品牌分级销售的责任。

值得注意的是，同一个农户，既可以成为若干个不同专业合作社的社员，同时也不丧失其作为独立生产者的经济地位。

"同一个农户，既可以成为若干个不同专业合作社的社员，同时也不丧失其作为独立生产者的经济地位。"国务委员在评估这一做法的意义。

他认真地再次批示：

"长期以来，虽然我们一直强调农业是基础，但并没有把农业作为一种获利能力很强的产业来对待。

"从丹麦来看，现代农业由于科技成果的广泛应用已不再是投资大、回收慢、农产品效益低的产业。

"相反，由于全球性的资源短缺问题日益突出，作为资源性的产业将日益显得格外重要，从而使农业有可能成为效益最好、最有前途的产业之一，对此我们应有这种新的观念与认识。"

国务委员将这份材料的精华，和老师做了交流。

老人颇有兴趣地说道：

"我们学习西方先进的经验，也要开放视野，为我所用。他山之石，可以攻玉。"

"是啊，材料里对丹麦农业合作社的作用做了深入的阐述，很有启发。"

“农业合作社？哈哈，好像是我们以前的人民公社啊。说笑了。”

“哈哈，也许我们以后真要搞更符合生产力要求的类似公社和合作社。丹麦农业合作社的作用真不小。老师，我和你说说？”

“好啊，学无涯啊，快说。”

第四十八章　他山之石

刘彪的材料还对丹麦农业合作社的作用做了深入的阐述：

通过参加不同的合作社，丹麦农民不仅涉足与农业相关的加工工业和流通领域，分享应得利润，而且还成为一些食品行业大型企业的拥有者。

如丹麦最大的奶制品合作社 MD FOODS，1997 年营业额为 210 亿丹麦克朗，雇员 12 800 余名，其拥有者即为 9500 余个普通农户。

与一般股份制企业不同的是，合作社实行一人一票制及利润属于全体社员的民主管理办法。董事会和执行负责人均由股东选举产生。

任何社员都可以在递交通知一定时间后退社，具体时间长短各社不一。

合作社的直接作用，一方面是在购销环节取消了那些不必要的中间商，从而不仅使农户，也使农产品的最终消费者获益。

比如，据丹麦农理会 1997 年的统计，从 1980 年到 1996 年间，丹麦一般物价指数上涨了 65%，而同期的居民消费市场上的农产品价格上浮则仅约 2%；另一方面，是能按产业系列组织农业生产、通过生产要素重组提高了农业经济效益，提高了农业的集约化、专业化、企业化水平。

例如，目前丹麦奶制品厂已由 1960 年的 1350 家下降到 40 家，其中两家最大的合作企业产量占总产量的 84%；屠宰场亦由 1962 年的 77 家，减为目前的 4 家。

合作社产品的市场份额，在丹麦毛皮市场上占到 98%；猪肉制品占 96%；黄油占 93%；牛奶占 91%；鸡蛋占 65%；水果蔬菜占 60%。

这些数据让人印象深刻。

丹麦农业合作社除生产性企业以外，合作化企业甚至已深入到银行、保险等服务领域。合作社地位和作用可见一斑。

和丹麦的合作社一样，丹麦的农业行业组织有着悠久的历史，并在农业生产中起着重要的主导作用。

在全国，主要有三大农民组织：农场主联合会（Danish Farmers' Union）、家庭农场主联合会（Danish Family Farmers' Association）、合作企业联合会（Federation of Danish Co-operatives，其主要构成为32个大型合作企业）。

同时，他们与其他一些农业组织一道，共同组成了一个名为非官方，实为半官半民的农理会（Agricultural Council），代表农户与政府、议会以及其他产业协调关系，并由之直接影响国家的农业政策。

农理会下设9个专业出口公司，控制全国农产品的出口。

农业组织的力量真厉害啊，可惜我们目前没有这样的农业组织，国务委员很感慨，但是我们也有不少乡镇企业。让乡镇企业发挥作用！

国务委员很有感想：

"乡镇企业异军突起，是我国农民的一项伟大创举。但在改革日益深化的新的历史条件下如何再创优势，是我国乡镇企业需要面对的一个新课题。

"在进行战略性改组的同时，应特别强调在改革产权制度上不应以乡土画线，而应以共同的产业方向聚集同道；在调整产业导向时，使多数乡镇企业像丹麦合作农业企业一样，真正背靠农业初级原料产品基地，面向提高农业产品附加价值，不与城市普通轻工业争原料、争市场，从而发挥出其独特的优势。

"在发展中国产业化农业的进程中，乡镇企业面临新的机遇。

"在政策导向上是否应特别注意把乡镇企业纳入农业这个大的产业体系中，在提高农业产品的附加值、扩大农产品市场、提升农业产业水平方面作出独特的贡献。"

"科技进步和劳动者素质的不断提高是丹麦农业快速发展的重要因素。"

"丹麦农户对新技术的吸收、应用能力强是丹麦农业的特点之一。

"丹麦的农业科技研究、推广和教育有一套完备的体系：皇家兽医与农业大学负责高级农业专门人才的培养和农业基础科学研究；农业部直属有6个技术研究所，负责应用研究；技术推广则依靠一个颇为独特的农民自己拥有的技术培训、咨询和服务推广体系。

"这个体系的核心是全国农业顾问中心，由两个最大的农场主联合会派代表（农民）组成的董事会领导。董事会聘任主任、总顾问等管理层。

"这套体系有效的运转是丹麦能够不断把最新的技术成果应用于农业的主要原因。

"通常，一项新的技术推广到实际农业应用的周期不到一年。"

国务委员看到这里，停顿下来思考着，一项新的技术推广到实际农业应用的周期，我们的周期是多长呢？这里还有很多的差距啊。

我们为何不能安排一些实用新的农业技术在农村学校中推广？

如果古老的京剧可以进学校发扬国粹，为何新的实用农业技术不能进学校？

我们不能老搞应试教育啊。

国务委员接着看下去：

丹麦全国农业顾问中心的主要任务是：与皇家兽医与农业大学及各个应用技术研究

所联系，无偿接受它们的技术成果，将其推荐给 95 个地方咨询服务中心，并向其提供必要的咨询、研究推广方法、培训全国技术顾问等。

包括地方层次在内，全国大约有 3400 名技术顾问为六万多农户提供无偿或有偿的技术咨询服务。

服务内容包括为农民提供市场信息、新型农药、奶牛粗饲料的选择，以及财会服务等与农业生产有关的几乎所有领域的技术咨询。

技术服务系统的经费主要来自三个方面：两个最大农场主联合会的支持、有偿服务、政府资助。

其中，政府的资助仅占不到 10%。相反，由于考虑到农业产业的基本生产单位——农场的经营规模不大，不像工业界的大公司可以有自我研究开发能力，所以丹麦农业研究方面的经费 90% 以上来自于政府（主要是农业部和教育部），约占全国 GDP 的 0.05%。

农业新技术的推广不仅带来了生产效率的提高，在环境、生态、节能等方面也带来了重要影响。

例如，通过广泛采用新的耕作技术，丹麦平均每公顷土地所消耗的氮肥量已由上世纪 80 年代初的 136 公斤下降到 1996 年的 107 公斤；磷肥由 45 公斤降至 7 公斤；钾肥则由 43 公斤减至 30 公斤。而且其中 95% 的磷肥和钾肥都采用复合肥形式。

农场的经营规模不大，不像工业界的大公司可以有自我研究开发能力，所以丹麦农业研究方面的经费 90% 以上来自于政府（主要是农业部和教育部），约占全国 GDP 的 0.05%。

国务委员心想，我们在农业研究方面的经费也要加大政府投入。

我国西南某省近年组织实施的农业生物资源开发工程，采用农户(生产基地)+ 公司 + 市场的组织模式，发展经济作物、生物资源及其相关产业，而且把农业产业化提高到生物资源开发的角度，其概念与丹麦农业的农户 + 合作社（股份合作制企业）+ 市场的产业概念非常相似。

此外，他们还注重培植了几个主要产业门类的产业联合会等组织形态。经过一定时间的运营后，在花卉产业、天然香料、螺旋藻开发等十几个领域已初见成效。

看到这里，国务委员有些欣慰，是南天公司在这样做吗？

可是后面的内容又让他多了几分沉重。

韩国交易所瘦肉猪期货不久将正式上市交易，改写了亚洲尚无农畜产品期货交易的历史。而中国作为世界最大的生猪生产和消费国，筹备已久的生猪期货却迟迟未见推出。

韩国抢跑生猪期货，无疑会加速我国生猪期货的上市步伐。

国际金融资本正在向农业产业资本转移，高盛和德意志银行大举投资中国生猪养殖业！

高盛在国内两大猪肉制品强企双汇和雨润中均占股份，但在雨润食品那里，因未能控股，基本没有捞到什么好处，其无权参与雨润食品的经营管理，完全是个被动投资者；而在双汇那里尝足甜头，高盛操控下的双汇所涉产业涵盖屠宰、深加工及销售，养殖方面主要经营能繁种猪和猪苗，仅生猪养殖一项成为双汇和高盛的跛足。

单从投资的角度，高盛落子生猪养殖，不仅可以分散投资风险，还可以完善在中国的农业产业链的投资，谋求更广泛的市场收益。

目前，国内生猪养殖的集中度并不高，提前布局不仅可以降低进入的成本，还有助于形成规模扩张的先发优势。

高盛养猪，不仅仅只是产业链的竞争模式，更是国际金融资本图谋基础行业的体现。

我们除了学习借鉴之外，更应该保持高度的警惕。

"国内的生猪市场规模巨大，中国生猪 2007 年出栏量有 6 亿头，这个数占了全球的大概 5%，初步估算整个生猪的产值有 10 万亿，有的专家预计在 10万亿以上。"

"在猪肉领域，猪肉产区主要分布在'北三强'（山东、河南、河北）和'南三强'（四川、湖南、广东）。

"六省猪肉产量占全国猪肉总产量的 47%。猪肉加工行业以双汇、金锣、雨润等为领先者的竞争格局初步形成，三者 2004 年的销售额分别为 160 亿元、100 亿元、80 亿元，非常吻合'三四规则'。

"值得注意的是，上述三家企业合计销售收入约占全国肉类加工业销售总收入的 20%，但屠宰数量占全国比例合计仅为 3%，因此三年内猪肉行业将呈现大规模并购整合的发展态势。

"高盛等外资投行入驻中国养猪业，正是利用了被国内忽视的阵地，插了中国的软肋，对国内养猪业冲击将非常大，如果国内无相应措施，猪肉产业链确有危机。

"当然，这需要一个较长的过程。

"如果要抵御国外对我国农业产业链的清洗，目前最关键的，是需要用政策扶持中小养猪企业，而非生猪养殖大户。

"农业中的中小企业一直是被忽略的领域，需要政策大力扶持。

"现在，国家鼓励工厂化、规模化、标准化养殖，养猪已经开始脱离脏乱差。

"现在养猪利润较高，一头母猪一年可产 20 头苗猪，毛利率可达 30%，品牌特种猪的"利润甚至可以在此基础上加一倍。

"据统计，2007 年中国规模化养殖生猪的比例是 20%，大多数养殖企业规模小，出栏上万头的可谓凤毛麟角，几千头的也为数不多。

"中国养猪业急需加强整合，通过兼并重组做大一批养殖企业。"

"我同意，从战略发展的眼光看，中小生猪养殖企业才是抵抗风险的核心力量。

"国家对农业的扶持战略需要进行一定改变。

"养猪散户出局是必然规律，如果中国有足够的中小型集约型的生猪养殖企业，在优质的生存环境下，欠优质的企业就促成一定程度的整合，国内拥有一定数量的现代化大型养殖企业，才能提高抵抗外资清洗产业链的能力。"

“国外投行进驻中国养猪业带来了危机，他们刚将中国农业敏感的链条，轻轻地拉开了一个豁口。”

“是啊，外资投行在国内的猪肉产业链条中，现在仅走完了第一步——高盛很幸运地成为在中国走完整个猪肉产业链的美国‘鬼子’，德意志银行则刚攀上这条转动的产业链。另一泰国正大集团也抛出了要在上海投资养猪的计划。

“可见，投行在养猪业跑马圈地的绳子已经甩出去，而且可能越甩越远。”

“对，老师看得很透。每一次重大的经济转型，必定有新兴行业的伴生，但是外资目前的做法已经威胁中国农业、触碰农业安全底线。

“客观来讲，高盛进军养殖业也并非一时兴起。

“早在 2006 年，高盛就通过收购国内肉类加工龙头企业双汇及参股雨润，在产业链的终端布下了棋局。

“特别是高盛在大宗商品交易中的优势地位，也有助于其降低养殖成本，介入养殖业，正好打通了上下游产业链，整体竞争优势及抗风险能力均有较大提升。

“韩国交易所抢跑生猪期货，也给高盛带来更多的机会，使其在日后期货市场上腾挪的空间更大，期货和现货市场的优势都会得到体现。”

我们必须警惕啊！国务委员告诫自己。

“是的，我们必须时刻警惕。现在不谈阶级斗争了，但是我们不谈，不等于我们看不见的对手就会放松他们的行动。”

“对，我们不谈，也不等于我们会容忍他们乱来。财狼来了，等待它的是猎枪。”

“是啊，目前有股势力很猖狂。石油已经多次成为他们的经济武器，近期，由于高油价已导致部分国家付不起进口石油的账单了。下一步可能更加凶险。”

退休高官提起了一个新话题。

“能源要发展，新能源才能彻底改变过度依赖石油的局面。

“有法国人跟我说，中国发展清洁能源汽车，有后发优势。

“我认为要重视这个方兴未艾的新能源革命趋势。

“这可能是一场能源革命，可能带来产业革命，带来人们的生产方式、生活方式巨大的变化。

我还碰到一个从事太阳能的企业家，他告诉我上海正在酝酿一个在十万居民屋顶发电的计划，它有太阳能板子，是清洁能源，不造成任何污染。

“如果企业家能早得先机，就会从中把握住新的经济增长点……”

第四十九章　新能源话题

石油在涨价，煤炭也在涨价，地球好像在用这种方式发出警告，单纯依赖传统能源，我们前面的路只会越走越窄。

国务委员也在思考这个问题。

现在，很多人都在想方设法破解经济社会的能源难题，寻找新能源不再是科幻小说里的故事情节，而是一场实实在在的竞赛。

国际油价的飙升正让中国的企业付出高昂的代价，2008 年 1 到 4 月，原油和成品油分别进口 5977 万吨和 1268 万吨，金额达到 489.7 亿美元，和去年同期的平均价格相比，购买这些原油和成品油 4 个月来多花了 192 亿美元，相当于 1300 多亿人民币。

"是啊，老师，现在国际油价是否回落仍是个谜，但国内对汽油、柴油的需求却越来越大，目前中国民用汽车的保有量已经达到 5600 万辆以上，对进口石油的依存度已经高达 50％左右，而去年，中国使用汽油和柴油的车辆又销售了 870 万辆。"

"应尽快改善国内绝大部分汽车使用汽油和柴油的局面，这种严重依赖石油的能源结构已经威胁到了中国的能源安全。

"如果遇到人家不卖给你石油怎么办，或者突然发生什么战争，运输被卡住怎么办，所有的车都动不了怎么办，所以我觉得我们中国这么大的国家，必须要未雨绸缪，现在就开始考虑将来的事情。"

"嗯，我手里的最新数据表明，今年前 4 个月，中国为进口石油多花了 1300亿人民币，如果国际油价继续保持高位的话，今年一年下来，我们至少要多花5000 亿元人民币，相当于 13 亿中国人每人承担 384 元，这笔支出对个人和国家都是一个不小的负担。

"更让人担忧的是，今后石油只会越来越少，可汽车只会越造越多，如果继续烧汽油，一场能源危机不可避免。"国务委员也在担忧。

"听说在 2050 年要整个冰岛全部用氢，这将成为他的国家国策。"

氢燃料电池汽车就是方向之一。

氢燃料电池汽车和一般汽车不同的是，它没有传统的汽油发动机，取代它的是分布着密密麻麻电线的氢燃料电池发动机，同时它也没有油箱，替代油箱的是 3 个氢气罐，它的唯一排放物就是没有污染的水，这个水就是纯净的水，而且是可以喝的水。

“目前，美国、加拿大和北欧一些国家都制订了氢能高速公路计划，将在高速公路上建立加氢站，让氢燃料电池汽车可以到达不同的城市，而在美国，一些氢燃料汽车已经达到了联邦机动车辆安全标准的认证，并且开始进入城市。”

“老师，您说得不错，氢燃料电池汽车，它能把随车携带的氢气，在不燃烧的状态下，和空气中的氧气发生电化学反应，产生大量的电来驱动汽车，由于它的排放物是水，没有污染并且不依赖石油能源，因此，一些国家已经明确地把它作为未来的交通能源。

“美国通用汽车在去年 10 月份已经推出了氢燃料电池汽车试验车。

“在美国的纽约、华盛顿、洛杉矶有 100 多辆车给一般的公众来试开，来试乘试驾，来长期地使用。”

“对啊，在美国、日本相继展开试用的同时，北美车展、日内瓦车展，以及国内专业汽车展会上，各汽车厂商也纷纷推出了氢燃料电池汽车，而为了配合氢燃料电池汽车的发展，德国目前已经建立了几十个加氢站，美国在 2010 年前，也将建立 165 个加氢站。”

“老师，您有所不知，国内氢燃料电池汽车的发展也有很大进展啊。”

“哦，说说看。”退休高官兴致盎然。

“我在上海考察期间，在上海海天公司，见到了氢燃料电池汽车，它的唯一排放物便是没有污染的水。而且，它没有传统的汽油发动机，只有分布着密密麻麻电线的氢燃料电池发动机。另外，3 个氢气罐取代了传统汽车的油箱。燃料电池系统大概是 50 千瓦的动力系统。”

“50 千瓦的动力系统？具体说说。”

“虽然功率只有 50 千瓦，但速度却可以达到每小时 120 公里，研制者告诉我，如果把氢燃料电池的功率加大，不仅速度更快，同时加速慢的问题也能解决。

“三个氢罐依次充氢以后可以跑 250 公里以上，如果我们充氢压力提高到500 公斤以上，那么行驶里程还可以翻倍。”

“哦，很不错啊。”

“我还看到了开发出的最新车型，由于加装了锂离子电池和控制系统，那辆车的功率仍然是 50 千瓦左右，但速度能够达到每小时 150 公里，它的性能已经和汽油车基本相同。”

“哦，这车安全吗？氢很容易爆燃啊。”

“我也想到这个问题，我特意看了氢罐的安全测试录像，撞击实验、拖拉实验、坠落实验，另外还有枪击实验、爆破实验、火焰实验等，这些实验表明，氢罐是安全的，我还看到了氢气和汽油燃料泄露并燃烧的对比实验。

“汽油车整个车已经被烧掉了，氢气这个车顶多就是尾部这里有点烧焦，但整个车是安全的。”

“那它的成本又是多少？”

“老师，说到成本就厉害了，每千瓦一万左右人民币，50 千瓦就要 50 万元以上（人民币）。”

“这样的价格，显然消费者不可能接受。”

“这只是实验室产品的价格，如果按年产25万台的规模进行生产，价格就会大幅下降。每台发动机的成本就是大约在1000元每千瓦这么一个水平，按照50千瓦来计算就是5万块钱一台。

“制造发动机所需的生产技术国内已经掌握，建立一个年产25万台氢燃料电池发动机的生产厂，投资大约需要35亿，这只相当于今年前四个月，中国进口石油多花1300亿人民币的2.7%。”

“那么一定要实现国产化，甚至它的性能还要超过同类的国际产品。”

“嗯，我计算了一下，如果大规模进行生产，眼前那辆车的成本估计在13万元。”

“氢燃料的成本是不是比汽油更经济？”

“高纯度99.99%氢基本上40元/公斤出头一点，工业氢不到20元/公斤。

“如果使用工业氢，氢燃料电池技术的汽车行驶百公里只需要20元左右的氢气，相比普通车辆的汽油成本节省60%。”

“节省60%？这里面已经有很大的差价了。

“我估计现在的工业副产氢仅仅只够几万辆汽车使用，显然难以满足氢能源汽车的发展，那大规模工业制氢是否可行？”

“大规模地从煤制氢完全可行，神华集团已经建立世界上最大的一个煤制氢的工厂，这个煤制氢的工厂产量一年就可以达到18万吨氢气。

“以每辆车每天奔跑100公里，耗氢1公斤计算，18万吨的产量足够50万辆氢燃料电池汽车跑上一年。”

“这个氢的成本非常低，不到一块钱一个立方米。一公斤氢气的生产成本还不到11.2元，即使以15元的价格销售，氢燃料电池汽车百公里的燃料成本，也会比汽油车低70%以上。氢燃料电池汽车无论是车辆价格还是氢气价格，批量生产后的价格普通消费者都能接受，就是这个产业所必需的加氢站的成本很厉害。”

“哦，加氢站的成本有多高？”

“我在上海安亭的汽车公园，看到了一个加氢站，设备给一辆车加满氢气，只需要两三分钟，由于设备都是进口，所以成本高达1200多万。

“加氢站主要包括它的储氢罐、压缩机、加气机，这三个最大的关键设备，是高压设备，那么必须要满足一系列的安全要求，材料、设备、等级什么都是要求比较高。

“像我看到的9个高压储气钢瓶，进口的价格为30万美元。

“加氢站都是高压设备，一旦这些特殊钢材国内大量生产，价格还将大幅下降。

“国产化以后，我估计降30%、40%没问题。”

“我了解到，不少先知先觉的城市已经向他们抛起了绣球，因为，打造一个年产25万台氢燃料电池发动机的生产线，投入在35亿左右，但它的年营业额就将高达125亿元，加上它的上下游配套产业，这一数字将更加惊人。

“目前全球还没有大规模使用氢燃料电池汽车的城市，因此，谁率先成为清洁能源的城市，谁就将成为全球瞩目的焦点。甚至是外国政府也非常希望他们去合作，到他们那边去产业化。”

“是啊，它是一场观念的革命。

“只有使更多人了解到氢能的好处，只有使人们对能源的观念发生大的转变，愿意为改变高油价和气候变暖的现状出一份力。”

此刻，在庄营海黑车的后车厢里，不打不相识的王威廉和杨易也相谈甚欢。

“杨易，那家比亚蒂是干吗的？我不知道它，如果不错的话，我准备投资它。”比亚蒂的捐献行为引起了王威廉的好感与好奇。

杨易来了兴趣，他侃侃而谈：

“比亚蒂是谁？比亚蒂希望用它的铁锂离子双模电动汽车彻底改变世界，并且成为世界汽车业的大哥大。

“有个故事：一群世界级的汽车 CEO 坐在长桌两边开会，当问到谁愿意支持新能源汽车时，所有的人都举起了手；当问到谁来牵头做这件事时，所有人的手又都指向了桌子对面——比亚蒂。

“目前，世界主要汽车厂商几乎都储备了新能源汽车的技术和商业计划，但大家都不着急。

“他们在等什么呢？最主要的说法是，大家在等石油资源真正用完的那一天。

“铁电池是最有可能实现商业化的颠覆性技术，道理很简单，因为只有它具备了其他新技术尚无法企及的成本优势。

“目前，传统锂离子电池充电时间至少要 4 到 5 个小时，而双模电动汽车在专业的充电站上快充 15 分钟可充满 80%，即使是在家用电源上慢充，也只需要 9 个小时就可以充满。

“比亚蒂掌握了电动车的核心技术——铁电池，已在国内外申请 700 多项专利。

“铁电池原材料广泛、无污染、可回收，其耐热性、抗压性和容量都远远强于普通电池，电池充电循环次数可达 2000 次以上，电池的持续里程寿命大于 60 万公里。

“从技术上来说，比亚蒂在可充电电池行业全球第二以及在铁电池方面的既有成就可以使它暂时保证领先，而在成本上，铁电池的成本是锂电池的 1/10，相对比其他厂家混合电动力车型成本更低。

“比亚蒂目前已经在电动车项目上投入了超过 10 亿元，而主要以电动车生产为主的深圳新基地总投入将超过 40 亿元。”

王威廉知道，事实上，国家在电动车产业发展方面还没有明确的行业标准，除了比亚蒂力推铁电池动力的电动汽车，国内还有以万向和奇瑞汽车为代表的锂电池动力技术支持者，鲁冠球旗下的万向集团在入股广汽股份后，与后者在电动车方面也展开了合作。

不过没有明确的行业标准，说明这是全新的领域。王威廉心想，也许退休该结束了。

第五十章 上兵伐谋

在骷髅会总部，海神计划的实施指挥长黑格正在向大家分析国际形势：

石油已经多次成为我们的经济武器。

为了维持美元地位，狂炒油价是最好的办法，这样既可以刺激美元需要，又可以制造全球债务泡沫来给美国经济回血。

近期，由于高油价已导致部分国家付不起进口石油的账单了。

1973 年，全球油价逐步升至每桶 3 美元。

此时，我们美国已经不得不放弃履行美元与黄金挂钩的承诺。

为挽回美元的颓势，金融家与跨国公司当年 5 月开会协商，建议"让国际油价上涨 400%"。

油价猛涨一方面打击了发展中国家的反美统一战线；另一方面顺势大幅度提高美元利息，将石油涨价的代价化解成为资本回报，让石油美元回流华尔街；再一方面，使产油国成为全球公敌，伺机抓住他们的软肋。可谓一石三鸟。

1973 年 10 月 6 日，埃及发动了第四次中东战争，而我们美国全力支持以色列，激怒阿拉伯国家对所有西方国家实行石油禁运。

石油禁运维持了 5 个月就草草收场，而油价最高达到 11.65 美元，正好接近 4 倍。我们的石油家族都赚得很爽。

此后，我们美国迫使欧佩克国家接受将美元作为石油结算的唯一货币，世界货币至此进入由华尔街主导的"石油本位"的新时代。

1979 年伊朗爆发了伊斯兰革命，并引发了第二次石油危机，油价随之突破 20 美元。

1980 年，美国与伊朗军事冲突"一触即发"，油价首次突破 30 美元。

在美国的支持和怂恿下，伊拉克发动了对伊朗的战争。

两伊战争在 1981 年初达到白热化时，油价升至 39 美元。

在油价高涨和通货膨胀的双重压力下，再加上美英的高利贷，我们西方阵营控制了一个个对手。

从 1987 年到 1989 年，日本积累巨额财富，在美国四处收购，美国金融资本做空日本股市,同时刺中了日本的软肋——石油。

1990 年,在美国默许下,萨达姆军队入侵科威特,促使油价突破 40 美元。

随后,美国成功地逼迫日本出钱发动"沙漠风暴",既控制了科威特石油,又彻底压服了日本。

2003 年 3 月以前,国际油价一直维持在 37 美元左右。

但我们又发动了对伊拉克的军事入侵,此后国际油价一路峰起。

放任对冲基金炒作国际石油期货,使任何与油价有关或无关的事件都成了投机者的题材。

2005 年 6 月"强硬派"内贾德当选伊朗总统,油价破 60 美元。

2005 年 8 月一场"卡特里娜"飓风让油价破 70 美元;2007 年 9 月美国原油库存减少、美国与伊朗关系紧张,油价达到 80 美元;2008 年 1 月尼日利亚局部暴乱,油价摸高 100 美元;5 月 5 日,欧佩克产油国安全形势不确定,油价破 120 美元……

而石油武器的运用,已产生了很多副作用。我们的粮食武器正在发挥更大的作用,干旱加上粮价飙升意味着非洲之角地区今年将有比往年更多的人陷入赤贫境地。

非洲之角地区的埃塞俄比亚和索马里的情况最为严重,两国的许多家庭每天只能吃上一顿饭。

非洲很多国家都是中国的盟友,打击他们也符合我们的战略利益。

非洲是过去 40 年来全球唯一一个人均粮食产量持续下降的地区。

根据粮农组织的数据,1964 年,撒哈拉以南非洲地区粮食总产量为 3200 万吨,当时该地区的粮食总需求为 3300 万吨,缺口只有 100 万吨。

而到 1999 年,撒哈拉以南非洲的粮食需求已超过产量 1500 万吨,该地区面临饥饿威胁的人口达到 1.94 亿。

按目前趋势发展下去,撒哈拉以南非洲的粮食缺口预计到 2015 年将进一步扩大至 2500 万吨,受饥饿威胁的人口将增加到 2.05 亿。

农业是非洲最重要的产业之一,但却长期没有受到应有的重视。

农业占非洲各国国内生产总值的 70% 和出口总值的 11%,农业人口占该地区全部就业人口的一半。但是长期以来非洲国家对农业的投入明显不足。

2003 年,非洲联盟各成员国首脑就在莫桑比克首都马普托签署了《关于非洲农业和粮食安全的马普托宣言》,表示将在 5 年内把各国对农业投入的比例提高到年财政预算的 10% 以上。

然而,时至今日,53 个非洲国家中仅有 6 国兑现了这一承诺。

除投入不足外,非洲粮食生产潜力无法得到有效开发的另一个重要原因在于对水资源的利用严重不足。

粮农组织公布的数据显示,非洲 40% 的灌溉耕地位于北非,而撒哈拉以南非洲广大地区耕地灌溉总面积仅有 900 万公顷,仅占全部耕地面积的 5%。

这一比例在全球各大洲中排名垫底。缺乏灌溉的结果就是粮食产量难以增加。

粮农组织指出,自 20 世纪 60 年代以来,撒哈拉以南非洲的粮食种植面积增加了一倍,但粮食单产却几乎没有变化。

非洲拥有足够的土地和水资源用于粮食生产。

如果非洲的农业潜力得到充分开发，不仅可以解决非洲自身的粮食问题，还可以帮助满足全球其他地区的需求。

而要实现这一目标，非洲各国政府必须迅速行动起来，与拥有先进技术和充足资金的国家联手，加强农业投入，从而提高粮食产量。

哈哈，我们大家都扯远了。

非洲不是我们的目标，53个非洲国家是一盘散沙，不值得我们讨论。

我们的一支雇佣军就可以改变那里一个国家的政治版图。

但是我们不能让非洲的农业潜力开发，因为非洲如果可以解决非洲自身的粮食问题，我们就失去了强大的粮食武器。

还是从大家最关心的“我们美国是否对伊朗动武”说起吧。

大家都安静了。

我倒想问问：美国为什么要对伊朗动武？

就算现在我们或者以色列对伊朗动武了，把伊朗的核设施全给炸了，能解决问题吗？

要知道，自从联合国五常都拥有核武器以来，无论哪个新的核国家拥有核武器都不取决于他自己，而是看大国需要。

同样，只要我们美国人点头，日本人能在三天内把核武器造出来……

既然如此，伊朗有没有核武器与这点核设施有什么关系？

伊朗会不会造原子弹不是关键。

所以，我们如果攻击伊朗，原子弹仅仅是个借口。

我们判断，不到万不得已，无论是中国、俄罗斯，还是欧盟，都不会允许伊朗拥有核武器，但是，伊朗出口石油用欧元结算，这是我们无法容忍的。

这是挖美元霸权的墙脚，我们必须马上处理。

如果把整个全球产业链比作一条食物链的话，美国经济处在这条食物链的顶端，我们是肉食动物，我们欺负别人，所以，我们好像是最高贵的。

但是，我们对于别人的依赖性是最强的——如果没有人大量地出口日用品给我们，我们美国人可能连裤子都穿不上。

我们的这种玩法，实际上就是狂吹经济泡沫，但是，吹到一定程度就吹不动了，如果泡沫全破了，那美国经济就完蛋了。

所以，我们需要输血，可是，谁会白白地给我们输血呢？

骗与抢就是我们的手段，比如石油危机引发的全球债务危机，比如东南亚金融危机和拉美金融危机，比如解体前苏联。

通过吸血，美国经济可以良性运转。

我们目前只能指望这次通过解体中国经济来为美国输血，方式就是打开中国的金融大门。

当然，如果我们成功了，中国就全完了，中国就重新变成了一个半殖民地国家了。

这不光是我们的福音，也是整个自由世界的福音。

可惜的是，中国胡温政府正在采取措施，我们很可能无法实现我们的目标。

胡温政府最近再次强调要确保金融安全，避免经济出现大的起落。

对于中国金融安全问题，可以这么说：关键时刻中国大闸一定能关得上，所以中国吃不了大亏，但是，小的闸门处有我们的人放水，所以我们只能赚些便宜，但是难以根治我们的输血问题。

站在我们的角度看，如果武力打服了伊朗，整个中东就算拿下来，如此一来，全球石油基本受控了，不管是中俄欧，还是日印巴，还是其他的小国，就全部得听我们的了，这是最好的结果。

但是其他各方国家无论如何都接受不了。

所以，如果我们美国真要动手了，会有两件事情发生：

一是伊核问题会出现质变，伊朗拥核速度将会大大加快；

二是我们美国所有的盟友(除了以色列)，都会成为敌人，除非是傀儡政府。

其他国家轻则通过各种方式援助伊朗，在伊拉克阿富汗给我们的美国大兵找麻烦；

重则对美元霸权发动致命攻击，比如狂抛美元，让我们美国人直接下地狱，反正大家的日子都没法过了。

这一点才是我们美国最不能承受的。所以，我们需要另一个方案。

我们的一个选择是以色列空袭伊朗。

这种小规模的打击如果能震慑住伊朗，我们在伊核六方会谈中就算是咸鱼翻身了。

不过，以色列怕遭报复。所以，奥尔默特一直就不敢往前冲，这也导致了奥尔默特面临着空前的权力危机。

其实，就算以色列换个新总统上来，对伊朗发动一轮空袭，恐怕结果还是把以色列放到了火炉上烤。

事实上，我们也不能把我们的传统盟友真放到了火炉上烤。

众人不少点头默许。

既然打击伊朗不是最佳方案，美元地位岌岌可危，当务之急就是摁倒欧元。

要摁倒欧元，就需要先尽可能弱化欧盟。

如果弱化欧盟，地中海联盟必定是锁定的打击目标之一。

对这个联盟，中国、俄罗斯、印度甚至日本都看着不顺眼，因为一旦欧盟经济上整合了中东，欧元就是大患。

要拆地中海联盟，有一个关键点可以借用：让科索沃危机重新激化。

还有一个点就是利比亚，前几天利比亚直接否定了这个联盟。但是科索沃和利比亚都不是最好的选择。

科索沃危机重新激化，会让我们目前的盟友圆桌骑士团和我们反目为仇。

下一个比较好的目标是谁？格鲁吉亚。

对于俄罗斯而言,手里最关键的牌就是两张:能源和军力。

军力是参与全球斗争的后盾,能源是手里的长矛。只要俄罗斯打出能源牌,好像没有什么问题不能让欧盟坐下来跟她谈的。而油价上涨对俄罗斯整体实力的恢复是有利的。

我们不能让他们坐享其中。

现在俄罗斯要实现全球战略突围,有战略制高点是要拿下的:那就是东欧隔离带(含东欧反导问题),而我们也需要拿下这个战略制高点,它就是格鲁吉亚。

我们需要格鲁吉亚牌,用格鲁吉亚来离间俄欧关系,弱化东欧国家对俄罗斯的传统依赖。

……

我们最后比较好的目标是谁?

日本。

虽然出于遏制中国的需要,我们暂时没对日本下手,但是,一旦到了自己扛不住、又搞不定中国的时候,无法从俄罗斯的麻烦中大占便宜的时候,我们只能对日本下手了。而且,在以前是有成功经验的。

日本要想保证自己的金融安全,其实唯有靠上一棵大树——中国。

只要她全面倒向了中国,我们美国是奈何不了她的。

应该说,日本亏在不得不听我们美国人的,无论是签广场协议还是降息,但是,她当时为什么不能不听?有一个非常重要的原因就是经济依附于人,不听不行。

今天,情况不一样了。

日本经济可以通过融入东亚经济圈来避免受制于我们美国。而要融入这个圈子,就必须倒向中国。

在相当大程度上说,保护日本也是保护人民币经济圈。

日本需要中国,中国也无法甩开日本。

如果日本真的再被我们美国人宰一刀,那么,整个东亚经济圈都要受拖累,都要大出血。所以我们最后要准备借刀杀人,用杀伐日本经济来打击中国经济。

目前,日本黑龙会视中国为世仇,所以我们不妨把它推在第一线,我们坐山观虎斗……

"卡罗琳团队已开始动作了!"

"好啊,其他呢?"

"据说 E 小组也拿到了王牌。"

"海森伯格真能干,能让他来参加会议吗?"

"哦,恐怕暂时不行,他在中国亲自导演。"

"呵呵,那我们就看实况转播。"

第五十一章　石油管道

石油是现代工业的能源，也是现代社会的主要能源。

国务委员与退休高官的谈话还是绕不过石油。

“老师，最近我们与俄罗斯石油管道运输公司修建石油管道的谈判取得进展。中国投资 3200 万美元，用于斯科沃罗季诺石油管道支线的项目设计，现在俄石油公司和中石油已经进入谈判收尾阶段，正在商定每年输油进度、价格等问题。这一部分结束后，将做出动工修建管道的决定。”国务委员说道。

“跨国油气管线的路线选定，并非一个简单的运输方式问题。它涉及进口方对出口方的政治信任（能否确保油气输送量）；进口、出口双方对管道过境国家的政治信任（能否从纯技术 / 经济成本的角度协助维护管道的畅通；根据合同执行对管道维护 / 过境费用的收取）。

“中国进口输油 / 气管线的建设，也必须进行油气来源、商业成本、技术可行性、双边关系等几个核心要素的评估。

“另外，我国经济中心在东部沿海地区，油气运输通过海运更为便捷。而且在战争情形下，陆地油气管道被破坏的概率更高。”退休高官的思路也十分清晰。

“我听说修建石油管道的设想最初是由俄罗斯著名科学家门捷列夫于 1863 年提出的。”

“对，是门捷列夫于 1863 年提出的。

“1878 年，全球第一条石油管道就在当时的沙俄帝国投入运营，这条通往阿塞拜疆巴库的输油管道长 12 公里，直径仅 75 毫米。

“100 多年后的今天，能源供应日趋紧张，围绕着石油天然气管道的争夺也愈演愈烈。”

“世界上最大的石油管道系统是俄罗斯的‘友谊’石油管道，全长约 6000 公里，是俄向欧洲出口原油的主要管道。

“1964 年该管道全部建成并投入使用。

“管道起点位于俄罗斯萨马拉州，途经俄 8 个州，最终从布良斯克州进入白俄罗斯。

“其主干线在白俄罗斯境内的莫济廖市形成南北两条支线，北线至波兰和德国，南线经乌克兰至斯洛伐克、捷克和匈牙利。

“俄罗斯出口的原油几乎一半通过‘友谊’管道运输。

“近年来，‘友谊’管道系统主线每年向白俄罗斯、波兰、德国输送原油 7000 万至 8000 万吨。

“白俄罗斯作为俄石油输往欧盟国家的重要过境国，在处理石油过境问题方面的一举一动自然会牵动有关方面的神经。”

“是的。我注意到 2007 年初，俄石油管道运输公司称，白俄罗斯从 1 月 6 日起开始从‘友谊’石油管道截取俄罗斯石油，俄被迫采取断流行动。这是去年的一件外交大事。”

“是的，我知道，但是我不分管这一块，没过多注意。”

“你应该知道啊，这场能源争端的导火索是俄罗斯方面决定提高对白俄罗斯天然气和石油出口价格，引起白俄罗斯强烈反对。

“此后，双方总统亲自过问此事，才使这场‘石油争端’出现转机。

“随后，俄白双方经过紧张谈判，才就解决‘石油争端’问题达成一致，结束了这场引人关注的‘石油争端’。

“这场争端虽然仅历时一周，但牵涉面广，影响大，这迫使俄罗斯认真考虑推进石油出口管线的多元化。”

“嗯，俄罗斯石油管道运输公司领导人尼古拉曾表示，该公司将向俄罗斯财政部申请投资 1200 亿卢布开始建设波罗的海石油管道系统二期工程，以绕开白俄罗斯，从而保证俄罗斯石油出口实现多元化。

“俄罗斯科学院远东研究所副所长奥斯特洛夫斯基也说过：“俄罗斯许多石油管道受制于人，因此，不得不投巨资建设新的出口管道。”

“其实，说到石油管道，我们还要关注乌克兰。”

“乌克兰拥有欧洲最庞大的天然气运输系统，其干线管道总长 3.71 万公里。

“乌克兰还拥有 13 座天然气地下储存库，可储存 320 亿立方米天然气。

“乌克兰每年可从俄罗斯进口天然气 2900 亿立方米，过境出口 1750 亿立方米。

“过境乌克兰的干线天然气管道主要有乌连戈伊（俄）－泼马雷（俄）－乌日戈罗德（乌）管道，该管道建于 1983 年，全长 4451 公里，其中乌克兰段全长 1160 公里，年输气能力 320 亿立方米，是俄罗斯西西伯利亚天然气出口至西欧国家的重要管道，占俄输欧天然气量 1/3 左右。

“过境乌克兰的联盟管道，即奥伦堡（俄）－乌拉尔斯克（哈）－亚历山德罗夫（俄）－加伊（俄）－克列缅丘克（乌）－乌日戈罗德（乌）管道，全长 2750 公里，年输气能力 430 亿立方米，是俄罗斯乌拉尔天然气出口至东欧国家的重要管道。

“根据前苏联时期的分工，俄罗斯石油出口主要经过白俄罗斯，天然气出口主要经过乌克兰。

“欧盟国家所需天然气的 1/4 是从俄罗斯进口，其中 80％过境乌克兰。

“作为俄罗斯能源出口的主要过境国，乌克兰每年过境运输俄天然气的收入约为 21 亿美元，过境运输俄石油的收入约为 3 亿美元。

"乌克兰的地理位置决定了它是连接东西方的理想'能源走廊',然而乌克兰能源过境运输国的地位正面临严峻挑战。"

"哈哈,我估计乌克兰早就成为某些势力的战略制高点之一。"

"是啊,俄罗斯也不是傻子,他们也是有后招的。

"俄罗斯正在支持修建的北欧输气管道和'南溪'天然气管道,将俄天然气绕过乌克兰直接输送至欧洲,上述管道建成后,乌克兰作为俄天然气过境国的地位将大大降低。"

"对,乌克兰现在的石油天然气运输管道,也有不少麻烦。

"乌境内的石油天然气运输管道严重老化。

"乌克兰石油天然气管道主要建于上世纪 70 年代,使用寿命为 25 至 30 年。

"有资料显示,乌克兰 21.2% 的天然气管道和 17% 的石油管道使用期已超过 33 年,需要维护和改造。"

"此外你不要忽视格鲁吉亚。

"近年来,政治考虑与经济考虑相结合的一条管线就是巴库(阿塞拜疆)- 第比利斯(格鲁吉亚)- 塞伊汗(土耳其)。

"而这条管线就是在美国等西方国家的大力支持下建成的,美国明确表示支持跨国石油公司建设一条避开俄罗斯的管线。

"格鲁吉亚、第比利斯成为这条石油运输管道的关键节点。"

"北约在 1997 年和 2002 年大张旗鼓地实施了两轮东扩,把中欧、巴尔干半岛北部国家以及波罗的海三国接纳进北约组织。

"俄罗斯国家边的地缘政治已逐步被美国和北约所控制。

"今年北约又开始了第三轮东扩行动,其主要对象就是格鲁吉亚。

"众所周知,如果格鲁吉亚加入到北约组织里,那等于北约就把前沿阵地推进到了俄罗斯的南部顶端,也就是说对俄罗斯形成了整个合围之势。"

平静的格鲁吉亚,远不如表面那样平静。

萨卡什维利是在 2003 年支持民主的玫瑰革命中上台的,他不断加强与美国的联系,挑战俄罗斯对里海地区油气运输的垄断。

"控制格鲁吉亚或搞乱格鲁吉亚,都可以达到骷髅会的战略目标。"

退休高官接着侃侃而谈。

"南奥塞梯是格鲁吉亚的一个自治州,与俄罗斯的北奥塞梯接壤,且与俄罗斯关系密切。南奥塞梯因要求独立,于 20 世纪 90 年代初与格鲁吉亚中央政府发生武装冲突。

"自 1992 年起,俄罗斯、格鲁吉亚、北奥塞梯和南奥塞梯,组成了解决南奥塞梯冲突四方混合监督委员会,由俄罗斯、格鲁吉亚和南奥塞梯三方组成的混合维和部队开始在冲突地区执行维和任务。"

"嗯,南奥塞梯问题背后有美俄两个大国的影子。"

"由于格鲁吉亚不满俄在南奥塞梯问题立场,便改弦更张,向西方靠拢。特别是当俄罗斯日渐衰落的 90 年代后期,独联体因'独多联少'而失去向心力。

"格鲁吉亚与西方的关系越来越亲密。

"格鲁吉亚不断向俄罗斯施压,向以美国为首的西方国家投桃报李。

“近来又传出美国准备吸收乌克兰和格鲁吉亚加入北约组织的消息。”

“南奥塞梯问题反映了国家主权与民族自决权的对立。”

“显然，在南奥塞梯问题上，美国支持格鲁吉亚清除南奥塞梯叛乱立场，而俄罗斯则持反对态度。

“美俄态度立场迥异，促使矛盾激化。而究其本源，北约东扩是南奥塞梯军事冲突的导火索。俄罗斯传统势力范围正被美国一点点挤占。”

“是啊，一旦格鲁吉亚出现问题，美国将是最大的受益者。

“美国进入外高加索理由就更充分了，南奥塞梯冲突也将促使格鲁吉亚、乌克兰加快进入美国主导的势力圈。”

“是啊，美国这回摒弃了民族自决权大于国家主权的政治逻辑，国际社会很难予以驳斥。相反，俄罗斯在车臣问题和南奥塞梯问题上持双重标准却容易授人以柄。”

“现在南奥塞梯和格鲁吉亚边界还被一条长 15 公里、宽 14 公里的安全走廊相隔离，而这条安全走廊基本上被俄罗斯所掌控。

“以至于格鲁吉亚每每意欲加入北约之时，俄罗斯总以南奥塞梯问题相要挟。

“我担心的是，在某个时刻，会有几声枪响，打破这种平衡。”

“是的，一旦枪响，不管是谁的原因，安全走廊就消失了，武装冲突也会带走了俄罗斯对格鲁吉亚最后一丝幻想，俄罗斯最终不得不寻求联合国安理会的介入。此举，在某种程度上认可了俄罗斯此前主导的地区安全稳定局势的流产，南奥塞梯问题国际化势成必然。”

“对啊，估计美国会一边呼吁各方保持克制，一边又暗中鼓动格鲁吉亚将事情闹得更大一点，以便后面以更冠冕堂皇的理由介入。

“以人道主义的名义，等到美国大兵的皮靴踏上南奥塞梯的土地，俄罗斯外高加索最后的堡垒，就这样轻而易举地被美国攻破了。”

“围绕石油赌局仍将在继续，低油价的时代恐怕在短时间内只能是一段回忆了。”

退休高官感慨着。

国务委员也颇有感触：

“战争使我们体会了暴力的残酷，这场石油博弈让我们体会到了另外一种残酷。

“看来中国经济除了要学会中国制造和中国创造，还需要学会很多生存法则，才能让危机到来的时候，从容不迫，让我们可以走得更远。

“虽然眼下围绕石油展开的全球博弈，没有动用真刀真枪，没有战火硝烟，但是我们可以感受到这场对资源和利益的争夺，同样惊心动魄。

“可问题是，现在的世界已经连成了一个整体。

“如果全球经济在高油价的压力下陷入衰退，这场豪赌就会变成一个满盘皆输的游戏，到时候即使美国也难逃厄运。

“那么，油价到底会涨到哪一步才会踩下刹车？现在这还是一个充满悬念的猜想。”

“我记得德国经济学家《石油战争》作者威廉·恩道尔说过：‘我认为近期会出现振荡，也许短期会出现下跌，未来两三个月也许会下降，或者美国大选之后一段时期会下降，但是暂时的。

“只有像中国这样的消费大国和沙特这样的产油大国联合起来成立一个交易市场，

不是这种期货市场的交易模式，供需双方直接交易，这样就可以摆脱华尔街和大型金融机构的控制。'

"我们看来还是一定要摆脱华尔街和大型金融机构对石油价格的控制。

"我们要从根本上找到办法。

"我们在石油上吃了亏，在粮食上不能再吃亏。"

"你看到了粮食问题，就要注意一些海外资金的动向。"退休高官提醒了一句。

"是啊，不怕人富就怕贼惦记，还有好多毛贼惦记我们呢。"

"哈哈，豺狼来了，等待它的有钢枪！"

"哈哈，老师，现在来的是财狼，我们对付它的不止有钢枪！"

"我们最近会有所动作的。不过我估计财狼最后会伤在自己的贪婪上。"

"我不明白的是 TEMA 控股。TEMA 控股最近的表现很反常。"

"狮城太小，不会贸然对我们动手的。我们倒是可以看到躲在 TEMA 控股后面的暗势力的狼子野心。"

"我们该如何对付 TEMA 控股？"

"哈哈，别再考问我这老朽了，我相信你们有足够的政治智慧。"

"是，我们除了敌人，还有朋友。"

"瓦氏财团？"

"瓦氏财团的全权代表已来到中国，他们希望和我们同舟同济。"

"这个富可敌国的财团影响力很大。我们要团结尽可能多的朋友。"

第五十二章　圆桌骑士的来客

2008年5月13日晚，中国。

一个一向低调的欧洲家族财团的全权代表沃特，给马丁·费南德带来了口信：

他们希望圆桌骑士团不要加入对中国的围猎。

这一新的变化，让马丁·费南德惊疑不定。

这个富可敌国的家族到底有何打算？

马丁·费南德客气地邀请沃特，他们需要一次深层次的交流。

“您对我们的做法为何有想法？”马丁·费南德首先征询沃特。

“从表面上看，美国人过着让全世界人民都把眼珠子瞪出来的好日子，其实，美国经济从骨子里早就掏空了。

“几十年来，美国人努力发展虚拟经济，也就是泡沫经济，所以，美国经济‘干净’得很，但是，如果没有干‘脏活’的国家（比如中国），美国人这么玩只能喝西北风了——这也是几十年来美国一直有巨额的贸易逆差的原因，因为她不搞生产了。”

马丁·费南德没有接话，他在耐心地听。

“国际斗争就是这样，最后还是靠军事实力撑腰。没有美国强大的军事实力，谁会让她鱼肉？

“因为军力不行，我们欧洲的全球战略空间是非常有限的——这玩意儿是打出来的，不是吓出来的。

“我们现在是借力打力，专门钻空子，把中俄推在抗美的第一线，自己捡柿子。”

“如果圆桌骑士团和骷髅会联手，对中国的围猎成功，骷髅会的下一个目标就是我们或日本。

“而骷髅会和黑龙会的外围组织很可能会联手搞出点声响，那么我们欧洲就很可能是下一个目标。”

“1999年开始的科索沃战争，差点让我们欧盟四分五裂，连欧元也给杀得很弱。

“只要美国腾出手来，玩欧盟很简单，欧盟都是虚拟经济。

“虚拟经济的另一个名字叫信心经济——凭什么对你有信心？

“因为你有实力，没人敢惹你。

“所以，只要来自中俄的战略压力一小，美国在科索沃弄两声枪响出来，接着乘势介入轰炸一回，欧元就再趴五年没问题。

“这是不符合我们的战略利益的。”

“美国现在是狂吹经济泡沫，为了不让泡沫破灭，她需要靠‘骗’来为自己输血。骗的方式有两种：一种是在美国国内市场上空手套白狼，所谓金融市场上的‘钱生钱’，特别是金融衍生品市场上的‘钱生钱’，只是个障眼法，是个‘套’，就是说，他们在金融市场上炒作，让别人看着这个‘钱生钱’有利可图，跟着进去炒，她就赚钱出局了，原来指望也跟着‘生钱’的人就被套住亏在里面了。

“比如里根时代，放松金融管制之后房地产泡沫暴涨，之后操纵房市暴跌，有人狠赚一笔，既然有人赚了，肯定有人赔了，谁赔了？别人我不知道，反正那帮子号称要‘买下美国’的日本商人是赔得要死（投资炒房的都亏了50%以上）。

“再比如克林顿时代，狂炒高科技神话，又套了不少银子。

“另一种就是在国外，那就是骗与抢相结合了，比如石油危机引发的全球债务危机，比如东南亚金融危机和拉美金融危机，比如解体前苏联。”

“通过吸血，美国经济又可以良性运转，但是，他国经济可就吃大亏了。

“所以，美国这个吸血鬼的存在，对这个世界而言，是一个噩梦。

“应该说，从上世纪70年代以来，美国的吸血事业一直是进展比较顺利的。直到次贷危机爆发。

“美国经济这次需要再一次大吸血，我们不能帮她，最好让她和中国斗个两败。”

“所以，从这个意义上讲，我们也要绝对支持中国和老美干。

“如果美国经济不出问题，那么美元就可以强势。

“强势的美元还是不怎么怕拆台的，但是，现在美国经济不振，美元疲软是必然的，在这时，如果有人挖美元霸权的墙脚，是比较容易成功的。

“一旦欧盟经济上整合了中东，欧元就成了别人的心头大患。

“如果美国缓过劲，我们的欧元和地中海联盟必定是锁定的打击目标之一。

“吃亏就吃在军事实力太差。

“这一场斗争的最终结果，极有可能是欧盟吃亏最多。”

马丁·费南德还是没有接话，心里打起了小九九。

沃特的说法是来自欧洲工商界的另一种强大的声音，他不可以忽视。

按照北京官方说法，那是“同一个世界，同一个梦想”。

但由于爱国自豪感的建设潮，北京奥运开始变得像一次全球播放的、隆重编排的、庆祝中国强大进步的庆典。

同一个国家，同一支团队。

用奥运展示中国崛起成为世界潜在的主导力量，这一直是北京奥运计划的一部分。

但如何制止北京滥用民族主义（预防超级大国变成超级傲慢），这是奥运后的一个大问题。

欧洲和中国能否塑造新世界秩序？这是一直困扰圆桌骑士团的问题。

一直有两种不同的声音间或主导欧洲与中国的关系。

"自由国际主义"和"武断民族主义"之间正在进行一场内部辩论：

北京是否应该放弃传统上对西方主导的全球机构的不信任。

欧洲发展与展望中心总监兰特(Charles Rant)最近在伦敦的一个会议上表示担心中国会放弃多边主义,自私地追求自己眼中的国家利益。

如果这样,复兴的中国将代表着"全球稳定的最大威胁"。

最近的欧洲民意调查显示,中国与欧美之间的经济与贸易紧张,中国迅速发展对环境的影响,专制的治理和人权问题,以及快速的军事集结,这些因素都助长了西方的看法：

复兴的中国代表着"全球稳定的最大威胁"。

作家卡根(Robert Kagan)甚至预言,未来的"专制轴心"将把中国和俄罗斯以及亚洲其他地方联系在一起。

"专制轴心"的联想是别有一番意味的。

在兰特与巴利斯基(Natinka Barysch)合著的小册子《欧洲和中国能否塑造新世界秩序？》中,兰特强调中国强烈遵守国家主权和不干涉原则。

它否决西方驾驭津巴布韦贱民政权的做法,这是她不结盟心态延续的最近例子。

兰特和巴利斯基认为,中国可能在两条路之间摆动。

欧盟应用她的市场、技术优势和制度及治理经验作为胡萝卜,说服北京,告诉她协作的多边主义的好处。

这一度成为主导欧洲与中国的关系的主流声音。

马丁·费南德则认为,加强经济融合是减少未来冲突机会的方式。

但同样重要的是,贸易、能源和其他资源的摩擦可能轻易颠覆关系。

在中国生活很久的他,一直对欧洲影响中国未来行为的程度表示怀疑,最新的蛋塔曼茨公司受挫事件加深了他的成见。

马丁·费南德对沃特说：

"我们一直以为了解中国人,其实错了。

"我在中国的朋友最近有不少都拒绝了我们。

"圆桌骑士团理解瓦氏财团的担忧,也请瓦氏财团听听我的想法。

"我认为有三个主要的问题。

"第一、欧盟和中国不知道如何与对方打交道。中国不明白欧盟机构如何运作或者力量位于何方。

"第二、他们需要定义工作伙伴关系。他们对来自外界的一切,都在内心存有深深的戒心。

"第三、公众之间缺乏互相了解。

"西藏事件和奥运火炬传递事件,在欧洲国家引起的骚动表明,小事件可能产生非常大的影响力。双方公众之间缺乏信任。"

"世界组织的方式正在改变……经济势力东移,政治势力也将随之而动。"

"肯定的是,欧盟显然不能与中国一起塑造新世界秩序,也不敢尝试,因为美国、俄罗斯和印度都会有强烈的反应。"

"只有美国可以对中国发挥决定性的杠杆影响力，因为美国是超级大国，而且美国和欧盟不一样，在太平洋和东亚地区，它和中国有直接的战略及双边军事、地区和经济关系。"

沃特在思考马丁·费南德言论，他听出了言外之意。

"你的意思是，欧盟和美国应该共同努力影响中国的未来政策，而不是争夺政治影响力和经济利益。"

马丁·费南德笑了。

"并不是欧盟只有技术和知识，可以起到帮助中国的作用，我们可以作为的领域更多，在公众面前，我们永远是一个绅士的欧洲。

"当然，在财狼群出击的时候，我们也不会无所作为，我们不会放弃我们可以拿到的利益。"

"我可以代表家族要求一个圆桌骑士团的承诺吗？"

"我作为圆桌骑士团的一员承诺，我们决不主动带头先围猎中国。"

沃特带着承诺走了。

马丁·费南德笑得更欢，圆桌骑士团从不主动带头，早就有女狼卡罗琳公主代劳了。

在马丁·费南德看来，和其他问题一样，在中国问题上的跨大西洋合作尽管似乎很可取，却不能视为理所当然的事。

奥运的盛大展示可能很快生动地证明，如果处理不当或者判断不当，中国大胆的新民族主义可能变形为粗暴的新世纪帝国主义，后果无法估量。

圆桌骑士团需要同时削弱美国和中国。当然圆桌骑士团都是大家的朋友。

第五十三章 富已敌国

躺在床上的金星国际董事，上市公司金辉药业董事长万伟峰，在从马忠岳家回来后，心情久久不能平静。

他不知道该如何去面对将要提前出狱的马忠岳。

他睡不着，索性开灯坐了起来，他拿起一份公司信息资料中心提供的资料。

这是一个神秘的欧洲财富家族的资料。

他们的全权代表将来公司考察。

这个神秘的欧洲财富家族存在而隐形。

看着资料他不由得感叹。

爱立信、ABB、沃尔沃、斯堪尼亚重型汽车公司、SAS航空公司……知道这些著名跨国公司的人不少，但恐怕没有人想到，这些公司的最大股东竟是同一个家族，这个家族就是他们。

这个神秘的家族的力量太强大了。

早在上一世纪90年代中后期，家族控股的公司在所在国家股市所占份额超过了40%。到1999年2月，该家族仅在上述几家企业拥有的股票市值就达1730多亿美元。

截止到2007年12月31日的统计数据是，在全球收益超过1000亿美元。

目前，核心投资包括10个国际蓝筹股公司：

ABB、阿斯利康（AstraZeneca）、阿特拉斯·科普柯（AtlasCopco）、伊莱克斯（Electrolux）、爱立信（Ericsson）、斯德哥尔摩期权交易所（OMX）、萨博（SAAB）、斯堪尼亚（Scania）、瑞典北欧斯安银行（SEB）和Husqvarna。

该家族核心投资企业的产品涵盖各个领域：

从伊莱克斯吸尘器到ABB变压器；

从斯勘尼亚卡车到阿斯利康的畅销溃疡药；

从爱立信手机到萨博（SAAB）战斗机。

……

直接投资中，上市公司占投资额的81%，非上市公司占投资额为19%。投资额度最大的公司分别是SEB、爱立信和阿特拉斯·科普柯，共占总投资额的40%。

而这些财富还都只是浮在水面之上的冰山一角。

他们不喜欢“权力”这个词，但是他们的触角却深入到这个国家乃至全世界的各个层面；

他们不愿意在公众面前抛头露面，却又总处于聚光灯之下；

他们被称为财富帝国，但一族之长甚至不能名登国家百富之列；

他们多次被断言岌岌可危，却成功地打破了所谓的三代魔咒，家业的第六代继承人已经在悄然成长。

这是一个媲美美国洛克菲勒、摩根和欧洲的罗斯柴尔德家族的财团，一个延续了两个多世纪的企业帝国。

这也是一个世界顶级的社交家族，他们的家族成员，经常会晤全球政要。

然而，即便显赫堪比国家王室，它终究是一个恪守“存在，但不可见”信条的隐形家族。

这一隐形家族有四条家规：

航海与海外游历；

像爱惜羽毛那样爱惜名誉；

经商从政两得其美；

遵从信条、创造名言。

它就是“存在，但不可见”的瓦氏家族。

一个富已敌国的古老家族。

人们不断用“帝国”、“王朝”等诸如此类的字眼来形容这个家族，但似乎这并不足以完整地概括它的全貌。

这个家族号称富已敌国，它常被为人们所称道为“巨型财团”、“财富帝国”、“商业领域的皇室”。

人们以为含着银汤匙出生的家族传人，也一定能长期稳占福布斯排行榜中的位置，至少可以位居福布斯当地富豪榜前列。

然而出人意料的是，我们几乎在各类财富排行榜上看不到这个姓氏。

据家族人自称，第四代掌门当政时期，他的年薪为 100 美元，而现任的掌门人年收入也只是 66 万欧元。他们仍然无法进入国家富豪榜的前 100 名。

那么，拥有这个国家超过 40％上市公司的家族的财富，究竟是如何在世人眼中隐形的呢？

原来，家族财富的大部分都和很多的家族基金捆绑在一起，这些基金资产控制了投资人集团 45％的投票权股份，持有 22％的总资产，同时在著名跨国公司拥有大量股份。

家族的大部分财富都在这些非营利性的基金当中，谁也无法享用。

这个家族对社会的贡献获得了世界的尊重。

传记作家凯迪·马尔顿充满敬意地写道，在他们的国家，这个名字是社会民主主义、权力和社会福祉的代名词。

1846 年，家族开山鼻祖当上了瑞典第一条蒸汽船的船长，专门从事航运，他将挣来的钱再投资到造船、航运和批发业。

此时，他虽然已不缺钱，但还是喜欢远航。

他去了美国新奥尔良，亲眼目睹了当时美国的金融危机。

后来，他通过竞选进了州议会，成了那里最活跃的议员。

他对金融、证券业情有独钟，还悟出了一条道理：控制一家公司，不必拥有其大部分股票，只要是主要股东就行。

这一行之有效的经验至今仍是家族财团的一条金科玉律。

后来，他回到祖国。

当时，金融业只有国家才能经营。

但他在北部开起了私人银行，1856 年，又在首都成立了一家私人银行，后者是现在家族的象征——SEB 银行的前身。

家族财团的做法与众不同，采取的策略是尽可能多地吸收存款，然后毫不犹豫地将资金投入到股票、债券市场，以便获得较高的资金回报率。

家族财团将银行吸收的存款投到了当时很超前、很具发展潜力的行业，如造纸业、机电业等，还投资修建铁路。

1878 年，由于在铁路上投入太大，资金周转出了问题，控股的铁路发不出工资，银行一下子出现了信用危机，发生了连续三天的挤兑现象。

情急之下，他们想出了个险招，雇一名保安，穿着便衣，扛了一麻袋钱，向人们显示银行是有钱的。实际上这个麻袋里装的全是最小面值的硬币，总共才不过 1000 元。

另一招是让国王以个人的名义在银行存进了 1 万元，这才暂时平息了这场挤兑。

"不到万不得已，我们不会轻易放弃暂时出现问题的企业。"这是家族财团的传统。

当时在工业革命的影响下，国家经济进入快速发展期，SEB 成为很多高速成长型公司的重要支持者。

然而在 1877 年，国家经济的骤然衰退直接导致了 SEB 的很多客户瞬间陷入困境。

如果这些公司消亡，意味着 SEB 将累积大量坏账。

为了拯救这些公司，SEB 与部分企业进行债务重组，企业将债款转为股权，令 SEB 成为很多企业的股东。

如今，这些公司仍然属于家族财团的核心投资。

家族财团专注于长期投资。

在近百年的历程中，家族财团没有因为它核心持有的 11 家企业股票飞涨抛售过手里的股份，也没有因为低迷减持过股票。

通常，家族财团的作用在企业遇到困难时，显得格外明显。

2002 年，家族财团核心投资的两家企业爱立信和 ABB 遭遇了前所未有的危机。

爱立信 2001 年和 2002 年两年累计亏损超过 50 亿美元，股票价格跌破 1 美元，投资者信心锐减；ABB 则是因为过度扩张、并购后整合失败而导致债务缠身，股价也是跌近谷底。

"我们和别的股东或者投资公司不同，他们面对危机或者大的挑战时，会抛弃它，我们却会帮助它。"

家族财团不仅没有在旗下企业低谷时恐慌性地抛售股票，反而是出面并通过买入更多的股票（大约 17 亿美元）的方式，向市场发出正面信息。

"家族财团内部专门有一大笔资金，这笔资金性质类似于风险准备金，当旗下企业出现困难时，会考虑动用这笔资金以帮助企业渡过难关。"

在瓦氏家族的企业管理者们看来，对企业保护性的长期控股投资十分有效。

家族财团增持 ABB 股票之后，市场立即有所反应。

随着经营有所改善，ABB 的股价一路回升，2003 年以来已经上涨了 70%。

而爱立信似乎也在悬崖边上勒住了缰绳，在 2003 年的第三个财季结束了长达三年的亏损。

长期持有给家族财团带来了稳定、丰厚的利润。

后人认定作为当时的北欧穷国工业化过程中，是这个家族财团给整个国家的工业化提供了巨额资金，家族的名字注定要名垂青史。

瓦氏家族的投资，除了直接投资外，还有私募股权投资和运营投资业务。

瓦氏家族财团的私募股权投资对象，主要是未上市的公司，是新兴成长型企业和较成熟的公司，投资方式是对前者采取小额投资和对后者采取债务融资。

这两部分业务分别透过全资子公司创业投资有限公司（IGC）及部分控股子公司 EQT 进行投资。

投资策略是以少数股份来积极影响投资企业，并占有董事席位。投资重点主要集中于高新技术、互联网络、传媒等行业领域，平均单个企业投资额度在 800 万至 1500 万美元，投资期一般为 3 至 6 年。

目前家族财团在全球的私募股券投资公司超过了 100 家，在亚洲就有 20 家，主要集中于消费品、服务业、零售业、药业及制造业。项目投资的平均股权价值约为 5000 万美元，投资年限为 3 至 5 年。

瓦氏家族财团的运营投资业务是指对未上市公司进行投资控股，家族财团拥有控股权或拥有决策权。

这项业务主要集中在本国境内。

目前瓦氏家族名下的运营投资公司有 7 家，包括金宝公司（Gambro）、猎头公司 Novare 和 GrandHotel。

金宝是一家医药技术公司，原为家族财团的核心投资企业，于 2006 年 6 月在证券市场被家族财团全资收购。

Novare 成立于 2001 年，为家族财团全资控股公司，从事人力资源领域的研究、招募及提供建议等服务，为客户提供人力资源服务。

GrandHotel 酒店成立于 1874 年，坐落于该国皇宫对面，也是斯堪的纳维亚地区最顶级的豪华酒店之一。

瓦氏家族像爱惜羽毛那样爱惜名誉。

在瓦氏家族看来，第二次世界大战期间，家族成员罗尔才真的名垂青史。

他在外交官身份的掩护下，在匈牙利布达佩斯挽救了数以十万计的犹太人的生命。

罗尔当时在匈牙利布达佩斯的公开身份只是一个小小的大使馆的外交参赞，但他领导了一支特别小组，负责拯救滞留匈牙利的犹太人，他本人可以不必听命于大使，而有权直接与国王联系。

他私自制造了数万本护照，签上他本人的名字，发给犹太人。

据资料统计，他可能拯救了上 10 万犹太人。

他为了援救犹太人所施展的外交手段也是相当不拘一格。

如果要用一个词语来形容他对纳粹的所作所为的话，这里有一个完美的词：威逼利诱。

在匈牙利，他贿赂了许多见钱眼开的盖世太保，也威胁了一批法西斯分子警告他们别轻举妄动，甚至还写匿名恐怖信。

这种无章可循的外交手法迷惑了德国和匈牙利的当权者，为罗尔营救犹太人争取了宝贵的时间。

罗尔在外交部的同僚对他的看法也从非议转为全力支持。

罗尔是瓦氏家族的英雄和骄傲。

万伟峰也在思考，金星国际集团的英雄和骄傲体现在哪？

也许在下一次董事会，他需要拿出这个议题。

第五十四章　防范与威胁

连续几天，骷髅会还在开会。

骷髅会的精英们正在观看一段视频：

2008年5月某日，伊拉克某地沙漠地带。重兵警戒的武器试验区。

武器试验区是无人区，区中央堆放了大量伊拉克原军队的武器装备，在这些坦克、装甲车、自行火炮里，有不少被处以死刑的恐怖分子，他们被用各种方式固定在武器装备旁。

一场战场秘密试验就要来临。

重兵警戒已退守试验区中心50公里。

突然两架超音速战略轰炸机掠过试验区高空，几个漂亮的伞花飘落在空中，在战略轰炸机远远飞离试验区后，伞花离地面部队10米时，悄然破碎了。

试验区中心一片死寂，肉体的焦臭味弥漫在空中，越来越浓。

一支穿戴着全套防护服的武装人员车队在向试验区中心挺进。

试验区中心恐怖分子和其他动物在瞬间内被"烫垮"，或成了一块块刚出炉的烤肉，或成了黑糊糊的焦炭，没有一丝一毫生命的痕迹。

武装人员车队向总部报告："微波炉"试验成功！

五角大楼内一片欢呼。

近年来，美军微波武器的性能得到了大幅提升，但是微波炸弹从未在实战状态中试验，而现在的伊拉克战场最新试验表明，一种新的"非致命性武器"已经诞生。

在放完这段视频后，在大家的震惊中，骷髅会的海神计划总指挥长黑格，开始了他的主题演讲"防范与威胁"：

"五角大楼1987年把微波武器列为要研发的五大关键武器项目之一。

"目前，我们美国的新型微波武器系统项目已进入实战试验阶段。

"这种神秘的武器，就是微波武器，它能在远距离击中目标，使人和其他动物在瞬间内被'烫垮'，专对付隐形武器。

"这种武器能将辐射频率为1000至30万兆赫的电磁波汇集到指定方向，攻击、损毁作战对象……它威力大、速度快、作用距离远，而且看不见、摸不着，往往能伤人于无形，真的是‘无形杀手’。

“这次在伊拉克战场使用的是微波炸弹。

“微波炸弹的拿手好戏是对付隐形战机、隐形舰艇等隐形武器。

“以隐形飞机为例，它为了达到隐形的目的，安装了大量的电子设备，而微波武器正是电子设备的克星。

“此外，隐形飞机的表面由吸波材料包裹，以便大量吸收雷达波能，使之难以反射回去。

“这意味着，一旦隐形飞机遭到微波武器的攻击，它将主动吸收大量的微波，自招‘杀身之祸’，轻则因机体瞬间变热而失去控制，重则整架飞机被烧毁甚至熔化。

“从2007年起，我们驻伊拉克和阿富汗的美军，已暗中在装甲车上装备了代号为‘无声卫士’的微波武器系统。

“测试表明，它的有效攻击距离达750米，能使被攻击者在瞬间遭到54摄氏度高温的烘烤，从而迅速丧失战斗力。

“我们美军在伊拉克和阿富汗的试验，还只是小试牛刀。

“按照美国五角大楼的设想，美国各军种，最晚将在2010年全面装备微波武器。

“而且，美军还在《空军2025战略规划》中提出了更具雄心的计划——发展太空高功率微波武器。这种武器对地面、空中和太空目标都具有令人恐惧的杀伤力。

“美军可以指令在距地面500至916公里轨道上运行的卫星集群，集中向目标区投射微波，使地面、空中和太空中的敌方目标被超高的温度‘烫毁’。

“目前我们美国微波武器的发展情况，引起了俄罗斯、英国等国的高度重视和奋起直追。

“我们其实更在乎的潜在对手是中国。

“目前美国最新的F-22‘猛禽’战机进驻关岛，熟悉当地的气候。

“这次派驻关岛的是阿拉斯加派去的五架F-22，他们已经在关岛附近的靶场练习了投弹技巧。F-22服役到现在有三年，一架造价1亿6000万美金，是一种隐形战机。

“美军一共有122架F-22，在阿拉斯加部署了两个中队，其他的则放在维吉尼亚的蓝里基地。

“大家知道，F-22是美国最新型的战机，多半部署在美国本土，这是我们第二次离开美国本土，移防到外岛去。

“F-22第一次在美国本土外部署是去年初，在琉球驻防了三个月。

“关岛战略地位重要。这个地区随时可能有状况。

“关岛在夏威夷西方6000公里，距离韩国、日本、朝鲜和中国台湾都很近。

“在关岛大规模扩建的背后，是我们美军加速实施在全球的军力调整的步伐，目的在于由原来的‘前沿部署’转变为‘灵巧进入’，增强美国海外驻军远程快速投送和机动能力，扩大美国的战略纵深，牢牢掌控‘不稳定因素增多的’亚太地区。

“最近美军驻关岛的战略轰炸机近期频繁活动，多次举行和参加各种演习活动，并数次赴阿拉斯加、韩国、日本、澳大利亚等地进行对地轰炸训练，这已成为美战略空军演练提升全球奔袭能力的重心。”

“根据美国五角大楼2006年向国会提交的报告，中国可能已经开始了用激光器攻击空基武器的研究。

“中国解放军正在进行激光器技术方面的尖端研究，包括低能激光器和高能激光器的研究。

“中国将是高能激光器研发方面的‘主要国家’。”

“可以想见的是，解放军将首先开发出用来对付精确制导武器和巡航导弹的激光器。

“目前，激光技术日益成为国防研究的热门。

“美国、以色列、俄罗斯和中国等都在进行该方面的研究。

“微波武器系统是我们的反制手段之一。

“但是我们更需要‘激光盾牌’。

“我们美国的科学家同样在进行先进激光器的研究，他们正朝着利用激光器摧毁空基和陆基武器的方向努力。

“美国防务科学董事会在 2007 年发表的报告中称，高能激光器等技术能‘高度确保’包括摧毁火箭、火炮和迫击炮等陆地防御任务。

“该报告建议五角大楼‘增加对该领域及其发展方向的关注’。

“我们美国防务巨头雷神公司也将在今年第四季度进行一次测试，即尝试用空中激光器瞄准并摧毁迫击炮。

“同时，美国国防高级研究计划署（Defense Advanced Research Projects Agency）和美国通用原子公司（General Atomics）也在开发‘高能液态激光器区域防御系统（HELLADS）’。

“该系统可部署到战机上，用以摧毁导弹、火箭、迫击炮以及地空导弹、空空导弹等。

“以色列和美国两国已在高能战术激光器研究方面展开了合作 。

“为保护美军的空基导弹等武器免受高能激光器（HEL）的攻击，美国空军正在积极地出谋划策，我们最近还发布了一纸新的合同公告，旨在为其武器库寻求‘可改进激光防御’。”

“大家也许注意到，美国国防部将要公布的《2008 国防战略》报告，在这份报告中，这份 23 页的文件解答了包括美国军方对华战略在内的诸多问题。

“与 2004 年版的美国《国防战略》只明确提到一次中国不同，我们的 2008 年版多达 17 次。这反映中国在我们美国的地区和全球战略中的分量越来越重。

“我们不能容忍一个新的强大的对手的出现。

“美国国防部是在 2004 年首次制定了‘国防战略’文件的。

“‘国防战略（NDS）’等于在‘国家安全战略（NSS）’和‘国家军事战略（NMS）’之间增加了一个新的战略层次。

“再加上‘战区战略’（TS），美国的战略体系从三级发展成为四级。

“国家安全战略考虑综合运用政治、经济外交、信息和军事力量达成国家目标，层次最高；

“国防战略考虑采取多层主动防御手段营造尊重主权的有利条件和安全的国际秩序，位于国家安全战略之下；

“国家军事战略仅考虑如何分配和应用军事力量达成国家的特定目标，位于国防战略之下；

“战区战略考虑制定何种战略概念和行动方案来实现安全政策和战略目标，位于军事战略之下。

“这四种战略自上至下构成指导关系。

“与2004年版的美国《国防战略》只明确提到一次中国不同，2008年版多达17次。所以建议各位认真关注这份《国防战略》。

“在2004年的版本中，中国被列为‘关键国家’。而2008年版中，中国同样也被列为影响美国战略环境的一个重要因素。”

“中国不断推进现代化并发展军事能力的主要着眼点是台海冲突，但这也能在其他意外事件中派上用场。

“美国国防部将通过引导和防范，来应对中国不断增强的军力及其使用方式的不确定性。”

“我们将继续改进并完善必要时对中国作出反应的能力。

“我们将继续向中国施压，要求其增加国防开支、战略、计划和意图方面的透明度。

“我们将与美国政府其他部门合作制定一项全面的战略以引导中国作出选择。”

“为了实现我们的战略目标，我们已向吉尔吉斯斯坦索要机场附近300公顷土地扩建军事基地。

“这是‘9·11’后部署在这里的美国甘西空军基地，而吉尔吉斯斯坦首都比什凯克离新疆很近，这将直接威慑中国西部。

“当然吉尔吉斯斯坦一直被俄罗斯视为自己的‘后院’。

“若不是‘9·11’，我们根本无从在这里取得立足点。

“一旦吉尔吉斯斯坦同意我们的要求，上海合作组织和独联体集体安全条约组织就会遭受损失，伊朗也会愤怒。

“这些正是我们所需要的。

“甘西空军基地于我们来说是‘一箭三雕’：

“逼近俄罗斯南部的软肋，直接威胁中国的西部，从另一方向包抄其宿敌伊朗。

“尽管我们曾声称：这只是阿富汗反恐战争的临时安排，但是7年后的今日我们不仅始终毫无去意，我们的立足点倒是显得太小了。

“我们还需要进一步扩建我们的军事基地。

“甘西基地问题一直是美国吉尔吉斯斯坦关系的风向标。

“当年我们提出要向该基地派驻侦察机，但遭到时任总统阿卡耶夫的反对，我们给这个不识抬举的总统，上演了一场‘颜色革命’。

“下个月助理国务卿之行将会见吉尔吉斯斯坦反对派头面人物，要给现在的总统提个醒。

“各位，留给我们扼制中国的时间不多了。

“中国已修建了青藏铁路。

“中国2020年前还将开通西部六条铁路，包括青藏铁路延伸线拉萨至林芝段、拉萨至日喀则段，格尔木至敦煌，格尔木至库尔勒，西宁至张掖，格尔木至成都。

“前三条线路，未来两三年中将开工。后三条线路最迟将在2020年开通运营。

“中国将以青藏铁路为纽带，修建这六条干线铁路以及一些支线铁路，青藏高原与中国各地的经济文化联系将更加紧密。

“在中国的西部有着大量石油，如果中国早一天开发他们，我们的石油武器就早一天失效。

“我们骷髅会不能无所作为。

“必要时，前南斯拉夫的剧本要在中国上演。”

“我已要求卡罗琳团队和海森伯格的 E 小组不惜一切代价，给我搞出动静来。”

“制造其他国家的动荡不安，让逐利的资金因为其他国家的动荡不安，从资金的安全性考虑而流回美国。

“换言之，就是需要我们骷髅会在欧洲、中国、俄罗斯等地缘政治敏感的地区制造动荡不安，甚至是局部战争。

“可能的区域有朝鲜半岛、蒙古、巴基斯坦、前苏联加盟共和国或科索沃地区。

“但是最理想的地区应该就是中国。”

第五十五章　肢解南斯拉夫

“制造其他国家的动荡不安，让逐利的资金因为其他国家的动荡不安，从资金的安全性考虑而流回美国。

“换言之，就是需要在欧洲、中国、俄罗斯等地缘政治敏感的地区制造动荡不安，甚至是局部战争。可能的区域有朝鲜半岛、蒙古、巴基斯坦、前苏联加盟共和国或科索沃地区。”

骷髅会的新成员很好奇地问旁边的人：“老大刚才提到了我们可能在很多国家搞出点动静来，提到过科索沃地区。

“你说当年科索沃地区到底发生了啥大事？这样打得不可开交的？难道南斯拉夫真的就一直是欧洲的火药桶？”

“哈，前南斯拉夫问题一直错综复杂，但是这确实是骷髅会导演的一出好戏。”

“噢，我们只知道当时哪边打得厉害，愣是没明白到底为啥干仗的，您也给说说？”

“好，我说说。二战后诞生的南斯拉夫社会主义联邦共和国，位于欧洲巴尔干半岛腹地，由塞尔维亚、克罗地亚、斯洛文尼亚、波斯尼亚和黑塞哥维那、马其顿、黑山 6 个共和国组成，科索沃原是塞尔维亚内部的自治省。

“其实二战结束后，南斯拉夫曾经有过将近半个世纪的和平。当时南斯拉夫各民族都活得很和谐，没听说打打杀杀的，南斯拉夫各民族大家就是一家人。

“那么，为什么到上世纪，90 年代后却发生解体并爆发了惨烈的内战呢？

“传统的看法是：南斯拉夫的铁托总统去世后，没有谁能够拥有他作为国家创始人的威望，随着两极格局被打破，南斯拉夫内部固有的民族矛盾导致了经济利益冲突和政治危机，最终将该国推向了‘分裂或是统一’的十字路口。

“其实那些都是西方主流媒体给大众的一个牵强的解释，实际上根本不是那回事！

“这种观点虽有一定道理，却容易产生危险的假设，即南斯拉夫人一直想互相残杀。

“事实上，经过多年的共同生活，南斯拉夫国内各民族之间早已建立了全面的联系，经济关系密切，混合家庭比比皆是，百姓希望继续稳定地生活。

“因此，90 年代以后出现的极端仇恨情绪，大多是战争和机会主义政治的产物。”

“在这点上，我们的做法很有技巧：

“据中国前驻南斯拉夫大使回忆，他曾就南斯拉夫的前途问题与美国驻南斯拉夫大使齐默曼有过一次谈话。

“对方当时明确告诉他，在这个问题上，美中两国的主张是一致的。

“其间，齐默曼还接到了他的一位同事从克罗地亚打来的电话，只听他高声说道：‘告诉他们，美国反对肢解南斯拉夫……这不是齐默曼的，而是华盛顿的立场！’

“由于当时恰好有南斯拉夫记者在场，次日，南斯拉夫主要媒体均以‘美国反对分裂南斯拉夫’为题，重点报道了此次谈话。

“这似乎代表了美国官方的正式看法。

“可是我们从最近得到的资料看，几乎就在那时候，中央情报局不久后向白宫提交的一份报告，却暴露了美国对南斯拉夫政策的矛盾。报告称：‘南斯拉夫将在未来 18 个月内解体。’

“有意思的是，中央情报局向白宫提交的秘密报告居然在全球很快流传开，当时国际舆论普遍表示怀疑，然而局势的发展却与该预测惊人地一致。

“正是这份报告，令前南斯拉夫地区的民族分裂分子受到鼓舞，加快了他们分裂国家的行动。

“中央情报局向白宫提交的秘密报告的公开化，实际上是给前南斯拉夫地区的民族分裂分子开启了分裂国家的绿灯信号。

“波斯尼亚和黑塞哥维那共和国的独立过程，被视为南斯拉夫内战的缩影。

“因为民族矛盾和宗教矛盾错综复杂，波黑的三个主体民族对于独立问题各有各的想法：有人主张建立独立统一的国家，克族主张成立联邦制国家，塞族领导人却希望组成松散的邦联制国家。最终，各方决定于 1992 年 2 月 29 日举行全民公决，并于 3 月 1 日将结果正式公布。”

一位骷髅会的知情人的叙述将时空又带回了那个多年前的萨拉热窝。

“1992 年 3 月 1 日是个星期天，波黑首府萨拉热窝天气晴朗，但春光里仍然透着几分寒冷。与普通的休息日相比，这天的气氛异常紧张，全副武装的警察在大街上巡逻，大街小巷里也筑起了大大小小的路障。

“即便如此，在萨拉热窝市中心的一座东正教堂里，一对塞尔维亚族新人按期举行婚礼。参加仪式的亲戚朋友很多，人们都在祝福这对新人白头偕老。随着婚礼逐渐接近尾声，新郎挽着新娘，在众人的目光中缓缓向教堂门口走去。

“突然，一阵急促的枪声响起，参加婚礼的人们还没反应过来，就纷纷倒在了血泊中。两位新人虽然幸免于难，但新郎的父亲当场丧生。庄严神圣的教堂和热闹喜庆的婚礼，瞬间成了血腥的屠场。塞尔维亚族民众群情激愤，认定这一惨案是克族和其他族裔蓄意制造的。当天晚上，‘波黑塞尔维亚人民危机司令部’成立，号召塞尔维亚族人‘拿起武器为生存而战’。次日，电台刚刚将‘3·1’惨案的消息播出，萨拉热窝各处就响起了密集的枪声。

“当时的波黑人口中，另一族裔占据优势，但需要在塞族和克族之间选择一方结盟。他们最终选择了克罗地亚人，除了考虑到其和塞族的传统仇恨外，更主要的原因在于克族背后有西方的支持。

“3月3日，在克罗地亚人的支持下宣布波黑独立。

“4月6日和7日，欧共体和美国相继承认波黑独立，为局势火上浇油。

“从此，波黑各民族之间的冲突不断发生，终于在各自的主体共和国支持下，演变成为举世震惊的波黑战争……”

“噢，原来波黑战争就是一场普通的婚礼遭到不明身份的杀手血腥屠杀后引发的。不过，看来塞尔维亚人最先好像还是受害者啊？为何我们从西方媒体中，老是听到塞尔维亚人‘干着纳粹党卫军勾当’。”

“是啊，为何只有塞尔维亚人被妖魔化？ 俗话说‘一个巴掌拍不响’，前南斯拉夫内战的各方显然都有责任。好像西方媒体是有倾向性的？”

“嗯，这点连塞尔维亚前总理金吉奇都承认‘我们塞尔维亚人的名声实在太差了’。不过这是事先都已经设计好的。”

“啊？这都可以设计吗？”

“是啊，某个知名的西方电视台主编利诺曾就此事专门采访过得芬国际公关公司总裁哈夫，将后者为分裂分子炮制舆论的内情和盘托出：

“利诺：哈夫先生，贵公司的工作是怎样为前南斯拉夫的独立运动炮制舆论的展开工作的？

“哈夫：我们靠的是一份名单、一台电脑和一部传真机。名单上收集了几百个前南斯拉夫的政治家、人权组织代表和学者的名字，根据问题的性质用计算机挑出合适的人选，只用几分钟就可以通过传真将问题传递出去。只要哪条回复对我们有利，我们就立刻采取行动使其成为大众舆论。我们很清楚，先入为主的意见才算数，别人的任何辩解都起不了作用。

“也就是说。我们过滤对我们客户不利的意见。

“利诺：你对哪项工作最感到骄傲？

“哈夫：我们成功地让犹太人站到了我们这边。就在1992年8月2日和5日，纽约的《新闻日报》恰好把塞尔维亚人设立集中营的消息捅了出来。我们抓住机会，一下就把犹太人反诽谤同盟、美国犹太人委员会和美国犹太人协会争取了过来。

“我们建议在《纽约时报》上刊登广告，同时在联合国大门前发动抗议。不过举手之劳，就让大众舆论把塞尔维亚人置于纳粹分子的地位。

“其实你知道，南斯拉夫问题极为复杂，许多美国人甚至会问‘波斯尼亚究竟位于非洲哪一带？’而一瞬之间，我们就编出了一个‘好人、坏人’的简单故事。 我们就基本赢了。

“利诺：可你们那时还根本提不出任何可靠的证据，唯一的来源就是《新闻日报》所登的那篇文章……

“哈夫：我们的任务不在于审查消息的真实性，而在于把对我们有利的消息尽快传播出去。我们并没有强调塞尔维亚人设立了集中营，而是广为宣传《新闻日报》所强调的事件。

“利诺：但你不认为你们负有很大的责任吗？

“哈夫：人家付钱给我们，不是要我们宣扬道德学说，即使是负有责任，我们也十分坦然。如果你想证明塞尔维亚人才是牺牲者，那就不妨试试，你的处境肯定是非常孤立的。”

“到了 1995 年后，公关公司们已经可以轻装上阵——对他们而言，这桩生意不仅具有商业利益，而且有了政治利益；他们的雇主不仅是波黑和克罗地亚政府，又有了华盛顿的强大后盾。

“1995 年 8 月 28 日上午 11 时左右，又一场悲剧在萨拉热窝市中心上演。一发迫击炮弹在人群中爆炸，顷刻间炸死平民 37 人，伤 80 余人。

“维和部队当天并未公布调查结论，次日却宣布此案乃塞尔维亚族所为。受雇佣的公关公司迅速行动，抢在第一时间将‘塞尔维亚族再当屠夫’的印象传递给公众。此时，美国政府新的干预政策已经确定，正苦于没有消灭塞尔维亚族重型武装的借口，正所谓‘谋事在人，成事在天’，天遂人愿。

“8 月 30 日凌晨，北约空军的数十架战机对萨拉热窝附近的塞尔维亚军阵地进行了大规模轰炸，波黑俨然成了高新技术武器的试验场。

“到 9 月中旬，空袭已严重摧毁了塞尔维亚族的军事实力，使其讨价还价的本钱丧失殆尽。”

“靠，真没想到啊，以前总以为公关公司就是为企业树立个良好形象，没想到他们还干得这样大？”有人感慨万分。

“哈，他们后面都有我们在背后撑着呢。有的本身就是 E 小组的成员。”

“别打岔啊，说下去啊。”

“后来其实就简单了，塞尔维亚族的军事实力已被严重摧毁了，讨价还价的本钱丧失殆尽。我们再用高科技讹诈手段，不战而屈人之兵。

“1995 年 11 月 1 日，在美国的强力介入下，当时的波黑总统伊泽特贝戈维奇、塞尔维亚总统米洛舍维奇、克罗地亚总统图季曼被请到了美国俄亥俄州的代顿空军基地，就波黑和平协议进行最后的谈判。

“为了打破僵局，我们又祭起了高科技法宝，用塞族曾领略过的手段展开讹诈。

“我们先利用先进的信息技术，在计算机网络上开辟了一个虚拟战场，然后把波黑战争中的三方代表请到了屏幕前。

“这套作战模拟程序运用了当时最先进的虚拟现实技术，显示出的地形地貌特征几乎与真实环境一模一样。美方不断将谈判进展情况转换成直观的立体地图，供各方代表查询。

“尤其是领土划分方案，通过计算机模拟显示，各种人文和资源情况一目了然。

“同时，系统还将三方的所有兵力、控制的要点、作战的手段、可能达成的目的、可能遭受的损失都做了演示。

“当时波黑总统伊泽特贝戈维奇提出，戈拉日代——萨拉热窝走廊的宽度必须扩大到 5 英里。但塞尔维亚总统米洛舍维奇置之不理，始终坚持 2 英里不松口。

“在双方僵持不下时，我们让米洛舍维奇戴上头盔，在虚拟环境中‘实地遨游’了一番，一场为他专门表演的电子虚拟战争给米洛舍维奇留下了深刻印象。

“米洛舍维奇无奈屈服，最终同意将走廊宽度扩大到 5 英里。

“就是在这种大棒加胡萝卜的说服下，经过三周的‘拉锯战’，三方终于达成了结束波黑内战并实现全面和平的协议草案。

“1995 年 12 月 14 日，在法国总统府爱丽舍宫，伊泽特贝戈维奇、米洛舍维奇、图季曼以及美、英、法、德、俄等国领导人，共同签署了《代顿和平协议》。

“至此，燃烧了近四年的前南斯拉夫内战之火虽然暂时熄灭，但是，南斯拉夫被分割成若干个迷你国家……”

“南斯拉夫被分割，没看见我们骷髅会得益啊？”

“表面上，南斯拉夫被分割，没看见骷髅会得益。

“但是南斯拉夫被分割使得欧洲内部的民族矛盾被激化，严重阻碍了欧洲统一进程，打击了欧元区的经济，打击了欧元试图取代美元成为新的国际结算货币的尝试。

“也正是这场战争以及之后的前南斯拉夫战火再起，让更多的国际资金流向美国，给我们美国经济带来了源源不断的金融血液。”

“靠，以前看南斯拉夫打内战，一直就是纯当新闻看，没想到我们的国际政治是这样玩的，长见识了！”新成员折服了。

“哈哈，这是老故事了，说说新的？”

“新的？最近有英国《泰晤士报》爆了猛料。

“《泰晤士报》援引一位名叫柯本迪(Daniel Cohn-Bendit)前欧洲学生运动领导人的话说，有证据显示爱尔兰反对《里斯本条约》运动的资金资助者与美国五角大楼以及中央情报局之间存在联系。

“柯本迪说：‘如果这得到证实，那么就能清楚地表明，在美国有势力在拿钱破坏一个强大而自治的欧洲的稳定。’

“《里斯本条约》是对欧盟统一进程有着重大意义的。

“但是爱尔兰电信企业家甘勒(Declan Ganley)发起过一个名叫 Libertas 的反对欧盟条约组织，在爱尔兰对《里斯本条约》进行全民公决前发动了大规模宣传活动，宣扬《里斯本条约》不利于爱尔兰经济发展的恶劣交易，不利于保持爱尔兰的竞争力和繁荣发展。

“这位前欧洲学生运动领导人柯本迪说，甘勒可能得到了五角大楼和 CIA 的支持。

“柯本迪还明确地表示，华盛顿的智库‘传统基金会’就是 CIA 破坏欧盟统一进程计划的‘智力来源’。”

“啊？真有这事吗？”

“他们可能会对甘勒的资金来源进行调查。但是不会查出问题的。”

柯本迪的说法也得到了欧盟议会议长珀特林的支持，珀特林还说：“这件事一定要拿到桌面上来，我们不能允许欧盟被那些要求透明而他们自己却不捍卫透明的人伤害。”欧盟议会资深议员也已经敦促对甘勒的资金进行调查。

没有意外，下个月 12 日，爱尔兰全民公决将否决旨在取代《欧盟宪法条约》的《里斯本条约》，我们可以肯定这将使欧盟统一进程遭遇重大挫折。

而这一重大挫折是符合我们的战略需求的。

第五十六章　不当出头鸟

2008 年 5 月 13 日晚，狮城。

狮城 TEMA 控股有限公司董事局主席巴南丹那最近十分烦恼，早上在神州 50 指数的布空操作并没有取得预想的成功。

不知是谁放出了风声，整个狮城市场都在流传，TEMA 控股在大肆做空神州 50 指数。

这一流言让 TEMA 控股的操作显得十分轻松，但是在政治和外交上的后果可能是十分严重的。谁都知道，TEMA 控股就是狮城的半个国库。

而他以前就是狮城的财政高官。

巴南丹那有些惶恐地被叫到了狮城总理的办公室。

他被破例叫去开会。

在狮城总理的办公室，一场机密的国情咨询会正在展开。

这是狮城高级幕僚对国际形势的最新判断。

近期国际局势着实复杂。

应该说，近半月以来所有的地区热点问题之间全部联动起来，各国加大了探试的力度，外交取向也开始大幅摆动。

现在处在国际局势嬗变的前夜，这时的局面是最复杂的。

"近期美国是否对伊朗动武？"狮城总理最关心影响油价的热点区域。

狮城太小，油价对它影响太大。

"首先我想先问大家：美国为什么要对伊朗动武？真是为了伊朗那还看不到影子的核武器？就算现在美国或者以色列对伊朗动武了，把伊朗的核设施全给炸了，能解决问题吗？美国攻击伊拉克，原子弹只是借口而已。"

狮城首席幕僚侃侃而谈。

"当然，对以色列而言，伊朗是否有核是致命的。但是，以色列能否生存下去，同样不取决于她自身。

"如果没有人在背后罩着她，试想一样，一个面积比中国一个县城大不了多少的小国家，面对着数百倍于自己的伊斯兰世界，居然能五战五胜，凭什么？真是她能打吗？

"只有傻子才会相信以色列士兵是天神下凡。

“如果没有大国护着她，早就被平掉了。”

狮城总理心想，我们狮城还比不上以色列大呢。

小国总是要跟着大国，这就是残酷的生存法则。

“以色列作为一枚钢钉钉在中东产油国中间，对所有的大国都是有利的，如果所有的产油国真的一条心了，那对中俄欧美各方，都不是好事情。

“所以，大国们也会尽可能地保全以色列，这也是现实的国际斗争的需要。

“所以，不到万不得已，无论是中国、俄罗斯，还是欧盟，都不会允许伊朗拥有核武器，但是，反过来说，如果伊朗的国家安全真的出现了大麻烦，到了中俄欧三家正面无法保全的地步，那就只能放手让伊朗拥有核武器了。

“所以，打伊朗是因为伊朗有核只是个借口。

“既然这样，那么，美国为什么想要对伊朗动手呢？”

巴南丹那心里有点谱了，从形势推断油价还是下不来，TEMA 控股对原油期货的操作大方向看来没有错。

“真正的原因，来自两个方面：一是因为美国经济出大问题了，美元弱势；二是在这个关口伊朗出口石油用欧元结算挖美元霸权的墙脚。这两个原因是相辅相成的，只有一个都不会导致美国如此的火烧火燎。”

“伊朗搞起来的石油欧元，这不是挖美国的祖坟吗？这一点才是美国一直想打伊朗的真正原因。”

“站在美国的角度看，如果武力打服了伊朗，整个中东就算拿下来了，如此一来，全球石油基本受控了，不管是中俄欧，还是日印巴，还是其他的小国，就全部得听美国人的了，这是各方无论如何都接受不了的。

“所以，如果美国真要动手了，会有两件事情发生：一是伊核问题会出现质变，伊朗拥核速度将会大大加快；二是美国所有的盟友（除了以色列），都会成为敌人，除非是傀儡政府。

“反正大家的日子都没法过了。

“这一点才是美国最不能承受的。

“所以，美国不会打伊朗。”

“等等，你说的我没明白，到底打还是不打？”巴南丹那心里突然乱了，这决定了 TEMA 控股的操作大方向。

“我认为，美国会通过代理人打。近期，一直传出以色列要空袭伊朗的消息，其实，这是美国在试探，因为如果美国直接对伊朗出手，局势极有可能滑向他最不愿意看到的一面，但是，以色列出手就不一样了，这种小规模的打击如何能震慑住伊朗。

“不过，以色列怕遭报复，以色列很明白，伊朗背后站着中俄欧三个大块头，一旦动起手来，伊朗的报复极有可能是自己不能承受的。

“所以，以色列的奥尔默特一直就不敢往前冲，这也导致了奥尔默特面临着空前的权力危机。

“其实，就算以色列换个新总统上来，对伊朗发动一轮空袭，就一定能改变局面吗？恐怕结果是把以色列放到了火炉上烤。”

把以色列放到了火炉上烤。这个比喻太形象了，狮城总理和巴南丹那的脑海里都出现了一只被烤得冒油的火鸡。

几乎同时，他们想到了同一件事，狮城今天的举动是不是也将成为另一只被烤得冒油的火鸡？他们表情复杂地对视了一眼。

"现在，在美国次贷危机可能刮起了一场超级风暴，风暴将波及全球各国，所有的国家都在对自己进行重新定位，各国都明白，稍有不慎就有可能被撕碎，刚刚越南和印度遇到的金融问题只不过是有人小试牛刀罢了。"

"稍有不慎就有可能被撕碎！"狮城总理和巴南丹那都在掂量这句话。

"目前美元地位岌岌可危，当务之急就是摁倒欧元。

"要摁倒欧元，就需要先尽可能地弱化欧盟在中东的影响力。

"当前，欧盟之所以能在中东指手画脚，靠的是在伊核问题上的中间人角色，通过这张牌换取巴以和谈问题上美国人对自己的支持。"

"欧盟没有太多的选择余地，所以，欧盟加大了对伊朗金融制裁的力度，但是，欧盟通过巴拉迪放风，坚决反对打伊朗……"

狮城总理听得有些心烦意乱，狮城呢？狮城也没有太多的选择余地。

"还是说说我们狮城如何自处吧。狮城有何选择？"

"狮城目前最好不做任何选择，因为任何选择都可能是错的，而稍有不慎就有可能被撕碎！"首席幕僚这次的结论倒是很简洁。

可是狮城是总理不满意，他要听前因后果："说下去！"

"国际斗争就是这样，国家穷一点死不了，没有军事实力活不好。

"我们狮城无法与任何一方抗衡的。

"就连日本也不够格在现在强出头。

"现在，美国经济失血严重，欧元又借机抢位子，美国从哪儿补血？

"应该说，中国是最好的，我们根据各方情报，可以基本判断近期对中国将有大动作。

"从近几年来的种种迹象看，美国极有可能指望这次通过解体中国经济来为她输血，方式就是打开中国的金融大门。"

狮城总理和巴南丹那心里吃了一惊，心知肚明已被女狼卡罗琳摆了一道，他们已不知不觉地给裹挟了。

"他们对中国的大动作，会有结果吗？"

"我们对目前中国的金融高层的一些做法感到迷惑，如果按照目前的趋势惯性，很可能将取得成功。

"但是我个人不认为，他们可以完胜出局。在中国人没有真的发力前，谁都不知道中国人真正的实力。

"在上世纪 50 年代的朝鲜战场，美国为首的 17 国组成的联合国军就吃过轻敌的苦头。在金融市场，我不相信他们无能。"

"如果老美搞不定。那么，下一个比较好的目标是谁？"狮城总理换了个方向。

"日本。虽然老美出于遏制中国的需要，暂时没对日本下手，但是，一旦到了自己扛不住，又搞不定中国的时候，只能对日本下手了。

"而且，在以前是有成功经验的。所以，日本是非常危险的。日本要想保证自己的金融安全，唯有靠上一棵大树——中国。只要日本全面倒向了中国，美国是奈何不了她的。"

"1985 年，美欧通过广场协议逼日元升值，又逼日本降息引发流动性泛滥，之后又堵住两头逼日本吹起巨大的经济泡沫，又刺破它吸血无数。应该说，今天，情况不一样了。

日本经济可以通过融入东亚经济圈来避免受制于美国。而要融入这个圈子，就必须倒向中国。”

“日本需要中国，中国也无法甩开日本。从我们的情报分析，最近中日关系将进一步改善。如果日本真的再被美国人宰一刀，那么，整个东亚经济圈都要受拖累，都要大出血，这个道理很简单，现在，10+3 经济上融合得已经非常紧密，如果在日本身上狠插一刀，其他的 12 方也会吃大亏的。

“所以，在相当大程度上说，保护日本也是保护人民币经济圈。

“事实上，从中国高层访日开始，中国就开始走上从美国人手里接纳日本的道路，日本将和中国越走越近。

“也许许多人现在都不相信这一点，不过，时间会证明一切的——要知道，日本是个极有野心的国家，想要她服气不是件容易事，别的不说，仅仅日本国内的右翼势力，就不好收拾。

“中国现在极需的是在西线有所突破，这就需要东线能稳住。而我们建议，狮城追随日本的步伐，决不能站在中国的对立面。”

“再具体点！”

“狮城太小，经不起风浪，我们追随日本的步伐，就算是错误的选择，我们也不会有太大的损失；而我们一旦公开站在美国或中国任何一方，都将可能首先成为另一方打击的目标。‘枪打出头鸟’，我们不能当出头鸟。”

第五十七章　收购与清算

女人，总是永远为青春和容颜而烦恼。

就是公务再繁忙，章为红也不会忘记去美容院做保养。

在上海一家女子高级美容院的 VIP 套房内，换上浴袍的章为红做完全套 SPA 后，心情非常愉快。看着镜中自己红润而富有光泽的容颜和丰满圆润的躯体，章为红很满意。

VIP 套房内已没有了服务人员，章为红要一个人静静地躺着享受这种舒适的宁静。

她又不由自主地想起了往事。

章为红是钟伟东之妻，江苏海城人，1969 年 5 月出生，大学本科毕业，会计师。在章为红为数不多曝光的资料中，她曾以海圣实业（集团）有限公司副总裁的身份担任上海××发展基金会理事会理事。

钟伟东等数位人士自 2008 年 3 月下旬起即被有关部门边控。正当警方协助专案组准备控制钟伟东之际，当着父母、妻子章为红的面，钟伟东在家中突然坠楼而亡。

据警方司法鉴定，钟伟东死前意识清醒，跳楼坠地导致严重颅脑损伤是致命原因，排除他杀。

钟伟东的离世，给章为红带来的哀痛是常人难以想象的。

她的情感告诉她，宁愿舍弃拥有的所有财产也愿意换回丈夫的生命。

她的理智告诉她，如果舍弃拥有的所有财产，他们和他们的子孙将永远无法复制目前的传奇。

钟伟东的离世，给他自己解脱，也给了海圣系重整旗鼓的希望。

她理解丈夫，海圣系也是他们共同的“孩子”，为了保全家族的利益，为了子孙绵延后代，她必须担负起责任，照顾他们的孩子长大。

经过短期的内部整合，她成为新的海圣系掌门人，接替了丈夫生前所有的职位，承担了丈夫生前所有的责任。

章为红正式继承钟伟东所持有的海圣系资产，由此，章为红接手涉及金融、药品、高科技等多个行业的资本大系，资产规模超过 200 亿元。

一个月前海圣系旗下上市公司均发布了收购报告书公告。公告称，经各法定继承人协商一致，钟伟东生前所拥有的中南海圣41.21％股权，以及海圣宝集团26.93％股权，将全部由其妻章为红一人继承其股东资格及全部股权。由此，章为红将成为上述两家公司的实际控制人，分别持有海圣宝总股本的40.35％和中南海圣总股本的66.5％。此外，章为红通过中南海圣持有百花药业17.52％股权。加上此前章为红通过上海天能已持有西汇股份13.67％股权，章为红在海圣系中持股的上市公司数已达到四家。

市场普遍认为，章为红是钟伟东一系列资本运作中的贤内助，有能力度过眼下的危机。

可是章为红知道，危机并未消除。与刘伟昌的交易，让她深刻地知道，她现在还是别人的猎物。海圣系的危险来自四面八方。

海圣系已将持有的所有涉及龙源地产的股权或权益都吐给了金星国际的刘伟昌。她目前要做的是守成，不是拓疆。

至于安金基金公司的股权，章为红暂时还不愿放手。

金融是海圣系最为核心的领域，钟伟东和章为红也最熟悉这一领域，安金基金公司的股权是他们资本运作的防护垫，只要他们还在金融圈混迹，安金基金公司的股权就是他们难以割舍的核心资产。章为红知道基金管理公司的价值，注册资金一个亿的公司，管理着750亿的资产，这是资本运作最好的撬杆。1:750，此外，每年还有旱涝保收的数额不小的基金管理费，是各方都希望得到的优质资产。

是优质资产，自然有人惦记。

一个穿着服务人员服装的漂亮青春的西方女人，进了章为红的VIP套房，舒适的宁静被打破了。

章为红带着疑惑的表情看着这个女人，用眼光审视着她。

“章为红女士，我是卡罗琳，圈内人都叫我女狼卡罗琳公主。我是专程来拜访你的，我们需要好好谈谈。越南真是太脏了，我借你的地方先洗个澡。我带来了一些资料你可以先看看。”卡罗琳旁若无人地一边对章为红说着，一边脱光了衣服走进浴室。

章为红一时无法反应，愣愣地看着赤身裸体的卡罗琳走进浴室。

“女狼卡罗琳公主”，这个名字像一道闪电，将章为红震醒。

“国储铜巨亏案”与“女狼卡罗琳公主”的某些关联是不会让章为红忽视的。

一个传说中的人物，居然是个漂亮青春的西方女人，而此刻正在她的套房内沐浴，章为红觉得不可思议。

章为红没有让这种感觉停留，她知道，女狼卡罗琳公主是有备而来，她需要时间去看看卡罗琳带来的资料。

卡罗琳带来的资料，让章为红震撼。

里面有不少就是钟伟东不惜自杀也要保护的商业秘密。

章为红知道，其实此刻在女狼卡罗琳公主面前，她和海圣系也是赤身裸体的。

章为红没有犹豫，她知道底牌都在卡罗琳手里，她能做的就是为海圣系争取一个好价格。

她立刻打电话召唤律师和财务顾问秘密前来。

卡罗琳洗澡花了很长时间,她知道要给章为红一段思考的时间。

此刻,在充满脂粉气息的女子高级美容院的 VIP 套房内,一场交易正在进行中。

VIP 套房的外间,有着双方的律师和财务顾问都在紧张地等待着里面的指令,他们是被临时秘密地召唤来的,但是谁也不知道里面最新的进展,谁也不敢轻易说话,时空显得凝重而诡异。

对章为红而言,谈判很艰苦。

她没有料到在平日里美容的私人场所,会有一次意料之外的谈判。

这场谈判是她没有准备好的,也是她根本不愿意面对的。

但是她必须面对,商场如战场。人在江湖,身不由己。

她的对手也是女人,一个漂亮青春的西方女人——女狼卡罗琳公主。

卡罗琳换上浴袍,伸手与章为红相握,笑着说:"很高兴能认识章为红女士,希望我们今天有满意的结果。"

卡罗琳与章为红的视线在空中碰撞后,浓烈的杀意突然变得无影无踪,表面的和谐流露在双方的笑脸上,一切都云淡风轻。

"你们想要海圣系的哪一块?"

"全部!"

"哈哈,海圣系可不是沈明高,你的胃口太大了!"

"卡罗琳公主并不代表自己,我们的老板吃得下海圣系。"

"海圣宝总股本的 40.35%和中南海圣总股本的 66.5%,百花药业 17.52%股权,西汇股份 13.67%股权?"

"不只是海圣系明的这一块,章女士!"

"明的这一块目前的估值就在 160 亿了,卡罗琳公主,你的老板有这样多的现金吗?"

"我们还要海圣系暗的那一块。"

"暗的那一块?你说说看!"

"主要是所有涉及龙源地产的股权或权益以及安金基金公司的股权。"

"所有涉及龙源地产的股权或权益以及安金基金公司的股权都已经转让了,看来你们的消息不准确啊。"

"哦?转让给谁了,可以说吗?"

"哈哈,转让给谁了,你们查得到,马上就有公告的!"

"那我们先谈明的这一块,章女士!"

"我为何一定要卖给你们?"章为红试图挣扎一番。

"我们可以保护你的利益!"

"哦?我也可以保护海圣系。"

"你以为你真的可以保护海圣系?你以为今天给你看到的资料是我们独家搞到的?"

"啥意思?威胁吗?"

"没啥意思?不是威胁,是善意的提醒。"

"资料是从哪里搞到的?"

“有些资料是从专案组的相关渠道。”卡罗琳开始含糊其辞。

“那又怎样？”

“不要让你丈夫钟伟东白死！”

“……”章为红一时默然。

“对不起，我冒犯了你，其实我的意思是中国政府没有结束对海圣系及钟伟东的调查，他们目前只是在放长线，钓大鱼……所以海圣系的问题没有解决，只是延缓一些时间。”

“只是延缓一些时间？”

“对，是延缓一些时间，可以肯定中国政府的反腐风暴即将到来。而海圣系的起家是见不得光的，一旦在阳光下暴露，海圣系就会融化崩溃。

“我记得在你们中南海圣的官方网站上，右上方的显著位置，标注着八个字：守正·出奇·宁静·致远。八个字中，‘出奇’二字是不是显得格外扎眼和意味深长啊？

“你知道，某位证券界资深律师如何形容中南海圣的上市之路吗？

“‘中南海圣的上市不走门，走烟囱’。

“你我都明白，通常而言，公司在中国上市有两个途径：

“IPO 和借壳。

“所谓 IPO，我们都知道英文全名是：initialpub-licofferings（首次公开发行股票），即首次公开上市。根据《首次公开发行股票并上市管理办法》第 33 条的规定，应具备下列条件：最近 3 个会计年度净利润均为正数且累计超过人民币 3000 万元……很显然，以你们中南海圣的业绩来看，当时是不具备 IPO 的条件。

“借壳呢？也有借壳上市和买壳上市之分。所谓买壳上市，是指一些非上市公司通过收购一些业绩较差，筹资能力弱化的上市公司，剥离被购公司资产，注入自己的资产，从而实现间接上市的目的。中国国内证券市场上已发生过多起买壳上市的事件。这不是我们今天需要讨论的话题。你们中南海圣上市也不是借壳上市和买壳上市。

“如果说某个监管机构的办公厅在中南海圣上市的问题上代行了证监会的职权，已经从行政程序上暴露了中南海圣上市程序的瑕疵，那么，在这种简单的常识性的问题背后，难道就没有更为敏感和复杂的问题吗？

“如果没有问题，你丈夫钟伟东这样经历过大风大浪的人，会……”

“我们谈谈价格吧！”章为红不再试图挣扎。她知道一旦海圣的问题暴露在公众面前，海圣系重整旗鼓的希望几乎为零，此外她还可能失去目前已经拥有的一切。

章为红想，不如保全自己目前还可以保全的。

“10 亿美元！”卡罗琳报价了。

“太低了！目前市场估值就在 200 亿人民币以上，你不能太压价啊！”

“现在是 9 亿美元！”卡罗琳再次报价了，“时间对你们不利！”

是啊，章为红明白，如果不是时间紧迫，卡罗琳不会以如此方式现身于她的美容院，目前是非常时刻。

“我和我的孩子及家人需要新的身份离开中国。”章为红沉默片刻后，被迫答应。

“成交，8 亿美元！如果你签字同意，我们将马上在瑞士银行的账户汇入。”卡罗琳再次报价了,“你的孩子及家人都在外面等着你,今晚安排你们走！去瑞士！我们给你们全新的身份,你们可以在那里开始全新的生活。”

“孩子及家人都在外面?”章为红知道她已无可选择,她叹了一口气,孩子及家人其实已成了别人的人质。

“好,成交,8亿美元！剩下的让律师和财务顾问去处理吧！”章为红心灰意冷。她知道钟伟东和她多年罗织的保护网即将有灭顶之灾,在铁达尼号沉没前,逃生是她唯一可做的。

512专案组最新的侦查资料也正在汇总:

云天铝业原董事长、总经理周运维涉嫌受贿一千万余元。据调查,周运维除了受贿,滥用职权外,私生活也极度腐化,他长期与多名女子保持性关系,还多次嫖娼。

云天铝业董事长周运维、副总经理汪卫平及下属房产公司原总经理李建涉嫌收受总计约3500万余元。汪卫平和李建都是周运维最为器重的部下和亲信,二人此前还分别担任过云天铝业实业有限公司的董事长、副董事长。

据调查,周运维从1996年4月就开始接任云天铝业集团董事长、党委书记。1999年9月起兼任云天铝业集团总经理,直至案发。

周运维、汪卫平利用职务之便,为有关企业在转让云天铝业集团下属公司股权及土地、提供房地产项目开发资金、向云天铝业集团购买原料和销售产品、承接云天铝业集团下属企业工程等方面提供帮助,大肆收受贿赂。

其中,周运维收受贿赂人民币320万元、美元40万元、澳元(澳大利亚币)40万元,上述受贿金额折合人民币共计一千余万元。此外,周运维还接受干股,滥用职权;另外,他的私生活也极度腐化,长期与两名女子保持不正当关系,并借出差之机多次嫖娼,还违规领取兼职收入。

汪卫平收受贿赂人民币1659万元、澳元(澳大利亚币)60万元,上述受贿金额折合人民币共计2259万余元。此外,汪卫平还滥用职权,违规领取兼职收入。

李建利用职务之便,采取多付工程款设立账外资金,个人从中贪污100万元人民币,为有关企业在承揽云天铝业地产商品房项目的景观绿化工程、销售商品房等方面提供帮助,先后收受贿赂人民币113万元、美元4000元,上述贪污、受贿金额折合人民币共计215万余元。此外,李建还有贪污、行贿等违纪违法问题。

周运维、汪卫平、李建在云天铝业期货案中……

侦查资料上领导批示:周运维、汪卫平、李建等人必须严肃处理,开除党籍、开除公职,立即抓捕,三人涉嫌违法犯罪的问题移送司法机关依法处理。

涉及512专案的部分暂时不宜公开,务必斩断幕后黑手。

为保证行动隐秘,抓捕小组由512专案组组长带队,由邻省特警组成,立即奔赴云天铝业行动。

海圣系及钟伟东的案子也呈现在国务委员面前,他看着里面有几个熟悉的名字,有种痛心的感觉。不是铁证如山,他不敢相信他们敢如此胆大妄为。

他们都位高权重，都为共和国做过贡献，可是他们现在背叛了。

从私人感情，他不想大开杀戒；从国家大局，他不禁又拍案而起。

一定要抓！他下定决心，签发了又一批抓捕令。

天网恢恢，疏而不漏。必须清算！绝不能让共和国的财产如此流失。要让海圣系之流知道，“犯我中华者，虽远必诛”。不能让他们心存侥幸。

几乎与此同时，金星国际猎杀龙源地产也将开始。

第五十八章　猎杀龙源

2008 年 5 月 14 日，上海。

8:00 前。

三个从行业上看毫无关联的海圣系股票被各类财经股评重点推荐，在中小股民中引起广泛关注。

一批实习生被吴莹安排在上海西北科技园区的电脑机房内，他们每个人的电脑里都将在某个特定时刻打开 200 个模拟股票账户进行实习操作。

9:00。

香港某投资公司根据与金星国际的协议，借到了金星国际持有的龙源地产股票；

安金基金公司的三位操盘手分别得到了三个不同的指令：

“涨停板封死沪市××股票”；

“涨停板封死深市××股票”；

“涨停板封死沪市××股票”。

操盘手的内心像黑夜中突然被闪电照亮，他们的身名将再次名震江湖。今天他们也将收获颇丰。

9:15。

众多机构与私募基金风闻海圣系将有一波大行情……

9:25。

在巨量买盘的堆积下，三个海圣系股票以涨停板集合竞价……

9:30。

三个海圣系股票都封死涨停板，股民老赵高兴地向周围的股民炫耀他昨天换仓深市××股票的经历，在众人的羡慕眼光中，老赵俨然不是黑车司机，而是散户英雄。

龙源地产总裁陈振元也很高兴，他兴奋地拨通了章为红的手机。

章为红的声音有些疲惫，她客气而坚决地拒绝和陈振元见面，她说她将安排吴莹女士与他详谈合作事宜。

10:00。

受到金星国际、海圣系与龙源地产即将战略合作的利好传闻刺激，在香港市场，龙源地产股价表现强劲，涨升8%。

10:05。

刘伟昌接到章为红的电话，章为红已在奔赴海外的旅途中。

10:15。

刘伟昌的秘密指令发出，上海西北科技园区的电脑机房内，每个实习生的电脑里都打开200个以上模拟股票账户，实习操作开始了，以最快速度卖出账号内的所有股票。

细心的实习生将发现，这些股票账户都只有一到三个同样的股票，可是他们没有想到的是，模拟股票账户都是真实的。

与此同时香港某投资公司开始了龙源地产股票的卖空……

10:30。

三个海圣系股票被巨量卖盘砸开了涨停板，安全基金公司的三位操盘手开始紧张，一种强烈的不安全感出现了，如此巨量的抛盘是非同寻常的。其中一位操盘手用上厕所的机会冒险拨通了陈振元的电话。

龙源地产总裁陈振元已无法联系到章为红，章为红的手机已关机，章为红办公室则告知他，董事长已外出考察。陈振元的冷汗出来了，他立即下令抛出手里昨天追加的股票，他需要增加流动性。

10:35。

上海西北科技园区的电脑机房内，近5000个模拟股票账户，已没有任何股票，实习生们都有一种奇怪而诡异的感觉，模拟操作太逼真了，他们像是在实盘操作。

海圣系股票开始下跌，海王证券的交易网络出现异常，因病毒袭击，海王证券的交易全部中断了，在海王证券开户的龙源投资公司负责人胆战心惊地将这个坏消息告诉陈振元，他们的股票都暂时无法交易。

两个月前，龙源地产董事会在金星国际方面董事的提议下，为控制风险，已决定将私募基金从龙源地产公司投资部中分离出来，成立独立的龙源投资公司独立运作，原私募基金的风险由原龙源地产股东承担；龙源投资公司在海王证券开户，享受最低手续费标准，金星国际旗下的海王证券公司还抽出了五名骨干协助龙源投资公司运作。

安全基金公司的三位操盘手接到董事会紧急指令，以最快速度卖出海圣系股票，不计价位。

10:40。

三个海圣系股票被巨量卖盘砸向了跌停板，市场开始有各种不利传言。

10:45。

三个海圣系股票被巨量卖盘封死了跌停板，股民老赵目瞪口呆地看着笔直下降的股票价格，一时无法反应，他根本没有卖出的机会。

大量电话涌向海圣系各相关机构，章为红的手机处于关机状态。

10:47。

香港市场上，龙源地产股票也开始出现异动，大量龙源地产股票涌出。

10:48。

某财经信息机终端出现不利龙源地产股票的信息。

10:50。

某香港知名财经评估机构将龙源地产股票从“增持”调降至“沽出”,更大量的龙源地产股票涌出,龙源地产股价笔直下降。

11:00。

海王证券的交易网络修复,交易网络正常,海圣系股票躺在跌停板上,只有点滴成交。陈振元感到末日来临的感觉。

11:15。

吴莹带着章为红签字的全权委托书出现在陈振元的面前。

陈振元不明白为何章为红会授权一个年轻的陌生女子前来。他需要答案,这发生的一切的答案。

吴莹带着坚定的笑意向陈振元介绍自己的来意:“章为红董事长已远赴海外考察,归期不定,海圣系与龙源地产的合作,今后将由海圣系关系企业海元控股操作,并委托我全权负责。鉴于龙源地产股票的巨跌,建议龙源地产采取回购增持本公司股票,以稳定股价。”

陈振元不动声色地按了一个按钮,他的秘书笑盈盈地走进来:“陈总,有个急件需要你签署!”

陈振元避开吴莹的视线,写下:“速查海元控股的背景资料,短信告诉我!”

陈振元笑着说:“吴莹小姐,真是说得太对了,不知道你的具体办法是?……”

吴莹没有客套:“陈总裁您才是临危不乱,换了是我,股价一下跌了30%,我就乱了方寸了。”

陈振元强作欢颜:“商场如战场,难免有危难的时候,只要挺过去了,又是大好前程啊。”

吴莹道:“是啊,我们还是很看好陈总的,我们愿意帮助陈总渡过难关。”

陈振元有些狐疑:“免费的午餐总是最贵的,海元控股到底有何目的?吴小姐不妨直言。”

吴莹也快人快语:“我们希望与龙源地产有更为紧密的合作,龙源地产在商业地产的运作能力是我们所缺乏的……”

吴莹开始滔滔不绝。

短信来了:“海元控股的母公司海元(中国)注册在开曼群岛,真实面目尚不详。海元控股由海元(中国)和中南海圣组建,分别各占80%和20%海元控股股权。海元控股正在做再次工商变更登记,新的法人可能是吴莹,吴莹目前没有详细资料。”

陈振元开始踏实了一点,可是龙源地产的股价依然下落。

陈振元坐不住了,他没有时间再耗了,如果海元控股不能实质帮助他,他要另想办法。

“海元控股能实质帮助龙源地产的措施,有哪些?”

吴莹拿出一张银行汇票:“我们可以提供5亿港元的资金给你周转到月底,利息按银行同业拆借利率,条件是你必须有除龙源地产股票的等额资产做质押。”

陈振元盘算了一下,除龙源地产外的资产约在6亿至7亿,如正常程序,目前是无法马上从任何金融机构得到现金的，就是走通程序，估计也只能借到4亿左右。如果拿到5亿港元的现金，以他多年前的证券从业经验，在近20天的时间里是有机会渡过难关的。

因为与钟伟东多年的交情，陈振元没有过多的怀疑了，他同意了。

香港某投资公司开始回补龙源地产股票。

13：50。

海圣系股票依然被巨量卖盘封死了跌停板。

海元控股代表吴莹与陈振元反复磋商了细节后签署了协议。当陈振元安排好专人将银行汇票汇入账号，吴莹也安排好专人将经过律师公证的协议存放在银行保管箱内之前，谁都没想着要吃饭，此刻他们突然感觉饿了。

“不好意思，忘了时间了，没请你吃饭，港股马上快开市了，我今晚请你吃饭如何？”

“陈总，不如我们叫个便当吧，我们还可以再交流一回。其实我也很想见识一下当年股市神童的风采，不知陈总给不给面子啊？”

陈振元有些晕了，莫非遇到了人财两得的桃花运？

“对了，陈总，你看要不要在香港发个澄清公告？”

在上午收盘后，龙源地产依港交所要求发布了股价异常波动的声明，公司表示：“知悉近日公司股票价格下跌及成交量于今日上升，但并不知悉导致有关下跌及上升之任何原因。集团亦确认，目前并无进行任何按规定而需要披露之收购或变卖之商谈或协议。”

龙源地产的简短声明显得十分“官方”。

在经历了上午两个半小时的交易后，持有龙源地产的股民心里都是苦涩的，龙源地产的股价已较前一交易日收盘价暴跌38.02%，但是龙源地产的简短声明还是让股民终于得到些许安慰。

14：30。

港股午盘开市，为了不分散操盘精力，陈振元要秘书帮他拒听任何电话，在吴莹的陪同下，亲自操盘。陈振元宝刀未老，在他的操作下，5亿资金很快有了近7000万的浮赢，陈振元最后兑现了近6000万浮赢，脸上满面春风。

吴莹带着崇拜的眼神看着陈振元：

“陈总你比索罗斯都牛啊，赚钱太容易了，我要问你多收利息的！”

“哈哈，好说好说，今天行情大，看来我今天再做几把就可以提前还钱了。”

吴莹的手机不停地响着，她看了号码后总是掐掉不接。

15：00。

内地股市收盘，海圣系股票依然跌停板报收。

港股市场流传金星国际将进场增持龙源地产，龙源地产的股价开始回升。

15：20。

陈振元一路顺风顺水，开始加大投资力度。

但小幅盘整的格局仅仅持续了不到10分钟，排山倒海式的卖盘随即汹涌而至。

吴莹的手机再次响起，这次吴莹接听了电话，她带着遗憾的表情告辞：“陈总，公司有些急事要我马上回去处理，晚上等你电话！”

15：35。

安金基金公司的一位操盘手不顾阻拦，强行冲进了陈振元的办公室。他气急败坏地喊道："章为红失踪了，海圣系完了！"

陈振元只能暂时停止操作，听操盘手的叙述。

突然，他意识到盘势危急，回到电脑前，此刻资讯栏里已出现海圣系的大量利空报道，龙源地产开始急跌，他也开始加入了卖空的行列，他要等到最低的时候买回他沽空的股票。

15:52。

陈振元的秘书冲了进来："山明工业园区建设出大事了。因拖欠工程款，四川籍农民工要求提前结算工资，回家乡救灾，园区管理层与四川籍农民工发生剧烈冲突，5 人重伤，生命垂危。山明市市长电话给你限令我们 24 小时内补齐拖欠工程款，否则……"

陈振元被这"飞来横祸"震晕了，他只能去接听市长的电话。

16:03。

陈振元终于挂上山明市市长的电话，突然想起时间，时间已过了 16:00，龙源地产比上日暴跌了 78%，陈振元借来的 5 亿现在已缩水成不到 3 亿，其中只有不到 1 亿现金，陈振元感到天昏地转，重重地跌坐在大班椅上。

16:10。

龙源地产山明工业园区建设的群体性事件已被媒体曝光。

16:20。

接到港交所通知，次日起紧急停牌接受调查。

16:47。

陆续接到多家香港律师事务所律师函，部分龙源地产的股东将起诉陈振元证券欺诈。

16:56。

陆续接到多家银行要求提前归还银行贷款的书面通知。

16:58。

上海某法院执行庭来到公司，某银行已起诉龙源地产并同时申请财产保全，龙源地产所有资产及银行账号被法院封存。经陈振元恳求，龙源地产山明工业园区建设拖欠工程款先行汇往山明市。

17:00。

陈振元被警方控制，监视居住，并且限制出境。

龙源地产被猎杀了。

金星国际与香港某投资公司已持有龙源地产近 70% 的股权，随时可以召开董事会，更换法定代表人。换言之，金星国际已成了龙源地产的新主人。

金星国际还兑现盈利近 7 亿。

18:00。

望着外滩美丽的夜色，刘伟昌和吴莹并排坐在海鸥坊的包厢里，举起了庆贺的酒杯……

第五十九章　E 小组的杰作

随着云天铝业原管理层周运维、汪卫平、李建已陆续抓捕归案，云天铝业期货案也不久将真相大白。

国务委员此刻最关心的是云天铝业期货案是如何发生的。

虽然案情没有全部水落石出，但是笼罩在云天铝业期货案迷雾已经揭开了面纱。

2004 年初，时任云天铝业股份有限公司副总经理，负责云天铝业期货套期保值操作的汪卫平，参加了得芬国际公关公司组织的 2004 年国际金属商品趋势论坛。

论坛是由海外多家交易所赞助召开的。

论坛很成功，贵宾云集，高朋满座，被誉为 2004 年远东最盛大的金融聚会。

在会上，相邻而坐的汪卫平和国家物资储备局处长沈明高认识了。

两人年龄相仿，见解相同，很快就相谈甚欢。

三天的会议，让他们彼此建立了初步的友谊。

此后，两人经常通过电话交流对国际金属商品价格趋势的看法。

而他们两个人之间的这一切交往，也受到了卡罗琳团队的眼线的特别关注。

经过卡罗琳团队一番精心策划，他们的人生轨迹也开始发生了巨变。

此后不久，通过 2004 年国际金属商品趋势论坛上结识的一位朋友介绍，来自韩国龙泽综合商社的金泽宣，前往拜访汪卫平。

金泽宣给云天铝业带来了海外订单。

金泽宣声称，龙泽综合商社是为美国飞机制造商提供特殊的铝合金锭的，由于价格原因，希望将部分海外订单交给云天铝业完成。

云天铝业的上级公司云天集团还担负着为我空军提供某种特殊用途铝合金的军工生产任务，从技术工艺难度上看，完全可以满足韩国商社的产品要求。而这笔大订单，将解决长期以来云天集团生产能力闲置的问题，合作谈得很顺利。

龙泽综合商社的第一批订单也很快传到云天铝业汪卫平的手中。

第一批订单上有近 20 种铝合金锭，但是每种订货不足 5 吨。

这张订单成了鸡肋。

又经过双方协商，韩方让步，低于5吨的，按云天铝业的实际最低单次冶炼炉量起核算成本，全部由韩方承担，交货期也适当延长。

第一批订单完成后，韩方对其中的个别品种提出了新的试单要求，同时要求参观云天铝业厂区。

参观云天铝业厂区的要求，让汪卫平很为难。

因为历史的原因，云天铝业股份有限公司与云天集团的厂区混杂在一起，甚至有些生产设备是军民兼用的，所以，从严格意义上说，云天铝业是不许闲杂人等参观的，尤其是外籍人员。

汪卫平为此专门请示了时任云天集团董事长、总经理的周运维。

周运维经反复考虑，同意了金泽宣的要求。

为了避开厂区的安全部门的日常管理，周运维、汪卫平陪同金泽宣一行考察参观了厂区。

汪卫平在与金泽宣的密切商务交往中，和金泽宣的美丽的女翻译浦雁有了暧昧关系。

从此，汪卫平隔三差五地前往青岛，龙泽综合商社中国办事处"考察"。

为了维持频繁考察的开销，汪卫平教会了浦雁炒作金属期货，浦雁根据汪卫平的指令进行买卖。

有一段两人"恋情"发烧的日子，汪卫平就腻在浦雁的公寓里，开盘时间做交易，收盘期间两人"度蜜月"。

因而浦雁也自然知晓了云天铝业的很多秘密，尤其是在期货套期保值的所有秘密。

直到9月初，龙泽综合商社正式下达了一张大订单。

要完成这张大订单，云天铝业的流动资金显得有些紧张，在周运维与汪卫平讨论对策时，浦雁提醒了他，暂时动用云天铝业的部分期货保证金周转。

大错从此铸成。

事情发生了一系列戏剧性的变化。

云天铝业期货案损失了8000万。

云天铝业损失8000万，自然有一连串连锁反应。

最直接的就是与龙泽综合商社的交货期延误了。

龙泽综合商社这回没有宽宏大量，相反提出了巨额的索赔要求。

经过再三协商，龙泽综合商社提出用云天铝业的在西南某省投资的某有色金属矿的部分股权赔偿龙泽综合商社。

当时云天铝业期货案风波未了，为了避免上级主管部门的再次问责，为了保护自己的前程，周运维与汪卫平最后还是签订了城下之盟。

然而因云天铝业期货案损失巨大，不久，周运维与汪卫平都先后还是被免职降级使用。

官场失意，情场得意。

浦雁依然一往情深，替汪卫平订好了目的地青岛的往返机票，邀请汪卫平庆贺她的生日。

浦雁送了他一件昂贵的生日礼物：400万。其中100万现金，300万存折。

一切都开始摊牌了。

就在汪卫平面对100万现金犹豫不决时，金泽宣出现在他面前。

“汪卫平先生，你其实没有选择了，选择我们或是选择身败名裂及死亡。”

一叠文件和照片放在汪卫平面前。

“这是你提供的云天集团的军工生产情报。”

“这是你为组织实地侦查拍摄的照片。”

“这是你提供给组织的云天铝业期货情报数据。”

……

“这些我没有提供给你们啊？你们是如何知道的？”汪卫平挣扎着。

金泽宣慢条斯理的讲述，平息了汪卫平的挣扎。

云天铝业的军事生产能力和军工产品质量，一直是我们关心的。

通过一系列的与你们云天铝业的试单，我们推算出了你们的军事生产能力和质量水准，生产成本等这些你也可能不知道的秘密。

如果我们当年可以根据铁人王进喜的一张普通新闻照片，推断出大庆油田的大体情况，现在的这些数据足够我们精确分析出我们需要的。

你可以否认这点，可是你无法否认你带我们去参观事实上的保密区域。高兴的是，我们因此得到了云天铝业的一种最新研制的铝合金的工艺配方。

“云天铝业的期货情报是你主动提供给我们的吧？”

汪卫平默然。

金泽宣拿出的这一切都构成了一个完整的证据链：他自己就是云天铝业损失8000万的根源所在。

“可是你们是如何得知云天铝业后续的补救工作呢？难道车祸也是你们安排的？”

“你的手机！”

“对，不要怀疑了，你的手机已经给我们换过了，你的一举一动都在我们掌握之下，要不要听听你的一段录音？”

汪卫平明白了。

“你们到底是谁？”

“我们是得芬国际公关公司的。”

“得芬国际公关公司？那龙泽综合商社？”

“龙泽综合商社是专门为云天铝业设立的项目公司，不久它将淡出中国，或是完全破产。”

“为何还要告诉我这些？”

“因为你必须加入我们。”

“如果我拒绝呢？”

“畏罪自杀，是我们为你的顽固而预定的剧本。你当不了烈士。”

“加入你们，我有啥好处？”汪卫平明白，除了把自己卖个高价没有其他选择。

“400万就算你云天铝业项目的奖金。”

“需要我干啥？”

“你只有一个目标：沈明高。”

“为何是他？”

“这不是你要关心的！”

于是，汪卫平辞职，带了400万来到上海开起了卫平投资管理公司。

汪卫平和生性淡泊的沈明高成为密友。

沈明高做梦也没想到，汪卫平已是E小组的外围成员。

沈明高的喜乐哀怒，都在第一时间表现在汪卫平面前。

堡垒总是从内部攻破更容易。

在沈明高的办公室，最先进的间谍设备悄悄地发挥着作用。

在沈明高的电脑里……

猎杀沈明高也并不太难。

明牌对暗牌，无心对有意。

直到沈明高案发走投无路时，沈明高都没怀疑过汪卫平。

沈明高还听从了汪卫平的建议，躲在汪卫平的别墅里。

国务委员合上卷宗，叹了一口气，自言自语：

“和平年代的暗战依然残酷。

“财狼们总是寻找一切机会撕咬猎物。

“我们不能都当温顺的羊，我们需要一批护羊犬。”

此刻，海森伯格已决定用陆一岚的器官移植大做文章，在他的脑海里已出现了一组标题：

“大陆贫妇为子求学偷渡卖肾”。

“金星国际丧天良，无证行刀要人命”。

海森伯格想，我们需要树立一个典型，让中国形象受损，最好是贴上一个恶魔的标签。

第六十章 阴谋与希望

在杭州开往上海的动车组列车上，国务委员的秘书刘彪一直在思考，谁在“包庇”商品期货投机？美国商品的监管部门自身是否需要面临调查。

《华尔街日报》曾引述知情人士的话报道称，美国商品期货交易委员会（CFTC）总监察长罗维克已经开始启动针对该机构发布的一份有关油市投机活动报告的调查。

早些时候，来自美国参议院能源和自然资源委员会等的四位议员致信罗维克，质疑CFTC 提交给政府特别工作小组报告的可信度。

在这份提交的报告中，CFTC 的调查人员称，根据他们的统计数据，投机活动并未“系统性地”推高油价。这项报告称，能源价格飙升的原因在于供需基本面，而不是投机活动。

但此后，CFTC 又主动修正了部分交易数据，结果显示，在纽约商交所所有未平仓原油交易中，49％的期货以及期权合约是掌握在那些投机商手中，他们的交投“非出自规避能源市场风险的商业需求”，而此前的数据仅为 38％。

据此，参议员们认为，CFTC 涉嫌故意采用“有严重缺陷”的数据，并且其发布上述报告的时机也值得怀疑，因为当时正值美国国会即将针对一项有关限制期货投机的法案进行投票的前几天。当时原油价格一直保持强劲上扬之势，并创出历史新高。

上述四位参议员在信中质问，CFTC 仅仅是在最近才进行了数据收集，但为什么要在全面评估完成之前就发布这份报告。参议员们仍怀疑该报告可能低估了投机商对市场的影响。

面对来自美国国会方面的巨大压力，CFTC 开始加大了对投机活动的监管力度。据称，相关调查始于 2007 年 12 月，涉及面很广，从原油运输、储存一直到期货交易的各个层面。而且，调查还不仅限于美国，CFTC 还试图借此机会加强对欧洲乃至日本市场原油期货交易情况的监控。

目前，美国 WTI 基准原油期货不仅在美国交易，在洲际交易所的欧洲分部同样挂牌。CFTC 称，将与英国（洲际交易所欧洲分部所在地）金融服务管理局（FSA）合作，寻求扩大对在伦敦进行的原油期货交易的监控。除了 WTI 合约之外，洲际交易所还在伦敦交易北海布伦特原油期货,后者是地位仅次于 WTI 的国际原油期货基准。

按照约定,洲际交易所伦敦分部将每天发布大型交易商的头寸情况,同时披露市场参与者的更多细节,并在交易商仓位超限时知会 CFTC。

日本经济产业省也将与美国商品期货交易委员会交换备忘录,在监控商品期货市场投机资金的流入方面实现信息共享,以防止国际商品期货市场上操纵价格等不公正交易的发生。

可是这些有用吗? 神秘庄家在操纵全球油价 这个最深庄家正浮出水面。

在刘彪看来,CFTC 的调查是表演给大众看的滑稽戏。

最新的美国《华盛顿邮报》证实了刘彪的看法。

援引两位不肯透露身份的行业人士称,前不久美国期货交易委员会(CFTC)所修改数据报告中所透露、持仓量高达 4.6 亿桶原油的"超级庄家",其真实身份是一家注册在瑞士的综合性能源公司,名为维多能源集团(VITOL.SA,以下简称"维多能源")。

据维多能源集团公司官方网站介绍,其业务涉及到原油、汽油、天然气、炼化、加油终端以及相关的金融及衍生产品交易。维多集团开采业务的油田,遍布在菲律宾、刚果、尼日利亚、英国、俄罗斯、赞比亚以及哈萨克斯坦各国。维多公司在北京设有办事处。

因为维多是私人公司,具体的公司运营数据无法获知。

调查显示,神秘庄家持有高达 4.6 亿桶石油的仓位。仅轻质石油一项产品上,就持有 3.3 亿桶,占到整个美国 NYMEX 期货市场总仓位的 11%。

CFTC 曾非常规地向维多能源索要数据,从而发现一个惊天秘密:金融机构投机者为其客户或自身而持有约占 81%的纽约商品交易所石油合约!

该比例远超过 CFTC 之前公布的数字,美国期货的最高监管机构美国期货交易委员会(CFTC)悄悄地发布了一份公告称,经过调查,他们将某些交易商的身份,从"行业交易者"划为"非行业交易者"。

但是这一"悄悄地进村,打枪的不要"式的修改,却引发全球能源界哗然。因为从 CFTC 修改前后的数据可以看出,被修改身份的交易商仅有一家。

但是这一家交易者却持有高达 4.6 亿桶石油的仓位。仅轻质石油一项产品上,就持有 3.3 亿桶,占到整个美国 NYMEX 期货市场总仓位的 11%。

在修改交易商身份之后,"非行业交易者",即金融机构、指数投机者、对冲基金等"投机者"所占市场的比重从 38%上升到 49%。意即,投机者占整个市场的比重不是以前想象的近 1/3,而是近 50%,出现了结构性的变化。

但是作为全美大宗商品期货监管,CFTC 之前一直不肯透露该交易商的名字。

而且,出于维护官方形象的考虑,CFTC 还一次性追溯修正了到 2007 年 3 月的所有报告,并将旧有的数据从官网上全部抹除。仅留下一份"交易商身份"修改报告。

这个超级庄家,集中精力只持有原油和天然气,对其他大宗商品毫不感兴趣。

如果维多能源最终被确认为 CFTC 数据修改报告中的"超级庄家"的话,那么维多能源的仓位之重,是令全球的石油行业都非常吃惊的。

"超级庄家"可能总共持有 4.6 亿桶(约为 6500 万吨)原油期货、期权与"互换交易"的仓单。

这个体量，相当于中国一年原油产量（近1.8亿吨）的1/3强。也就是说，仅“超级庄家”一家公司为整个原油期货市场，增加了中国近1/3的需求量。

其对原油期货产品价格波动的影响之大，可见一斑。

维多能源手上持有的轻质石油合约就高达3.32亿桶。相当于整个产品公开市场总仓位（Open Interest）的11%。3.3亿桶石油的持仓量，占到全美原油与成品油库存9.8亿桶的近1/3。

原油分析师们可以从公开的市场数据中看到“超级庄家”维多能源的部分具体仓位。

CFTC在最近的一份报告中明确称，目前，投机商持有的原油仓位已经占到纽约商品交易所中全部西得克萨斯中质原油（WTI）交易的70%，而该比例在2000年的时候仅为37%。而这恰好是市场主导力量过于集中的最好证据。

然而，CFTC依然声称投机活动并未“系统性地”推高油价。

能源价格飙升的原因在于供需基本面，而不是投机活动。

真是弥天大谎。除了阴谋还是阴谋。

实际就是美国的石油资本也与金融资本结成了利益联盟，在联手推高油价。

美元贬值很大程度上推动了油价的上涨。

上世纪90年代，就是美元与油价的这个相关性仅仅是12%，但是目前已经上升到了98%。

也就是只要美元跌，那么油价就涨。

美元的持续贬值，油价的不断上涨，在刘彪看来，是美国的经济战略。

美国主导国际石油价格因素是非常突出的，所有的石油价格，除了伊朗，目前的石油交易所是用欧元报价，所有的石油价格都是用美元来报价的，在美元高涨的时候，比方说布伦特，伦敦布伦特原油的价格，基本上都低于美国纽约期货市场，或者现货市场的石油价格，从这一点来看，就是美国人，美元报价可以主导石油价格的走向。

以美国的金融经验和美元这种特殊的货币地位和作用，美元完全可以左右世界的金融政策和货币政策，而目标也是很明显的：石油价格上涨对欧洲的CPI形成了压力，对中国的CPI形成了压力，而这两个国家的这个经济，或者货币，对美元或者美国经济的挑战，应该是最直接的。

尽管高油价给美国本国也带来影响，但在美国的策略组合当中，美元贬值可以化解他国内石油价格上涨带来的负面压力，但是对其他国家的影响则全然不同。

2001年，中国官方外汇储备达2000亿美元，国际石油价格在每桶25美元左右，中国可以购买80亿桶；2008年3月，中国官方外汇储备是世界第一，达到1.68万亿美元，以石油价格100美元计算，中国可以购买168亿桶。也就是说，虽然中国外汇储备增长7倍多，但以石油作为参照物而言，其真实购买力只是原来的1倍。

德国经济学家《石油战争》作者威廉恩道尔直言不讳：“期货市场在美国政府的监管以外，换句话说，美国政府纵容这些金融机构的炒作行为，我认为，美国某些利益团体希望看到高油价，比如，高油价会抑制许多国家的经济增长，比如中国，或者印度，尤其是中国，石油是一种政治力量，就像1973年1974年那次石油危机一样，我曾经在《石油战争》这本书里写过，那时的油价也在飙升，就是为了支撑美元的地位。”

刘彪开始思考，我们需要何种手段或武器来保护共和国的利益？

动车组很快，上海到了。做私募不问出处。

刘彪来到了上海私募基金一条街。他需要看看中国的草根资金的真实一幕。

上海浦东新区民生路毗邻世纪公园那段，没有喧嚣，层林尽染。恬静的道路旁，坐落着众多大气、高端的商务群落——与浦东文化中心、与浦东行政中心近在咫尺之间。这里，是浦东政商的核心腹地、浦东产业走廊的枢纽地带；这里，是上海最知名三大国际社区之一联洋社区的所在地；这里，将渐渐被另一个名字取代——新拔地而起的证大·五道口广场是一栋风格低调的甲级写字楼，简洁、沉稳的建筑风格，不由让人联想起位于上海浦西的希尔顿或花园大酒店。

有金融黄埔军校之称的中国人民银行总行金融研究所，俗称“五道口”。而以“五道口”命名的五道口广场位于民生路丁香路交叉路口——从地铁二号线上海科技馆站走来大约十分钟，这也是私募一条街由北而来见到的第一栋气势恢弘的商务建筑。

私募一条街自然还汇聚着一批新兴而优秀的私募群体——他们都是来自公募的明星基金经理。这些人的代表有章波、刘俊、古震……近期市场疲软，他们大约每两三周有一次聚会，除了私募人，还有券商、公募基金与保险公司的朋友。

“如果是牛市，这样的聚会可能就是一周一次了。”前申发投资部副总、现阜利投资总经理古震告诉来访的刘彪。

古震曾是公募界的明星基金经理，被誉为“熊市高手”。他 2008 年 2 月正式离开公募界，与中大信托发行了第一款产品“中大信托 - 阜利优选”。

古震的公司位于民生路上的金鹰大厦，毗邻浦东签证中心的 AB 方楼，精致大方。古震坐在宽敞、明亮的办公室里，他一抬眼，就可以看见浦东世纪公园的大片绿林。办公室玻璃窗的正对面是联洋社区的别墅。

吸引这批优秀人士而来的，正是浦东这方成熟的国际社区。

“我们都住在这里。”古震说，“这里环境很恬淡，适合做投资。”

刘俊的金容投资，也可以在古震的办公室窗户望见。那是一栋高耸的大楼，绿色的玻璃窗，在金鹰大厦的北侧，是位于民生路 1403 号的信息大厦。

与古震公司恬淡的气氛不同，刘彪走访金容投资时，公司人员正在紧锣密鼓地开会，行政人员还训练有素地递上公司宣传手册。

刘俊近期十分低调，他曾是京投摩根的投资总监，也曾是基金经理。他所管理的基金先后被基金评价机构评为“五星级基金”。 刘俊在业内素有“快枪手”之称，他管理的基金，短期内业绩总能得到可观的收益。

他们的朋友章波的办公大楼——立方大厦，就在刘俊所在大楼的后方。这位前知名基金经理，如今是天雅投资的管理人。

刘彪来到了金鹰大厦 A 座，这里有一家在业内风生水起的私募公司——金林投资。

金林投资是一家注册于开曼，以投资境内外上市公司和拟上市公司股权为主的资产管理公司。公司旗下的基金自成立以来，在彭博资讯(Bloomberg)的中国概念对冲基金排名中一直名列前茅，现管理数亿美元的资产。

金林公司CEO也毕业于“五道口”，目前是美国加州大学访问学者，曾任某证券交易所国债期货部经理、天信证券公司总裁助理、申海证券(香港)董事长，熟悉国际国内资本市场。

在民生路张杨路的致真酒家有一场晚宴，给刘彪接风。东道主是上海博略的总经理刘贵银，也是刘彪的远方堂哥，他得知刘彪来访的目的后，便邀请了一些业内的朋友一起畅聊。

刘贵银告诉刘彪，中国私募基金规模可能在8000亿至9000亿元。

这样庞大的私募基金甚至是公募基金都无法与之相比的。

本轮调整可能成为中国基金业的一个分水岭，公募基金经历一波快速发展之后步入休养生息，而公募机构短暂的喘息恰恰为私募基金的快速发展带来了机会。

上海私募还刚刚起步。奥运前夜的上海私募一条街上，大部分私募在韬光养晦。

中国未来投资界的希望，也许就在这里。

席间，经济学家章剑的观点引起了大家的关注。他说：

“经历了这场金融震荡之后，美国的经济衰退现在看来是不可避免的，而且是深度的衰退。美国经济衰退之后，会把欧洲、日本带下来，日本经济已经负增长3%，欧洲经济也正在下滑的过程中。这对我们自己国家的经济意味着什么？意味着长期以来外贸拉动经济增长的这条腿，现在已经虚弱无力了。

“中小企业目前的困难，表面上是宏观形势引起的。实际是微观层次的问题，企业缺乏抗风险的能力。在这样的情况下，我们怎么去应对？外部经济环境的变化，永远会发生。你不能幻想在一个稳定的一成不变的外部环境中。这不可能。外部环境发生剧烈变化的切断下，我们怎么办？这就需要增加我们经济的弹性，增加我们经济的灵活性，增加我们企业的弹性和灵活性。

“中小企业融资，从来就是一个问题，不光是现在。过去就是问题，将来还会是问题。所以它不是宏观问题，不要把微观问题宏观化。中小企业融资问题的解决，是要靠解除金融管制。

“我们PE发展不起来，VC发展不起来，为什么？VC要审批的，PE要审批的。为什么PE要审批。PE两个字，是私人股本的意思，私人股本为什么要政府批准呢？成立基金为什么要政府批？企业需要钱，这是民间私下的契约，自愿基础上的行为，这要政府批吗？今天晚上我吃上海菜还是广东菜，需要政府批吗？这是实际上的个人行为，不需要政府批准的。今天VC、PE形不成气候，就是审批拦路。这个问题，刘彪你要反映。

“孟加拉的穷人银行可以拿诺贝尔奖，它是给穷人、中小企业解决问题的。中国有5亿农民，有多少中小企业，这种穷人银行应该首先在中国出现。我们拿不到诺贝尔奖也就算了，我们在江浙、沿海地区活跃的钱庄，这个运行得很好，对当地经济的发展，发挥了不可替代的作用。没有这些地下钱庄，哪有我们的民营企业？

“政府应该做什么事儿？政府要做的是解除管制，把中小企业融资的道路从法律、监管上打开，让所有地下钱庄一律合法，把它合法化，让它解决中小企业的融资问题。

“政府要监管，但不是像现在的监管。不能把行政管制和监管，又混为一谈。

“我们讲中国经济的转型，是要从外向转向内需驱动。我们的社会保障，还跟不上社会的发展。社会保障的制约，我们就没有办法把经济增长动力从外资转向消费。要老百姓消费，必须解决老百姓的生存问题，这样他才会去消费。

“我们的经济结构已经是严重的向制造业倾斜。GDP 的构成中，制造业占了 50％，服务业的比重不到 40％。这个不到 40％，不仅远远低于美国 80％多的水平，低于日本 65％的水平，就是和经济发展程度不如我国的印度相比，也低了 10％。印度的服务业占 GDP 的 50％。所以我们现在急需把经济发展重点从制造业转向服务业。

“尽管我国的制造业占了 GDP 的 50％，可是它在就业方面的贡献，只有 27％。而服务业虽然占 GDP 的 40％，但它在就业方面的贡献是在 30％以上。中国的城市化进程会继续下去。农村人口进入城市来，到哪里就业？将来都在服务业。当前中国经济转型的一个迫切任务就是把发展重点从制造业转到服务业。要解决我国服务业，首先要解除对服务业的过度管制，降低准入壁垒，以便资源、人力、财力能够更快的进入服务业。在中国经济增长速度适度放慢的时候，能够提供工作，维护社会稳定。”

……

散席前，刘贵银在晚宴总结：

“在汶川地震的同时，我们这个世界也同时遭遇到一场突如其来的金融海啸，它毁灭了很多，它也将造就很多。

“在这场突如其来的金融海啸中，我们会看到很多百年金融老店纷纷倒下，我们的很多昔日的战友或对手也离我们而去，但是我们依然存在。

“在这场突如其来的金融海啸中，我们将看到那个不可一世的世界经济的火车头熄火了，瘫痪了，而我们的选择呢？

“我们预祝中国经济的赛车将加大油门，超越那个不可一世的世界经济的火车头，领跑世界经济。

“在这场突如其来的金融海啸中，我们失去了很多，但是我们将重建我们更为美丽的家园。这就需要我们有社会共识，把我们祖国的经济发展推向一个新的阶段。

“这是我们，中国投资界和所有忧国忧民的同胞共同努力的目标！

“‘路漫漫其修远兮，吾将上下而求索！’

“为了我们共同努力的目标！干杯！”

敬请关注《财狼·终结版》